Tobias Hood, ein junger Engländer, der sein Studium in Oxford abgeschlossen hat, zieht als Verlagsvertreter nach Johannesburg. In seiner Heimat hat er sich als Fremdling gefühlt; hier »im afrikanischen Land ein Fremder unter lauter Menschen, die einander selbst fremd sind und bleiben«, glaubt er, heimisch werden zu können. Er will nichts als leben, frei von allen doktrinären Bindungen. Doch in Johannesburg erlebt er die gespaltene Welt des heutigen Südafrika und führt bald das gefährliche Doppelleben des nicht rassistischen Weißen: seine weiße Freundin reitet und schwimmt in der feinen Vorstadtgesellschaft; sein bester Freund, ein selbstsicherer Schwarzer, führt ihn durch die Hintergassen der Zwangssiedlungen. Die Geliebte und der Freund gehören Lebenskreisen an, die einander nicht berühren dürfen. Die Grenze ist nicht allein zwischen den Wohnvierteln der Weißen und der Schwarzen gezogen, sie ist dem Vertrauen und der Gemeinsamkeit schlechthin gesetzt. Die *Apartheid* wird zum Gleichnis menschlichen Kommunikationsmangels und Verlassenseins.

Nadine Gordimer wurde 1923 in dem südafrikanischen Grubenstädtchen Springs geboren. Ihre Romane, Erzählungen und Essays machten sie zu einer Autorin von Weltruf. Sowohl in öffentlichen Auftritten als auch in ihren Werken setzt sie sich beharrlich für die Emanzipation der Schwarzen in ihrem Heimatland ein. Nadine Gordimer gilt als eine der wenigen modernen Autorinnen, denen es gelungen ist, politische Themen ohne ästhetische Einbuße in ihrem Werk zu verarbeiten. Sie lebt in Johannesburg. 1991 wird Nadine Gordimer mit dem Nobelpreis für Literatur ausgezeichnet.

Unsere Adresse im Internet: www.fischerverlage.de

Nadine Gordimer

Fremdling unter Fremden

Roman

Aus dem Englischen von
Wolfgang von Einsiedel

Fischer Taschenbuch Verlag

7. Auflage: Mai 2004

Ungekürzte Ausgabe
Veröffentlicht im Fischer Taschenbuch Verlag,
einem Unternehmen der S. Fischer Verlag GmbH,
Frankfurt am Main, September 1982

Lizenzausgabe mit freundlicher Genehmigung
der S. Fischer Verlag GmbH, Frankfurt am Main
Die amerikanische Originalausgabe erschien unter dem Titel
›A World of Strangers‹ im Verlag Simon and Schuster, Inc., New York

Druck und Bindung: Clausen & Bosse Leck
Printed in Germany
ISBN 3-596-25723-9

Inhalt

Die kräft'ge Luft der tiefsten Nacht, so will ich,
Soll Blumen, Lettern fegen von den Brückenbogen, wo du schläfst,
Und künden soll ein schwarzes Kind den Weißen, die des Goldes,
Gekommen sei das Reich der Ähre.

Federico Garcia Lorca

Aus »Ode an Walt Whitman«, übersetzt von Enrique Beck

Lauter Bauerngesichter, wie ich sie nicht ausstehen kann.
So wollte es mir jedenfalls an jenem Tag vorkommen, an dem unser Schiff vor Mombasa anlegte und ich die Afrikaner zum erstenmal erblickte. Der ganze Kai wimmelte von ihnen, und bei unserer Einfahrt hoben sie ihre Gesichter für einen Augenblick von der Arbeit. In der beim Verstummen der Schiffsmaschinen eintretenden Stille konnte ich sie deutlich wahrnehmen. Schwere, milde, ungefüge Gesichter, auf denen sich für Sekundendauer eine Gefühlsregung gleichsam von außen niederläßt wie eine Fliege auf der Schädelhaut eines Ochsen und wie eine Fliege auch fortgeschnippt wird durch ein unwillkürliches Zucken, um nichts bewußter als die Reaktion eines Muskels. Ich konnte sie schon in England nicht ausstehen, diese Gesichter auf den Landstraßen, die so rötlich schimmerten und so grundlos vor sich hinlächelten. Die Gesichter zwischen den Lattenkisten auf dem Kai glänzten unter der Schweißschicht schwärzlich statt rötlich, das war der ganze Unterschied, und die blutunterlaufenen Augen waren braun getönt und nicht von jenem hellen nichtssagenden Blau, das recht eigentlich die Farbe der Leere, des Raumes ist.
Was aber geschieht mit Gesichtern wie diesen, wenn sie, gestichelt und gestachelt, wie es bei trägen Tieren der Fall sein muß, soll Grimm ihre aufgedunsene Langmut durchdringen – wenn sie zuletzt doch in Erregung geraten? Ich konnte es mir nicht vorstellen. Ich kannte lediglich die hartgeschnittenen, eckigen, verkrümmten, scharf vorspringenden Gesichter derer, die von Büchern, Zweifeln, ehrgeizigen Wünschen ihre Prägung empfangen haben und denen im Zustand des Grimms das Großartig-Erschreckende von Nôtre-Dame-Chimären zu eigen ist. Und die einzigen Afrikaner, denen ich früher begegnet war, waren ein paar Studenten in Oxford, zwei Schriftsteller und ein Maler in London gewesen, aber sie alle gehörten der Elitegattung der Chimären an – in ihrem

Falle war es wohl der Mühsal des Aufstiegs zuzuschreiben, daß ihre Köpfe so eindrucksvoll modelliert waren.
Das alles ging mir durch den Sinn, während die Barkasse uns an Land trug (unser Schiff war zu groß, um unmittelbar am Kai anlegen zu können). Ich saß zwischen Mrs. Turgell und ihrer Tochter und pflegte höflich zu nicken, wenn beide sich angesichts der Schönheit der Palmen in Ausrufen des Entzükkens ergingen. »Nein, so etwas von Grün! Kann man's für möglich halten! Man wird ganz durstig vom bloßen Anblick«, erklärte Mrs. Turgell, sich wie ein aufgeregtes Kind in die Höhe reckend. Und ausnahmsweise sah ihre Tochter ihr jetzt einmal ähnlich. Sie drehte ihren langen jungen Hals hierhin und dorthin und rief ein ums andere Mal: »O Mami, schau doch!« – »Genau wie in den Geschichten von Somerset Maugham«, sagte Mrs. Turgell, wobei sie sich mit der ihr eigenen Mischung aus Heiterkeit und zustimmungheischender Eindringlichkeit mir zuwandte – man hatte den Eindruck, als wäre ihr Wunsch, ihr jeweiliges Erlebnis, mochte es noch so romantisch, noch so hirnlos sein, von einem anderen geteilt zu sehen, derart zwingend, daß sie selbst ganz unwiderstehlich wirkte. »Wäre Ihnen nicht danach, in einer dieser schilfgedeckten Hütten an der Seite eines schönen Eingeborenenmädchens mit schwarzen, langen Haaren, einer Polynesierin oder etwas Ähnlichem, ganz wunderbar zu verkommen?« – »Mami, du Dummerchen«, sagte die Tochter im Ton weniger des Vorwurfs als der Feststellung, aber die Mutter bedeckte meine auf dem Knie ruhende Hand einen Augenblick lang lachend mit der ihren.
Mrs. Turgell flirtete nicht mit mir, auch wenn sie ebenso gut wußte wie ich, daß sie mir lieber war als ihre Tochter. Schließlich war auch sie selbst sich lieber als ihre Tochter. Ja, das war eine der kleinen wortlosen Abmachungen, die uns im Verlauf der damals etwa eine Woche alten Bordbekanntschaft zur Selbstverständlichkeit geworden waren. Ich war – wie sagen doch Frauen so gerne? – nicht mehr ganz jung genug, um ihr Sohn sein zu können. Sie war vermutlich vierzig, und ich war schon sechsundzwanzig. Andererseits war ich nur acht Jahre älter als ihre Tochter. Zuerst hatte ich beide in Venedig gesehen, im Büro der Schiffahrtsgesellschaft, wo wir uns für unsere Bordkarten anzustellen hatten, und im ersten Augenblick waren ihre hochgepreßten englischen Stimmen

mir ein bißchen auf die Nerven gegangen. Aber als wir vor Mombasa anlegten, waren sie fast die einzigen Mitpassagiere, mit denen ich nähere Bekanntschaft geschlossen hatte. Ich war ziemlich fest davon überzeugt gewesen, daß sie mit niemand anderem verkehren würden als den Schiffsoffizieren und den paar Italienern, vor denen sie mit ihrem theatralischen Italienisch paradierten. Aber eines Tages glitt, kurz vor dem Lunch, Mrs. Turgell in der kleinen Bar auf den neben mir stehenden Hocker und begann sogleich mit ihrem liebenswerten Geplapper. Offenbar war sie durchaus bereit, die Tatsache zu übersehen, daß sie in mir einen der zugeknöpften Inselbewohner erkannt hatte, zu denen auch sie gehörte und über die sie sich so oft in teils belustigenden, teils abschätzigen Bemerkungen erging.

In Mombasa verbrachten wir gemeinsam den Tag an Land, Mrs. Turgell, Rina und ich. Genau genommen, waren eigentlich Stella (so mußte ich Mrs. Turgell auf ihren Wunsch anreden) und ich zusammen, während wir Rina abwechselnd verloren und wiederfanden wie ein nicht an der Leine geführtes Hündchen. Als der Kai hinter uns lag, hätte ich am liebsten ein Taxi für eine Stadtfahrt genommen, aber Stella erklärte, es sei viel vergnüglicher, zu Fuß zu gehen und schrittweise das fremde Gelände zu ›erkunden‹. (›Erkunden‹ war einer der burschikosen Schulmädchenausdrücke, von denen es in der Unterhaltung mit Stella nur so wimmelte.) Wir waren noch nicht lange eine breite, mit den Schatten, Blüten und Staubpollen glitzernder Bäume gesprenkelte Straße entlanggeschlendert, als Rina in einer Art Warenhaus verschwand, wobei ihre schlechtsitzenden grünen Hosen an ihre langen Beine schlappten und ihre billigen, in Port Said erstandenen, mit dem rot-grünen Bild von Palmenbäumen bedruckten Sandalen an ihre nackten Sohlen schlugen. Sie trug ein amerikanisches, mit den Gesichtern von Filmstars gemustertes Männerhemd, das ihr außen herunterhing, und an diesem besonderen Gewandstück wurde sie im Halbdunkel des Kaufhauses von ihrer Mutter erkannt, die ihrerseits höchst reizvoll mit einer Art Paradekleid angetan war; es brachte ihre kleine, zierliche Figur wirksam zur Geltung und ließ das zarte Fleisch ihrer Schultern und den Ansatz der Brüste sehen.

Wir gingen dem Mädchen nach und fanden in seiner Gesellschaft noch andere Schiffspassagiere vor, nämlich den Konsul mit seiner Mutter und seiner Frau. Sie stocherten gerade in ganzen Bündeln von Elefantenzähnen herum, Stoßzähnen jeglicher Größe, die von der Decke herunterhingen oder auf dem Boden aufgestapelt lagen. Mit dem sachkundigen Eifer, mit dem man Fakten weiterzugeben liebt, von denen man wenige Minuten zuvor noch keine Ahnung gehabt hat, teilten Rina und die anderen, sich gegenseitig immer wieder unterbrechend und korrigierend, uns mit, was der Kaufhausangestellte ihnen eben erst vom Preis dieser Stoßzähne berichtet hatte. Der Konsul hatte zwar noch nie einen Posten in Afrika gehabt – er war gerade dabei, eine Stellung in Belgisch-Kongo anzutreten –, erging sich aber mit der nüchternen Selbstverständlichkeit eines Mannes, dem nichts Exotisches unvertraut ist, in wissenden Flüsterbemerkungen über die Lage auf dem Elfenbeinmarkt. Soviel ich wußte, hatte er jahrelang auf dem Balkan und in der Türkei gelebt. »Dieses arme kleine Geschöpf«, sagte Rina, mit einer ihrer Sandalen über die schmale Krümmung eines Stoßzahnes gleitend, der einmal einem Elefantenjungen gehört haben mußte; woraus ich ersehen konnte, daß auch sie eines Tages die Zahl jener Engländerinnen vermehren würde, die lediglich der Liebe zu Tieren fähig sind – der Liebe zu allem, was hilflos, stumm und unselbständig ist.

Etwas ziellos drängten wir, eine kleine ungeordnete Gruppe, aus dem Dunkel wieder ins grelle Tageslicht. Die Frau des Konsuls äußerte kein Wort, trug aber dafür einen um so beredteren Gesichtsausdruck zur Schau. Vermutlich hatte sie im Innern des dämmrigen Warenhauses Rina gegenüber einen schüchternen Wunsch angedeutet, denn diese sagte, etwas schlaksig voranstelzend: »Wo mag nur die Kalindini-Straße sein? Dort sind die Läden, in denen man Topase bekommt. Ach, Mami, ich hätte so gern für meinen kleinen Finger einen großen länglichen Topas!« – »Es sind, glaube ich, indische Juweliere«, bemerkte die Frau des Konsuls in so höflichem Tone, als wolle sie lediglich etwas für sie selbst gänzlich Uninteressantes bestätigen.

»Oh, und ich, ich würde so gern wissen, wo die Geschäfte mit den Sandalenmachern sind«, rief Stella. Und die ganze Besichtigungstour drohte zu der Art von lästigem Einkaufsbummel zu verkümmern, bei der die Männer geduldig hinter den Frauen herzutrotten haben.

Der Konsul war in Port Said zugestiegen. Er verfügte über alle die auszeichnenden Körpermerkmale des idealen Engländers aus dem oberen Mittelstand, die mir selbst abgingen. Mein eigenes Äußeres lief der volkstümlichen Wunschvorstellung von alledem, was Herkunft und Kinderstube auch bei mir hätten bewirken sollen, so gründlich zuwider, daß man fast eine Absicht, will sagen die boshaften Machenschaften gelangweilter Erbteilchen dahinter hätte vermuten dürfen: auch wenn ich selbst mich nicht mit dem tröstlichen Gedanken täuschen konnte, daß ich eben infolge dieser Tatsache das insulare, mir sozusagen schon bei der Geburt eingebrannte Wahrzeichen britischer Abkunft Lügen strafte. Ich habe braune Augen und braunes Haar, das bei mir nicht so glatt anliegt, wie man es bei einem Angelsachsen erwarten sollte. Vielmehr scheinen mein breites Gesicht und der allzu große Kopf auf dem untersetzten Rumpf geradeswegs aus Dickens zu stammen, und nur eben aus Dickens. (Womit nun keiner von Dickens' schlanken Copperfields gemeint ist, sondern einer der Freunde seiner Helden, dieser unerschütterlichen Freunde, bei denen große kluge Augen für den Mangel an sonstigen gewinnenden Zügen zu entschädigen haben. Darauf hatte man mich bereits in Oxford hingewiesen, aber ich muß es auch von mir aus noch einmal bestätigen.) Der Konsul war – wie konnte es anders sein? – hochgewachsen, hatte knochige Knie, große Füße, breite Schultern und ein längliches Patriziergesicht mit dichten Brauen über schönen grauen Augen, die sich bei Betrachtung der See oder des Himmels bläulich färbten. Sein Haar war noch voll, und es war glatt und grau. Er war ein keltischer Typ und vermutlich einmal dunkelhaarig gewesen. Seine Mutter sah ihm zum Verwechseln ähnlich (wobei für den Eindruck der zeitlichen Priorität nicht so sehr der biologische Sachverhalt maßgeblich war wie die momentane Situation), war fast ebenso hochgewachsen und sah nicht um ein Tüpfelchen weniger vornehm aus. Wie die Personen in einem Stück gebrauchten sie stets die Anrede: »Mutter, würdest du jetzt gern Tee trinken?« – »Ja, Hugh, ich glaube schon.« Dafür schien die Frau für beide überhaupt keinen Namen zu haben: »Wo steckt sie denn?« – »Unten in der Kabine vermutlich.« Wenn gelegentlich der Konsul genötigt war oder sich vielmehr genötigt fühlte, in ihrer Gegenwart und an ihrer Stelle das Wort zu ergreifen,

sprach er von ihr als ›meiner Frau‹, und in seinem Munde nahm das Wort einen merkwürdig juristischen Beiklang an: es war, als habe ein Richter vom Kläger oder vom Beklagten gesprochen. Während der ersten Zeit, in der wir das Rote Meer passierten und uns kaum der Hitze zu erwehren vermochten – es war, als habe die Welt zu kreisen aufgehört, und auch später hatte die Erinnerung an alles damals Erlebte und Unternommene stets etwas Traumgleiches an sich –, ließ sie sich, soweit ich feststellen konnte, überhaupt nicht blikken. Es muß die Hitze oder die Seekrankheit gewesen sein, was sie an ihre Kabine gefesselt hielt. Der Konsul und seine Mutter saßen bei den Mahlzeiten allein am Tisch, und mehrere Male spielte ich in dem mit einer Klimaanlage ausgestatteten Kartenzimmer Bridge mit ihnen: hier verfielen wir der Erstarrung wie Nahrungsmittel in einem Kühlraum, und wenn unsere Hände beim Spielen sich zufällig streiften, zuckten wir bei solcher fischgleichen Berührung durch gefrorenes Fleisch zurück.
Vom Vorhandensein der Frau hatte ich ursprünglich keine Ahnung gehabt. Aber am ersten Tag, an dem wir morgens beim Aufwachen des Indischen Ozeans und des strömenden, klatschenden, fauchenden Monsuns gewahr wurden, ließ ich mich durch das Kläffen eines Hundes an eine etwas ferner gelegene Stelle des Oberdecks locken, und dort fand ich nicht einen Hund vor, sondern gleich drei, die in besonderen Verschlägen untergebracht waren. Sie alle waren gerade im Freien und sprangen fröhlich an einer molligen, knolligen kleinen Frau in die Höhe, bei der winzige Einzelzüge in einem großen, runden Gesicht eingebettet lagen. Unter den Büscheln lockigen braunen Haares, dem irgendein rötliches Farbmittel einen helleren Schimmer verliehen hatte, nahm sich ihr Gesicht sogar noch größer aus, und selbst ich, der ich sonst in den feineren Methoden weiblicher Verschönerungskunst ganz und gar nicht bewandert war, konnte erkennen, daß an der Art, in der sie sich ihrer bedient hatte, allerlei nicht ganz stimmte. Auf ihren ohnehin rötlichen Wangen standen Tupfen von einem andersfarbigen Rot. Bei aller grobkörnigen Ungeformtheit war es ein bemerkenswert unschuldiges Gesicht. Die Frau machte mich mit den Hunden bekannt und kauerte sich mit vorgekrümmten Schultern auf dem Boden nieder, den einen Arm um den Nacken des größten, eines

braunen Apportierhundes, geschlungen, die Wange an eines seiner Ohren geschmiegt. Wie Rina, so mußte auch sie zu den Frauen gehören, die nur der Liebe zu Hunden fähig sind – aber das offenbar in anderem Sinne und aus anderen Gründen: am ersten Tage, an dem ich dieser Frau ansichtig wurde, hielt sie den Nacken des Apportierhundes umklammert wie ein Kind, das in wortloser Liebe der Zwiesprache mit einem tierischen Wesen pflegt, weil es sich von den Menschen im Stich gelassen fühlt. In ihrem Falle verhielt es sich wohl nicht so, daß sie keiner anderen Liebe fähig gewesen wäre als der Liebe zu den Tieren. Vielmehr waren Tiere das einzige, was ihr für ihre Liebe geblieben war.

Zweifellos fiel sie neben dem Konsul und seiner Mutter grotesk aus dem Rahmen. Stets trug sie eine ganze Kollektion ungleicher Schmuckstücke – es war, als habe sie aus fahriger Ratlosigkeit sich zu keiner bestimmten Wahl entschließen können –, und an jenem Tag in Mombasa war sie, vielleicht zu Ehren des Festland-Ausflugs, noch sorgloser ausstaffiert als gewöhnlich. Ein ägyptisches Halsband im Stil der mächtigen Perlengehänge aus Tutanchamons Grab, ein typisches Touristenandenken, vertrug mit dem allzu auffällig gemusterten Kleid sich ganz und gar nicht, und an der Brust trug sie eine Diamantbrosche in Gestalt eines Fuchskopfes mit Rubinenaugen, in dem fröhlich die Ohrläppchen umkringelnden Haar dagegen ein paar künstliche Kornblunen. Im Laden des indischen Juweliers schob sie sich schüchtern und aufgeregt an ihren Mann und seine Mutter heran, die groß und kühl und pastellfarbig in der Nähe der Eingangstür standen. In der Höhlung der einen ihrer dicklichen, mit Ringen geschmückten Hände hielt sie, von der anderen überwölbt, wie einen kaum merklich von Rost getrübten Tropfen Regenwasser einen großen Topas. Der Konsul blickte auf sie herab, die Hände über der Zwinge seines Spazierstockes gekreuzt, den er auf der hellen Folie seines Tropenanzugs vor sich hingepflanzt hatte, und seine Mutter hielt ihren Sonnenschirm auf ähnliche Weise unbewegt. »Bitte denke doch immer an deine Größe«, sagte er. Seine Stimme war, nicht anders als sein Blick, auf einen Punkt gerichtet, der sich etwas oberhalb des rötlichen Wuschelkopfes befand. Ängstlich bemüht, die offene Hand waagerecht zu halten, ging die Frau wieder zum Ladentisch zurück. Ob der Konsul zuletzt in den Kauf eines

Topases – gleichgültig, ob er zu ihrer Figur passen mochte oder nicht – willigte oder nicht, habe ich nie erfahren, weil zu meiner Überraschung und Erleichterung in jenem Augenblick Stella neben mich schlüpfte und mir zuflüsterte: »Lassen Sie uns doch gehen. Viel zu schade, den Vormittag hier mit Feilschen zu vertrödeln. Ich glaube sowieso nicht, daß die Steine echt sind.«

Der Laden wimmelte nun von anderen Schiffspassagieren: immer wieder kamen neue dazu, sobald sie draußen beim Vorüberschlendern im Inneren des Ladens vertraute Gesichter vom Schiff erblickten, und bald verspürte jede der Frauen das glühende Verlangen, einen Topas zu besitzen. Einige beanstandeten die Karatauszeichnung oder den Preis, und einer der Kunden, der sich auf sein Geschick im Umgang mit den ›Eingeborenen‹ jeden Landes besonders viel einbildete, gab dem Juwelier zu verstehen, daß er ihn gerichtlich belangen lassen werde, falls nach Aussage eines Sachverständigen in Johannesburg die Steine sich als unecht erweisen sollten. Rina, deren langer Hüftknochen scharf hervorsprang, solange sie am Ladentisch lehnte, kommentierte im höchsten Ton ihrer lautesten englischen Stimme jeden Kauf und fegte dazwischen von Gruppe zu Gruppe. »Was?« rief sie, während sie den Blick über die zusammengeschobenen Köpfe der Feilschenden schweifen ließ. »Nein, ich komme jetzt nicht mit. Mami, du bist ja schauderhaft knickerig. Darf ich denn nicht einmal einen winzig kleinen haben? Sieh doch hier dieses angeräucherte kleine Ding!« Ihre Mutter trat zu ihr hinüber, und beide unterhielten sich eine kleine Weile im gedämpften Ton gezügelter Streitbarkeit, aber schließlich gesellte sich Stella an der Tür mir allein wieder zu. »Kommen Sie – wir wollen gehen«, sagte sie kurz, weil sie ägerlich war. Aber hinter ihren guten Umgangsformen und der gefälligen Fassade gleichbleibender Gemütsverfassung, die aufrechtzuerhalten sie schon als junges Mädchen gelernt hatte, vermochte sie im Nu ihre Gereiztheit zu verbergen. »Was für eine Geschichte mag wohl hinter der Ehe des Konsuls mit dem kleinen Häufchen Elend stecken?« fragte sie wie obenhin.

»Nun, sie ist ziemlich schlimm, nicht wahr? Ich meine, man fühlt sich ganz verstimmt, wenn man sieht, daß er sich ihrer so unverhohlen schämt, aber andererseits möchte man selber keine solche Frau haben.«

»Oh, sie ist schon ausgesprochen gewöhnlich«, bemerkte Stella.
»Aber das sind in ihrer Art auch die beiden anderen – meinen Sie nicht? Eine so offiziell wirkende Unfehlbarkeit, eine solche diplomatische Immunität vorm Leben selbst! Und dazu die drachengleiche Königinmutter, die zweifellos Chinatee in den Adern und Gift im Herzen hat! Haben Sie bei den beiden die Nasenlöcher gesehen? Sie sind buchstäblich aufgeworfen.«
Ich lachte. »Und was hat das zu bedeuten?«
»Ich habe vor solchen Nasenlöchern immer etwas Angst«, sagte Stella in wissendem Ton. Natürlich gehörte sie zu den Frauen, die an die Physiognomik glauben, und an Zeichen und Vorbedeutungen gleichfalls.
»Oh, ich finde andere Leute immer so faszinierend – Sie nicht auch?« Mit dieser Feststellung hatte sie sogleich ihre alte Frische zurückgewonnen. Sie verhielt in ihrem Eifer einen Augenblick den Schritt. Schon früher waren mir bei ihr die in sich sehr echten Anwandlungen von Erregung und Entspannung aufgefallen, wenn sie, wie eben jetzt, mit irgendeinem gemeinplätzigen Ausspruch vor sich selbst eine bestimmte Lebenseinsicht bestätigte oder wiederentdeckte, die für sie von Wichtigkeit war und ihr gelegentlich abhanden kam oder abhanden zu kommen drohte.
Wie ich bereits angedeutet hatte: man wäre sich dieser Frau gegenüber geradezu als Spielverderber vorgekommen, hätte man sich, was an sich einfach gewesen wäre, der durch ihre Ausbrüche von Entzücken geschaffenen Stimmung entzogen, mochte man auch im besonderen Falle dieses Entzükken nicht teilen. Wahrscheinlich finde ich selbst andere Leute in der von ihr gemeinten Art nicht gerade faszinierend, aber trotzdem teilten wir wenigstens die heitere Unbeschwertheit, in der wir während der Taxifahrt zum Nyalistrand miteinander scherzten und plauderten.
Sie war mit dem Auskleiden sehr viel früher fertig als ich – sie mußte das Badekostüm bereits unter dem Kleid angehabt haben –, denn als ich schließlich, das zusammengerollte Bündel von Hemd und Hose an mich pressend, hinter meinem Gebüsch hervortrat, war sie bereits in dem blassen, türkisfarbenen, durchsichtigen Wasser. Wenn sie meiner Berechnung nach auch zur Generation der zwanziger Jahre

gehörte, in der die jungen Mädchen auf vielleicht sogar noch entschlossenere Weise zu allem ›bereit‹ waren als heute, war ihr Verhalten doch nun völlig verschieden von dem ihrer Altersgefährtinnen, die ich selbst kannte und mit denen ich daheim oder während der Ferien auch in Italien oder Frankreich baden gegangen war. Sie machte keine Schwimmbewegungen, sondern, sich dicht an der Küste haltend, ließ sie sich sachte, zahm und ungezwungen treiben. Sie trug keine Schwimmkappe, und das kurzgeschnittene hübsche blonde Haar blieb so makellos wie das Make-up auf ihrem hübschen Gesicht. Man konnte erkennen, daß sie zeitlebens ihre Haut vor Berührung mit dem Sonnenlicht geschützt hatte: bei ihr waren Arme und Beine nicht braungebrannt, der Nacken nicht gelblich getönt, wie es für mich sonst zum Bild einer Frau gehörte, sondern in dem flachen Wasser und im Kontrast zu dem mit dem Wasser gleichfarbigen, nur etwas dunkleren Badekostüm schimmerte ihr Fleisch perlenhaft bleich. Es war ein bemerkenswert jugendlicher, wohlgebildeter Körper (vierzig wollte mir bei einer Frau an sich schon ältlich vorkommen); auch wenn er kein Mädchenkörper, wenn er sogar weicher als ein Mädchenkörper war, und ich freute mich seines Anblicks, obwohl er merkwürdigerweise, ja zu meinem eigenen Bedauern kein Verlangen in mir erweckte. Ich reagierte – und reagiere – wohl nur auf Mädchen mit festem Fleisch, bei denen die Ränder sorgsam gepflegter Sonnenbräune dem natürlichen Körpermuster zuwiderlaufen.

Ich schwamm eine kleine Weile und ließ mich dann fast eine Stunde lang in der blauen Stille neben ihr treiben. Nach dem grauen feuchten Sommer und dem kalten feuchten Herbst daheim, ja nach einer ununterbrochenen Abfolge grauer englischer Winter- und feuchter englischer Frühlingsmonate genoß ich die lockere, warme Schönheit dieser Breiten. Es war mir, als käme spürbar in meinem Körper etwas zum Schmelzen: irgendein Bestandteil meines Blutes, der sich im Laufe von sechsundzwanzig in englischem Klima verbrachten Lebensjahren nicht hatte lösen wollen, schickte sich unversehens und wunderbarerweise an, zu zerfließen. In trägem, physischem Wohlgefühl betrachtete ich die lieblichen, glattgemusterten Stämme der Kokosnußpalmen, die wie aus weiter Ferne, hoch über unsere Köpfe hinweg, dem

Wasser und dem weißen Strand mit dem Strauß ihrer grünen Wipfel zuzuwinken schienen. Ich hob einen Arm, um die Luft, so warm wie das Wasser, mit Händen zu greifen. Ich wühlte die Füße in den reinlichen Sand, der sich nicht weniger weich anfühlte als das Wasser. Der letzte gezackte Kristall in meinem englischen Blut schmolz dahin.

Aber Stella Turgell sprach von Italien. Wärme und Schönheit und körperliches Wohlgefühl: das alles war für sie gleichbedeutend mit Italien, auch wenn es ihr an einem Strand der Ostküste Afrikas zum Erlebnis wurde. Sie hatte gerade mit ihrer Tochter an die zwei Monate in Florenz verbracht, und offenbar lebte sie alljährlich auch sonst mehrere Monate irgendwo in Italien – in Rom, Perugia, Venedig, Garda, und immer wieder in Florenz. Die Turgells kamen mir nicht sonderlich begütert vor – welchem Lebensumstand mochten sie dann wohl eine derartige Freizügigkeit verdanken? Stellas leidenschaftliche Liebe zu Italien gehörte eigentlich ins neunzehnte Jahrhundert, die Zeit Byrons – hätte man sie unbedingt mit der Gegenwart in Verbindung bringen wollen, hätte man allenfalls noch behaupten können, daß Stella jedesmal, wenn die Rede auf Italien und italienische Verhältnisse kam, alles mit den Augen eines der jungen Mädchen in E. M. Forsters frühen, von Engländern in Italien handelnden Romanen betrachtete – der jungen Mädchen, die sich mit den etwas zügellosen Söhnen von Zahnärzten in kleineren Städten namens Poggibonsi verehelichen oder deren Leben eine unwiderruflich andere Richtung einschlägt, sobald sie einmal Zeugen eines echt italienischen Krawalles auf einem echt italienischen Platz gewesen sind. Das Italien Moravias und des neorealistischen Films schien nicht für sie zu existieren. Sie von Italien sprechen zu hören, bereitete mir immer etwas Unbehagen, auch wenn wir uns bei der Unterhaltung auf das Thema von Kirchen und Gemälden beschränkten. Gleichwohl war jener Tag, an dem wir uns Seite an Seite im Wasser treiben ließen, für mich so vollkommen, daß mich kaum noch etwas ernsthaft hätte irritieren oder mir Unbehagen hätte verursachen können.

Die in Italien verbrachten Monate machten jedenfalls, das konnte ich ihren Worten entnehmen, den eigentlichen Inhalt ihres Daseins aus. Während der ganzen übrigen Zeit, die sie abwechselnd in Devon, im Haus ihrer Mutter, und auf der

Farm ihres Mannes in Nordrhodesien verbrachte, suchte sie offenbar mit Ungeduld, ja fast mit geschlossenen Augen durchzuhalten. Das einzige, was sie im Hinblick auf den bevorstehenden Aufenthalt in Afrika zu bemerken hatte, um dessentwillen sie gleichzeitig mit mir diese Reise unternahm, war: »Nun, heute in sechs Wochen sind wir schon wieder auf dem Rückweg. Nicht auf dieser Seite natürlich. Westküste.« Und dabei schloß sie die Augen und kräuselte vor Vergnügen über die frische Brise die Nase.
»Auf dem Rückweg nach Europa?«
»Nach England. Aber nur für kurze Zeit. Im April werden wir wieder in der Pension Bandolini sein.«
In Gedanken sah ich sie, jenseits aller Zeit, wieder und immer wieder im Sonnenlicht eine Hügelstraße bei Florenz herabkommen, den offenen Sonnenschirm schräg hinter dem Kopf. Ab und an hielt sie inne, um einen im Straßenstaub hockenden Bambino zuzulächeln oder einer ›typischen‹ Bäuerin mit schwarzen Augen und schwarzbeflaumter Lippe einen Gruß zuzuwinken und ihr in ihrem deutlichen, englisch gefärbten Italienisch etwas zuzurufen. Die Straße, das Kind, die Bäuerin – alles war nicht ganz wirklich... »Haben Sie denn niemals längere Zeit in Afrika gelebt?« fragte ich.
Ohne die Augen zu öffnen, erwiderte sie: »Rina ist in Rhodesien zur Welt gekommen. Ja, als sie noch klein war, habe ich eine ganze Weile in Afrika gelebt.«
Auf die Lippen drängte sich mir die unmögliche, idiotische, auf der Fahrt in ein neues Land niemals zu unterdrückende Frage: »Was ist das eigentlich für ein Land?« Aber, wie ich deutlich bemerken konnte, knüpfte sich dank der Tatsache, daß ich die Absicht hatte, längere Zeit in Afrika zu bleiben, und jener anderen, daß sie in gewissem Sinn an dieses Land gefesselt war, zwischen uns eine Art Band, dessen wir niemals Erwähnung taten; jedenfalls etwas, das, wie sie indirekt zu erkennen gab, bei der Unterhaltung besser unberührt, unberücksichtigt blieb, und dementsprechend – war es nicht etwas so Selbstverständliches, daß es nicht erst erörtert zu werden brauchte? – ging sie stets rasch und ungezwungen zu anderem über – zu all dem Zauberhaften, das uns hier umgab oder am Gestade des Mittelmeers hinter uns zurückgeblieben war.
Es trat ein Augenblick der Stille ein, und dann fuhr sie, fast als hätte ich das Schweigen zuletzt doch mit einem Wort oder

einer Frage gebrochen, in unbeschwertem Tone fort: »Für Afrika bedarf es einer aktiven, keiner kontemplativen Gemütsanlage. Mein Mann findet es herrlich. Vom Morgen bis zum Abend fuhrwerkt er, völlig ausgefüllt, auf seiner Farm umher. Die weißen Nachbarn sind allerdings schrecklich. Ich werde sie nie vergessen. Diese fürchterlichen Abendgesellschaften. Das fürchterliche Essen. Und jahraus, jahrein die gleichen Leute, das gleiche Essen, die eine Woche in diesem Haus, die folgende in jenem. Kein anderes Gesprächsthema als Bodenerträgnisse, Frauenleiden, Dienstbotennöte. Häßlich, häßlich. Alles häßlich.«
Plötzlich schlug sie die Augen auf, straffte sich, hob sich halb aus dem Wasser und gab, leuchtenden Blickes und in eifrigem Ton, wieder einen ihrer lähmenden Gemeinplätze zum besten: »Das Allerwichtigste im Leben ist doch die Schönheit – meinen Sie nicht auch?«
Wenn andere mit einer Feststellung wie dieser herausrücken, habe ich immer das Gefühl, nicht recht mitreden zu können. Angesichts eines so kühnen Griffes ins Tiefenreich all des Halbgeahnten, kaum recht Wahrgenommenen, an das ich selbst nur in seltenen Augenblicken gerührt zu haben vermeine, überfällt mich stets ein Gefühl der Hilflosigkeit. Ist dieser große glänzende, glitzernde Fisch tatsächlich das, was mir dann und wann unter Wasser einmal die Hand gestreift hat? Und wäre weiter nichts als diese unmögliche große Attrappe? Da zucke ich zurück. Denn wäre es wirklich so und nicht anders, brauchte ich meine fragenden Gedanken auch niemals mehr in jene Tiefen hinabtauchen zu lassen.
Immerhin – was diese Frau unter ›Schönheit‹ verstand, was dieses Wort für sie zu verhüllen hatte: kein Zweifel, daß es in ihrem Dasein tatsächlich das Wichtigste war. Aber was meine eigene Person betraf, so war ich, zumindest in jenem Augenblick, noch keiner Aussage fähig. Ich äußerte etwas Inhaltloses, Unverbindliches, eine Bemerkung etwa der Art, wie sie die Amerikaner in ihren Filmen mit Vorliebe den Engländern in den Mund legen. Gemeinsam entstiegen wir dem Wasser und abseits voneinander kleideten wir uns wieder an.
Gerade, als wir den Sand überquerten, um wieder zu der Stelle zu gelangen, an der, im Palmenschatten, unser Taxi wartete, sahen wir auf dem das Gebüsch durchschneidenden Pfad die langbeinige Gestalt Rinas auf uns zustürmen. Von

irgendeinem unserer Mitpassagiere, die zum Zweck einer kleinen Rundfahrt gleichfalls ein Taxi genommen hatten, war sie am Strand abgesetzt worden. »Hier, mein Liebes«, rief Stella, dem Mädchen ihr Schwimmkostüm zuwerfend. »Hüpf rasch mal eben ins Wasser. Es ist himmlisch.« Aber Rina hatte keine Lust zum Baden. Während die Mutter noch einmal zum Strand zurückging, weil sie ein Handtuch vergessen hatte, sagte das Mädchen, an einem abgerissenen Blatt nagend: »Ich bin so froh, daß Mutter einen so schönen Vormittag gehabt hat.« Was für ein merkwürdig gönnerhaftes Kind, dachte ich, was für verquere Geschöpfe doch englische Mädchenschulen hervorbringen! (Ich hatte mich schon daran gewöhnt, in bezug auf England und englische Einrichtungen etwas objektiver zu denken.)

Das Taxi brachte uns drei zum Strandhotel und wartete, bis wir uns ein Glas lauwarmen, mit Fruchtsaft verdünnten Gins und einen etwas kläglichen Lunch einverleibt hatten. »Uff!« Stella verzog das Gesicht, wenn sie auch dabei lachte: »Sobald man nur den Fuß wieder auf diesen Boden gesetzt hat! Das Schlechteste ist gerade noch gut genug.«

Mich selbst stimmte der warme Gin ganz milde. Es machte mir sogar Spaß, mich mit Rina herumzunecken. »Wir hätten nach einem indischen Restaurant in der Stadt suchen sollen«, sagte sie. »Ich hätte lieber etwas Scharfgewürztes gegessen.«

Immerhin beschlossen wir, es nicht mit dem Hotelkaffee zu riskieren, sondern zur Stadt zurückzufahren und uns dort nach einem Araber-Café umzusehen. Wir konnten keines entdecken, kamen jedoch, als wir in Richtung des Kais zurückschlenderten, an einem Lokal vorüber, das sich wie ein mißlungener Kompromiß zwischen einem kontinentaleuropäischen Kaffeehaus und einer englischen Teestube ausnahm. Es war gegen die Straße zu nicht eigentlich offen, war aber auch nicht ganz in sich abgeschlossen. Die Gäste saßen auf einer kleinen Estrade, hinter einem gußeisernen Geflecht aus Dornen und Ranken, das die übliche Glaswand zu ersetzen hatte. Auch der Konsul und die beiden zu ihm gehörenden Frauen saßen dort, und sie riefen etwas zu uns herab. Da wir brennenden Durst verspürten, gingen wir hinein und ließen uns an ihrem Nachbartisch nieder. Der Konsul und die Seinen waren fast mit dem Essen fertig. Ihr Kaffee sah alles andere als verlockend aus, und darum bestellte ich törichterweise an einem besonders heißen Nachmittag um halb drei Cocktails für uns. Es roch nach gebratenem Steak, und die Drinks ließen lange auf sich warten. Mitten an der Decke kreiste langsam ein mächtiger Ventilator, der die warme Luft in dicke Schwaden zerteilen und in Umlauf setzen sollte. Wie seltsam, sie am Gesicht vorüberwehen zu spüren, ohne daß der Zugwind etwas von der sonst mit solcher Bewegung verbundenen Kälte ausströmte. Das Lokal war fast leer, und, an die künstliche Blockhüttenbar gelehnt, stand schlafend ein hochgewachsener afrikanischer Kellner in wallendem weißen Gewand und rotem Fez. Er trug buntfarbige Socken und eine schäbige Abart der spitzzulaufenden Lackschuhe, die ich einmal in meines Vaters Schuhschränkchen gesehen hatte. Er hatte das schweißbeglänzte Affengesicht, wie ich es von den wenigen Säuglingen her kannte, deren Anblick mir nicht erspart geblieben war. Der Schweiß machte es insofern interessant, als er es in Flächen aufteilte, die Falten aber mit Glanzlichtern ins Relief setzte und ihm etwas von der greisenhaften Unschuld eines Säuglings verlieh. Der Konsul, der, die Ellenbogen um einen der Eisenschnörkel seines Stuhles gehakt, sich etwas zurückgelehnt hatte, sah, wie ich den Schlafenden betrachtete, und machte eine Handbewegung. Und wie immer, wenn er die Hand bewegte, schien er einen Befehl zu erteilen. »Da haben Sie's – könnte man es hier für möglich halten, daß es so etwas wie eine Mau-Mau-Bewegung gibt? Wir sind keine sechshundert Kilometer von Nairobi, das heißt von Kenia, entfernt – man kann sich's beim besten Willen nicht vorstellen. Meuchelmord und Brandstiftung ... und dagegen sehen Sie sich nun das einmal an! Könnte keiner Fliege etwas zuleide tun.« Und wie zur Bestätigung seiner Worte ließ sich auf dem schlafenden Gesicht eine Fliege nieder und kroch auf der linken Backe vom Mund zum Auge hinauf.

Der etwas törichte Ausdruck belustigter Verstörung, der sich in jenem Augenblick auf meinem Gesicht gemalt haben mußte, hatte weniger damit zu tun, daß ich beim Anblick des schlafenden Kellners die Fassungslosigkeit des Konsuls teilte, als vielmehr damit, daß mir plötzlich etwas klar wurde, das mich selbst betraf. Jenen Tag in Mombasa hatte ich verbracht wie Sindbad der Seefahrer; es war das Blut des Nordländers in

meinen Adern gewesen, das nach wollüstig-abenteuerlicher Begegnung mit warmen Gewässern, nach Müßiggang unter sonnenheißem Himmel verlangte. Und all die Bücher, die ich noch in England, all die Druckwerke über Afrika, die ich während der letzten drei oder mehr Jahre gelesen hatte? Die Blaubücher, die Flugschriften, die Bestandsaufnahmen, die gelehrten Abhandlungen – die dicken von Professoren der Soziologie und Anthropologie verfaßt, die schmaleren von Vertretern der Volks- und Landwirtschaftskunde, die sensationellen von Journalisten? In welchem Abstand befand ich mich hier vom Schauplatz der Mau-Mau-Kämpfe, an denen meine Freunde und Verwandten so leidenschaftlich Anteil genommen hatten – nun, da ich ihnen bis auf sechshundert Kilometer nahegerückt war, statt wie früher zwölftausend Kilometer entfernt geblieben zu sein?
Ich schlürfte also meinen süßlichen Drink und verspürte auch nicht den Schatten eines Selbstvorwurfs. Vielmehr war ich ganz mit mir einverstanden – es war mir, als sei ich eben von dem besonderen Verdacht des Dünkels, der Lebensfremdheit, den ich mir selbst gegenüber gehegt hatte, freigesprochen worden. Im Augenblick war mir einfach nichts anderes wichtig. Ich hatte nicht den geringsten Versuch unternommen, den Tag nutzbringend auszuwerten, hatte den mir an einen hohen Regierungsbeamten mitgegebenen Empfehlungsbrief nicht überbracht, hatte mich auch gar nicht bemüht, mir aus eigener Anschauung ein Bild von afrikanischen Arbeitsbedingungen, Wohnverhältnissen, politischen Unabhängigkeitsbestrebungen zu machen. Ich fühlte mich überwältigend schläfrig, fand die gewaltige, umgreifende, erschlaffende Hitze – die Schöpfung selbst schien ins Gähnen verfallen zu sein und jedes der Einzelgeschöpfe mit ihr – nahezu wohltuend, und meine Adern hatten sich geweitet, meine Poren sich der Hitze geöffnet. Die beiden hübschen Frauen (man mußte wohl zugeben, daß auch Rina hübsch war, vorausgesetzt, daß man den zierlichen Kopf unabhängig von dem dazugehörigen langaufgeschossenen Körper zu würdigen imstande war) – sie beide sahen schon fast weiblich, nicht mehr weibchenhaft aus. Es war, als hätte sich bei ihnen unter dem Einfluß des Essens, des Alkohols das Gesicht entspannt, als habe die Hitze, unter deren Einwirkung sich bei ihnen das Haar verklebt hatte, zugleich mit dem Puder auf

ihrem Gesicht auf jene spezifisch englische Gußform der Schönheit zum Zerfließen gebracht – eine Gußform im wörtlichen, nicht im übertragenen Sinne, jedenfalls etwas, das mir mein ganzes bisheriges Leben zu schaffen gemacht hatte, sogar schon zur Zeit der Kindheit, sogar im Gesicht meiner Mutter.

Sehr befriedigt kehrten wir wieder zu unserem Schiff zurück. Es war mir schon früher aufgefallen, daß Rina wie ein Kind leise vor sich hinsang, wenn immer sie sich mit der Welt einig wußte. Die Barkasse war dicht gefüllt, und ins Ohr hallten mir die müden, kichernden oder auch ernsthaften Stimmen der Mitpassagiere – Stimmen, in denen noch etwas von der Erregung des Einkäufemachens nachschwang.

Sobald wir an Bord waren, suchten die Turgells und ich selbst die Kabine auf, um die erschlaffenden Folgen von Gin und Sonnenbrand auszuschlafen. Bevor ich mich niederlegte, schimmerte mir noch einmal im Bullauge das runde, leuchtende Bild der Küste entgegen – ein Bild, das, wie jene verglasten Ansichten auf der Rückseite silberner Frisierutensilien, aus Schmetterlingsflügeln zu bestehen schien. Ein glitzernd blauer Himmel, glitzernd grüne Palmen, glitzernd blaues Wasser. Als ich mich auf der Koje ausstreckte, hob sich das kleine, unterhalb des Bullauges angebrachte Bücherbrett bis zur Höhe meiner Augen. Die ›Bevölkerung Südafrikas‹, ›Die Probleme Südafrikas‹, ›Bericht über Südafrika‹, ›Das Herz Afrikas‹. Im rhythmischen Gleichmaß und wie unter hypnotischem Zwang begann ich die Titel der Bücher, die Namen der Autoren und der Verleger zu lesen. Während ich mich selbst noch über Wasser zu halten suchte, spürte ich, daß tief unter mir die warmen türkisfarbenen Fluten zu schaukeln begannen. Sand rieselte mir zwischen den Fingern hindurch wie kristallener Staub, und hoch mir zu Häupten schwangen unter den schönen Sichelblättern einer schwebenden Palme vielbehaarte Kokosnüsse. Sindbad, Sindbad. Sindbad, der Seefahrer.

Kurz nach fünf Uhr erwachte ich und begab mich an Deck. Wir glitten langsam aus dem Hafen heraus, und wie immer, wenn das Schiff sich widerstandslos, lautlos vom Festland löste, bewegte es sich auch jetzt im Schlepptau, nicht aus eigenem Antrieb voran. Und wie auch sonst, wenn wir einen

Anlegehafen hinter uns ließen, trat dieser seltsame Augenblick ein, dieser Augenblick der Stille, in dem hie und da, wie eine schlaff herabhängende Fahne sich im Luftzug bauscht, eine einzelne Hand sich an der Reling hob, um den unbekannten Gestalten am Festlande noch einen halben Gruß zuzuwinken. Dann aber begannen die Maschinen zu hämmern, das Schiff drehte sich im Sprühwasser seiner eigenen Kraft, und schon war es, als suchten wir nicht länger nur mehr aus menschlichem Griffbereich zu entkommen, hinweg, hinweg, sondern strebten zur offenen See hinaus, unserem nächsten Bestimmungsziel zu, dahin, dahin. Das war der Augenblick, in dem wir die Reling losließen, einer des anderen Gesellschaft suchten, die Klappstühle an die kleinen Decktische heranzogen und nach dem Barsteward riefen. Nun fand sich Stella ein, umgekleidet und frisch parfümiert, in der Hand die italienische Grammatik, mit der sie sich täglich eine Stunde lang beharrlich befaßte, und nach ihr der Konsul in Kniehosen und weißen Strümpfen, mit denen der vornehme Zivilist sich in etwas unbestimmt Seemännisches verwandelte. Bald folgte ihm auch Mama mit ihrem steifen Königinmuttergang, die Schreibmappe unterm Arm – stets hatte sie gerade Briefe geschrieben oder stand im Begriff, welche zu schreiben. Rina, noch immer in ihren schrecklichen grünen Hosen, die lose an ihr herunterhingen, weil sie noch nicht genug zu ihrer Auspolsterung hatte, gesellte sich uns an der Seite Miss Everards zu, der hochgewachsenen stattlichen Fünfzigerin, die, selbst unverheiratet, die Armbanduhr eines Mannes und des Abends jeweils einen prächtigen Florsari trug. Sie war etwas gewesen, was man ›Haushaltsberaterin‹ am Hofe eines indischen Fürsten nannte, der, ungeachtet der indischen Demokratie und der Person Nehrus, sich in dem ganzen Glanz der Vergangenheit unabhängiger indischer Fürstenstaaten gesonnt zu haben schien. Sie beabsichtigte, in einem der britischen Protektorate Afrikas zu ihrem Bruder zu ziehen, und auch sie war eine leidenschaftliche Italienschwärmerin, die ihre Sätze mit unzähligen *cara mia's* sprenkelte. Carlo, die dicklichere Hälfte des Duos Carlo und Nino, das für die kleine mosaikverzierte Bar vor dem Speisesaal zuständig war, trat zur Seite, um den beiden Damen auf dem Weg zum Deck den Vortritt zu lassen. Aber Miss Everard riß ihn gleich mit und kreischte ihm in angriffswütig-musikalischem

Italienisch etwas über ihre Schulter hinweg zu. Man hatte auch sonst den Eindruck, daß sie beim Reden – und sie redete ohne Unterlaß – stets über die Schulter sprach. Gewissermaßen *en passant* behielt sie immer das letzte Wort. Sie ließ sich mit an unserem Tisch nieder, setzte sich bequem zurecht, redete die ganze Zeit über auf Carlo ein und unterbrach sich lediglich, um uns auf englisch zu fragen, als wäre die bloße Frage schon lächerlich: »Ich störe doch nicht?« Ehe wir ihr das Gegenteil versichern konnten, hatte sie bereits auf italienisch Drinks für uns alle bestellt, wobei sie in der Luft die Gesten des Umrührens, des Einträufelns kleiner Zutaten und des Hineinschüttens von einer Menge Eis machte, und dazwischen warf sie wieder ein paar knappe Fragen auf englisch ein: »Und Sie? Einen rosa Gin? Einen Amerikano? Mit oder ohne Angostura?«
Carlo, mit seinem ewigen Kasperlelächeln, den runden, gewinnenden Äuglein und den kleinen Füßen, denen weiße, spitzzulaufende Schuhe nahezu vierundzwanzig Stunden täglich bei der Erledigung solcher Aufträge Halt verliehen, lief zu seiner Bar und kam mit der gewünschten Auswahl von Drinks zurück, sie alle auf vollkommene Weise gemixt, vollkommen eisgekühlt und von Tellerchen mit schwarzen und grünen Oliven flankiert. Nach dem charakterlosen Essen, der Hitze und den lauwarmen übersüßlichen Drinks an Land fühlte man sich beim Anblick und später auch Geschmack des Produkts seiner gelassenen Kunstfertigkeit fast geneigt, diesen unförmigen, dicken, stets lächelnden Mann mit einer beinahe sentimentalen Erleichterung zu betrachten – wir waren wieder ›daheim‹, umsorgt, betreut und verwöhnt. Mich an den Konsul wendend und dabei vielleicht auf gar nicht so unbewußte Weise Stellas früheren Ausspruch abwandelnd, bemerkte ich, nach meiner Meinung wäre Luxus im Leben doch etwas vom Allerwichtigsten. Aber der Angeredete lächelte nur umd zog in höflicher Übereinstimmung mit etwas offenbar nicht deutlich von ihm Vernommenen, das aber doch wohl nicht wichtig genug war, um einer Wiederholung standzuhalten, die Augenbrauen hoch. Natürlich war er schon seit langem, war schon lange vor dem Kriege nicht mehr in England gewesen. Er wußte darum auch nichts von der Welt, in der ich aufgewachsen war und in der jede noch so geringfügige Dienstleistung, für die man den Preis erschwin-

gen konnte, nur widerwillig absolviert wurde, und in der man, gewiß mit einiger Berechtigung, aber doch auch zum eigenen Mißbehagen, sich bei einer Einladung nach dem Essen oftmals mit dem Gastgeber zusammen zurückzuziehen hatte – nicht etwa in das Bibliothekszimmer, zu Portwein und Zigarren, sondern in die Küche zum Geschirrspülen.

Der Umriß der dichtbestandenen grünen Küste, an der die hohen Masten der Kokosnußpalmen eine Art Zickzacklinie an den abendlichen Himmel zeichneten, verschwamm in wachsender Entfernung mit dem Glanz eines Sonnenuntergangs, der weniger von der See gespiegelt zu sein, als vielmehr, ein ungeheurer Strahlenkranz, ihr zu entsteigen schien. Aber dafür hoben sich andere Küsten, nämlich die der uns in Nähe und Ferne umschwebenden Inseln und Inselchen, vor unseren Augen immer höher oder versanken hinter uns im Licht, kleine Küsten mit perlengleicher Strandlippe, dem rosa-malvenfarbigen Gespinst zart hingestrichelter Palmstämme und den dunkelgrünen, fast blauen Palmwipfeln. An unserem Tisch ging es nun ganz munter zu. Der Konsul spendierte eine zweite Runde Drinks und ich eine dritte. Rina schnippte mit dem Konsul um die Wette Olivenkerne ins Wasser. Miss Everard begann mich auf französisch in eine lange, angeregte Unterhaltung über den an Land verbrachten Tag zu verwickeln (irgendeine Sprache mußte ich ja doch kennen), während ich ihr mit nicht weniger hartnäckiger Lebhaftigkeit auf englisch erwiderte. Keineswegs wollte ich mit Miss Everard etwas anderes sprechen als Englisch. Es war mir sogar gelungen, eine Art Frageblick in meine Augen treten zu lassen, wenn sie irgendein altes lateinisches Zitat an- oder vielmehr vorführte.

Der erste Schiffsoffizier, ein schmucker Triestiner, der in seinem Äußeren weniger einem Italiener als einem Franzosen zu gleichen schien, kam an unserem Tisch vorübergeschlendert und wurde auch gleich zum Verweilen eingeladen. Offensichtlich gehörte er zu den Bewunderern Stellas, und als er ihr, sich neben sie setzend, auf italienisch ein paar huldvolle Komplimente zollte, überzogen sich bei ihr Halsausschnitt und Nacken mit einer glückseligen Röte, als habe ihr Körper sich die Wohlerzogenheit ihres Gesichts noch nicht zu eigen gemacht. Selbst die Frau des Konsuls, die, schauderhaft zurechtgemacht und in einem ›Nachmittags‹-Kleid, mit zö-

gernd-verlorenem Schritt aus der Richtung ihrer Kabine kam, fügte sich irgendwie in den Rahmen des Ganzen, und nachdem sie im Hinblick auf die Wahl eines Drinks zweimal ihren Entschluß gewechselt hatte, ließ sie sich neben mir nieder.
»Es geht ihr doch schon sehr viel besser als vor der Abfahrt«, sagte sie, zu ihrem Mann gewandt, ohne zu bemerken, daß sie damit die Unterhaltung störte. Er ließ in seiner hohlen Hand zwei Olivenkerne aneinanderklirren und runzelte, in ihre Richtung blickend, die Stirn: »Was sagst du da?« – »Ich habe gesagt, es geht Flopsy schon sehr viel besser, Lieber.«
Mit etwas aufreizendem Mitleid erklärte der Konsul: »Der Katze meiner Frau ist offenbar der mittägliche Fisch, oder was sie sonst zum Futter gehabt hat, nicht recht bekommen.«
Zweifellos wollte er damit, was die übrige Tischgesellschaft betraf, das Thema als abgeschlossen betrachtet wissen, und darum wandte sie sich nun mir zu und sagte mit vertraulich gedämpfter Stimme: »Es war nicht Fisch, es war Gehacktes, aber nicht Gehacktes wie sonst, sondern mit einem besonderen Gewürz daran.«
Ob sie wohl aus Wales stammte? Ihre Redeweise hatte etwas Gestelztes, Legatohaftes, das gar nicht englisch klang. Stella hatte vermutet, daß sie ein früheres Verhältnis des Konsuls aus der Türkei oder auch aus dem Mittleren Osten war; ein Verhältnis, das er, aus Gründen der Ehrbarkeit, nun für den Rest seins Lebens mit sich herumzuschleppen hatte. Und zweifellos hatte sie in ihrer Erscheinung etwas Levantinisches, wenn nicht gar Östliches.
Der Konsul spielte Stella gegenüber den Kavalier alter Schule – soweit er dazu imstande war, flirtete er fast mit ihr –, und in die Augen des alten Montecelli oder wie immer der erste Offizier heißen mochte, die nun hell verschwimmenden und wie bei Pekinesen vorquellenden Augen, war der lächelnde Blick mittelmeerländischer Begehrlichkeit getreten. Miss Everard erzählte (erstaunlicherweise auf englisch) ein paar wirklich komische Geschichten von ihrem indischen Fürsten und seinem Hofstaat. Mit unserem Gelächter und dem verstärkten Klang unserer Stimmen hatten wir uns nun auf fast beneidenswerte Weise von unseren Mitpassagieren abgesondert. Sie schlenderten an unserem Tisch vorüber oder

hielten sich auch in kleinen Gruppen ein wenig abseits wie Kinder, die so tun, als bemerkten sie nicht, daß im Nachbargarten eine Gesellschaft stattfindet. Wie lächerlich viel solche Belanglosigkeiten in Hotels und auf Schiffen doch zu besagen haben, wie getreulich sie im kleinen die Vielfalt menschlicher Verhältnisse und Beziehungen widerspiegeln – den Gegensatz zwischen Besitzenden und Mittellosen, zwischen Erwählten und Verdammten, zwischen Unansehnlichkeit und dem Prestige dessen, der im Kampf um das Weibchen als Sieger hervorgegangen oder dessen, der von der Herde zum Leittier auserkoren worden ist! Ja, auf dem mit einer Klimaanlage ausgestatteten, allen Sicherheits- und Gesundheitsvorschriften genügenden Passagierdampfer wird alles das in Gestalt von Deckspielwettbewerben, von Zeremonien beim Überqueren des Äquators, von Kämpfen um die Sitzordnung bei Einladungen zum Kapitänsball ausgetragen. Die Psychologen behaupten, die kindliche Spieltätigkeit sei nichts anderes als eine einzige lange phantasievolle Bühnenprobe fürs ganze spätere Leben. Und auch Erwachsene können es selbst während ihrer Ferien, selbst zwischen den einzelnen Vorstellungen nicht unterlassen, ihre Zeilen vor sich hinzumurmeln und ihre Stichworte zu wiederholen. Wenn ich mir auch keinen von denen, mit denen ich hier trinkend zusammensaß, zum Freund gewünscht hätte, so war ich doch überrascht, ein wenig sogar über mich selbst belustigt, das warme Gefühl des Mitdabeiseins, Mitzugehörigseins als wohltuend zu empfinden. Noch lange, nachdem die meisten anderen Gäste in ihren Kabinen verschwunden waren, um sich fürs Abendessen umzuziehen, saßen wir beieinander, lachten, tranken und schwatzten geräuschvoll Unsinn. Als wir uns endlich erhoben, beschlossen wir in gin-gezeugter Einhelligkeit und Überschwenglichkeit, uns nach dem Abendessen nochmals zu treffen und die wohlgesittete Tanzerei, die zu den Klängen der Schiffsband an den Abenden veranstaltet wurde, an denen es keine Filmvorführungen gab, zum Anlaß für eine private Party zu nehmen.

»Ich fürchte, Hugh ist schon zum Bridgespielen verabredet«, sagte die Frau des Konsuls, die einzig zurückhaltende Stimme. An Tanzabenden wie diesen legte sie stets Silbersandalen an, lehnte aber, wenn sie zum Tanz aufgefordert wurde, errötend ab, um andere Ehefrauen oder alleinstehende

Damen nicht eines Partners zu berauben. Der Konsul nahm niemals mit ihr zusammen an einer solchen Tanzerei teil. Aber diesmal erhob er sich mit elegantem Schwung, ein braunes Knie dicht am anderen, gleichzeitig mit Stella, Rina und Miss Everard und sagte, seine tiefliegenden Augen wirkungsvoll zusammenkneifend: »Oh – in diesem Ausnahmefall könnten wir wohl das Bridgespiel vertagen.« Stella, die Rina über den unsere Kabinen trennenden Gang rasch mit sich zog, warf mir beim Entschwinden lachend eine Kußhand zu.

Mein Tischplatz befand sich am anderen Ende des Speisesaals, ein ganzes Stück entfernt von dem der Turgells, Miß Everards und der Familie des Konsuls. Vom Teller aufblickend, sah ich Miß Everard Einzug halten, ganz in Grün und Gold, so glanzvoll, wie der Howdah mit den Schaumstoffkissen es gewesen sein mußte, den sie etwas früher beschrieben hatte. Von den anderen erhaschte ich nicht einmal einen Blick. Nach Tisch winkte mich der Konsul im Vestibül zu einer Kollektion verschiedener Stühle hinüber, die um zwei, drei Tischchen herumgestellt waren – seine Vorbereitungen für unsere Party. Er trug eine schwarze Krawatte, sah aber höflich über meinen etwas zerknüllten blauen Anzug hinweg, der, wie wohl alle meine Anzüge, hinten etwas zu kurz ausgefallen zu sein schien. Die Mama war diesmal nicht mit zur Stelle – sie spielte Bridge –, und die Frau hatte das erwartungsvolle Gesicht eines jungen Mädchens, das zum erstenmal ausgeführt wird, und war so geschmacklos angezogen wie in einer Provinzstadt die Bürgermeistersgattin auf einem offiziellen Empfang. Die Kapelle spielte gerade einen munteren alten Foxtrott aus einem Fred-Astaire-Film, den ich, wie ich mich dunkel erinnerte, früher einmal in Gesellschaft von ein paar Vettern während der Schulferien hatte ansehen dürfen. Nur wenige Paare hüpften herum, so vorsichtig freilich, als ob sie auf einer Klettertour wären, denn die Tanzfläche hob sich bald an dieser, bald an jener Stelle. Bei ihrem Eintritt gab Miß Everard uns durch ein Zeichen zu verstehen, daß sie sogleich bei uns sein werde, lehnte sich dann aber immer wieder über einen andern Stuhl in einer Gruppe von Italienern, deklamierte ihnen in hochtönendem Italienisch etwas vor, rauschte dann aber wieder hinaus, als rufe sie plötzlich die Pflicht.

Dafür rauschte nun, wie die andere der beiden kleinen, auf den Namen ›Regen‹ und ›Sonnenschein‹ getauften Gestalten am Wetterhäuschen, Rina durch die gegenüberliegende Tür herein – auf uns zu. Sie trug eines jener Chiffonkleider, wie sie, unbestimmt gemustert, unbestimmt in Schnitt und Fasson, so viele meiner jüngeren weiblichen Landsleute umhüllen, ein Gewand, das zwar nicht weniger kleidsam, wohl aber sehr viel weniger aufschlußreich für die darunter verborgenen Formen ist als ein Grabtuch. Um den Hals trug sie eine dünne Kette mit einem mattblauen Steingehänge. Lediglich ihre Ohrläppchen, unter dem zurückgebürsteten Haar unerwarteterweise sichtbar und nicht weniger unerwarteterweise auch mit kleinen goldenen Zigeunerreifen verziert, wirkten einigermaßen lebendig.
»Ich muß für Mami um Entschuldigung bitten«, sagte sie ziemlich atemlos, hinter dem Stuhl der Konsulin einen Augenblick verschnaufend, ehe sie sich neben mir niedersetzte und dabei einen schlaffen perlbestickten Beutel in den mageren Schoß fallen ließ. »Bowle? Wie herrlich?« Sie nahm aus meinem Becher das Rührstäbchen aus Kunststoff und leckte daran. »Sie kann leider nicht kommen. Sie ist schon zu Bett gegangen.« Rina zuckte mit den Schultern, mit dem Gesicht, als wollte sie sagen: »So ist das nun mal!«
»Was ist mit Stella denn nicht in Ordnung?« fragte ich erstaunt.
»Fühlt Ihre Mutter sich nicht wohl?« Die Frau des Konsuls beugte sich vor.
»Wahrhaftig – das tut mir leid«, rief der Konsul.
»O nein«, bemerkte das Mädchen mit dem Ausdruck eines Erwachsenen, der eine längst vertraute Art von Krise zu meistern versteht. »Es ist schon alles mit ihr in Ordnung. Sie ist auch nicht unwohl. Ich habe einen Kognak für sie bestellt. Ich werde auch gleich wieder zu ihr herunterstürzen und dafür sorgen, daß sie ein Beruhigungsmittel nimmt. Es hat mit Afrika zu tun«, setzte sie ganz sachlich hinzu. »Nach so langer Zeit der erste Tag wieder in Afrika, auf afrikanischem Boden.«
»Aber ich hatte mir eingebildet, daß Stella den heutigen Tag genoß«, sagte ich. »Ja, sie hat ihn tatsächlich genossen.« Ich erinnerte mich, mit welch heiterer Beschwingtheit sie in die Kabine geeilt war, um sich fürs Abendessen umzukleiden,

und dabei hatte sie mir auf dem Gang eine Kußhand zugeworfen.
»Nichts weiter als Afrika«, sagte das Kind in weisem, beinahe gelangweiltem Ton. »Es wird sicher alles gut abgehen. Ich werde ihr ein Beruhigungsmittel geben, und das wird ihr schon helfen, mit allem fertigzuwerden.« Ich begriff, daß dieses alt-junge Mädchen, diese Tochter-Mutter, seit ihrer Kindheit die gleiche Reise unter den gleichen Umständen schon oftmals gemacht haben mußte. Sie wußte längst Bescheid – über alles, was ihrer Mutter zu schaffen machte.
Rina tanzte zuerst mit mir, dann mit dem Konsul, entschuldigte sich schließlich und suchte mit heiterer Miene ihren pflegebedürftigen Schützling auf. Zehn Minuten später erschien sie wieder bei uns. »Liest«, sagte sie. »Ich habe ihr ihre Pille gegeben.« Kurz darauf war das Mädchen wieder verschwunden. »Schläft«, sagte sie diesmal bei der Rückkehr. Es fand gerade ein altmodischer Rundtanz statt, und ich merkte, daß sie Lust hatte, sich daran zu beteiligen. Ich führte sie zur Tanzfläche, verlor sie aber bald im Gewühl und ging wieder zu meinem Drink zurück. Offenbar amüsierte sie sich. Vorerst war ihr wohl ein Tanz noch lieber, der mehr von einem übermütigen Gesellschaftsspiel an sich hatte als von der intimeren Berührung zwischen einem männlichen und einem weiblichen Wesen.
Der Abend verlief nicht gerade erfolgreich. Stellas Fernbleiben war wie ein Verrat an der Stimmung, aus der heraus die Party improvisiert worden war. Wäre ihre Entschuldigung konventioneller Art gewesen – Übelkeit, Migräne –, so hätte die banale Munterkeit trotz ihrer Abwesenheit wahrscheinlich vorgehalten, aber das Unbehaglich-Merkwürdige der Begründung ihres Fernbleibens schien jene Munterkeit als das zu entlarven, was sie in Wirklichkeit war: ein alkoholfeuchter Anbiederungsversuch zwischen Leuten, die sich kaum kannten und auch sonst nur wenig miteinander gemein hatten. Miß Everard schleppte zwei weitere Schiffsoffiziere und eine nette, füllige junge Italienerin an unseren Tisch, und das Ganze wurde bald zu ihrer, Miß Everards, persönlicher Party. Der Konsul verabschiedete sich schon ziemlich früh und entschwand ohne sichtbares Zeichen von Zerknirschung in Richtung des Kartenzimmers. Ich war plötzlich verärgert, weil ich mit seiner Frau allein zurückgeblieben war, diesem

wuschelköpfigen, rührend langweiligen Wesen, das die Füße in den unförmigen Silbersandalen in Höhe des Gelenks ungeduldig gekreuzt hielt. Ziemlich unvermittelt erhob auch ich mich und ging über das Deck in meine Kabine zurück.

Gelangweilt und zugleich überwach, lag ich in meiner Koje. Ich hatte von allen und allem mehr als genug. Eine verwöhnte Frau, die bei dem Gedanken, den Fuß wieder einmal auf afrikanischen Boden gesetzt zu haben, von Unwohlsein befallen wird. Das war also der wahre Grund für das romantisch-wohlgepolsterte Exil in Italien: die Unfähigkeit, mit Mann, Ehe und Wirklichkeit ins reine zu kommen; die Unfähigkeit, selbst mit der bloßen Tatsache dieser Unfähigkeit ins reine zu kommen; weshalb Mann, Ehe, Wirklichkeit sich für ihr Auge hinter der diskreten Maske ›Afrika‹ zu verstecken hatten. Armer Teufel von Ehemann, der sich auf seiner Farm abrackern mußte, um für die Rechnung in der Pension Bandolini aufzukommen. Und selbst die Tochter war auf einen semi-italienischen Namen – Etikett der Flucht und Ausflucht –, den Namen Rina getauft und hatte sich daran zu gewöhnen, ihr Leben wie auf einer Drehbühne zu verbringen, weil es der Mutter nicht gelingen wollte, an dem einen Ort Wurzel zu schlagen, an dem sie aus Gründen der Konvention eigentlich hätte verweilen müssen.

Und jener andere, der herrenhafte Diplomat mit seiner königingleichen Mutter, der von Land zu Land verschämt die leidend-unleidliche Verkörperung des ›Irrtums‹ herumschleppte, den er in einem dieser Länder begangen! Waren das die Leute, die Afrika bei sich aufzunehmen hatte? Armer, unglückseliger Kontinent!

Mombasa war der erste Hafen, den wir in Afrika anliefen.

Erster Teil

1. Kapitel

Mit der besonderen Mischung aus höflicher Unsicherheit und verlegenem Schuldgefühl, mit der verständnisvolle Eltern ihre erwachsenen Kinder zu betrachten geneigt sind, erklärt meine Mutter bisweilen, ich müsse allerlei von meinen beiden Großvätern an mir und in mir haben. Der eine, Vater meiner Mutter, war Verwaltungsbeamter in Indien gewesen, und der andere, beträchtlich ältere, war im Burenkrieg gefallen. Er war ein Oberst und ein Held gewesen, und schon im frühen Kindheitsalter machte ich die Entdeckung, daß meine Eltern sich seiner schämten. Zur Zeit meiner Kindheit war der Großvater mütterlicherseits noch am Leben – er hatte sich in Bournemouth zur Ruhe gesetzt –, und auch seiner schämten sie sich. Meine eigenen Eltern gehörten der Generation derer an, die, nach dem Ersten Weltkrieg, gegen ihre Eltern und das von ihnen überkommene Erbe noch verachtungsvoller aufbegehrt hatten, als es bei jeder Folgegeneration sonst der Fall ist. Sie fühlten sich fast als Angehörige einer besonderen Spezies. Meine Mutter weigerte sich, mit einer Vorstellung bei Hof und im Rahmen einer Gesellschaft in dem in den Cotswolds gelegenen Hause der mütterlichen Familie zu ›debütieren‹. Sie ging statt dessen nach London und nahm dort eine Stelle als Sekretärin bei einem der internationalen Friedensverbände an, die damals so zuversichtlich ins Kraut schossen. Mein Vater verließ Oxford noch vor dem Abschlußexamen und begab sich in Begleitung eines jungen deutschen Studenten nach Berlin, um hier während der Revolution eine sozialistische Fahne zu schwingen. In Berlin heiratete er auch; obwohl später er und meine Mutter nach ihrer Begegnung in England mehrere Jahre zusammenlebten, konnten sie erst heiraten, nachdem er die Scheidung von seiner ersten Frau – einer Polin, glaube ich – ins Werk gesetzt hatte. Ich selbst kam nur mit knapper Not auf legitime Weise zur Welt, denn zum Zeitpunkt meiner Geburt waren meine Eltern erst seit fünf Monaten ehrbar verehelicht. Mein Vater gab ein paar literari-

sche Zeitschriften von nur kurzer Lebensdauer heraus, übersetzte deutsche und französische Bücher politischen Inhalts, daneben auch ein paar Versbände, und obwohl er damals schon Ende Dreißig war, glückte es ihm im Jahr 1936 doch, nach Spanien zu gelangen und, wenn auch nicht gerade am Krieg teilzunehmen, so doch Hilfsdienste für die republikanische Seite zu leisten. Die ganze Zeit über wie auch während meiner Kindheit und Jugend fehlte es uns dank seiner Sinekure als Direktor eines Verlagshauses, das der Familie seiner Mutter gehörte und auch jetzt noch gehört, nicht an den üblichen Bequemlichkeiten des Daseins.
In unserer Mietwohnung in Kensington und später in dem kleinen Haus in den Cotswolds, das ganz in der Nähe der Besitzung seiner Großmutter mütterlicherseits lag – es hatte früher sogar einmal mit dazugehört –, kamen häufig die Märtyrer und Vorkämpfer dessen zusammen, was damals als gute Sache galt. Mit der Welt meiner Jugend begann auch die der Märtyrer, wie wir sie heute kennen, und jeder dieser Märtyrer hatte, wie ein Ochse einen Schwarm Milbenvögel, auch einen ganzen Troß Vorkämpfer um sich, die, den Milbenvögeln gleich, die sich am Elend des Ochsen mästen und es ihm gleichzeitig dadurch erleichtern, daß sie das in seiner Haut nistende Ungeziefer herauspicken, dem Opfer der Umstände ihre Unterstützung liehen und sich in gewissem Sinne von seinen Leiden auch nährten. Klingt das allzu ironisch? Das sollte es nicht. Aber vermutlich bekam ich sie als Kind und Halbwüchsiger schon allesamt etwas satt: die deutschen Flüchtlingsprofessoren sowohl wie die ernsten Christen und leidenschaftlichen Juden, die Fürsorge- und Protestkomitees zum Besten der ersteren leiteten; satt auch die Dichter, die von ihrem kurzen Abstecher nach Spanien gelähmt zurückgekehrt waren, und die empörte intellektuelle Zungenfertigkeit brillanter Geister, die sich zu ihren Fürsprechern machten; satt die Mitglieder der Komitees zur Betreuung chinesischer Kriegswaisen, die Organisatoren von Protestversammlungen zugunsten des angegriffenen Abessinien, satt endlich die allzu unweltlichen oder umgekehrt allzu weltläufigen Inder, die den englischen Komitees für ein freies Indien Vorträge hielten über die beste Art, der britischen Herrschaft in Indien ein Ende zu bereiten.
Eines Tages – ich war damals noch sehr klein – stöberte ich

den Degen auf, der zu meines Großvaters Galauniform gehört hatte. Den wollte ich unbedingt in der Vorhalle unserer Londoner Wohnung an der Wand aufhängen. Ich war gerade dabei, mir zu diesem Zweck Hammer, Haken und Nägel zusammenzusuchen, als meine Mutter mit einem Bekannten über die Schwelle trat. »Aber mein Kleiner, was in aller Welt hast du denn damit vor?« Mit ihrer Fußspitze wies sie auf den auf dem Teppich liegenden Degen. »Das ist Großvaters Degen. Ich habe ihn bei Großmutter entdeckt, und sie hat mir erlaubt, ihn zu behalten. Hier können wir ihn doch aufhängen. Wird das nicht herrlich aussehen? Und schau, das hat sie mir auch geschenkt – die Ehrenurkunde für sein tapferes Verhalten bei Jagersfontein.« Vielleicht war der Bekannte meiner Mutter offizieller Vertreter dieser oder jener beherzten Minderheit – ich kann mich in diesem Augenblick nicht mehr seines Namens entsinnen –, aber wenngleich sie, soviel weiß ich noch, dazu gelacht hatte, fühlte sie sich doch ein klein wenig verletzt bei dem Gedanken, einen Sohn zu haben, der die Ehrenurkunde seines Großvaters für tapferes Verhalten im Burenkrieg ausgerechnet in einem Hause zur Schau stellen wollte, in dem man gegen den Imperialismus war. »Sehen Sie sich nur das einmal an«, sagte sie zu ihrem Begleiter, eine spöttisch-feierliche Grimasse schneidend und ihm die gerahmte Urkunde vor Augen haltend. Dann aber wandte sie sich mir zu: »Toby, mein Kleiner, das willst du doch hier nicht im Ernste aufhängen...« Ich aber sagte im Eifer des Erklärens zu dem Fremden: »Großvater liegt in diesem Jagersfontein begraben. Aber wenigstens hat er vorher noch einen Haufen Buren umgebracht. Er war Oberst.« Die beiden Erwachsenen brüllten vor Lachen. Dann aber sagte meine Mutter in festem Ton: »Toby, so etwas will ich weder hier noch sonstwo herumhängen haben. Den Degen nicht, und die Ehrenurkunde auch nicht. Unter keinen Umständen.«

Weil aber zur Lebensanschauung meiner Mutter eine fast ängstlich übertriebene Hochachtung für das Empfinden ihrer Kinder gehörte, nahm sie mich später beiseite und erklärte mir ganz sachlich: die von meinem Großvater im Burenkrieg vollbrachten Heldentaten ehren hieße fast soviel, wie einen Sieg Francos in Spanien feiern. Nach ihrer Meinung mußte ein solcher auf die Gesinnung meines Vaters anspielender

Vergleich am überzeugendsten für mich klingen. Das tat er auch, aber nicht in dem von ihr beabsichtigten Sinn. Für die unkomplizierten Pietätsgefühle eines Kindes hatte sie kaum das rechte Verständnis. »Aber Großvater kämpfte doch auf englischer Seite, und Daddy war gegen Franco – wie kann das also beinahe dasselbe sein?« Hätte meine arme Mutter nur die selbstauferlegte Verpflichtung, einem kleinen Schuljungen unabhängig von allen persönlichen Banden den moralischen Unterschied zwischen der richtigen und der falschen Seite klarzumachen, nicht so schauderhaft ernst genommen! Dann hätte sie wohl auch begriffen, daß mein Interesse für meinen Großvater nichts anderes war als die Frucht der mir von ihr selbst zugebilligten Lektüre – in Knabenbüchern wurden mächtige Taten vollbracht, und mit den Namen toter Heldenvorväter gewann man hohes Ansehen,

Jedenfalls wurden Degen und Ehrenurkunde wieder fortgepackt, und es kam der Krieg und mit ihm ein wachsender Strom von Ausgebürgerten und Enteigneten, eine wachsende Zahl auch von Ausschüssen. Ich war gerade alt genug, um gegen Ende des Krieges noch eingezogen zu werden – ich war in der Marine, kam aber von meinem Übungsschiff nicht herunter –, und als ich bei der Heimkehr zuerst nach Oxford ging, um dann mit meinen Großonkel, dem alten Faunce (wir hatten in unserer Familie lächerliche Namen; ich hatte das Glück, noch mit Tobias davonzukommen) in unserem Verlagshaus zusammenzuarbeiten, war an Anlässen zur Bekämpfung von Unrecht auf dieser Welt kein Mangel. Und auch seitdem ist kein Mangel eingetreten. Natürlich war ich inzwischen alt genug geworden, meine eigene Überzeugung in einem Hause zu verfechten, in dem es als sündhaft galt, nicht zur eigenen Überzeugung zu stehen. Gewiß machte auch ich oft die Entdeckung, daß angesichts der plötzlichen Verschärfung aller Probleme menschlicher Beziehungen, die sich aus der Tatsache erklärte, daß die künstlichen Schranken zwischen Völkern, Klassen, Rassen und Ideologien zu fallen begannen, mein Interesse nicht hinter dem meiner Mutter, Faunces und ihrer Gesinnungsverwandten zurückstand. Aber trotzdem behielt ich mir, selbst in jenem Hause, das Recht vor, keine Stellung, keine Partei zu nehmen, wenn mir nicht unbedingt danach zumute war. Mich auch nicht zur Empörung hinreißen zu lassen, wenn ich mich innerlich nicht beteiligt fühlte. Oder war das etwa nur eine Art kindischer Trotz? Möglicherweise. Aber wenn Onkel Fraunce neben dem Bündel von Briefen und Flugschriften, das er des Sonntags mit zum Mittagessen gebracht hatte, sein Sherryglas auf den Speisetisch klirren ließ und erklärte: »Die anderen kennen einfach die Tatsachen nicht. Wir müssen eine Zeitungskampagne eröffnen. Leserbriefe. Donald muß irgend etwas im ›New Statesman‹ unternehmen. Und Larry? Ich werde selbst eine öffentliche Versammlung einberufen...« – dann hatte er unbedingt etwas an sich, was dazu angetan war, meine leidenschaftliche Parteinahme für irgendeine Person oder Sache zu ersticken, bis wir beim letzten Gang, dem Birnenkompott, angelangt waren.

Die Luft ideologischer Unbestimmtheit, die ich mein Lebtag einzuatmen hatte, war bisweilen eine erschreckend dünne, kostbare Luft, in der man in Ermanglung des Sauerstoffs der Gewißheit und einer gültigen, wertbeständigen Lebensordnung schwer nach Atem zu ringen hatte. Paradoxerweise war mir das Grauen vor einer Freiheit angezüchtet worden, die Freiheit nur um des Freiseins willen war. Ich wollte mich frei genug fühlen können, um gegebenenfalls auch an dem festhalten zu dürfen, wovon ich mich eigentlich hätte lossagen müssen. Ich war nicht davon überzeugt, daß man sich, im Sinne André Gides, erst völlig zu verlieren habe, um sich überhaupt erst finden zu können. Irgend etwas in mir klammerte sich am Bedürfnis nach Mächten der Mittlerschaft fest – dem Bedürfnis vielleicht nach Überlieferung, Religion; nach einer Welt, in der man, wenn einem der Sinn danach stand, als Erwachsener gerade auch das tun durfte, was man nach Meinung der andern hätte tun sollen. Meine Eltern hatten sich zahlloser kleinerer, unwürdiger Vorurteile entäußert, die zusammengenommen ein brauchbares Rahmengerüst für eine persönliche Lebensanschauung hätten abgeben können. Aber was hatten sie an ihre Stelle zu setzen? Den abstrakten Begriff der Freiheit; die Vorstellung einer leeren internationalen Hochebene, auf welcher der Wind zerfetzte, in unverständlicher Sprache gedruckte Zeitungsblätter vor sich herfegte.

Mitunter also geschah es, daß ich mich an einem Sonntag wie dem soeben beschriebenen hinter einer kalten, aufgeblähten Solidität verschanzte, die nicht so sehr Gegnerschaft wie

Verstocktheit war, undurchdringlich, schweigsam, verschlossen und, wie man mir zu verstehen gab, von geradezu aufreizender Wirkung. In solchen Augenblicken konnte ich buchstäblich spüren, wie mein Inneres gegen die allgemeine Unterhaltung aufbegehrte, spüren, daß ich selbst nichts anderes wollte, als mich an dem zu erfreuen, was von einem privilegierten Dasein noch übrig geblieben war. Zwar waren ich und meinesgleichen nicht eigentlich mehr dazu berechtigt, aber selbst in seiner heutigen, etwas reduzierten Verfassung besteht es noch fort, wie es einst den Verhältnissen abgewonnen worden war: kraft der Tatsache der Benachteiligung und Ausbeutung andrer. Mit einer Art gereizter Erleichterung spürte ich jedenfalls, daß ich es noch mit dem bösen guten alten Leben hielt, dem meine Eltern ein Schandgrab hatten schaufeln helfen. Als ich früher einmal in Oxford derartiges geäußert hatte, erklärte mir ein ziemlich betrunkener Freund (auch ich war damals ziemlich betrunken), daß ich, wenn ich mich in solchen Betrachtungen erging, in anderen Leuten das unwiderstehliche Verlangen erweckte, mir einen Tritt in den geschwollenen Hintern zu versetzen – was ich damals fast als Kompliment betrachtete.

Seit Indien für meine Eltern keine Gewissenslast mehr bedeutete, bezogen sie und ihre Gesinnungsfreunde einen unerschöpflichen Vorrat an Opfern und deren Fürsprechern aus Afrika. Zunächst ging es um Seretse Khama, dann Michael Scott, die Hereros und Nkrumah. Neben der Badewanne meiner Mutter, in der sie mit Vorliebe zu lesen pflegte, türmten sich die Flugschriften über Dr. Malan und den neuen Premierminister in Südafrika, Strijdom, über die Mau-Mau-Bewegung, die belgische Kolonialpolitik im Kongo und die Selbstverwaltung Nigerias. Journalisten, Auslandskorrespondenten und militante Geistliche, die in Südafrika gewesen waren, um den gottlosen weißen Unterdrückern eine christlich geballte Faust unter die Nase zu halten – sie alle kamen zu uns zum Essen, und sie alle hatten etwas zu erzählen, was auf mich wiederum die übliche Wirkung tat: nämlich mich von Afrika abzuschrecken.

Sobald Faunce die Absicht zu erkennen gab, mich nach Südafrika zu entsenden – ich sollte hier Arthur Hollward ablösen, der unser Verlagshaus Aden Parrot ungefähr fünfzehn Jahre lang repräsentiert hatte –, wußten sich die meisten meiner Freunde wie auch meine Mutter vor Aufregung gar nicht zu lassen. Was für eine Gelegenheit! Hätte ich nicht Lust, mich über die dortige Lage von einem Negerarzt aus Johannesburg unterrichten zu lassen, der zufällig gerade an einer Sommerschule in Kent eine Reihe von Vorträgen hielt? Und könnte ich für einen im nächsten Jahr in Stockholm stattfindenden Weltkongreß über Wohnungsfragen nicht allerlei Fakten über die Unterbringung der Afrikaner zusammentragen? Und mir gleichzeitig einen Einblick in die Lage der indischen Minderheit verschaffen? Und würde ich auch bestimmt das afrikanische College in Lovedale besichtigen? Mich bereiterklären, den Daheimgebliebenen in einem wöchentlichen Rundschreiben über die Folgen der Rassentrennung zu berichten?

Ihnen allen hatte ich begreiflich zu machen, daß ich nach Afrika lediglich als Vertreter unseres Verlags ging, um Buchhandlungen zu besuchen und etwas für die Steigerung des Umsatzes zu tun. Ich hatte nicht die geringste Lust, irgendwelche Nachforschungen anzustellen oder Rundbriefe nach Hause zu senden.

Jedenfalls hatte ich durchaus nicht die Absicht, das zu sein, was ich in ihren Augen bereits war oder was zu werden ich die – im Sinne ihrer besonderen Art der Geilheit – beneidenswerte Gelegenheit hatte: nämlich ein ›Voyeur‹, der allen Übeln und sozialen Perversionen der Welt nachschnüffelte. Wie so oft schon zuvor, verspürte ich meinerseits so etwas wie Feindseligkeit, Gereiztheit, Auflehnungsbedürfnis, und darum hätte ich lächerlicherweise am liebsten laut ausgerufen: ›Ich möchte leben, nichts als leben! Ich möchte Leute kennenlernen, die mich interessieren und amüsieren, Schwarze, Weiße, sonstwas für Farbige. Ich möchte die Beziehung zu den zufällig in mein Dasein tretenden Menschen, seien es Männer oder Frauen, selber pflegen – ohne jede Rücksicht auf so leere Allgemeinbegriffe wie Rasse und Politik. Ich möchte mein eigenes Leben leben! Und mit euch anderen allen zum Teufel!‹

Ich lag auf Deck, und angesichts meiner jetzigen Umgebung nahm sich der Antrieb zu jener überdramatischen Erklärung völlig sinnlos aus. Der Himmel war so blau, daß es den Anschein hatte, als könne er vor lauter leuchtender Intensität zerspringen, zersplittern, könne bersten wie die See, der brodelndes, schäumendes Weiß entquoll, wo das Schiff sie durchfurchte. Die Sonne strahlte so blendend hell wie ein Spiegel oder ein Wunder. Man konnte ihr nicht ins Antlitz blicken – zuviel der heidnischen Herrlichkeit war darin für ein menschliches Auge. Unter mir befand sich das Badedeck. Hier schwappte das Wasser des Schwimmbassins im Gleichtakt mit dem langsamen Schlingern des Schiffes wie eine Scheibe grünen Gelees schräg nach oben und wieder nach unten. Die Kinder juchzten auf, wenn immer sie sich in ihren kleinen Rettungsgürteln ins Wasser hineinplumpsen ließen. Köstlicher Suppengeruch wehte zu mir herauf und wurde vom Wind gleich wieder davongetragen. Wie Hunde sonnten sich die Männer, nahezu unbekleidet, im Halbkreis zu Füßen der Frauen gelagert. Die Frauen selbst trugen wie zur Verkleidung weite Hüte und dunkle Sonnenbrillen, und man hätte nicht mit Sicherheit sagen können, ob sie einen ansahen oder nicht. Ich ging barfuß, hatte meine Badehose an und konnte gleichmäßig-schwer die Sonne auf meiner Schulter lasten spüren. Obwohl ich erst vor einer Stunde gefrühstückt hatte, war ich bereits wieder hungrig und mir auf eine fast wohltuende Weise auch des Verlangens bewußt, meine Glieder zu strecken.

Es war der letzte Tag der Schiffsreise. Am folgenden Morgen frühzeitig sollten wir den Hafen von Durban anlaufen. Miss Everard hatte sich nach meiner Johannesburger Anschrift erkundigt, weil sie mir vom Gut ihres Bruders eine Kiste Ananas schicken lassen wollte. Eine halbe Stunde zuvor war ich zum letzten Male mit Rina Turgell im Wasser gewesen und hatte dabei zu meiner Überraschung festgestellt, daß sie ungeachtet ihres dunklen wollenen Badekostüms mit dem Schulabzeichen einen wirklich schöngeformten Körper besaß – wie hätte man das auch ahnen sollen, wenn man sie flachbrüstig-vollangekleidet vor sich sah! War auf der Schiffsreise etwa eine Veränderung mit ihr vor sich gegangen?

Der Obersteward hatte, das Licht des Schöpferwahnsinns im Auge, alle Hände voll zu tun, Schwäne und Delphine aus Speiseeis zu modellieren und klassizistische Frauengestalten aus Butter – zur Feier des bevorstehenden Abschiedsdiners.

2. Kapitel

Offenbar war ich lediglich von einer Art der Unwirklichkeit an eine andere geraten. Wieder sah ich, als ich beim Essen saß, wie ein Schwan aus Speiseeis an mir vorübergetragen wurde.

Seit drei Tagen war ich nun in Johannesburg und wohnte, wie ich inzwischen herausgefunden hatte, in dem wohl größten Touristenhotel der Stadt. Frühmorgens beim Aufwachen hatte ich gewöhnlich nicht die entfernteste Ahnung, wo ich mich befand. Mein Raum war so angelegt, daß er nicht das geringste Erkennungs-, Wiedererkennungsmerkmal bot. Er war so gesichtslos wie eine Gefängniszelle oder ein Krankenhauszimmer. Ein Hotelzimmer der fünfziger Jahre – irgendwo in der Welt. Mattfarbig-dick der Teppich. Mattfarbig-dick die Vorhänge. Das auf Glanz polierte mattgelbe Holz des Nachttischchens trug das klassische Muster von Brandflecken, die von abgelegten Zigaretten herrührten. (Gibt es möglicherweise Fabriken, die diese Art Möbelstück sozusagen fleckfertig liefern, wie es angeblich auch scheinantike Möbel mit vorgefertigten Wurmlöchern gibt?) Im Speisesaal mit seinen unbetretbaren, weil völlig unzugänglichen vergoldeten Innenbalkons, der indirekten Beleuchtung, die den Eindruck eines immerwährenden Bühnen-Sonnenuntergangs hervorrief, saßen Engländer, Amerikaner und unbestimmbare Ausländer mit den betäubten Gesichtern wohlhabender Touristen herum. Die Kellner waren, wie auch sonst gewöhnlich, übermüdete, plattfüßige Italiener und Deutsche. Gewiß hatten die Liftboys in ihrer rotgoldenen Hotelpagenuniform schwarze Gesichter. Aber sie schienen nur schwarz geschminkt zu sein, nicht von Natur aus schwarzhäutig. In dem Marmorvestibül befanden sich kleine Schaukästen, wie man sie auch in Flughäfen sieht, mit Luxusgegenständen und Reiseandenken gefüllt. Hier war, auf einem kleinen Samtaltar, ein Parfümflakon aus Kristall zu bewundern, dort ein bestickter orientalischer Umhang, und dort wieder befanden sich vor einem mit irgendeinem Tierfell bespannten Schild zwei gekreuzte Wurfspieße und ein merkwürdig aussehender Kürbis, mit einem Gewebe aus farbigen Holzperlen behängt. Ein goldumrandetes Kärtchen hinter dem Glas ließ den Betrachter wissen, daß die letzteren Gegenstände bei Soundso erhältlich waren, im Haus für echtes Negerkunstgewerbe und afrikanische Reiseandenken. Den Zimmerschlüssel pflegte ich der Dame am Empfangstisch auszuhändigen, deren Haar einem kleinen Helm aus lackierter Bronze glich. Sie ihrerseits fegte den Schlüssel mit einer Art Rechenbewegung über den Empfangstisch hinweg zu sich heran – die Nägel an ihrer Hand waren so lang, daß diese selbst bestimmte Gegenstände nur nach Art einer Spinne einfangen, nicht aber einfach aufgreifen konnte. Und dann begab ich mich in die Stadt.

Da draußen hatte täglich seit meiner Ankunft die Sonne geschienen – was wohl in diesem Lande nicht weiter bemerkenswert war. Die Helligkeit mutete mich nicht deswegen so seltsam an, weil ich schon einen frühen Londoner Winter hinter mir hatte, sondern weil ich geradewegs aus dem farbigen Zwielicht des Hotels kam. Was für eine Überraschung, nach all der zeitlosen Dämmernis zu entdecken, daß es noch immer Morgen und Mittag, zunehmende Helle und wachsendes Dunkel gab. Vom zementierten Gehsteig hob sich mir das Geräusch trappelnder, schlurfender Tritte entgegen, und ich tauchte von der Hoteltreppe aus hinein, ließ mich davon umfangen, davon entführen. An der Straßenecke, an der ich auf die andere Seite hinüberzukreuzen hatte, sah ich ganze Reihen großer amerikanischer Autos – schwarz, granatapfel- und türkisfarbig-, ungeduldige Fahrräder, kreischende Trambahnwagen von den Verkehrsampeln aufgehalten. Rufe, Klingeltöne und Hammerschläge, Schlurf- und Sprechgeräusche, knatternde Auspuffrohre und ratternde Motore – ich war rings umweht von Lauten, so typisch für eine große Stadt, wie das Rauschen der Blätter für einen Laubwald. Den Kanten der Gebäude schien die Luft im Sonnenlicht Funken zu entlocken, und der Schatten war schwarz und scharfgerändert. Die Zahl der weißen Leute schien die der dunkelfarbigen beträchtlich zu überwiegen. Frauen, nach kostspieligem Parfüm duftend, streiften mich im Vorübergehen oder versetzten mir einen Stoß mit ihren Paketen. Eine Schwangere blühte mir gleichsam entgegen, und ein Neger in einem Staubmantel und einer Mütze, über die in Zelluloidbuchstaben quer der Name seiner Firma lief, beugte sich rasch auf den Boden nieder, um eine von fremder Hand fortgeworfene Zigarette aufzuheben und sich hinters

Ohr zu stecken. Beim Weitergehen pfiff er durchdringend vor sich hin. Drei Halbwüchsige – ihr fettpomadisiertes Haar leuchtete so bronzefarben wie das an den vergoldeten Köpfen billiger Gipsbüsten, die Umrißlinien ihrer von einem weiten, losesitzenden Jackett und einer engen Hose umhüllten Gestalten liefen nach unten fast spitzwinkelig zu, und auf Sohlen, dick wie Badematten aus Gummi, schritten sie rasch und weich aus – strichen mit schlitzförmig verengten Augen an mir vorüber, wie durch ein gemeinsames Vorhaben geeint. Sie schienen miteinander zu reden, was sie aber nicht taten. Zwei von ihnen stießen zwischen halbgeöffneten Lippen gebrochene Babylaute hervor, einen Schlager lallend, nicht eigentlich singend.

Die Gebäude waren funkelnagelneu – Wolkenverdecker, nicht Wolkenkratzer. Oder es waren wacklige Kulissen, bei denen die Balkons wie mit der Laubsäge aus Dünnblech herausgeschnitten waren oder auch eine Gipsplatte über einer neuen Ladenfront, so auffällig wie ein eben erst eingesetztes künstliches Gebiß verkündete: ›Erbaut im Jahre 1911.‹ Die Uhren, die entweder in vergoldeten, der Jahrhundertwende entstammenden Kuppelgehäusen oder auf einer hautdünnen Marmorplatte des letzten Jahres angebracht waren, stimmten nicht miteinander überein. Hinter den konkaven Glasfenstern neigten sich, mit Kleidern aus London und Wien behängt, Gipsmannequins der Straße zu. Es schien keine Bäume zu geben. Aber damals war ich erst seit ein paar Stunden in der Stadt, und außer den zwischen dem Hotel und Arthur Hollwards Büros gelegenen Straßen hatte ich noch kaum etwas zu sehen bekommen.

Arthurs Büro (es sollte das meine sein, sobald er nach England zurückging) war nicht einmal drei kurze Straßenblöcke vom Hotel entfernt. Es lag im neunten Stockwerk eines ziemlich neuen Gebäudes. Zu ebener Erde befanden sich ein Buchladen, eine Drogerie und ein ›Adorable‹ genanntes Unternehmen, über dessen Charakter ich mir noch nicht im klaren war (wahrscheinlich hatte es irgend etwas mit Frauenkleidung zu tun, denn die Fenster waren stets mit gelbem Satin verhängt), weiter eine Trockenreinigungsanstalt und eine Bar, die ›Stratford‹ hieß und Butzenscheiben aus bierfarbigem Glas mit einer Tudorrose als Hauptmotiv hatte. Die übrige Fassade und auch das Vestibül des Hauses hatten

etwas von der gesichtslosen Pracht eines Kinopalastes. Die Türen der beiden Lifts waren aus Bronze, die Treppenstufen aus vielgeädertem Stein, der wie vollreifer Käse aussah, der Boden war ein abstraktes Mosaik, und die ganze Breite der Wand gegenüber dem Lift bestand aus kleinen blaugetönten Spiegelquadraten, befestigt mit Kristallknöpfen. Ein Vorraum zum Himmel, wenn es je einen solchen gab. Als die Lifts für mich zum erstenmal herabschwebten, stellte sich heraus, daß bei dem einen die Wandpolsterung schmuddlig und der Holzboden splittrig war – es war ein Lastenaufzug –, während bei dem anderen die gesamte, mit abgestoßener Emaille überzogene Innenfläche mit den Anfangsbuchstaben der Namen von Benutzern bekritzelt war. Im ersten Stock verengerte sich die Gorgonzola-Treppe zu einer schmalen Zementstiege. Die Innenkorridore, in denen das gesamte Röhrensystem unverputzt an grünlichen Wänden entlanglief, nahmen sich wie die Eingeweide irgendeines Kaltblütlers aus.
Arthurs Räume, hinter einer einfachen polierten Tür gelegen, bestanden aus einem kleinen Empfangsbüro, in dem die Sekretärin saß und wo sich auch, außer ihrem Schreibtisch und zwei schmuddligen Stühlen, ein Gestell mit den neuesten Nummern der wohlbekannten, von unserer Firma herausgebrachten Taschenbuchreihe befand. Gleich dahinter lag Arthurs Privatbüro, und schon als ich das erstemal seine Schwelle überschritt, hatte ich das fast selbstverständliche Gefühl der Geborgenheit, das ein Kaninchen beim Einschlupf in seinen Erdgang, ein Fuchs beim Betreten seines säuerlich-riechenden Baus verspüren muß: Arthurs Büro hatte das Aussehen und den Geruch des Londoner Verlagshauses von Aden Parrot – den Geruch nach neuen Büchern und Staub, der auf seine Weise so charakteristisch war wie der Geruch einer Drogerie. Selbst die Persönlichkeit Faunces schien drohend mitgegenwärtig zu sein – ein Eindruck, den der alte Arthur vielleicht gerade durch das hatte hervorrufen helfen, was ich nur als ›gesunden Respekt vor Faunce‹ bezeichnen kann. Arthur fand wie ein Kind, dem die richtige Antwort bereits in den Mund gelegt worden war, Faunce gleichzeitig lächerlich und bewundernswert, denn das war es gerade, was Faunce seit wer weiß wie vielen Jahren in den Augen anderer unbedingt hatte sein wollen. Natürlich kannte ich Arthur Hollward (oder kannte er vielmehr mich) seit meiner Schul-

zeit, und zwar aus dem Londoner Büro. Er gehörte zu den Leuten, die so gut wie keinen persönlichen Charme besitzen, für die aber der Umgang mit einem Mann von dem ungewöhnlichen Charme Faunces sozusagen das Eintauchen in ein Lebenselement bedeutete, das bei der farblos-unterlegenen Persönlichkeit eine Art rosigen Schimmer hinterließ. Dadurch, daß er Faunce zu zitieren pflegte, ja sich im Hinblick auf ihn in ein Gefühl warmer Hochschätzung hineinzusteigern vermochte, hatte Arthur selbst so etwas wie Charme entwickelt.

Jedes Mitglied unserer Familie war für ihn von der Aura Faunces umstrahlt, und er behandelte mich mit einem Gemisch aus würdevoller Unterwürfigkeit, wie sie der alte Gefolgsmann dem jüngeren Sohn des Hauses gegenüber bekundet, und einer Art onkelhafter Wohlgeneigtheit, wie sie nach seiner Meinung offenbar Faunce selbst mir gegenüber an den Tag legte (als ob Faunce sich jemals mit einer so belanglosen Nebenrolle wie der des freundlichen Onkels begnügt hätte!). Arthur war hocherfreut, mich wiederzusehen, war offenbar auch beim Gedanken an mein Eintreffen ganz aus dem Häuschen geraten, schüttelte mir immer wieder die Hand und klopfte mir auf Schulter und Arm, um nicht geradezu ausrufen zu müssen: ›Mein Gott! Wie groß Sie in der Zwischenzeit geworden sind!‹ Wir plauderten ein wenig – über das Geschäft und über Faunce, allgemeiner auch über alles das, was im Hause Aden Parrot vor sich ging, und schließlich kündigte, wie vorauszusehen, Arthur an, daß seine Frau an diesem, meinem ersten Abend in Johannesburg, mich zum Essen erwarte. Er stellte mich der Sekretärin, Miß McCann vor – einem jener kleinen Durchschnittsgeschöpfe, denen die Blutarmut das bläßliche Aussehen verleiht, das sich so leicht mit Verfeinerung verwechseln läßt, und ganz stilgemäß roch sie auch nach Krankenzimmer-Parfüm. Irgendwie mußte ich versuchen, sie loszuwerden. Außerdem stellte er mir einen jugendlichen Neger vor, der im Vorzimmer erschien und hier auf Miß McCanns Schreibtisch einen kleinen Postbeutel entleerte. Bei diesem jungen Mann schienen alle Gewandstücke entweder zu eng oder zu locker zu sitzen. Im besonderen fielen mir seine Schuhe auf, die hinten am Absatz und oben am Knöchel viel zu weit vom Fuß abstanden. »Oh, und das ist Amon«, sagte Arthur. »Amon, das ist Mr. Hood, der extra aus London herübergekommen ist, um mich während meiner Abwesenheit zu vertreten.« Der junge Bursche lächelte etwas verlegen, ohne mich dabei anzuschauen und murmelte: »Jawohl, Sir. Dankeschön, Sir.« Die Sekretärin sah währenddessen mit dem Ausdruck tiefliegenden Argwohns – sicher war etwas Unerfreuliches oder Verkehrtgelaufenes mit darunter – die eingegangene Post durch. Sie brachte zwei kleine Zettel zum Vorschein, unterschrieb sie und reichte sie dem jungen Mann, der, ohne mir einen einzigen Blick zuzuwerfen, das Zimmer verließ.

Das Haus der Hollwards war genau von der Art, wie sie es auch in England bewohnt haben würden. Arthur hatte den Gartenpfad eigenhändig mit Mosaiksteinen ausgelegt, und er sah auch darauf, daß die langstieligen Rosen stets mit ihren Stützen verbunden blieben. Mrs. Hollward hatte das Wohnzimmer in, wie sie sagte, ›modern‹ schwedischem Stil möbliert – niedrige Stühle mit abstrakt gemustertem Leinenbezug, aus Chiantiflaschen gefertigte Lampen mit Bastschirmen, über dem Kamin ein Van-Gogh-Farbdruck. Die Blumenvasen hatten die Gestalt ausgehöhlter Schwäne oder Fische; und die Zigarette hatte man im ausgeweideten Leib eines tönernen Kaninchens auszudrücken. Auf jeden Fall brachte das Ganze es fertig, im Beschauer den Eindruck gerade der Chintz- und Flechtwerk-Ausstattung hervorzurufen, an deren Stelle es offensichtlich getreten war.

Das Essen wurde von einer mageren, schweigsamen Negerin mit stahlgeränderter Brille aufgetragen. Mehrmals hörte ich, wenn die halbgeleerten Schüsseln in die Küche wanderten, Mrs. Hollward ausdrücklich erklären: »Deck das zu und stell es in den Kühlschrank« oder: »Das kannst du aufessen.« Nach der Mahlzeit bot Arthur mir einen südafrikanischen Kognak an, der gar nicht so übel war, und kam wieder auf Faunce zu sprechen. Mrs. Hollward begnügte sich damit, ihm mit einer Art schüchtern-höflichen Wohlgefallens zuzuhören. Ihr Vergnügen an seinen Anekdoten war offenbar um so größer, je geläufiger sie ihr bereits waren: auch ein Kind kann ja sein Lieblingsmärchen nicht oft genug wiedererzählt bekommen.

Am folgenden Abend geriet ich zufällig in ein Konzert. Als ich um fünf Uhr Arthurs Büro verließ, suchte ich zunächst die Stratford-Bar auf – nicht, weil ich besondere Lust auf einen

Drink verspürt hätte, sondern weil die Bar ja nun auf einige Zeit mit zu meiner näheren Umwelt gehören würde. Was mich dahin trieb, war also nicht das gleiche Gemisch aus verbiesterter Selbstbescheidung und Neugier, aus dem heraus man auch Streifzüge durch ein großes Schiff unternimmt, das einem für ein paar Wochen zur Behausung bestimmt ist. Die Stratford-Bar war eines der Lokale, die zunächst etwas trostlos wirken, aber einen völlig vertrauenswürdigen, ja gastlichen Charakter annehmen können, sobald man sie einmal mit dem Blick der Gewohnheit betrachtet. Wahrscheinlich brauchte ich sie nur ein einziges Mal in Begleitung eines reizvollen Mädchens besucht zu haben, um mich in der an sich so wenig anheimelnden Atmosphäre des Lokals bereits heimisch zu fühlen. Aber als ich etwas genauer Umschau hielt, war überhaupt von weiblichen Wesen nichts zu sehen. Und in gewisser Hinsicht hatte auch das etwas für sich. Ich lauschte bei meinem Glas Bier den Unterhaltungen der anderen – offenbar waren die meisten der Stammkunden Anwälte oder Journalisten. Dann schob ich mich durch das atemlose Gedränge der nachmittäglichen Stoßstunde – in dieser Stadt schien man nach getaner Arbeit keinerlei Saumseligkeit zu kennen – ins Hotel zurück, um zu sehen, was sich da abspielte.
Noch immer brannte hier wie am Morgen ein gleichbleibendes rosa Licht. In dem weiten Vestibül bestritten drei verschüchtert dreinblickende Musiker die akustische Entsprechung zu diesem Licht, während es an den einzelnen Tischen hoch herging: junge Männer mit gerötetem Gesicht bestellten für kichernde Mädchen, die der umgebenden Pracht offenbar noch ungewohnt waren, Drinks. Ältere Männer, das Gesicht nicht weniger sorgsam in Falten gelegt als die mattseidene Krawatte, erhoben sich zur Begrüßung eleganter, etwas hochnäsig ausschauender Damen, die mit klirrenden Absätzen den Raum betraten und zweifellos Mannequins oder Schauspielerinnen waren. Die zufällig anwesenden Reisegäste, mochten sie nun aus England, Amerika oder vom europäischen Festland sein, nahmen sich unter den anderen, die, nach Stand und Vorhaben noch so verschieden, sich unverkennbar auf eigenem Boden befanden, merkwürdig fremdländisch aus.
Ich warf einen einzigen Blick in den Raum – das genügte.

Dann trat ich gleich wieder auf die Straße hinaus. Allerdings war es gar nicht so einfach, in Johannesburg ziellos umherzuschlendern. Der Abend war warm – zwischen den hohen Gebäuden verging die Sonne in zornigem Aufblitzen –, und ich spähte nach einem kleinen Straßen-Café aus, konnte jedoch keines entdecken. Die Vorhalle von ein paar anderen Hotels war der des meinen allzu ähnlich. Dann gelangte ich zufällig zu einem öffentlichen Park mit einer – zu dieser Stunde geschlossenen – Bildergalerie, die aussah wie ein Kurhaus mit türkischen Bädern und sonstigen Einrichtungen fürs Publikum, aber wenn man nicht gerade ein weibliches Wesen zur Seite hat, oder wenn man kein Kind oder alter Mann ist, bringt man es nicht ohne weiteres fertig, in einem öffentlichen Park herumzusitzen.

›Wohin also?‹ fragte ich mich selbst.

Ich kreuzte eine Eisenbahnüberführung, um wieder in die Stadt zu gelangen. Zu meiner Linken dehnte sich auf der anderen, der Stadtseite, im Schutz eines Wellblechdachs eine lange Schlange von Wartenden. Was mochte das wohl zu bedeuten haben? Es war die Schlange von Leuten, die, wie ich beim Näherkommen entdeckte, an einer Autobushaltestelle standen. Sie alle hatten das müde, keiner Ungeduld mehr fähige Gesicht von Menschen, die täglich um die gleiche Zeit an der gleichen Stelle zu warten gewohnt sind. Es waren lauter schwarze Gesichter.

Während ich, an Metzgerläden, Trockenreinigungsanstalten und Hotelbars vorüber, wieder zur Stadt zurückschlenderte, wurde es mir ganz klar: der Umstand, daß jene Gesichter schwärzlich waren, war mir erst zuletzt und als letztwichtig zu Bewußtsein gekommen, ja, war eigentlich eine Art nachträglicher Eindruck gewesen. Umgekehrt war mir vor Mombasa an jenem Tage, an dem die Barkasse mich dem Lande zutrug, als allererstes die Schwärze, die Negerhaftigkeit der dort wartenden Gesichter aufgefallen. Und doch erkannte ich sofort, worin der Unterschied lag. Jene waren Bauern gewesen, Bauern, mit ausdruckslosen, ungeformten Gesichtern oder auch einfach Naturburschen, ursprünglich, noch nicht verderbt – ganz, wie man wollte. Aber die Gesichter der hier in Johannesburg auf den Bus Wartenden trugen alle die Merkmale derer, die in das Geheimnis westlicher Kultur eingeweiht sind. Sie waren gezeichnet vom Lärm der Groß-

stadt, von verhaßter Beschäftigung, von Geldsorgen, unerfüllbaren Wünschen. Ihre Füße mußten vom langen Stehen schmerzen, ihr Kopf vom nächtlichen Zechen. Ja, das waren Gesichter, wie man sie in endlosen Schlangen während des Krieges in London erblicken konnte.
In einem drittklassigen Restaurant mit exotisch klingendem Namen aß ich zu Abend. Die Kellner waren alle Inder. Der mich bedienende machte viel Aufhebens von seiner Geschäftigkeit und schwenkte mit weitausholender Geste mein Steak und die weichlichen, bläßlichen Pommes frites auf den Tisch, aber das Restaurant war fast leer, und die anderen Kellner standen an der Wand herum und klatschten bisweilen mit ihren Servietten nach Fliegen wie Pferde mit ihren Schweif.
Dann setzte ich in der unbestimmten Absicht, ein Kino ausfindig zu machen, in dem ein mir noch nicht aus London bekannter Film gezeigt wurde, meinen Weg fort. Aber zufällig kam ich an einer Halle vorüber, an der, umdrängt von einer bis auf die Straße überquellenden Menschenmenge, eine Riesenfotografie ein Orchesterkonzert mit einem berühmten Geiger als Solisten ankündigte. Ich hatte ihn schon mehrere Male daheim gehört, und ich hätte es mich wohl jetzt auch kaum besondere Mühe kosten lassen, ihn nochmals zu hören, aber irgendwer schwenkte mir eine Eintrittskarte, und gerade eine einzelne, unter die Nase, und so nahm ich sie. Während ich in der Tasche nach Geld wühlte, scharten sich hoffnungsvoll ein halbes Dutzend Leute um uns herum – vielleicht kam der Handel doch nicht zustande und das Billett blieb verfügbar. Jedenfalls war es nun glücklich mein und berechtigte mich zum Mitgedränge in dem großen Vestibül. Auch der Konzertsaal selbst – es war, wie ich herausfand, der Rathaussaal der Stadt – war häßlich, nicht aber das Publikum. Es waren sogar ein paar reizvolle Frauen darunter, und alle trugen einen Ausdruck des Entspanntseins zur Schau, waren gut, wenn auch nicht immer sehr kleidsam angezogen, wohlgenährt und offenbar nicht nervös. Es fehlte auch nicht an den typischen Gesichtern, wie man sie aus Konzerten in anderen Ländern kennt: der ernsthaft Kunstbeflissenen, älteren Männern mit einem dichten Schopf weißen Haares, ältere Damen in Stolen oder orientalischen Turbanen, Studenten, die mit gesenktem Blick über einer Partitur saßen, als wären sie ins Gebet versunken, hübschen Mädchen mit seltsamer Frisur, in

noch seltsamerer Gewandung. Ich lauschte inmitten einer Atmosphäre von Parfüm und seidigem Pelzwerk, beringten Händen und gebleichtem Haar, Pomadeduft und dem am feinen Tuch haftenden Rauch einer nach dem Essen angesteckten Zigarre.

In der Pause schwirrten die üblichen Bemerkungen umher: die Bläser matt, das Tempo ein bißchen zu schnell, der Geiger selbst absolut hinreißend, der Geiger nicht ganz so gut wie letztes Jahr in Salzburg, der Geiger noch immer der einzige geborene Mozart-Interpret, der Geiger leider *passé*, gerade noch gut genug für Südafrika – die gleichen Bemerkungen, wie sie, mit gewissen Abwandlungen der Ortsnamen, auch bei jedem Konzert in London zu hören sind.

Nach Beendigung des Konzerts ließ ich mich vom Strom dieser wie zur Schau zurechtgemachten Leute hinaustragen und schlängelte mich zwischen ihren Wagen hindurch zum Hotel zurück. Im Vestibül badeten noch immer die gleichen Gesichter im gleichen rosa Licht – waren es dieselben Leute, die ich zur Zeit des Sonnenuntergangs dort gesehen hatte, oder andere, ihnen zum Verwechseln ähnlich? Nur die Reisenden aus dem Ausland waren inzwischen zu Bett gegangen. Einer von ihnen hatte auf dem leeren Tisch, an dem ich auf eine Tasse Kaffee wartete, einen Prospekt zurückgelassen. *»Afrika in all seiner wilden Herrlichkeit. Heute in wenigen Stunden zu erreichen. Luxuriöse Safari-Wagen holen Sie in Ihrem Hotel in Johannesburg ab zu einer Fahrt in den Krüger-Park, wo Sie am gleichen Tag Löwen, Sprungböcke und Nashörner sehen werden. Nach erquickender Nachtruhe im Wohnlager (aller Komfort) Weiterfahrt. Ein großartiges Naturschauspiel: Elefanten, Giraffen und sehr viele andere wilde Tiere in freier Wildbahn, gehorsam nur dem Gesetz des Dschungels.«* Auf der nächsten Seite wurde in entsprechendem Stil mitgeteilt, daß zweimal monatlich auf einem Bergwerksgrundstück in der Nähe von Johannesburg kriegerische Eingeborenentänze veranstaltet würden. Und auf der Folgeseite verhieß das Bild einer schönen, hinreißend lächelnden Negerin – sie trug ein mit Holzperlen besticktes Stammesgewand, aber ihre massigen Brüste waren unverhüllt –, den *»ganzen ursprünglichen Zauberreiz von Zululand«*. Es war mir, als läse ich von einem andern, weit hinter Bergen und Meeren gelegenen Lande. Aber das Land der Reiseprospekte

ist stets ein anderes Land, eine etwas peinliche Summierung und Stilisierung alles nur Wünschenswerten, wie sie auf diesem Planeten Gott sei Dank niemals Ereignis werden kann, denn hier trägt die schmutzige Wirklichkeit in Gestalt von Ameisen und schlechten Gerüchen und leeren Coca-Cola-Flaschen schon dafür Sorge, daß nichts Schönes makellos bleibt.
War ich selbst aber wirklich in Afrika? Ich legte mich in jenem Hotelzimmer schlafen, in dem sogar vom Fall meines abgerissenen Hemdknöpfchens nichts mehr zu hören war: alle Stoffe seiner Ausstattung schienen sich verschworen zu haben, die Atmosphäre so unpersönlich wie möglich zu halten.

Als ich Arthur gegenüber bemerkte, daß ich irgendein anderes Logis finden müsse – vielleicht eine kleine abgeschlossene Wohnung –, erwiderte er mit dem Lächeln nachsichtigen Mitgefühls: »Ach ja, alles Gute kann ja nicht ewig währen.«
»Nein.«
»Ich hatte mir nur gedacht, der Auftakt hier sollte für Sie einen festlichen Klang haben.«
»Oh, das hat er schon gehabt.«
Ich fürchtete, er wollte mir etwas Ähnliches empfehlen, eine etwas bescheidenere Ausgabe des gleichen Hotels, eine kleinere Spielart der gleichen Verpackung von indirekter Beleuchtung und muffiger Luft.
»Es gibt in Parktown, glaube ich, eine besonders hübsche Unterkunft – ein kleines Privathotel, in dem viele Besucher von drüben logieren.«
(Nein, nach seiner Meinung war, was ich anstelle des Plaza-Ritz oder wie immer der Wohnpalast hieß, als Standquartier brauchte, ein respektables englisches ›Boardinghouse‹.) »Ich werde mit Jessie darüber sprechen. Soviel ich weiß, kennt sie jemanden, der dort wohnt.«
»Oh, danke schön, Arthur, aber ich bin doch mehr für eine richtige Wohnung. Eigentlich bin ich sogar einer schon auf der Spur. Das heißt, einer der Bekannten meiner Eltern, für die sie mir einen Empfehlungsbrief mitgegeben hatten, hat mir schon mehr oder weniger fest versprochen, mir etwas Geeignetes zu beschaffen.« Bei dem Gedanken, wie glatt die Lüge mir über die Zunge ging, kam ich mir selbst nicht ganz geheuer vor.

»Das ist recht vernünftig«, sagte Arthur. Die Vorstellung, daß ich von Faunces sagenhaften Verbindungen Gebrauch machte, sagte ihm zu. »Es geht doch nichts über ein eigenes ›Pied-à-terre‹. Und wenn im Hintergrund noch obendrein jemand ein bißchen die Drähte zieht, um so besser.«

Meines Wissens ist es eine Art Axiom aller Werbung und Propaganda, daß eine Lüge, überzeugend genug vorgebracht, zuletzt zur Wahrheit wird. Jedenfalls ist es um die Wirkung einer persönlichen Lüge merkwürdig bestellt. In meinem besonderen Falle nahm ich mir unter ihrem Einfluß das billige Notizheft vor, das die mir angegebenen Adressen enthielt und das ich seit der Abreise aus England noch nicht wieder geöffnet hatte. Ich wußte nicht einmal, was ich darin zu finden hoffte. Gewiß niemanden, der die Drähte ziehen konnte. Fast mit einem gewissen Widerstreben überflog ich die nichtssagenden Namen und Adressen, die hier von mir selbst oder von anderen Leuten in London, in den Cotswolds, bei Autofahrten oder in Restaurants, im Haus von Freunden oder bei Aden Parrot hingekritzelt waren. Was hatte ich im Augenblick der Niederschrift mündlich dazu bemerkt? Ach ja, wenn Sie so freundlich sein wollen. Natürlich werde ich die gern aufsuchen. Das ist mir bestimmt eine große Hilfe. Ja, die Leute würde ich wirklich gern kennenlernen. Signor A. Pozzi, 177 Barston Place, Riviera Road (Arnolfo und Betty); Arthur Coutts, Inanda Club, Sandown (Nebenstelle 53); Max und Doreen Brown, Clentry Court, Isipingo Street; Hildegarde Cegg, 42–7831; David Marshall, c/o Rundfunkhaus. Und dann, von meiner Mutter und Faunce zusammengestellt, eine Liste ›lohnender‹ Leute. Ein Schriftsteller, der in unserem Verlag einen Roman über das Thema der Rassenmischung hatte erscheinen lassen – ein literarischer Typus, der nun so regelmäßig aus Südafrika exportiert wurde wie Gold oder Obst. Ein Zeitungsredakteur. Ein Universitätsprofessor. Der ehemalige Direktor des Instituts für Rassebeziehungen. Ein Priester, der etwas mit der Liga zur Reform des Strafvollzugs zu tun hatte. Eine Ärztin, die ein Krankenhaus für Neger leitete. Hochwürden X und Dr. Y. Ein Inder, der Sekretär irgendeiner Kongreßpartei war. Ein afrikanischer Volksführer. Ein Parlamentsmitglied.

Ganz klein an den unteren Rand der Seite gequetscht, stand ein Name, bei dessen Empfehlung meine Mutter, wie ich

mich deutlich erinnerte, etwas gezögert hatte. Sie hatte mit Faunce erörtert, ob es sich für mich lohnte, die Trägerin dieses Namens aufzusuchen. Sie war früher einmal, in ihrer Jugend, wirklich ganz nett gewesen, aber dann hatte sie diesen Großmogul geheiratet, diesen Mann, dessen Bedeutung für den Goldbergbau des Landes angeblich nur noch von der Ernst Oppenheimers überboten wurde, und seitdem schien sie eigentlich nichts mehr geleistet zu haben. Mußte ich eine solche Familie nicht ungeheuer langweilig finden? Vielleicht auch ganz amüsant, hatte Faunce erklärt. Es mag für ihn ganz interessant sein, sich diese Leute einmal anzusehen – und so hatte denn meine Mutter zu guter Letzt doch noch hingekritzelt: Marion und Hanish Alexander, The High House, Illovo. Die Telefonnummer war so klein geschrieben, daß ich sie kaum entziffern konnte. Meine Mutter hatte es wohl ohnehin für unwahrscheinlich gehalten, daß ich je Gebrauch davon machen würde.
Ich entschloß mich also, es zunächst mit den Alexanders zu versuchen. Hamish und Marion Alexander, High House. Am Telefon meldete sich eine Stimme, die ich bereits als die eines Afrikaners zu unterscheiden gelernt hatte. Mrs. Alexander war nicht zu Hause. Ich hinterließ meinen Namen und die Telefonnummer des Hotels. Und irgendwie war ich mit der Geste als solcher bereits zufrieden. Wenn die Alexanders meinen Anruf nicht erwiderten, brauchte ich mich nicht mehr weiter um sie zu bemühen.

Als ich an jenem Abend gerade bei Tische saß, wurde ich ans Telefon gerufen. Mit dem raschen, verstohlenen Gang, wie er Leute kennzeichnet, die aus einem öffentlichen Raum zu einer privaten Verrichtung zitiert werden, durchmaß ich den Speisesaal. Die Mitanwesenden hielten den Blick so hartnäckig von mir abgewandt wie ich von ihnen. (Für jede Lebenslage gibt es besondere Spiel- und Verhaltensregeln; und wie rasch paßt man sich der an, in der man sich zufällig gerade befindet – und mag sie noch so lächerlich sein.) Ich nahm den Telefonhörer auf, dem noch etwas von der Wärme eines anderen Ohres anhaftete – und es schlug mir die Stimme meiner Mutter entgegen; ein Produkt der gleichen Schule, durch die gleiche Stimmgabel gewissermaßen auf die gleiche Tonhöhe festgelegt. »Mr. Hood? Toby? – Hier ist Marion Alexander.«

»Ja, Toby Hood. Hallo, Mrs. Alexander.«
»Ich konnte es zunächst gar nicht für möglich halten! Ich nahm an, der Diener hätte sich verhört. Das letztemal, als ich Sie sah, gingen Sie noch zur Schule, vor dem Krieg... Wie kommen Sie denn hierher? Was für eine Freude!«
Sie lud mich für den kommenden Sonntag zum Mittagessen ein. Ein schwarzer Buick mit einem Negerchauffeur am Steuer holte mich um zwölf Uhr am Hotel ab. Ich versuchte, mich während der Fahrt mit ihm zu unterhalten, aber er antwortete mir in widerstrebendem, gestelztem und etwas herablassendem Tone, wobei er gewisse Amerikanismen nicht ganz im richtigen Sinne gebrauchte. Nach seiner Meinung war ich offenbar nicht gut genug angezogen.
Wir ließen die Stadt hinter uns, die des Sonntags immer ganz leblos wirkte – selbst die Kinos waren geschlossen –, und überquerten die neue Königin-Elisabeth-Brücke. Hier wandte ich den Kopf, und ich muß gestehen, daß an dieser Stelle ein ungemein schönes Bild sich bot. Die rechtwinkligen Gebäude, gelblich getönt wie Knochen, Sand oder Stein, so bleich wie Gegenstände, die man am Strand aufliest, hoben sich mit klarem und scharfem Umriß reliefartig von einem Himmel ab, der nichts andres war als Raum. Wäre unter jener Brücke ein Strom hindurchgeflossen – es wäre eine herrliche Stadt gewesen. Aber es war nichts von Wasser zu sehen, sondern nur von den Schuppen und Gleisen und dem Stahlgewirr einer Eisenbahnkreuzung. Wir kamen an dürftigen kleinen Häusern vorüber, die sich am Außenrand der Großstadt festzuklammern suchten, dann an der Universität – graue Gebäude, grüne Bäume, und rote Erde an einem Hügelhang –, und dann folgte eine Vorstadt der anderen, alle Häuser hübsch, sauber, unauffällig und bequem, wie es Häuser solcher Art überall sind, hier nur umgeben und überschattet, fast überwuchert von Bäumen und Blumen, denen eine ungewöhnliche, üppige Schönheit zu eigen war. Je weiter wir hinausgelangten, um so größer wurden die Gärten. Schließlich bogen wir von der geteerten Fahrstraße ab und schwenkten auf einen Sandweg ein. Der Wagen fuhr nun ganz weich. Über uns schlossen die Zweige der Bäume sich fast zusammen. Durch eine Lücke im Grün erspähte ich das wassergleich schimmernde Hinterteil eines Pferdes. An einem aus unbehauenen Steinblöcken gefügten Tor stand in weißge-

tünchten Eisenlettern zu lesen: THE HIGH HOUSE. Die Auffahrt war von rundstämmigen, zartbelaubten Bäumen gesäumt, unter denen in ganzen Büscheln Hortensien wogten. Ich erblickte einen Tennisplatz, ein Schwimmbassin mit einer Holzhütte zum Umziehen, eine allzu glatte Rasenfläche, einen Lilienteich, eine Irisrabatte und zuletzt, auf einer kleinen grünbewachsenen Bodenerhebung, das Haus. Natürlich war es ein großes Haus, eine Art aufgeblähter Bauernhütte: es hatte ein steiles Schilfdach, dessen Ränder sich über den Dachfenstern zurückschwangen, hatte dicke helle Schornsteine, einen Balkon und einen Säulenvorbau, mit dem es an beiden mir jetzt zugewandten Seiten über seinen ursprünglichen Grundriß hinausging.
Ich wurde am Vordereingang abgesetzt. Die Tür stand offen, und während ich noch auf Einlaß wartete, konnte ich einen Blick ins Innere tun und war doch gleichzeitig auch des Schwirrlauts der Stimmen gewahr, der hinter dem hohen Erkerfenster zu meiner Rechten hervordrang. Von der Eingangshalle führten ein paar ebenso flache wie breite Stufen nach links hinab, offenbar zu einem länglichen, sandfarbigen Raum, in dem es von Kupfer, Gold, Blumen und Glas blitzte. In der Vorhalle stand unter einem Riesenspiegel in perlmutterbestücktem Rahmen ein eingelegter Tisch. Nach dem Hintergrund zu verbreiterte sich die erste Stufe einer hellen Treppe zu einer Art Podest. Der Teppich schien die Stufen förmlich zu überwachsen und jede Fuge wie mit rosa Moos auszufüllen. Lautlos trat mir ein Afrikaner entgegen, und nicht weniger lautlos folgte ich ihm (später entdeckte ich, daß zu ebener Erde der gesamte Boden des Hauses mit dem sandfarbenen Teppichstoff ausgelegt war). Ich kam an dem Spiegel vorüber, der von dem darunter befindlichen Tisch das Bild eines Stillebens zurückwarf – drei neue Golfbälle und ein uralter Golfhandschuh, schweißgetränkt und eingeschrumpelt zur Größe und Gestalt der Hand seines Trägers –, durchquerte das große Wohnzimmer, angefüllt mit Sofas und Stühlen mit geblümten Bezügen, und gelangte schließlich auf eine Veranda, wenn man eine so großartige Art von Veranda überhaupt noch als solche bezeichnen durfte. Sie war durch keine Zwischenwand von dem davorliegenden Zimmer geschieden und schien mit ihrer Bar, ihrer Feuerstelle, den Liegen, den gläsernen und gußeisernen Tischen, den malven-

farbigen venezianischen Glaslaternen und seltsamen Kletterpflanzen geradezu einem Großfilm zu entstammen.
Bei meinem Eintritt verstummte soeben aufschäumendes Gelächter. Fünf Leute hoben mir den Blick entgegen, und ein untersetzter Mann mit kahlem, sonnengebräuntem Schädel arbeitete sich aus dem Liegestuhl empor, um mich zu begrüßen. »Sie sind sicher Toby Hood«, sagte er. »Setzen Sie sich und lassen Sie sich einen Drink einschenken. Marion ist noch nicht wieder zurück.« Er schien anzunehmen, daß er selbst, Hamish Alexander, keiner besonderen Einführung bedurfte, und er begann mich den anderen vorzustellen. »Archie Baxter« – ein magerer, jugendlich wirkender Mann, dem das gepflegte Aussehen des vornehmen Kenners auf einem Bildinserat für Whisky zu eigen war. »Kit Baxter« – eine nicht weniger gut aussehende junge Frau, die gleichfalls etwas von einem Reklamebild hatte. Die beiden bildeten ein Paar, dem möglicherweise die Garderobe – im besonderen Falle der Reitdreß – von irgendeiner Firma zu dauerndem Gebrauch überlassen worden war, weil sie ihr in der richtigen Gesellschaft zu vorteilhafter Wirkung verholfen hatten. »Und dies ist Margaret Gerling und ihre große Schwester Cecil Rowe.« Bei diesen Worten lachten beide und sahen sich auch gleich ähnlich, die hübschen Mädchen, die ebenfalls Reitkleidung trugen. Es kam mir ein bißchen lächerlich vor, mich in dem Augenblick, in dem ich ein fremdes Haus betrat, der Länge nach auszustrecken, und darum ließ ich mich zwischen Mrs. Baxter und Cecil Rowe – ja, sie war die ältere der beiden Schwestern – auf dem Fußteil eines der Liegestühle nieder. Baxter, der sich an der kleinen Bar zu schaffen machte, fragte: »Wollen Sie nicht einen meiner Martinis probieren?« und Mrs. Baxter schob mir über einen niedrigen Tisch ein Tablett mit Oliven und Nüssen zu.
Sobald ich einen Drink vor mir und einen Sitz unter mir hatte, nahm das allgemeine Geplauder seinen Fortgang. Hamish Alexander hatte die unpersönliche Herzlichkeit und unentwegt lächelnde Art eines Mannes, der viele Gäste bei sich sieht, die meisten aber nicht selbst eingeladen hat. Die Frauen waren lebhaft und gesprächig, vor allem Margaret Gerling und Mrs. Baxter. Alle drei hatten kurzgeschnittenes, modisch helles Haar, nicht ganz blond und doch auch nicht geradezu braun, hatten die blauen Augen von jungen Engländerinnen

aus dem oberen Mittelstand, hatten deren sonnengebräunten Nacken, die glitzernden Fingernägel, die hohen Bühnenstimmen und den merkwürdig beschränkten Wortschatz – Modeworte, versnobte Klischees, Anzüglichkeiten, Slangausdrücke. Nette Geschöpfe, zweifellos. Lebenslustig, ganz schlagfertig und sehr dekorativ. Eine ganze Spur selbstsicherer, eine Spur weniger intelligent, dafür aber eine Spur körperbewußter als Rina Turgell. Ich stimmte in das allgemeine Gelächter ein, das ihre Geschichten auszulösen pflegten – zumeist Reitgeschichten, in denen sie selbst gewöhnlich nicht allzu gut wegkamen: keine besonders guten Geschichten, aber gut erzählt. Auch ich steuerte zur Erheiterung eine Geschichte bei, keine Reitgeschichte, aber eine solche, in der auch ich nicht sehr rühmlich abschnitt. Wieder erschienen ein paar neue Gäste, und der kunstvoll angelegte Freiluftraum begann sich zu füllen.
Unter den Neuankömmlingen befanden sich mehrere Ehepaare im mittleren Alter, bei denen die Frauen in einem Baumwollkleid, das eine weite Fläche wohlerhaltenen Fleisches enthüllte, sehr viel jünger wirkten, als sie gewesen sein konnten. Aber sie sahen alle gut aus und waren eingehüllt in verschwenderischen Parfümduft. Die Männer ließen an ihrem Aufzug erkennen, welche Art sportlicher Betätigung sie soeben abgebrochen hatten. Oder sie saßen mit ihrer teigigen Gesichtsfarbe und ihren Hängefalten herum wie Schiffbrüchige. Bei ihnen hatte eine wohlgebügelte Kombination aus Flanellhosen, einem seidenen Hemd und Halstuch den Verfall verhärteter Arterien, einer beschädigten Leber oder des schwer in der Brust liegenden vergrößerten Herzens zu verhüllen. Einer von diesen letzteren nahm schließlich neben mir Platz, und ich fühlte mich zu einer Art angewiderten Mitleids gerührt, wie stets beim Anblick dieser alten Stiere der Hochfinanz, welche, die abgebrochenen Wurfspieße beruflicher Scharmützel, überlanger Arbeitsstunden, überreichlicher Mahlzeiten, übermäßigen Trinkens im feisten Nacken, noch immer den Sägemehlgeruch der Arena in ihren Nüstern verspüren. Dafür bemerkte ich einen hageren, hochaufgeschossenen Mann mit dichtem weißen Haar – einen von denen, die noch mit sechzig ein rasches Tennis spielen und im Alter von siebzig eine Fünfundzwanzigjährige heiraten. Er kam gerade von einer Krokodiljagd in Nordrhodesien, und er

berichtete davon mit lauter, natürlicher, herrischer Stimme, die jede andere, beiläufigere Unterhaltung schon dadurch zum Verstummen brachte, daß sie im Gegensatz zu den übrigen Stimmen von der inneren Gewißheit durchdrungen war: was immer ich vorzubringen habe, ist von allgemeinem Interesse.
»Stimmt es, daß man sie gerade zwischen die Augen zu treffen hat, John?« fragte Mrs. Baxter.
»Das ahne ich nicht«, erwiderte er, »aber soviel kann ich Ihnen versichern, daß sie verdammt gründlich tot sein müssen, bevor man sich drauf verlassen kann, daß sie tot sind. Man bildet sich ein, daß man sie erwischt hat, und dann schießen sie plötzlich seitwärts durchs Wasser ab und sind auf Nimmerwiedersehen verschwunden. Wir hatten mindestens ein Dutzend zu treffen, um auch nur ein einziges ins Boot ziehen zu können. Aber was für Biester das sind – man hat das Gefühl, daß man ihnen geradezu einen Gefallen tut, wenn man sie umbringt. Und wenn die schwarzen Burschen sie dann aufschlitzen« – er hob die Hand, an deren Gelenk eine jener kostspieligen Uhren mit Angabe der Zeit, des Datums und der Mondphase prangte, und bedeckte damit sein Gesicht bis hinauf zu den drahtigen, struppigen dunkeln Brauen.
Hamish Alexander, der ihm offenbar nur allzugern zuhörte, lehnte sich grinsend vor, wobei die kräftigen gelblichen Zahnstummel in seinem Mund eine merkwürdige Entsprechung zu den rötlichen Stoppeln auf seinem sonnengebräunten Nacken zu bilden schienen. »Davon habe ich schon gehört«, sagte er mit funkelnden Augen. »Ich habe gehört, wie andere Leute ...«
»Ach, Hamish – wenn man nur davon hört, kann man sich noch gar keine Vorstellung machen ... Das ganze Boot, meine ich. Es stank wie ein – ein ...« Seine Lippen kräuselten sich, verstummten aber noch rechtzeitig.
»... Schlachthaus«, bemerkte Kit Baxter hilfsbereit.
Alle lachten. »Die taktvolle Kit«, rief ihr Mann.
John lehnte sich zu ihr hinüber und drückte ihr einen Kuß auf die runde, glatte Stirn. »Und wie gut sie selbst riecht ...« Erneutes Gelächter. »Aber um ganz offen zu sein, ich darf euch gestehen – ihr wißt ja, wie sehr ich sonst auf Haltung bedacht bin ...«

»Haben Sie sich jeden Abend fürs Essen umgezogen, John?« rief eine andere Stimme.
»... Ich verspürte wirklich den Drang, aus dem Boot herauszuspringen und an Land zu schwimmen. Wahr und wahrhaftig, das einzige, was mich im Boot festhielt, war der Gedanke an die Krokodile, die sich noch im Wasser herumtrieben.«
Mit der Bitte um Gehör ihr Glas in die Höhe hebend, an das ihre zahlreichen Armbänder klirrten, bemerkte eine der anwesenden Frauen: »Ich erinnere mich, daß ich einmal die Walfischstation in Durban besuchte. Ja, natürlich bist du auch dort gewesen, Peggy, und Ivan gleichfalls –. Das war ein Geruch, fürchterlicher als jeder andere, ein wirklich achtzigprozentiges Destillat aus widerwärtiger Fischigkeit, Öligkeit und weiß der Himmel was noch ...«
»Meine liebe Eva«, sagte der mannhafte John, »aber wir können uns beim besten Willen keine Ausflüchte gestatten in diesem, diesem ...«
»Zusammenhang«, sagte Kit.
»Diesem Zusammenhang ...«
Kit war offenbar überzeugt, daß sie es eher über die Lippen brachte als er: »Man muß einen Stunk schon einen Stunk nennen.«
Während des aufsprudelnden Gelächters erschien Marion Alexander, die Gastgeberin, auf der Bildfläche und segelte mit einem allgemein gehaltenen Begrüßungslächeln geradeswegs auf die Stelle zu, an der ich mich erhoben hatte.
»Es ist Toby«, sagte sie, mich umarmend. »Ich bin ja so froh, daß Sie hier sind. Hoffentlich hat man Sie nicht vernachlässigt. Ich hatte heute vormittag ein Bowling-Turnier – Sie müssen mir also meine Unhöflichkeit schon nachsehen. Da, Sie haben etwas von meinem Lippenstift abbekommen. Nein, ein bißchen weiter unten. Jawohl, da.« Sie ergriff meinen Arm und wiederholte mit klarer Sing-Sang-Stimme zu Ehren der anderen Anwesenden noch einmal ihre Entschuldigung. »Bitte verzeihen Sie mir – ich habe nicht angenommen, daß ich selbst der letzte Mittagsgast sein würde – ich war vielmehr fest davon überzeugt, ich würde um halb ein Uhr wieder zurücksein.« Sie sah, dachte ich, höchst ungewöhnlich aus: sie trug ein weißes Leinenkleid und einen weißen Panamahut mit einem farbigen Band. Im ersten Augenblick hatte ich nicht begriffen, daß das das Kostüm war, das Frauen beim Bowling-Spiel tragen –

warum legte sie es nur darauf an, wie ein schrecklich überaltertes Schulmädchen auszusehen? Ich konnte mich nicht an sie erinnern, auch wenn sie am Telefon versichert hatte, sie entsinne sich noch, mich kurz vor dem Krieg getroffen zu haben – ich ging damals bereits zur Schule –, aber ich konnte immerhin erkennen, daß sie einmal sehr hübsch gewesen sein mußte und daß sie sehr viel älter war als meine Mutter. Oder wurde sie vielleicht nur mit der Tatsache des Alterns nicht fertig und war sich dessen bewußt? Unterhalb des besagten Hutes leuchtete ihr Gesicht weißer und rosiger, als es jemals in ihrer Mädchenzeit gewesen sein konnte. Und doch bildete sie sich zweifellos ein, daß gerade das die ursprüngliche Farbe war, die nun künstlich wiederhergestellt werden mußte. Sie wandte sich, um ins Haus zu gehen und sich umzuziehen, und Kit Baxter sprang, mit dem Ausdruck eines Kindes, das einen besonderen Wunsch auf dem Herzen hat, auf, lief ihr nach und sagte: »Ich möchte mitkommen und mit dir reden, Marion.«
Während ihrer Abwesenheit stellten sich die letzten drei Gäste ein und gleichzeitig mit ihnen Douglas, der Sohn der Alexanders. Er kam gerade vom Golfspiel, und die beiden männlichen Neuankömmlinge trugen Reitkleidung. Außer den alten Finanzstieren war ich der einzige männliche Gast, der auf dem Reitplatz oder dem Spielfeld nicht eben erst neue Triumphe errungen hatte. Die beiden letzterwähnten Besucher sahen auf jugendliche Weise schlagflüssig aus, waren blond, hatten kleine, flachanliegende Ohren ohne Läppchen, Stupsnasen und blutunterlaufene blaue Augen. Kein Zug in dem einen Gesicht, der mit dem entsprechenden im andern nicht vertauschbar gewesen wäre. Wie ein Komikerduo stürmten sie mit dem Ruf: »Hallo! Hallo! Hallo, ihr Leute!« auf die Veranda. Sie waren ein Duo sogar im wörtlichen Sinne, waren identische Zwillinge. Ihr Anblick hatte etwas Verwirrendes: es war einem dabei zumute, als hätte man einen Schlag aufs Auge empfangen und sähe bei einem anderen Menschen den Umriß des Kopfes, die Handbewegungen und sprechenden Lippen verdoppelt. Aber in ihrer Begleitung befand sich eine atemberaubende junge Amerikanerin, so mager wie ein Borsoi, die, so wollte es mir vorkommen, schwarze Trikothosen anhatte (jedenfalls waren es Frauenhosen, die hinten nicht locker saßen), und außerdem

so etwas wie ein gestreiftes Männerhemd, das sie zwar umhüllte, das aber bei gewissen Bewegungen an den zwei kleinen bebenden Erhebungen ihrer Brüste haften blieb. Sie war sehr blond, ohne den geringsten Beiton von Gelb, und das Haar war zurückgekämmt und wurde durch eine drumherumgewundene Strähne zusammengehalten. Ihr Gesicht war ganz jung und auf solche Weise zurechtgemacht, daß es bleich und flaumig wirkte, aber es hatte einen uralten Ausdruck. Bei der Vorstellung ließ sie über das Gesicht jedes der Anwesenden eine Art Eidechsenblick huschen und steckte dann wie ein hartgesottener Pfeifenraucher ihre lange Zigarettenspitze wieder zwischen die Lippen. Ich hatte den Eindruck, daß Tim und Tom (oder wie immer sie heißen mochten) sie eben erst kennengelernt hatten; und daß die Frauen am rötlichen Fell der Zwillinge einfach haften blieben wie Kletten an der Wolle. Sie waren kaum gekommen, da schickten sie sich schon wieder zum Gehen an. »Nein, nein, alter Knabe«, wimmelten sie Archie Baxter ab, »bevor wir von deinem Zeugs kosten, müssen wir erst ein Bad nehmen. Haben wir noch bis zum Mittagessen Zeit für eine Runde im Wasser?« – »Natürlich haben wir Zeit. In Hamishs Haus hat man für alles Zeit, nicht wahr?«

Über den Rasen laufend, entschwanden sie in Richtung des Schwimmbassins, an dessen Rand wir sie ein paar Minuten später erblicken konnten, die Arme um den Oberkörper geschlungen. Sie winkten zu uns herüber, teilten klatschend die Wasserfläche und tauschten mit ihren identischen Stimmen Zurufe miteinander. Es klang, als halte ein einzelner Lautsprecher Zwiesprache mit sich selbst.

In meiner haarigen alten Kluft kam ich mir etwas tintenfleckig und ungelüftet vor, fühlte mich aber nach dem dritten Drink trotzdem ganz wohl. Fast jeder der Anwesenden hatte nun mehrere Drinks gehabt (Hamish rührte sich nicht mehr aus seinem Liegestuhl, aber Archie Baxter besorgte an der kleinen Bar alles Nötige, unterstützt von zwei Afrikanern in weißen Anzügen und Handschuhen, die unaufhörlich in Bewegung waren, sei es, daß sie Soda, Eis und Zigaretten aus dem Haus brachten oder schmutzige Gläser und Aschenbecher wieder dahin fortnahmen), und auch das trug neben der Erwartung des Mittagessens dazu bei, die Stimmung der Gäste zu heben. Marion Alexander und Kit Baxter waren inzwischen wiedererschienen. Mrs. Alexander strömte die Wärme einer Gastgeberin aus, die Freude an der Gegenwart anderer Menschen hat und sie in fröhlichem Lampionschein um sich zu scharen versteht. Sie kargte nicht mit Komplimenten und Übertreibungen, das konnte ich deutlich erkennen, aber gerade infolgedessen bemühte sich jeder einzelne, zum Erfolg der Gesellschaft selbst mit beizutragen – mit dem Ergebnis, daß das gesamte Konglomerat aus Gästen, Alkohol, Geschwätz und (später) vortrefflichem Essen tatsächlich zum Erfolg wurde, einer andern Art Erfolg freilich, als er einer Gastgeberin beschieden wäre, die Leute mit geistigen Interessen zusammenbringt. Die Alexanders hatten mit sehr wenig Zutaten ein höchst schmackhaftes Gericht zu bereiten.

Bald gesellten auch die Zwillinge, frisch benetzt und frottiert, sich wieder zu uns. Mit ihrer Amerikanerin, Kit Baxter und den beiden Schwestern Cecil und Margaret vollführten sie an der Bar ein gewaltiges Getöse. Sie sprachen Bühnenenglisch mit übertriebenem Akzent. Es kam ihnen offenbar mehr darauf an, sich Frauen gegenüber aufzuspielen, als mit ihnen zu flirten. Immer wieder ergriff Marion Alexander meinen Arm, um mich jemand anderem vorzustellen. »Hast du dich mit diesem jungen Mann schon unterhalten? Du solltest es tun, bevor ich selbst Gelegenheit dazu habe. Dann kannst du mir schon sagen, ob er vielleicht zu gescheit für mich ist. Es ist Althea Thomas' Sohn – vom Verlag Aden Parrot, eine so gebildete Familie.«

»Heute ist ein roter Kalendertag für mich. Dieser junge Mann ist der Sohn meiner Freundin Althea Thomas und Graham Hoods – ich habe für beide geschwärmt.« Die Worte klangen in ihrem Munde, als wären meine Fltern für sie eine hohe Idee, und vielleicht waren sie das wirklich: die Verkörperung all der hohen Ideen der dreißiger Jahre, auf die sie, wie sie selbst sich erinnerte, zeitweise in gleichem Maße angesprochen hatte, wie ein, zwei Jahre früher auf die Mode der Clochehüte. Jedenfalls besagte der Name meines Vaters für diese Leute offensichtlich nicht das Geringste, wie auch die Namen seiner erlauchteren Zeitgenossen – etwa eines Spender oder eines Toller – nichts für sie besagt haben würden. Aber ich konnte immerhin erkennen, daß Marion Alexanders nachdrücklicher Hinweis auf meine nächste Verwandtschaft bei den etwas weniger begriffsstutzigen Frauen den Eindruck hervorrief, daß ich zu einer Familie gehörte, von der die Gesellschafts-Illustrierten Notiz zu nehmen pflegten. Einige von denen, die englischer Herkunft waren, begrüßten mich mit der etwas blasierten Freimaurermiene von Leuten, die sich über die angeblichen Vorrechte und Nachteile der Zugehörigkeit zu einer bestimmten Ordensgemeinschaft nicht im unklaren waren. Für die Nicht-Engländer dagegen schien das Herumreisen in England und Europa etwas so Selbstverständliches zu sein wie die Fahrt in einem Vorortszug, und sie sprachen von den meisten Ländern des europäischen Kontinents in einem Ton, als dürften sie bei uns die gleiche Vertrautheit mit diesen voraussetzen. Man flog von hier einfach herüber, mietete sich einen Wagen, und traf sich in der Schweiz mit der Tochter. Der Ehemann kam dann mit dem Flugzeug aus Rom dazu. In Wien wurde man von der Schwester abgeholt. Fjorde und Alpen, Kasinos und Jachtfahrten, Palazzi und Espadrillen...

Zwischendurch war einer der Schwarzen in weißem Anzug herausgetreten und hatte schon längere Zeit einen Gong erdröhnen lassen.

Während man allgemein aufstand, um sich zum Lunch ins Haus zu begeben, nahmen die verschiedenen Unterhaltungen eine abschließende Wendung: ein letztes Wort wurde über englische Möbel gesagt, über irgendeine Hochzeit, die in der vergangenen Woche stattgefunden hatte, über die Preise auf dem Grundstücksmarkt in Johannesburg, die Vorzüge eines neuen Golfplatzes, der von einem Mann namens Jack entworfen war, und die Sprungbeine eines Pferdes namens Tom Piper.

Auf dem Weg zum Speisezimmer hatte ich eine etwas lächerliche Begegnung mit der jungen Amerikanerin, die zufällig eine der letzten der vor mir hereingeleiteten Damen war. Sie wandte den Kopf und fragte mit leiser, klangloser amerikanischer Stimme: »Ich höre, Sie haben mit Schreiben Erfolg?« – »Nein, nein, ich schreibe nicht – ich verlege nur Bücher«, sagte ich etwas unsicher, weil ich vorerst nicht einmal das tat. Worauf sie in Gelächter ausbrach, kühnes, volltönendes Gelächter, das in Kontrast zu ihrer Sprechstimme um so überraschender wirkte, und sagte: »Vermutlich bin ich an den Falschen geraten.« Aber im übrigen enthielt sie sich jeder Erklärung, und das kleine Gespräch war bald zu Ende. Erst später, bei Tisch, als ich sie etwas genauer beobachtete – sie saß, zwischen Douglas Alexander und einem der Zwillinge, mir schräg gegenüber –, wurde mir plötzlich klar, daß sie nicht ›Schreiben‹, sondern ›Reiten‹ gesagt hatte. Ich verspürte den ungestümen Drang, mich über die Gläser und das Tafelsilber und den italienischen Brotkorb hinweg ihr zuzubeugen und das Mißverständnis aufzuklären, aber das hätte offenbar keinen Sinn gehabt. Wie hätte ich ihr auch klarmachen sollen, daß ich mich weder aufs Schreiben noch aufs Reiten verstand? Ich war für sie ohnehin der Falsche, und sie hatte sich bereits damit abgefunden. Gelangweilt mit ihrer Gesellschaft und auch ihnen gegenüber teilnahmslos, gehörte sie gleichwohl zu den Zwillingen und konnte auch nur zu ihnen gehören, zu ihrer besonderen ›Nummer‹. Und doch führte sie Gabel oder Glas an die schönen Lippen, ohne daß diese selbst auch nur das Geringste von ihrer gleichmäßigen Färbung einbüßten. Und das erschien mir als durchaus bemerkenswert: als das beiläufige Merkmal einer ganz besonderen Art von weiblichem Wesen, das nicht ganz wirklich, für mich jedenfalls niemals erreichbar, vielleicht aber nicht einmal begehrenswert war.

Douglas Alexander war, wie es die Kinder sehr selbstsicherer, innerlich kraftvoller Eltern häufig sind, ein etwas farbloser junger Mann, auf dessen Gesicht der Ausdruck beständigen Zuhörens lag. Es war, als habe er seit seiner frühesten Kindheit Unterhaltungen folgen müssen, zu denen er selbst nicht beizusteuern brauchte, und durch langjährige Gewohnheit war selbst sein Verlangen danach im Keim erstickt worden, auch wenn er dem Alter nach längst zur Teilnahme an ihnen berechtigt gewesen wäre. Sein Verhalten entsprach jedenfalls in keiner Weise einer der mir bekannten Klischeevorstellungen vom Sohn eines Goldbergwerk-Millionärs. Die ganze Zeit, während deren er mit der amerikanischen Schönheit eine offenbar lustlose, gezwungene Konversation aufrechterhielt (anscheinend über New York), wechselte sein höflich auf ihrem Gesicht ruhender Blick immer wieder die Richtung und schoß auf die andere Seite hinüber, als wäre dort etwas zu sehen, was dringend seiner Aufmerksamkeit bedurfte. Zur Linken der jungen Amerikanerin rutschte einer der Zwillinge unruhig auf seinem Stuhl hin und her, schwenkte sein Glas bald in dieser, bald in jener Richtung und rempelte sie mit Schultern und Ellenbogen an, wenn immer er mit seinem andern Nachbarn oder mit einem sonst Zuhörenden schwatzte. Ab und zu geruhte er von ihr Notiz zu nehmen und in einer unpersönlichen, flüchtig-instinktiven Triebwallung, aus der heraus ein Hund ein paarmal einen anderen Hund kurz mit der Zunge zu lecken pflegt, ihr den Arm zu streicheln oder das Haar zu tätscheln.

Ich selbst saß an Hamish Alexanders Tafelende zwischen Kit Baxter und Cecil Rowe. Mrs. Baxter, zu meiner Linken, hatte eine bezaubernde Stimme, die sie mit zweckbewußter Geschicklichkeit und mit sichtbarem Erfolg zu handhaben wußte, als sei es nicht eigentlich das mangelhafte Endglied in der Entwicklungsreihe jener Laute des Grunzens und Schreiens, vermittels deren der erste Mensch dem bedrängenden Gewimmel seiner Gedanken Ausdruck zu geben trachtete, sondern Teilstück einer Hi-Fi-Anlage. Sie war im Austausch von Neckereien und Schmeichelworten mit dem alten Hamish begriffen, der viel zu weit von ihr entfernt saß, als daß die Unterhaltung für beide ein reines Vergnügen gewesen wäre. Während sie den Kopf von mir abgewandt hielt, strichen die langen Finger ihrer glatten Hand in der Modetracht roter Nägel und glitzernder Ringe immer wieder wie blind über den Perlmuttergriff eines ganz in meiner Nähe liegenden kleinen Obstmessers, als ob sie ein heimliches Eigendasein führten.

Hamish Alexander hatte ihr sein rötliches Gesicht mit dem kurzen, plumpen, stupsnäsigen Kinderprofil und dem tränenfeuchten Grinsen seiner blauen Augen ein ganzes Stück entgegengeschoben. Aber kaum hatte irgend jemand unvermittelt eine Frage nach Uranium-Vorkommen an ihn weitergegeben, da war dieses Gesicht nicht nur wieder das alte, sondern hatte den Ausdruck vorsichtig-verbindlicher Verständigkeit und undurchsichtiger Freimütigkeit angenommen, als habe er in bezug auf irgend etwas ungemein Bedeutendes, Strenggeheimzuhaltendes Auskunft zu geben. Er gestattete sich selbst die winzige Spanne eines eigentümlich schottischen Räusperns und setzte dann zu einem langen, unverhohlen-offenherzigen, vertraulich gehaltenen Ablenkungsmanöver an: »Nun, das ist allerdings nicht ganz so einfach... Schon im Jahre 1941...«

Mit dem völlig überzeugenden Ausdruck zweifellos gespielten Entzückens, kehrte sich Kit Baxter mir zu. »Ich habe nur darauf gewartet, auch einmal ein Wort mit Ihnen reden zu können.« Ich lächelte ihr etwas ungläubig zu. »Hoffentlich haben Sie nicht gerade ein Buch geschrieben. Im Verlag Aden Parrot habe ich nämlich selbst nicht allzu viel mitzureden, was immer Mrs. Alexander Ihnen in dieser Hinsicht erzählt haben mag.«

»Du lieber Himmel – Kit könnte gar nicht schreiben. Nein, in diesem Punkte dürfen Sie ganz beruhigt sein. Marion hat mir lediglich berichtet, Sie blieben wahrscheinlich eine ganze Weile hier, und wir beide meinten, Sie hätten vielleicht Lust, einmal auf die Farm herauszukommen, um bei dieser Gelegenheit auch ein bißchen von der Landschaft zu sehen. Nicht, daß sie gerade besonders schön wäre – auch wenn sie es in gewisser Hinsicht für mich ist, aber sie ist so charakteristisch.«

»Was für eine Farm?«

»Hamishs Farm. Die Zuchtfarm der Alexanders in der Karru.«

»Ah, ich verstehe. Davon wußte ich bisher noch nichts. Was züchtet er denn?«

»Pferde. Hamish hat eigentlich nur zu seinem Privatvergnügen damit angefangen. Aber nun ist es schon fast ein richtiges großes Unternehmen. Archie und ich selbst sind seit Beginn des Jahres dort.«

»Sie und ihr Mann leben dort draußen?«

»Hamish hat uns gebeten, mehr oder minder für dauernd die Leitung der Farm zu übernehmen.« Kit bemühte sich offenbar, keinen Zweifel daran zu lassen, daß es sich bei dieser ›Ernennung‹ ihres Mannes mehr um einen persönlichen Freundschafts- und Gunstbeweis von seiten der Alexanders handelte als um eine gewöhnliche Anstellung.

»Und wie gefällt es Ihnen?«

Sie lachte, und rings um ihre getuschten Augen zeichneten sich hübsche kleine Kräuselfältchen ab. »Sie scheinen mich nicht gerade für die geborene Farmersfrau zu halten! Aber Sie irren sich, irren sich gründlich! Ich bin im Grunde gar kein Großstadtmensch, sondern komme mir in der Stadt immer wie ein richtiger Trampel vor. Von früh auf habe ich auf dem Lande gelebt, und ich finde London abscheulich – Archie und ich haben zwei Jahre lang nach dem Krieg dort gewohnt. Ich

konnte es kaum erwarten, wieder wegzukommen. Und auch in Johannesburg haben wir es nur ausgehalten, weil wir mit Marion und Alexander befreundet sind – sie sind unbeschreiblich lieb, und wir durften auch immer zum Reiten herauskommen, wenn wir Lust dazu hatten, und sooft wir hier loskamen, haben sie uns auf die Farm eingeladen« – eine Schüssel in einer weißbehandschuhten Hand, bei der zwischen Manschette und Ärmel ein winziger Streifen schwärzlicher Haut sichtbar war, schob sich in diesem Augenblick zwischen uns – (»Möchten Sie nicht noch ein bißchen Mousse haben? Marions Koch macht das beste Mousse, das es überhaupt gibt...«) – »die Farm liegt natürlich mitten im Bundu, achtzig Kilometer von Neksburg entfernt – was allerdings nicht viel heißen will. Ich sollte diese Dörfer in der Karru kaum als ›Dörfer‹ bezeichnen, es sei denn, ich unterhielte mich zufällig mit jemandem, der sie aus eigener Anschauung kennt. Sie haben mit Dörfern in unserem Sinne nicht das geringste gemein. Stellen Sie sich also um Gottes willen keine Hüttchen und Gärtchen und moosbewachsenen Kirchhöfe vor... Staub und Gestein, das ist alles, Staub und Stein, und ein von Flöhen wimmelndes ›Hotel‹ mit ein paar großen funkelnden Wagen davor, die Handelsvertretern gehören – gleichfalls von Staub bedeckt.«
»Und die Farm – ist auch die Staub und Stein?«
»O nein«, erwiderte sie. Und nicht ohne ein gewisses Behagen – der großartige Lunch und die verschiedenen Weine hatten mir wie gewöhnlich eine hochgradige Bewunderung für ein in der köstlichen Betriebssicherheit des Wohlstands geführtes Dasein abgenötigt – begriff ich in diesem Augenblick, daß in Hamishs Herrschaftsbereich überhaupt nichts aus Staub und Stein bestehen konnte.
»Natürlich gibt es auch Wasser auf der Farm. Alle Arten von Pumpen und sonstigen Schnaub- und Schnaufvorrichtungen zur Bewässerung des Bodens. Und rings ums Haus stehen mächtige Bäume, Zypressen und Pfefferbäume – ja, die Farm sollte einmal ganz reizvoll aussehen, wenn sie annähernd so ausgebaut und eingerichtet ist, wie wir es uns vorstellen. Hoffentlich wird auch das zweite Badezimmer fertig, bis Sie zu uns herauskommen, und ist das Ganze dann frisch gestrichen.« Das alles äußerte Kit mit der selbstzufrieden-entschlossenen Miene einer Frau, die ihr eigenes Haus so lange

umbaut und wieder umbaut, bis es annähernd dem Idealbild entspricht, das sie sich seit je von ihrer häuslichen Umwelt gemacht hat. Man mag sie wieder einmal auf die Straße setzen: am nächsten Tag wird sie bereits mit dem Versuch begonnen haben, das neue Wohngehäuse in Einklang mit jenem Idealbild zu bringen. Im Dienste einer so primitiven Sache waren diese wächsernen, nutzlosen, ringgeschmückten Hände so unermüdlich und instinktsicher rührig, wie die Krallen irgendeines Tieres es gewesen wären, um ein Nest oder einen Bau beziehbar zu machen. Und in dem Nest würde zuletzt – wer sitzen? Sie selbst. Es war eine Perversion des Nestbau-Instinkts, wie man sie oft bei verfeinerten Frauen beobachten kann. Der Trieb als solcher bleibt, sinnlos fixiert, bestehen, während der eigentliche Zweck, um dessentwillen er ursprünglich der menschlichen Natur eingeboren war, abhanden gekommen, buchstäblich in Vergessenheit geraten ist.
»Ich beschäftige mich vor allem mit den Fohlen«, fuhr sie fort. »Archies Zeit ist größtenteils mit Verwaltungsarbeit ausgefüllt. Aber ich tolle mit ihnen herum, helfe sie einreiten, mache allerlei Wesens um sie, spiele alles in allem geradezu die Mama. Sie sind zauberhaft. Erstaunlich! Die Hunde sind bisweilen ganz unglücklich. Sie sind so eifersüchtig, Cecil, nicht wahr?« fragte sie, sich dem anderen, mir zur Rechten sitzenden jungen Mädchen zuwendend.
»Tatsächlich?« erwiderte diese, kauend und gleichzeitig die Augenbrauen hochziehend.
»Zwei komische alte Terrier«, sagte Kit Baxter in vertraulichem Ton, wieder zu mir gewandt, als hätte ich bei der bloßen Vorstellung schon zusammenzucken müssen, »ganz struppig und faul und auch nicht sehr gescheit, ich weiß, und außerdem eine siamesische Katze, bei der die Augen viel zu hell sind. Aber sie alle vergöttern mich, ich sage das ganz ungeniert, sie vergöttern mich. Kits Privatregiment, so nenne ich sie immer. Kits Privatregiment.«
Unmöglich, auf eine so peinlich neckische Bemerkung überhaupt einzugehen. Es war eine der dünnen Stellen in einer Unterhaltung, durch die hindurch man plötzlich etwas wahrnimmt, was man eigentlich gar nicht wahrnehmen sollte. Cecil Rowe ersparte mir eine gewisse Verlegenheit, indem sie meinen Blick durch ein Lächeln auf sich zog – den Versuch eines Lächelns, dem es offenbar nicht ganz leicht fiel, gegen

einen Bissen von gedämpftem Täubchen und Reis, den sie gerade im Munde hatte, aufzukommen. Niemals würde man die exquisite Amerikanerin bei einem solchen Lächeln ertappt haben. Trotzdem war mir bei seinem Anblick ganz warm zumute. Als das junge Mädchen endlich wieder den Mund öffnen konnte, sagte sie: »Ich war so hungrig, daß ich mich schon ganz beschwipst fühlte, und deshalb hatte ich auch rasch zu essen, um mir etwas Ballast zu geben.«
Kit Baxter und ich selbst stimmten in ihr Lachen ein. »Man ißt hierzulande wirklich eine ganze Menge zu Mittag«, bemerkte ich, »aber das müssen Sie wohl auch. Sie haben alle heute früh schon soviel Energien beim Sport verausgabt.«
»Die Restaurants würden Ihnen sicher nicht recht geben«, sagte Kit. »Sie klagen darüber, daß die Leute in Johannesburg überhaupt kaum etwas essen – Essen im europäischen Sinne verstanden. Eine Mahlzeit bedeutet für sie nichts anderes als ein unumgängliches, nicht rasch genug abzuwickelndes Vorspiel zu irgendeinem andern Abendvergnügen, aber kein abendfüllendes Ereignis in sich selbst.«
»Finden Sie, daß die Südafrikaner mehr essen als wir?« fragte ich Cecil Rowe.
»Woher sollte ich das wissen? Ich bin doch keine Engländerin«, erwiderte sie.
Ich war überrascht. In Erscheinung und Kleidung glich sie irgendeiner jungen Engländerin aus dem oberen Mittelstand, und was mehr war: sie hatte auch nicht den akzentlosen, unverkennbar südafrikanischen Tonfall, den ich rings um mich her in der Stadt vernommen hatte und der mir beispielsweise auch bei Douglas, dem Sohn der Alexanders, und bei John, dem Krokodiljäger, aufgefallen war.
»Dann sind Sie Afrikaanderin«, sagte ich, wobei ich mich bemühte, das Kennwort so genau auszusprechen wie etwa ein Naturforscher den Namen einer bestimmten Spezies, von der er zwar schon gehört, die er aber noch niemals zu Gesicht bekommen hat.
»Nein, nein«, sagte sie unwillig lachend. »Das bin ich nicht. Das bin ich ganz und gar nicht.«
»Natürlich bist du Engländerin«, fiel Kit ein. »Deine Eltern sind Engländer. Du bist nur zufällig hier zur Welt gekommen. Ebensogut hättest du auch in Indien oder Ägypten zur Welt kommen können – das ist der ganze Unterschied.«

»Ich habe bisher noch niemals einen Verleger kennengelernt – du etwa, Kit?« fragte das junge Mädchen. »Eigentlich ist ein Verleger noch gar kein Begriff für mich gewesen – wissen Sie, ich meine, man liest ein Buch, und gegenwärtig ist einem nur der Autor. Der Name des Verlegers ist lediglich ein Wort auf dem Umschlag. Es ist gar nicht ganz einfach, sich einen Verleger persönlich als Tischnachbarn vorzustellen.«

»Und das auch ganz mit Recht«, fiel ich ein, »wenn der Tischnachbar in Wirklichkeit im Verlag nur so eine Art besserer Laufjunge ist.«

»Aber sind Sie nicht der Sohn oder irgendein Verwandter der Leute, denen der Verlag gehört?«

»Der Neffe.«

»Na also!«

»Ich muß sozusagen von der Pike auf dienen. Und habe es bisher auch noch nicht sehr weit gebracht.«

»Wie weit denn?«

»Bis zur Auslandsvertretung. Ich bin hier in Südafrika als Agent unserer Firma.«

Sie nickte und dachte einen Augenblick nach. »Ist bei Ihnen nicht auch das Buch erschienen, das einen solchen Wirbel gemacht hat?«

In Gedanken überflog ich die letzten drei, vier Aden-Parrot-Titel, die in den Briefkastenspalten der Zeitungen so lebhaft umstritten wurden. »Sie meinen ›Gottes Geschöpfe?‹ Das Buch gegen die Vivisektion?«

Sie ließ den Blick in weite Ferne schweifen und schüttelte den Kopf. »Mhm. Davon hat hier noch kein Mensch gehört.«

»Dann vielleicht das Buch über anstaltsbedingten Charakter – ›Kinder in Waisenhäusern‹?«

Sie runzelte die Stirn – nein, auch das war offenbar etwas allzu Fremdländisches. »Sie wissen schon, das Buch über die Neger, das hier verboten war ...«

»Ach, Sie meinen ›Weißer Kain, schwarzer Abel‹ – nein, leider ist das nicht bei uns herausgekommen.« Es war ein halbes Jahr zuvor bei Aden Parrots Hauptkonkurrenten erschienen. Über fünfzigtausend Exemplare waren bereits verkauft. Verfasser war ein Missionar, der sechs Jahre lang in Neger-Distrikten gewirkt hatte. Es war die leidenschaftliche Abrechnung eines tiefreligiösen Gemüts mit den Vertretern des Christentums, die es versäumt hatten, in Südafrika Ein-

fluß auf die Kolonialpolitik der Weißen zu nehmen. »Was halten Sie davon? Haben Sie es gelesen?«
Sie schnitt sich ein Stückchen Bel-Paese ab und sagte: »Oh, ich fand es schon recht gut«, als spreche sie von einem Roman, der an einem sonst leeren Abend eine ganz unterhaltsame Lektüre abgegeben hatte. »Ich muß jetzt unbedingt eine Zigarette rauchen. Es stört Sie doch nicht?«
Links und rechts von uns rauchten auch andere. Das Mahl war beendet, und wir alle erhoben uns und begaben uns in den Raum, in den ich schon vom Vordereingang her einen Blick getan hatte. Dort erwarteten uns Kaffee und alter Kognak und verschiedene Liköre und, dem Geruch schönen Leders so ähnlich, Zigarrengeruch. Ein warmer Dunst des Wohlbefindens erfüllte den Raum, in dem ich hinter den Schleiern meiner sanften Benebelung jede Art von zweckmäßigem Luxusgegenstand herumliegen sah. Es war, als hätten diesen Raum, wie im Märchen, gute Geister zur Stelle gezaubert, um Sterblichen einen bestimmten Wunsch zu erfüllen, der seltsamerweise immer der gleiche ist: weil ihnen auf Anhieb kein anderer einfallen will. Auf jedem zweiten Tisch lagen Zigarettenanzünder aus Silber oder Porzellan, lagen kleine farbige Zündholzheftchen mit dem Aufdruck der Namen ›Hamish‹ oder ›Marion‹, standen Silberschälchen mit dünnen Pfefferminz und dicken Pralinen, Kästchen aus Elfenbein und Lack und Silber, mit Zigaretten gefüllt, kleine silberne Schnappvorrichtungen zum Köpfen von Zigarren, ja sogar amethyst-, rosa- und grünfarbige Zuckerstückchen zum Süßen des Kaffees.
Die meisten der Gäste fühlten sich verpflichtet, Marion Alexanders neueste ›Entdeckung‹ zu bestaunen – ein Bild, das sie offenbar erst kürzlich erstanden hatte. »Kommen Sie doch her und sagen Sie mir – was halten Sie hiervon?« rief sie mit der kaum wahrnehmbaren Andeutung eines Akzents auf dem letzten Wort, als ob das in meinem Fall genüge. Es war ein kleiner, ziemlich düsterer Courbet, tief in einen Rahmen gebettet, der die Farbe und Beschaffenheit von ausgetrocknetem Straßenschmutz hatte. »Interessant«, murmelte ich höflich. »So etwas ist vermutlich gar nicht so leicht aufzutreiben.« – »Hier«, rief sie. »Ausgerechnet hier – kann man's für möglich halten! Ich habe es hier in Johannesburg aufgetan.«
Ich bemühte mich, erstaunt dreinzublicken, auch wenn ich

mir beim besten Willen nicht vorstellen konnte, warum irgend jemand den Wunsch verspüren sollte, dergleichen überhaupt aufzutun. »Wie schreibt sich der Name?« fragte eine Frau, das Bild in aller Muße betrachtend. Ich buchstabierte. Die Frau nickte nachdrücklich. »Ich finde das herrlich, Marion, ich glaube, das ist das Aufregendste, was du jemals erstanden hast«, rief jemand anders.

»Nun, ich kann euch versichern, ich traute meinen Ohren nicht, als ich von meinem Agenten hörte, es wäre ein Courbet in Johannesburg zu kaufen«, sagte Mrs. Alexander zum dritten- oder viertenmal. Es gelang mir, mich aus der Gruppe der Bewunderer zu einem Stuhl zurückzuziehen. »... natürlich finde ich noch immer, daß das hier etwas Prachtvolles ist«, ließ sich eine Stimme vernehmen, und ich sah, wie einer der schon erwähnten Stiere der Hochfinanz seinen schweren Körper auf zwei dünnen gespreizten Beinen vor einem ungeheuren Ölschinken im Gleichgewicht zu halten suchte, bei dessen Schöpfung dem Maler die Bürogebäude der Union-Castle-Schiffahrtsgesellschaft vor Augen gestanden haben mußten. Das Bild stellte einen mächtigen entenbusigen, bewimpelten Passagierdampfer dar, der, ja natürlich, in der Tafel-Bai vor Anker lag, mit Kapstadt und dem Tafelberg im Hintergrund. Ja, ich bemerkte nun, daß auch sonst allerlei Bilder der verschiedensten Art an der Wand hingen: die meisten im Genre des letzterwähnten oder im Genre des Zimmers als solchem; nicht ein einziger beunruhigender Pinselstrich auf einem einzigen dieser Bilder. Aber es war mir jetzt wirklich ganz gleichgültig: nicht weniger gleichgültig als meiner Mutter Sammlung von Kohlezeichnungen, Holzschnitten, Lithographien, Pastell- und Ölbildern, Collagen, Mosaiken und Papp- und Drahtkonstruktionen, die sie im Laufe der letzten drei Jahrzehnte allen möglichen unbekannten, unbesungenen, ungehängten Kunstpropheten abgekauft hatte.

Cecil Rowe kam zu mir herübergeschlendert und ließ sich auf einem kleinen Hocker neben mir nieder. Ihre Beine, durch Gabardine-Reithosen ihres weiblichen Charakters beraubt, streckten und spreizten sich, und sie blickte, die Zehen krümmend, darauf nieder. »Nun, gefällt Ihnen hier, was Sie bisher gesehen haben?« fragte sie, erfolgreich ein Gähnen unterdrückend. »Finden auch Sie unsere Polizisten

so großartig? Nein? Gut – das tut nämlich auch sonst niemand.«
»Wissen sie, man denkt eigentlich nie daran, wie ähnlich es überall auf der Welt zugeht«, sagte ich. »Stets erwartet man, alles anders zu finden.«
»Wieso das?« Ihr Gesicht war nun völlig entspannt. Aber wenn sie auch noch zu jung war, um schon Falten zu haben, so konnte ich doch sehen, wie straff ihr der Muskel unter der Haut lag, der auf die Mundwinkel einwirkte, wenn immer sie lächelte. Auch ihre Lippen, so hübsch sie, frisch gemalt, im Gegensatz zu dem fleckig-brüchigen Make-up auf den Wangen oder am Kinn auch waren, hatten beim Sprechen eine Art geübter Beweglichkeit: sie hatten offenbar vielerlei ausgedrückt, und nicht immer Erfreuliches.
»Nun, bei der Ankunft in einem fremden Lande bezieht man gewöhnlich Logis in einem Hotel, und Hotels haben es so an sich, daß sie sich überall mehr oder weniger gleichen, und dann, zumindest zu Anfang, macht man die Bekanntschaft von Leuten, zu denen man Einführungsbriefe mitbekommen hat – und so trifft man auch stets mit derselben Art von Menschen zusammen.«
»Sie wollen sagen, alles dies« – sie machte mit dem Kinn eine Bewegung in Richtung des Raumes und der Gäste – »ist nicht viel anders als in England.«
»Möglicherweise. Woraus aber nicht unbedingt folgt, daß ich in einem Haus wie diesem auch eingeladen würde, wenn es in England stünde« – ich hütete mich zu sagen, daß das im Gegenteil höchst unwahrscheinlich war. »Das Entscheidende ist, daß es tatsächlich in England stehen könnte. Sie und ihre Schwester und Mrs. Baxter – hübsche Geschöpfe, mit denen man sich gern einmal zum Lunch verabreden, auch zusammen Parties veranstalten und besuchen würde, und die beim Wachen, Essen, Schlafen nichts anderes im Kopf haben als Pferde« – ich selber lachte, aber sie hörte mit ernstem Gesicht zu –, »Sie alle könnten in irgendeiner englischen Grafschaft zu Hause sein.«
»Wir sind Fleischerstöchter, meine Schwester Margaret und ich«, sagte sie. »Komisch, daß offenbar alle größeren Fleischer sich hierzulande Pferde halten. Zwei, drei wohlhabende Fleischermeister in dieser Stadt haben höchst ansehnliche Ställe. Natürlich meine ich nicht die Art Schlächter, die in

gestreifter Schürze hinter dem Ladentisch stehen. Es sind Fleischgroßhändler, die die Preise festsetzen und kontrollieren. Wir fangen mit dem Reiten schon in frühester Jugend an, und dann besuchen wir die Art Schule, wo alles vom Reiten spricht, und später wachsen wir unter lauter Freunden des Reitsports heran. Wie Sie eben bemerkten – man tut, was Reitsportler überall sonst auch tun: man jagt, geht auf Jagdbälle, und so fort. Kennt auch andere Sportsleute und gehört zu irgendeinem ländlichen Klub.« Sie schnitt ein Gesicht. »Und am Ende sind wir nach Erscheinung, Redeweise, Kleidung, ja, selbst Verhalten wie Angehörige einer Klasse, die nicht die unsere ist, und das in einem Lande, in dem wir nicht heimisch sind – wir hätten also gewissermaßen das Pferd am Schwanz aufgezäumt, wie?«
»Aber, aber! Warum sollte man es nicht mit dem Reiten halten, wenn es einem Spaß macht?«
»Aber das tut es eben nicht«, sagte sie in so knurrigem Tone, als wollte sie mir zu verstehen geben, daß sie den rhetorischen Charakter meiner Frage durchschaute. »Das ist gerade das Malheur – es kann einem gar kein Vergnügen machen.«
»Nun, ich bin früher selber manchmal geritten, wenn ich nicht zu lange nach Pferden zu suchen hatte.«
»Ja, Sie! Das ist es ja gerade, Sie durften es sich schon leisten. Sie gehören nicht zu den Leuten, die nicht reiten können, aber auch nicht zu denen, die unbedingt reiten müssen.«
Das alles sagte sie mir in einem Tone, als zolle sie mir widerstrebend ein gewaltiges, knapp-formuliertes Kompliment.
»Ich nehme zurück, was ich vorhin gesagt habe«, erwiderte ich, »Sie sind ganz und gar nicht wie eines der jungen Landfräuleins, die ich aus England so gut kenne.«
»Vermutlich kennen Sie gar keins ...«
Und dann wurde mir Cecil entführt durch den unvermeidlichen Störenfried, dessen Ruf für Beliebtheit sich gerade auf das Selbstvertrauen zu gründen scheint, mit dem er jede andere Unterhaltung unterbricht.

3. Kapitel

Irgendwo fand ich zuletzt ein Privatquartier; eine kleine Wohnung, häßlich, aber preiswert, in dem an einem Steilhang gelegenen, aus kleinen Pensionen und Mietblocks bestehenden Vorort, der weniger ein Vorort war als eine Ausbuchtung der Stadt selbst. An der Straßenecke schwankten Trambahnwagen klirrend hügelauf- oder -abwärts. Die Straße selbst war eine der neu-alten Straßen, wie ich sie in Johannesburg immer wieder gesehen hatte – eine Lebensader ohne Gedächtnis. Zwanzig Jahre alte Häuser waren offenbar keiner Reparatur mehr für würdig befunden worden und zehn Jahre alte Wohnblocks endültig ihrer eigenen Baufälligkeit zum Opfer gefallen – was nach allgemeiner Überzeugung durchaus ihrem Alter entsprach. Das ganze Gebäude roch nach Bratfett, und die Treppenstufen waren von verschiedener Tiefe: immer wieder trat man beim Hinauf- oder Herabgehen ins Leere, weil die nächste Stufe nicht dort war, wo man sie erwartete. Das war jedenfalls nach der ersten eingehenden Besichtigung als Eindruck haften geblieben. Die Wohnung bestand aus einem an sich ganz geräumigen Zimmer mit einem kleinen Balkon, der verglast war, damit aus dem einen anderthalb Zimmer wurden, und aus einem stockdunklen Baderaum, im dem ich, gerade von der sonnenhellen Straße kommend, nicht das geringste unterscheiden konnte. Aber vermutlich war auch das vorhanden, was die Grundstücksmakler als ›Nebenräume‹ zu bezeichnen pflegen.

Ich hatte die Wohnung ausgerechnet durch Vermittlung John Hamiltons, des Krokodiljägers, ausfindig gemacht, der mich nach dem Sonntags-Lunch bei den Alexanders in seinem Wagen zum Hotel zurückbrachte. Er chauffierte, als wäre dieser Wagen ein Geschoß, das durch die Straße zu steuern ihm besonderes Vergnügen bereitete, und er redete ununterbrochen. Sooft er von den Verkehrsampeln zum Halten genötigt wurde, spähte er mit rastlosem Interesse um sich und machte kritische Bemerkungen zu allem, was zufällig seinen Blick gefangennahm – so etwa ein neuer Wagen: »Das ist doch etwas Großartiges, da, der neue Studebaker – sehen Sie? Wie mag der wohl von innen schließen...« – oder ein Afrikaner in einem beigefarbenen Filzhut und einem Anzug von allzu auffälligem Zuschnitt, der einen zusammengeroll-

ten Regenschirm unter dem Arm trug und eine übertrieben elegant gekleidete Negerin mit den Hüften eines Karrengauls zur Seite hatte: »Schauen Sie das Paar da! Mein Gott, wie die Neger es mit den Kleidern haben! Richtig herausstaffiert!« Wenn er dann aber den Gang einschaltete und der Wagen wieder ansprang, ließ er auch den Hauptstrom seiner Suada wieder losbrausen. Er schwärmte für seinen Kontinent und für alles, was er ihm an sportlichen Verlockungen oder Herausforderungen zu bieten hatte: kaum ein Bergesgipfel, den er nicht bezwungen, kaum ein Stück Küste, an dem er nicht gefischt, kein Forellenbach, an dem er nicht geangelt, kein Tier, auf das er nicht Jagd gemacht hatte. Er berichtete mir, wie er in der Nähe von Kapstadt nach Abalone getaucht war, vor der ostafrikanischen Küste Riesenbarsche gefangen hatte, auf einem Pony die Engpässe des Basuto-Landes durchquert und listenreiche Perlhühner im Buschveld noch überlistet hatte. Anderes wiederum hatte er nur mit Blicken gestreift. Frühlingsblumen im Namaqualand, die wilden Tiere in den Wildparks, die großen Ströme und Wüsten zwischen Kapland und dem Kongo. Für ihn war Afrika wie eine Frau, die ihm unausdenkliche Lust bereitete – eine Reaktion, die bei ihm etwas durchaus Unerwartetes, Ungekünsteltes an sich hatte.
Ich fragte, ob er Hamish Alexanders Farm in der Karru kenne. »Nein«, erwiderte er. »Nicht viel, was mich dahin zieht. Der arme alte Archie beißt sich dort gerade die Zähne aus. Oder vielmehr tut das wieder einmal Kit.«
Ich bemerkte, Kit schiene für diese Farm geradezu zu schwärmen. »Kit ist eine großartige Person«, sagte er. »Sie bemüht sich unaufhörlich, aus Archie etwas zu machen. Leider gibt es da nicht viel zu machen. Ich kann es kaum mit ansehen, wenn andere derart ihre Energie verschwenden. Alles, was man zu Archies Gunsten sagen kann, ist, daß er ganz gut aussieht, ganz gut ausgesehen hat und immer gut aussehen wird. In jedem Hotelvestibül, jeder Bar macht er eine glänzende Figur. Sie kennen die Bauchredner mit ihren Wunderpuppen? Der Bauchredner gibt scheinbar nur das Stichwort, und alles Gescheite kommt aus dem Mund der Puppe. Nun, so verhält es sich mit Archie und Kit. Was immer er selber zu tun, zu denken vermeint – es ist Kit, die die Drähte zieht, ihm die Gedanken suggeriert. Das ganze vergangene Jahr hat sie um

die Alexanders herumscharwenzelt, Marion liebt sie heiß, Hamish liebt sie heiß, beide können keinen Schritt ohne die Baxters tun. Und dann hat Kit ihnen eingeredet, Archie sei ein großartiger Pferdezüchter, hat ihnen eingeredet, daß sie, die Alexanders, auch für Archie so viel übrig hätten wie für sie selbst, und dabei hatte sie gar nichts anderes im Kopf als die Karru-Farm, um hier aus Archie wieder einmal etwas zu machen. – Sie sagten, das ›Plaza‹ – nicht wahr?«
»Leider ja.«
»Es soll dort gar nicht so übel sein«, sagte John mit so unbekümmerter Miene, als könne er über das Spesenkonto eines anderen verfügen.
»Unser Agent hat mich dort untergebracht. Aber in ein paar Tagen muß ich das Zimmer räumen. Ich kann es mir ohnehin nicht leisten. Morgen muß ich anfangen, Jagd auf eine Wohnung oder auf ein Zimmer zu machen.«
»Ich werde Ihnen eine Zeile für jemand mitgeben, der Ihnen dabei behilflich sein wird«, sagte John in so nüchtern entschlossenem wie verständnisvollem Ton, und als er vor dem Hotel hielt, stemmte er seinen drahtigen Oberkörper in die Höhe und fischte eine Visitenkarte aus der Tasche. Rasch kritzelte er ein paar Worte darauf. »Barlow ist ein tüchtiger Bursche. Ich bin überzeugt, er wird etwas für Sie auftreiben. – Nein, gar nicht lästig. Ich bin froh, daß Sie es erwähnt haben. Leben Sie wohl, junger Mann. Irgendwann werden wir uns wieder über den Weg laufen.« Und mit dem wachen Ausdruck eines Mannes, der sich stets irgendwo erwartet weiß, fuhr er ab.
Sobald ich die Wohnung genommen hatte, wollte ich ihn eigentlich anrufen, um ihm zu danken und ihn zu einem Drink einzuladen. Andererseits war sein promptes Hilfsangebot so beiläufiger Art gewesen, daß ein allzu nachdrücklicher Dank meinerseits für ihn das einzig Lästige bei seiner so freundlich gemeinten Geste bedeuten mochte.
Bei dem Gedanken an die neue Wohnung fühlte ich mich innerlich ganz gehoben. In diesem Lande war ich für mich selbst noch nicht wieder ganz wirklich geworden. Erst wenn ich wieder etwas von persönlicher Unordnung um mich her wahrnahm, durfte ich wohl auch meines eigenen Vorhandenseins etwas gewisser sein. Auf wie bequeme Weise war das während meiner Schulzeit vonstatten gegangen: am ersten

Tage der Rückkehr aus den Ferien hatte man angesichts der kahlen unpersönlichen Schlafnische nicht den Eindruck, überhaupt vorhanden zu sein. Sobald aber die Bücher ausgepackt waren, Pullover und Schuhe herumlagen, das Bild des Hundes mit der hängenden Zunge an der Wand befestigt, der Geruch des hinter der Tür baumelnden Regenmantels wahrnehmbar war, fühlte man sich plötzlich seiner selbst und seiner besonderen Stelle im Ganzen des Schulbetriebes wieder sicher. Ja, ich mußte mir wohl noch ein Sofa, einen Tisch und ein paar Stühle besorgen. Sobald, in der folgenden Woche, Arthur abgereist war, würde ich mir den Armsessel aus dem Büro holen; oh, und eine Wolldecke, ich mußte noch unbedingt eine Decke haben ...
Eines Morgens war ich im Hotel frühzeitig aufgewacht und wälzte das alles verworren in meinen Gedanken. Tatsächlich war ich in jener Woche schon mehrere Male zu früher Stunde aufgewacht oder vielmehr aufgeweckt durch das Geräusch hastiger Tritte und Stimmen, die sich keinerlei Zwang auferlegten. Die ersten paar Male war ich, wenngleich hellwach, nicht imstande gewesen, die gewichtlose Bürde meines noch halbschlummernden Körpers von der Stelle zu bewegen und nachzusehen, was eigentlich vor sich ging, aber an dem besagten Morgen brachte ich es doch fertig. Hinter dem Vorhang, der nach Staub roch und, mit statischer Elektrizität geladen, an mir haften blieb, mühte ich mich mit dem Fenster ab und stieß es endlich weit auf: unten auf der grauen Straße zogen Schwarze auf dem Weg zu ihrer Arbeit dahin. Sie husteten, riefen und schwatzten in ihren volltönenden Bantu-Mundarten. Die Sonnte selbst konnte ich nicht sehen, aber wie Wasser rieselte das Licht über die Stahlläden der gegenüberliegenden Schaufensterseite, und im Rinnstein blitzte ein Klümpchen Speichel auf. Sonst weit und breit kein Mensch.
Während jener ersten Wochen hatte Arthur mich von einem Buchladen in den anderen geschleppt. Wie alle mir zufällig bekannten Buchhändler waren auch diese entweder muntere Geschäftsleute, die Bücher verkauften, als handelten sie mit Käse, oder sarkastische Intellektuelle, die in Verachtung über den Geschmack ihrer Kunden beständig die Lippen kräuselten. Mit einem dieser letzteren aß ich einmal zu Mittag. Auf seine Anregung gingen wir in eine Kaffeebar, wo wir zu

unserem Espresso Parmaschinken und Camenbert bestellten. Nach geraumer Zeit – mein Begleiter hatte mir inzwischen erzählt, was er zur Hebung des Lesergeschmacks in Johannesburg alles unternommen hatte, und mit einem merkwürdigen Aufwerfen der Hand, das mehr einer Geste der Verabschiedung glich, hatte er ein paar gut aussehende jüngere Damen begrüßt, die in das überfüllte kleine Lokal hereingestürzt kamen, um gleich wieder zu entschwinden – brachte uns ein atemlos keuchender Inder Gulasch und Apfelstrudel. Ganz in der Nähe stritten sich zwei grüngesichtige Italiener, unterwarfen aber gleichzeitig mit ihren schwarzen Augen die an ihrem Tisch vorüberstreifenden Mädchen einer unerbittlichen anatomischen Musterung. Draußen auf dem Gehsteig ließ ein krächzender, schnatternder Chor von dreckigen Negerkindern, rotznasig und zerlumpt, die Hauptschnulzen aus einem beliebten Film ertönen. Die Anwesenden fuhren in ihre Taschen, um ein paar Pennies hinauszuwerfen, und wie Küchenschaben schossen die Rangen hierhin und dorthin, sie einzuheimsen. Mein Freund, der Buchhändler, entschuldigte sich für die schlechte Bedienung: das Lokal war erst vor kurzem eröffnet worden und im Augenblick fast allzu beliebt. »Es ist rührend mit anzusehen«, sagte er. »Die Leute haben hier so wenig, was sie alle zusammenhält, und hinter jeder neuen Gelegenheit zu geselliger Vergnügung sind sie her wie läufige Hunde hinter einem Weibchen. Vor allem, wenn sie sich selbst einreden können, daß sie eigentlich ganz woanders sind – beispielsweise in Italien.« Er wies mit kurzer Handbewegung auf die abstrakten Mosaiken an der Wand, das schwarze bittere Gebräu in unseren Tassen. »Jedenfalls hat man auf diese Weise die Illusion, sich hier in einem Kulturland zu befinden«, fügte er wie zu sich selbst hinzu.

Damals war mir zum ersten Male aufgefallen, was mir später bei Südafrikanern als Gewohnheitsreaktion vertraut werden sollte: ein unausgesprochenes Verlangen, sich in Gegensatz zu ihrer nächsten Umwelt zu stellen, der Wunsch, klipp und klar zu erkennen zu geben, daß man sich nichts vormachen ließ, nicht einmal von sich selbst. Es war eine etwas verwikkelte Reaktion, die vielfältig-wechselvolle Gestalt annehmen und ganz verschiedene Leute befallen konnte. Genau genommen, hatte ich allerdings schon früher etwas davon bemerkt: das junge Mädchen bei den Alexanders, die Reiterin, hatte in gewissem Sinne das gleiche unbehagliche Verlangen an den Tag gelegt.

Arthur reiste ab. Ich zog in die neue Wohnung ein. Ein warmer rußiger Wind wirbelte Menschen, Hunde, Zeitungsblätter auf der Straße an- und durcheinander. Die Innenhäutchen meiner Nase waren steif und trocken, und jeden Morgen schnitt ich mich beim Rasieren. Die Baumstümpfe und Zäune an der sandigen, zu Hamish Alexanders Hause führenden Straße waren von einer ockerfarbigen Staubhaut überzogen, als ich dort wieder einmal hinausfuhr, um an einer zu Ehren der Baxters veranstalteten Cocktail-Party teilzunehmen. Dann setzte ein drei Tage währender Regen ein: ein harter, geräuschvoller Regen, der die Gehörnerven der Stadt malträtierte. Alles war flachgedrückt, durchnäßt und heitergestimmt. Es war Sommer.

Von allen denen, die ich zuvor bei den Alexanders getroffen hatte, waren lediglich die Zwillinge, Margaret Gerling und ein, zwei der etwas älteren Ehepaare auch auf der Baxter-Party. Im übrigen waren zahllose Leute da, und alle standen herum mit dem gleichen gewitterbangen Ausdruck, wie er für eine Cocktail-Party so kennzeichnend ist. Wenn man sich niedersetzte, hatte man gleich das Trümmerwerk einer niedrigeren Ebene vor Augen: halbgeleerte Gläser, nicht zu Ende gerauchte Zigaretten, verlegte Handtäschchen und kleine Leckerbissen, die versehentlich in Aschenbecher oder auf den Boden geraten waren. Ich hatte zuletzt eine Einladung zu ›Drinks und Abendessen‹ für den folgenden Sonntag in der Tasche (sie kam von der sehr schönen Frau eines Stahlindustriellen), weiter die Einladung zu der der Premiere eines neuen Stücks folgenden Party (von seiten einer Frau, die offenbar die Hauptdarstellerin war, einer triumphal-häßlichen Rothaarigen mit einem erstaunlichen Gedächtnis für schmutzige Geschichten und einem ausgesprochenen Talent für ihre Wiedergabe), und endlich die Aufforderung, in einem Militärklub gelegentlich mit einem prominenten Arzt zu Mittag zu essen. Marion Alexander wollte wissen, warum ich nicht öfters herauskäme, um mit den jungen Leuten zusammen zu reiten. Und Margaret Gerling, ganz in Blau und im Schmuck eines Perlenhalsbandes, lächelte mir über die ganze Breite des Zimmers hinweg zu.

Im Büro lief alles wie geölt, seit der überängstliche Arthur nicht mehr länger die Hände darüberhielt, aber die Wohnung erwies sich als unerwartete Belastung. Es fehlte noch an so vielem, woran ich nicht gedacht hatte, als ich beim Einzug meine Berechnungen anstellte: Handtücher beispielsweise und Bettwäsche, sowie elektrische Zwischenkontakte – das Nachttischradiogerät und die gebrauchte Lampe, die ich selbst gekauft hatte, konnten an die vorhandene Leitung nicht angeschlossen werden. Eines Nachmittags war ich, auf der Suche nach alledem, längere Zeit vom Büro weggewesen. Bei der Rückkehr fand ich eine Unbekannte auf mich warten.

»Die Dam-äh hat heute früh schon zweimal tel-li-foniert, Mr. Hood«, sagte die Sekretärin in ihrer schlappen, jeder Neugier baren Sing-Sang-Stimme. Ich nickte der Besucherin höflich zu, wobei ich mit der ganzen Ungeschicklichkeit eines männlichen Wesens, das es nicht gewohnt ist, selbst Besorgungen zu machen, die Pakete an mich gepreßt hielt. »Wollen Sie wohl bitte die Tür für mich aufmachen, Miss McCann? – ich darf wohl diese Sachen hier erst ablegen«, fügte ich, zu der Besucherin gewandt, hinzu.

»Natürlich.« Während ich durch die innere Tür in mein Privatbüro ging, erinnerte ich mich laut: »Ja, ich hatte die für mich hinterlassene Nummer angerufen, aber am anderen Ende der Leitung sagte eine Stimme: ›Gesellschaft für Rechtsberatung‹ oder so etwas, und da glaubte ich, die Nummer stimmte nicht und hängte wieder ein.«

Durch die offene Tür hallte die fremde Stimme: »Sie stimmte schon. Ich habe vom Büro für Rechtsberatung aus angerufen.«

Inzwischen hatte ich meine Pakete abgelegt und Arthurs Briefbeschwerer auf ein paar lose auf dem Schreibtisch herumliegende Papiere gestellt. »Bitte, treten sie ein!«, sagte ich, wieder auf die Tür zugehend.

Es war eine klein gewachsene, dunkelhaarige Frau, die das glatte Köpfchen eines auf seine Pflege bedachten Vogels hatte. Sie trat über die Schwelle und nahm mit einer durch langjährige Gewohnheit gewonnenen Selbstsicherheit Platz. Wenige Leute meiner Bekanntschaft konnten auf solche Weise ein Zimmer betreten, es seien denn Inseratenfritzen oder Versicherungsagenten.

»Hoffentlich nehmen Sie mir's nicht übel, daß ich ohne vorherige Verabredung bei Ihnen eindringe, Mr. Hood«, sagte sie. »Aber Ihr Büro liegt ganz in der Nähe des meinen, und ich dachte, ich könnte auf dem Nachhauseweg mal eben kurz bei Ihnen hereinsehen – was immer noch besser ist als der Versuch telefonischer Erklärung.«

»Natürlich. Und um ganz offen zu sein: ich habe auch gar keine Verabredung. Nur wenig Leute scheinen vorerst das Bedürfnis zu haben, mich aufzusuchen.«

Sie hatte bereits jede Verlegenheit von sich abgestreift, und mir wiederum hatte jenes Geständnis mit seinem Anflug von Dilettantismus weitere Verlegenheit ersparen helfen.

»Ich heiße Anna Louw«, sagte sie, und wenn ich auch noch keinen ganzen Monat im Lande war, hatte der bloße Name, dessen Aussprache mir seine holländische Herkunft verriet, in meinem Verhalten eine unmerkliche Veränderung hervorgerufen. Ich hatte innerlich sozusagen das Standbein gewechselt. Ähnliches hatte ich bei mir selbst und bei anderen beobachtet, wenn wir kurz nach dem letzten Krieg in England mit deutschen Besuchern zusammengetroffen waren. »Ich bin Anwältin und arbeite für das Büro für Rechtsberatung, das sich, wie Sie wahrscheinlich wissen, der legalen Nöte von Leuten annimmt, die sich sonst kein gerichtliches Verfahren leisten können.«

»Ich bin erst seit einem Monat in Johannesburg...«

»Ach so, natürlich – wie können Sie dann davon wissen! Jedenfalls sind, wie Sie sich vorstellen können, die meisten unserer Schutzbefohlenen Afrikaner. Nicht nur sind sie mittellos – sie haben auch nicht die geringste Ahnung von ihren eigenen Rechten.«

»Ich habe gar nicht gewußt«, sagte ich in halb scherzendem Ton, »daß sie so viele Rechte behalten haben, von denen sie keine Ahnung haben könnten.«

Sie schien einen Augenblick lang sorgfältig nachzudenken, bevor sie erwiderte: »Was immer sie noch an Rechten haben, versuchen wir ihnen begreiflich zu machen und ihnen zu erhalten.«

Ich kam mir plötzlich etwas ratlos und unzulänglich vor. Faunce oder meine Mutter würden in solchem Fall genau die richtige Antwort gefunden und auch die Gelegenheit nicht versäumt haben, zu zeigen, auf welcher Seite sie standen. Da ich höchstens ein paar Worte verständnisvoller Zustimmung über die Lippen hätte bringen können, wahrte ich ein etwas betretenes Schweigen, das die Besucherin möglicherweise für ein Zeichen von Ungeduld hielt, denn sie fuhr sogleich mit der Unbeirrbarkeit der berufsmäßigen Fragestellerin fort: »Ich bin hier, um über Amon Mofokeng mit Ihnen zu sprechen.«

»Amon?« Die Schattengestalt des jugendlichen Schwarzen, die ich stets nur hatte heraus- oder hereinschlüpfen sehen, wenn etwas zu besorgen oder auf die Post zu bringen war, nahm unvermittelt eine dritte Dimension für mich an. Er hatte also noch einen anderen Namen, ein anderes Leben. »Was hat Amon angestellt?«

Ein Lächeln brach durch die nachdenkliche Gelassenheit ihres Gesichts. Sie hatte ein eckiges Kinn – das ganze Gesicht war bei ihr im Verhältnis zu seiner Größe zu breit –, und ihre weißen Zähne standen reizvoll von dem blassen Zahnfleisch ab, wie es sehr dunkelhaarigen Menschen bisweilen zu eigen ist. »Gar nichts hat er angestellt. Er hat nur eine Mutter, die in der Zwangssiedlung Jagersfontein wohnt – oder vielmehr gewohnt hat. Denn mit anderen dort Ansässigen ist sie inzwischen ausgewiesen und in einer neuen Eingeborenensiedlung untergebracht worden. Das einzige Malheur: daß sie in der alten Siedlung Eigentümerin ihres Häuschens war und daß es in der neuen Wohneigentum nicht gibt. Die alte Geschichte – gewiß haben Sie von ähnlichen Vorkommnissen schon in der Zeitung gelesen, bevor sie herüberkamen.«

Ich nickte und bot ihr eine Zigarette an, aber sie hob abwehrend die Hand in die Höhe: »Erst nach sechs Uhr abends!« Ich steckte das Päckchen wieder ein, nachdem ich mir selbst eine Zigarette genommen hatte.

»Wir wollen den Fall von Amon Mofokengs Mutter zum Präzedenzfall machen«, sagte sie stirnrunzelnd (ihre schwärzlichen Brauen trafen fast zusammen über dem Steg einer kurzen, scharf vorspringenden Nase mit einer unvermittelten kleinen Verdickung am Ende). »Wir wollen die Lokalbehörden ersuchen, einen Grund dafür anzugeben, warum der Eigentümer einer beschlagnahmten Wohnung sich zum Ausgleich mit der Zuweisung einer Mietwohnung zufrieden geben sollte. Unsere Wahl ist auf Amons Mutter gefallen, weil sie offenbar die älteste Grundeigentümerin in Jagersfontein war – zweiundzwanzig Jahre lang hat sie dort gelebt.«

»Wo ist diese Siedlung?«

»Nicht hier in Johannesburg«, sagte Anna. »Sie gehört zu einer Stadt namens Jagersfontein, die am Westrand liegt, bei den Goldbergwerken westlich von Johannesburg. Man hat dort nun auch mit der Förderung von Uranium begonnen, und die Stadt ist blitzschnell in die Höhe geschossen. Daher auch der Drang, die Afrikaner hinauszuwerfen. Sie sollen einem weiteren Wachstum der Stadt nicht im Wege stehen.«

»Wissen Sie, dort liegt möglicherweise mein Großvater begraben«, sagte ich. »Er fiel im Burenkrieg bei einem Ort namens Jagersfontein.«

Sie lächelte, als habe sie gleich mir sich an die gerahmte Ehrenurkunde erinnert, und auch des Augenblicks, in dem meine Mutter mit der Fußspitze auf den Degen gewiesen hatte: (»Aber, mein Kleiner, was hast du denn damit vor?«) –

»Das könnte schon möglich sein«, antwortete sie. »Es gibt mehrere Jagersfonteins, aber dieses besondere käme für ein Burengrab schon in Frage. – Nun, wie gesagt, wir wollen den Fall der alten Frau Mofokeng zum Präzedenzfall machen, und wir brauchen dafür auf ein, zwei Tage ihren Sohn. Die alte Dame ist ein bißchen durcheinander und möchte ihren Sohn zur moralischen Stütze bei sich haben. Er soll den Dolmetscher für sie spielen, die Daten bestätigen und so weiter. Ich möchte sie also bitten, ihm für diese zwei Tage Urlaub zu bewilligen.«

»Aber natürlich«, sagte ich. »Er hätte mich übrigens ruhig selber darum bitten können. Wenn immer er gebraucht wird, kann er Urlaub haben.«

»Sehr nett von Ihnen, Mr. Hood. Ich glaube, er wollte Sie nicht selber fragen, damit Sie nicht auf den Gedanken kämen, es wäre eine der üblichen Großmuttergeschichten, und dann nein sagten.«

»Großmuttergeschichten?«

»Ach, Sie wissen schon – ich habe eben die Nachricht bekommen, daß meine Großmutter schwer erkrankt ist, und ich unbedingt nach Hause muß...« Anna Louw erhob sich, um sich zu verabschieden.

»Ich muß schon gestehen«, bemerkte ich im Plauderton, »dieser Amon wäre für mich so ungefähr der letzte, den ich mir als ›cause célèbre‹ vorstellen könnte.«

»Das ist es auch nicht ganz«, erwiderte sie.
»Ich wollte sagen, ich habe ihm noch nicht sehr viel persönliche Beachtung geschenkt; er ist für mich nur ein Rädchen im Bürobetrieb.«
»Natürlich«, bemerkte sie. Aber ich hatte den Eindruck, daß sie nicht richtig verstanden hatte. Zweifellos erklärte sich ihre allzu verbindliche Höflichkeit aus einem Gefühl moralischer Überlegenheit. Sie gehörte wohl zu den Menschen, für die jede persönliche Äußerung eine Art bewußten Schachzug bedeutet.
»Er erinnert mich an einen der Angestellten in unserem Londoner Büro – nur daß das zufällig ein alter Bursche von acht-, neunundsechzig ist, zu alt für den Vertrieb und bei der Fahrt auf dem Lebenskarussell nun glücklich wieder bei der zweiten Kindheit angelangt. Er macht den Tee und feuchtet die Briefmarken an, und so weiter. Aber er ist ganz wie Amon. Er tut seine Arbeit, aber er ist nicht eigentlich da. Man kann sich also auch nicht recht vorstellen, daß er stattdessen woanders da sein sollte. Ein unmöglicher Gedanke, den alten Johnson beispielsweise in einem Bierlokal zu treffen, mit einem Glas in der Hand.«
»Nun, Sie werden bestimmt unseren Amon nicht in einer Bar treffen.« Sie sprach mit leiser Stimme, den Kopf ein wenig zur Seite geneigt.
»Ich komme gleich mit Ihnen hinunter«, sagte ich, während sie auf die Tür zuschritt. »Ich möchte nur noch meine Pakete zusammensuchen. Im Lift können wir uns dann weiter unterhalten.«
»Haben wir uns nicht schon fertig unterhalten?«, fragte sie lachend.
Ohne sich wieder zu setzen, wartete sie auf mich. Sie hatte keinen Hut, keine Handschuhe, hatte nichts von alledem, womit Frauen gewöhnlich herumzufummeln haben, bevor sie zum Ausgehen fertig sind. Merkwürdigerweise waren die Rollen also vertauscht – sie war es, die wartend herumstand, wie ich es sonst tat, während ich selbst mich mit Paketen und Schachteln belud. Miss McCann hatte bereits die Schutzhülle über die Schreibmaschine gestreift und schickte sich mit Seife und Handtuch bewaffnet an, den am anderen Ende des Korridors gelegenen Waschraum aufzusuchen. Ich bat sie abzuschließen. »Wo ist Amon?«, fragte ich.

»Er ist mit dem eingeschriebenen Brief an die Buchhandlung in Kapstadt rasch noch zum Postamt hinübergelaufen.«
Aber im Aufzug sprachen wir von anderem. »Ich habe jetzt eine eigene Wohnung«, berichtete ich dem glatten dunkelhaarigen Köpfchen, dem kleinen zähen Gesicht zur Seite meines Ellbogens. Beim Niedergleiten des Fahrstuhls hatte sie jenen Ausdruck furchtsam gespannten Lauschens angenommen, wie ich ihn im Lift so oft auch bei anderen beobachtet habe. Ganz beiläufig, aber mit einer gewissen Genugtuung darüber, daß etwas längst dem Gedächtnis Entschwundenes mir wieder eingefallen war, gedachte ich eines Rilke-Gedichts, das mir früher als gleichermaßen schaudererregend wie tröstlich erschienen war.

Und in den Nächten fällt die schwere Erde
Aus allen Sternen in die Einsamkeit.
Wir alle fallen. Diese Hand da fällt.
Und sieh die andre Hand: es ist in allen.
Und doch ist Einer, welcher dieses Fallen
Unendlich sanft in seinen Händen hält.

Als wir ins Freie traten, wimmelte es auf der Straße von Männern und Frauen, die mit dem gebeugten Rücken von Großstadtmenschen dem überfüllten Bus, den kümmerlichen Mußestunden des Abends zuhasteten. Es war eigentlich die Zeit, sich von irgendeiner Schankstätte zu einem kurzen Verweilen laden zu lassen. Sollte ich sie wohl zu einem Drink auffordern? In meinem Inneren verspürte ich eine gewisse Rastlosigkeit, das Fluchtverlangen nach billiger Musik, dem schäbigen Kitzel dämmriger Ecken, dem verschwommenen Unterwasserbild der Welt, wie es sich gewöhnlich nach ein paar Drinks einstellt und dann zumeist auch den anderen, tieferen Hunger ankündigt – den Hunger nach Liebe. Und auf diese Weise gleite ich aus dem Zustand allzu leicht erkauften Behagens in den schlimmster Unzufriedenheit.
»Wenn der Weg zu Ihrem Wagen zu weit ist, kann ich Sie hinfahren. Mein Wagen steht gleich an der Ecke.«
»Danke schön. Aber ich habe keinen Wagen. Ich gehe zur Bushaltestelle.«
»Oh, dann bringe ich Sie hin – nichts einfacher!«
Ja, ihre Gesellschaft war willkommener als keine. Selbst wenn

diese Frau mich ein wenig störte, so war sie doch persönlich sehr angenehm. »Danke vielmals. Es war ohnehin kein sehr erfreulicher Gedanke für mich, mir mit all meinen Paketen einen Weg durchs Gedränge erkämpfen zu müssen. Aber wenn Sie nicht allzusehr in Eile sind: hätten Sie nicht Lust, erst etwas mit mir zu trinken?«

Natürlich gingen wir in die Stratford-Bar, vor deren Tür wir ohnehin standen. Hier ließen wir uns schon im Vorraum nieder – in ganz Südafrika sind die eigentlichen Barräume nur für Männer –, an einem der hellgelben Holztische mit zerkratzter Glasplatte. Die Stuhlsitze waren mit Kunststoff bespannt, aber die Holzlehnen waren im Tudorstil gehalten und preßten sich beim Sitzen schmerzhaft zwischen die Schulterblätter. Heinrich VIII. mit Barett und einem Bart, der wie eine spätere Zutat zu seinem Gesicht wirkte – etwa den Bärten vergleichbar, die kleine Buben Frauengesichtern auf Reklameplakaten aufstricheln –, hielt den Blick starr auf einen vergoldeten Gipslöwen gerichtet, das Wappentier einer südafrikanischen Bierbrauerei. Von der Tischplatte leuchteten uns feuchte Ringe entgegen.

Anna hatte zwei Glas Kognak, ich selbst trank Gin, und wir unterhielten uns über Wohnungen – sie hatte schon drei, vier verschiedene gehabt und hatte nun ein kleines Häuschen auf einem Grundstück, das jemand anderem gehörte – und über ihr Rechtsberatungsbüro. Sie wußte allerlei Erheiterndes von Scheidungsfällen zu berichten, deren sie sich im Auftrag des Büros angenommen hatte, und ich fühlte mich veranlaßt, ihr etwas von den weniger ernsthaften Vorfällen zu erzählen, die die Kehrseite zu alledem bildeten, was meine Mutter und Faunce den Kampf gegen das in dieser Welt begangene Unrecht nannten. Beispielsweise hatte Faunce einst einen ehemaligen Sträfling zu Gast geladen, der uns damit unterhielt, daß er uns vordemonstrierte, wie man Türschlösser aufknackt; und ein andermal war meine Mutter kreuz und quer durch ganz London gerast, um Hühner nach mohammedanischer Speisevorschrift schlachten zu lassen, weil irgendwelchen indischen Gästen zum Essen etwas Einwandfreies vorgesetzt werden mußte; und zu guter Letzt hatte sie entdecken müssen, daß die Gäste Hindus waren, die überhaupt kein Fleisch aßen.

»Man läuft so leicht Gefahr, sich lächerlich zu machen, wenn man sich in die Haut anderer, fremder Menschen zu versetzen sucht.«

»Natürlich«, sagte sie, wie aus der Erinnerung heraus lächelnd. »Aber das ist ein Risiko, das man manchmal schon auf sich zu nehmen hat.«

»Das kann man immerhin auf verschiedene Weise tun. Die Hauptsache ist, daß man sich selbst nicht zuviel auf seine Verständnisfähigkeit zugute hält; und daß man den anderen nicht weiter als bis zur halben Strecke des Weges entgegenkommt.«

Nach wie vor lächelte sie aufmerksam und spähte auf den Grund ihres Glases. Zweifellos gehörte sie zu den Menschen, die oft anderer Meinung sind als ihr jeweiliger Gesprächspartner, aber selbst eine Diskussion vermeiden. Sie lassen den anderen einfach weiterreden.

Mit meinen Ausfällen gegen jede Art der Anmaßung verfiel ich ein wenig in den bombastischen Eifer, den ich gerade bei anderen verdammte. Ich war mir dessen wohl bewußt, aber da sie mir mit ihrer Aufmerksamkeit so viel Spielraum vergönnte, daß ich mich austoben, mich lächerlich machen durfte, konnte ich keinen Schluß finden. Was mir aber von außen her Einhalt gebot, mich von meinen eigenen Äußerungen ablenkte, als sei bei mir ein vom Gehirn zur Zunge führender Nerv plötzlich durchgeschnitten worden, das war der Laut einer Stimme, die mir bekannt vorkam. »Auch wir verstehen uns ja, wenn nötig, aufs Lästern«: aus all den kreuz und quer durch den Raum hallenden Lauten des Zischens, Lachens und Rufens drang deutlich dieser eine Satz an mein Ohr. Wer mochte ihn geäußert haben? Wie konnte mir in einer Stadt, in der ich noch fremd war, eine andere Stimme überhaupt bekannt sein? Während ich selbst noch weiterredete, ließ ich meinen aufmerksamen Blick durch den ganzen Raum wandern, über alle Gesichter und Gläser hin, durch die Schwaden des Zigarettenrauches hindurch. Ja, da saß Cecil Rowe.

Am Tage unserer Begegnung in Hamish Alexanders Haus hatte ich nicht einmal bemerkt, welche Art Stimme das Mädchen hatte. Nun saß sie das Gesicht halb von dem meinen abgewendet, mit zwei männlichen Begleitern am Tisch. Sie konnte erst nach uns das Lokal betreten haben, aber die ganze Zeit über kamen und gingen Leute, und deshalb mochte auch ihr Eintritt verdeckt worden sein. Auch sah sie völlig anders aus als bei den Alexanders. Selbst ihr Haar hatte eine andere Farbe. Sie trug eine sehr streng anliegende kleine schwarze Kappe und ein schwarzes Kleid, das ihr Schlüsselbein sehen ließ. An der Stelle, an der ich saß, hatte ihr Gesicht für mein Auge etwas von der plakathaften Eindringlichkeit einer Frau, die allzu auffällig zurechtgemacht ist. Sie sprach und gestikulierte aufs lebhafteste, ihres Erfolgs bei ihren Tischgefährten voll bewußt.

Sie selbst hatte mich nicht gesehen, aber als Anna Louw und ich uns erhoben und schließlich hinter ihrem halbabgewandten Rücken der Tür zugingen, fuhr sie plötzlich herum und nötigte mich, aufblickend, zum Stehenbleiben. Sie hatte eben an ihrem Drink genippt, und ihre Lippen standen halb offen. »Nanu!« sagte sie. »Und was machen Sie?« Die gemeinplätzige Begrüßung war in einem so herausfordernden Ton vorgebracht, als wäre ich jemand, den sie nur allzu gut kannte, von dem sie aber bei der letzten Begegnung im Zustand der Erregung geschieden war: dem Zustand der Betrunkenheit, der Wut oder der Liebe.

»Ja, nun, wie Sie sehen ...«, stammelte ich töricht. Sie sah wirklich anders aus. Kaum mehr als einen halben Meter von ihrem emporgewandten Antlitz entfernt, konnte ich erkennen, daß sie ihren Augen mit bläulicher Schattierung und schwärzlichen Linien eine fast orientalische Wirkung abgewonnen hatte. Ihr Haar ließ die Ohren frei. Es hob sich in kurzen silbrigen Löckchen vom Samt ihrer Kappe ab, und auch die Umrißlinie des Mundes hatte der Lippenstift verändert. Ich bemerkte auch, daß sie gerade vor ihrem Ohr ein kleines, erhöhtes Muttermal hatte, das, von dem warmschimmernden Überhäutchen eines undurchsichtigen Make-ups bedeckt, trotzdem als solches erkennbar blieb. Und erkennbar blieb seltsamerweise unter der ganzen künstlichen Hülle auch die Frau selbst. Sie sah höchst reizvoll aus, wissend, begehrlich, unsentimental. Mit welchem der beiden Männer mochte sie wohl verheiratet sein, dem dicken blonden mit der prallgespannten Haut, oder dem etwas schlankeren, gleichfalls blonden? Sie stellte mich nicht vor, und darum stellte auch ich Anna Louw nicht vor, obwohl ich mich dazu angeschickt hatte, sondern ging lächelnd weiter. Aber sie blieb, halb uns zugewandt, sitzen und schloß auch Anna

Louw in ihr lächelndes Abschiedsnicken mit ein. Als ich sah, wie sie Anna Louw betrachtete, fiel mir wieder ein, was mir einen Monat zuvor schon einmal durch den Kopf gegangen war: daß ich die Stratford-Bar nur ein einziges Mal an der Seite eines jungen Mädchens zu besuchen brauchte, um mich diesem Lokal zugehörig zu fühlen. Cecil Rowe war ein solches Mädchen. Wie sie da zwischen den Männern in ihren Geschäftsanzügen, zwischen den an den Tudorstühlen abgestellten Aktenmappen saß, war sie für mich nicht weniger die lebendige Verkörperung des seltsamen, scheinbar in aller Öffentlichkeit sich abspielenden und doch so verstohlenen Großstadtlebens, als mit ihrem bebänderten Stecken und ihren Rosen eine Schäferin das Sinnbild für ein ländliches Idyll ist.

Sogar Anna Louws Wagen ließ auf eine Frau schließen, die gewohnt war, selbst nach dem Rechten zu sehen. In der Ablage auf dem Schaltbrett fanden sich eine Straßenkarte, eine Erste-Hilfe-Ausrüstung und ein Reservekabel.
»Wieviel Uhr ist es bei Ihnen?« fragte sie. Und als ich antwortete: »Fünf Minuten nach sechs«, bat sie: »Würden Sie mir wohl meine Zigaretten geben, sie müssen da irgendwo stecken.« Ich bot ihr eine von den meinen an, und sie tat beim Weiterfahren einen so tiefen Zug – den ersten –, daß ihr kleiner gedrungener Körper zu wachsen schien. »Das ist das Schöne, wenn man sich selbst etwas verkneift – daß man es um so mehr genießt, wenn man es zuletzt hat«, sagte ich.
»Oh, diese erste Zigarette«, erwiderte sie. »Der ganze Tag scheint sich nun in Rauch aufzulösen.«
»Vielleicht ist das gerade der Grund, warum man sich selbst so strenge Vorschriften gibt: das gefühlsmäßige Gegenstück zu der Tatsache, daß man Tausende Tonnen Kaffee im Meer versenkt, um den Preis hochzuhalten.«
»Was für ein hübscher Gedanke«, sagte sie. »Viel hübscher als die Behauptung, daß man's um der Leber willen tut, wenn sich's ums Trinken, um der Lunge willen, wenn's sich ums Rauchen handelt. – Aber ich glaube sogar, daß es stimmt. Die Rücksicht auf die eigene Gesundheit kommt meistens an letzter Stelle. Und außerdem ist es eine Art verstohlenen Kitzels, der sich nur aus vorhandenem Überfluß erklärt. Die Afrikaner, mit denen Sie es zu tun haben – sicher brauchen sie

gegen keine Diätvorschriften zu verstoßen, um eine gute Mahlzeit würdigen zu können, brauchen keine Woche lang den Abstinenzler zu spielen, damit ihnen ein Drink dann um so besser schmeckt. Es sind nur Menschen unsresgleichen, die zu solchen Reizmitteln greifen müssen, weil sie sich zuvor mit Konfekt vollgestopft haben.«

»Armut ohne Langeweile.«

»Jawohl.«

Einen Augenblick lang rauchte sie konzentriert, bevor sie die Zigarette aus dem Mund nahm und mit gewohnter Sanftmut erklärte (es war, als hätte sie eine Reihe von Zahlen addiert und einen Irrtum dabei entdeckt): »Ich glaube, da stimmt etwas nicht. Arme Leute« – hatte sie wohl absichtlich den Kreis der Bezugspersonen erweitert? – »können sich einfach nichts leisten, und darum erscheint ihnen alles Entbehrte auch als doppelt erwünscht. Wäre eine Zigarette für einen jungen Mann, der sich den ganzen Tag über keine leisten kann, nicht etwas ebenso Herrliches wie für mich, die ich mich absichtlich den ganzen Tag des Rauchens enthalten habe? Meinen Sie nicht auch?«

»Oh – für ihn wäre das eine wirkliche Zwangs- oder Notlage. Für Sie ist es eine Art Spiel.«

»Er bedürfte also der Bedürftigkeit gar nicht – ich aber doch?«

»Stimmt.«

Sie lachte und wechselte vielsagend die Sitzhaltung. »O mein Freund, Sie haben nicht die geringste Ahnung, wie mir in Gedanken an das Rauchen zumute ist.«

Nach einer kleinen Pause fuhr sie fort: »Aber so weit es sich um anderes handelt, haben Sie möglicherweise recht. Ich zerbreche mir oft genug den Kopf, wie es kommt, daß die Afrikaner nicht halb so viel eingebildete Nöte haben wie meine weißen Freunde – Sie wissen schon was für Nöte, vor allem was Frauen für Nöte haben, die nicht gerade überbeschäftigt sind. Immerhin ist jede Verallgemeinerung Unsinn.«

»Kennen Sie viele Afrikaner?«

»Ich habe Ihnen ja schon gesagt, daß die meisten unserer Klienten Afrikaner sind.«

»Das habe ich nicht gemeint.«

»O ja«, sagte sie, »ich kenne schon ein paar. Eine ganze

Menge.« Ich bot ihr eine zweite Zigarette an – es war nicht ganz einfach, sie anzustecken und das Zündholz aus dem Fenster zu werfen.

»Warum wollen Sie eigentlich nicht davon sprechen?«

Um etwas Zeit zu gewinnen, sagte sie, wie man es unter solchen Umständen gewöhnlich tut: »Wieso? Oh, Sie dürfen nicht annehmen, es gäbe irgend etwas, worüber ich nicht gern spräche. Aber Sie müssen verstehen, daß Sie sich hier in einem Lande befinden, in dem es die verschiedensten Möglichkeiten gibt, über diese Frage zu reden oder sich sogar mit ihr zu befassen. Eine dieser Möglichkeiten besteht darin, überhaupt nicht davon zu sprechen. Sich überhaupt nicht damit zu befassen. Schluß und basta! Das ist immerhin denkbar, und das werden Sie selbst noch herausfinden.«

»Das habe ich bereits. Ich habe es beobachtet. Und offenbar funktioniert diese Methode vortrefflich«, erwiderte ich und dachte an den Tag bei den Alexanders. Archie Baxter hatte die Gläser gefüllt, die Zwillinge waren in dem blaugefärbten Wasserbassin untergetaucht, irgendeiner der anderen Gäste hatte eine dichte Wolke Zigarrenrauchs in die Luft geblasen, hinter der wie eine Art Fata Morgana die Courbet-Landschaft sichtbar wurde. Uranium, Sprungbeine, Kits Privatregiment.

»Ich fürchte allerdings, ich war nicht im geringsten entrüstet. Es war alles ganz reizvoll. Es war, als wäre man zufällig irgendwoanders, nur daß man sich vielleicht sogar etwas wohler fühlte.«

»Da hätten Sie's also«, sagte sie, als wäre ich ein Kind, das bei einer schwierigen Lektion glücklich bis zu einem bestimmten Punkt gelangt war. Ich meinerseits glaubte, die ›holde Verständigkeit‹ wiederzuerkennen, jene weitäugige Heuchlerin an Faunces Speisetafel. Aber aus Gründen der Billigkeit hatte ich zuzugeben, daß Anna mir tatsächlich vorbehaltlos zuzustimmen schien. »Da haben Sie's. Und es gibt dann noch die anderen Möglichkeiten ... Sie sind ein Mensch, den ich nicht kenne, jemand, den ich einem Klienten zuliebe um einen Gefallen gebeten habe. Sollte ich es nicht lieber dabei bewenden lassen, statt Sie zum Nachdenken über meine besondere Methode zu nötigen? Sie vielleicht sogar feindlich stimmen, weil sie von der Ihren verschieden ist?«

»Aber Sie müssen wissen, daß ich gar keine eigene Methode habe. Ich bin eben erst herübergekommen.«

Sie warf mir beim Steuern rasch einen Seitenblick zu. »Sie werden bald eine haben, und das läuft peinlicherweise auf das gleiche heraus. Auf jeden Fall müssen Sie mit irgendeiner vorgefertigten Meinung hier bereits angelangt sein; und wäre es auch nur eine solche, mit der Sie hier nicht viel weiterkommen.«

Wie gleichmäßig sie doch sprach! Alle meine Bekannten schienen abwechselnd überstürzt oder stockend zu reden, als fließe der Gedankenstrom in unserem Innern nicht frei dahin, sondern habe sich am Rande von Ungewißheiten züngelnd entlangzutasten, sich dünnfädig durch Blöcke des Zweifels hindurchzuwinden und die Dämme der Überzeugung immer von neuem auseinanderzutreiben. Auch waren bei ihr Tonfall und Sprechrhythmus denen der englischen Sprache fremd, obwohl es andererseits nicht der wehleidige Singsang Miß McCanns, der typische Dialekt Johannesburgs zu sein schien.

»Es verhält sich mit der bewußten Frage wie mit der Liebe oder mit Gott«, erwiderte ich. »Und ich hatte mir eingebildet, daß alles hier am Kaffeetisch erörtert wird – so ungefähr wie russische Außenpolitik oder unsere Spesenabrechnungen.«

4. Kapitel

Unter den Jacarandabäumen in meiner Straße war der Wagen zum Stillstand gekommen. Ein paar kurze Augenblicke lang wahrten wir ein zwangloses Schweigen. Zur Andeutung solcher Pausen sollte es eigentlich ein besonderes Interpunktionszeichen geben, wie Entsprechendes im Notenbild bereits existiert.

»Wo wohnen Sie?« fragte sie. »Oh, gerade da drüben, in dem Haus mit den Säulen.«

Sie ließ den Motor wieder anspringen. »Ich werde wenden und Sie vor Ihrer Tür absetzen.« – »Nein, tun Sie das bitte nicht, das ist völlig überflüssig.«

»Finden Sie es hier nicht todlangweilig?« fragte sie, während sie mir durchs Fenster meine Pakete herausreichte.

»Ach, ich weiß nicht recht. Ich habe mich noch auf keinen bestimmten Tageslauf festgelegt. Es gibt sehr wenige große Städte, die sich schon auf Anhieb bewältigen lassen.«

»Wir haben stets das Gefühl, uns entschuldigen zu müssen«,

sagte sie lächelnd. »Man gewöhnt sich daran, Besucher aus England und Europa erklären zu hören, daß hier wirklich und wahrhaftig nichts los ist – und dabei rollen sie mit den Augen und werfen die Hände hoch ... man weiß nicht einmal genau, was sie meinen, aber man hat den Verdacht, daß sie recht haben.«

»Und was sollten sie denn Ihrer Ansicht nach meinen?« Die wachsende Dunkelheit war wie Löschpapier, auf dem ein festumrissenes Gebilde mit einem anderen verfloß. Ihre auf dem Lenkrad ruhenden Hände und ihr Gesicht waren das einzige im Wagen noch Sichtbare, und aus dem dunklen Gezweig der Bäume schnitten die Straßenlaternen für ihre leuchtenden Stengel pastellfarbene Blütenkronen heraus.

»Ich bildete mir immer ein, es hätte damit zu tun, daß in unserem hiesigen Großstadtdasein alles auf eine andere, westliche Welt verweist – die Bühnenstücke sind die gleichen wie in Europa, die Kabarettwitze die gleichen wie in London oder New York ... Sie verstehen? Johannesburg scheint nicht das zu haben, was man Eigenart nennt ...?« Sie legte wie bittend, um Widerspruch bittend, die Hand auf den Fensterrahmen. »So will es einem jedenfalls vorkommen. Zum Teil wenigstens. Aber nun habe ich das Gefühl, es spielt noch etwas anderes mit. Einsamkeit. Eine besondere Art, unsere Art Einsamkeit. Der Mangel an menschlichem Zusammengehörigkeitsgefühl. Die Einsamkeit einer machtvollen Minderheit.«

»Ich habe mir sagen lassen, daß niemand sich hier des Nachts auf die Straße traut«, bemerkte ich.

»Das liegt weniger daran, daß wir uns wirklich bedroht fühlten als daran, daß wir alle so schauderhaft ängstlich sind«, erwiderte Anna unbefangen. Wir lachten. »Sie sind es jedenfalls nicht«, sagte ich mit ehrlicher Überzeugung. »O doch«, sagte sie. »Ich habe Angst vor der Dunkelheit.« An dem gegenüberliegenden Wohnblock sprang ein beleuchteter Balkon aus dem Dunkel, auf den ein Mann, mit einer Bierflasche und einem Glas in der Hand, heraustrat. Er stieß den Flaschenhals am Balkongeländer ab, und als er sein Glas gefüllt hatte, spähte er unbewegt in den Abend hinaus, einem Karrengaul gleich, der nach dem Frondienst des Tages auf die Weide gelassen wird. Aus irgendeinem Fenster des Wohnblocks oder einem der schäbigen Mietshäuser rief kreischend eine Frauenstimme zu den unten spielenden Kindern herab: »Zum letzten Male sage ich euch ...« Aus einer Seitengasse trat, mit der fließenden Bewegung einer Katze, eine schwarze Hausmagd. Ein Zeitungsbündel an sich pressend, tappte sie barfuß auf dem Gehsteig entlang, warf plötzlich den Kopf zurück und ließ ein mächtig dröhnendes Gelächter erschallen, um jemanden zu begrüßen, den wir nicht sehen konnten.

Die im Wagen sitzende Frau und ich selbst – wir verspürten so wenig Neigung uns zu trennen, wie zwei Menschen, die nichts Besonderes vorhaben und die sich plötzlich nähergekommen sind. Zwischen uns waltete nichts von der Spannung wechelseitiger Anziehung, und es gab auch keinen Anlaß, andere, persönlichere Verpflichtungen vorzutäuschen. Wie für die wenigen jungen Leute meines Schlages war der Besitz zielloser Freiheit auch für mich so selbstverständlich geworden, daß ich meine Entschlüsse von einem Augenblick zum anderen zu fassen pflegte. Selbst daheim in England waren die Abende für mich wie fremde Hafenstädte gewesen, in denen ich, ein Matrose von einem Schiff mit unbekanntem Bestimmungsziel, herumzustreunen pflegte, nicht geradezu neugierig, auch nicht sehr erwartungsvoll und doch, im Untergrunde meines Bewußtseins, irgendwie darauf gefaßt, daß eines Tages, gerade hinter der nächsten Straßenbiegung, das Gesicht, die Schlägerei auf mich lauerten, die mir zum Schicksal werden, als Schicksal genugtun mochten.

Wohl war ich an dem interessiert, was Anna Louw zu berichten hatte, nicht aber interessiert genug an ihr selbst als Frau, um auf den Gedanken zu kommen, mich zu fragen, warum meine Art Freiheit auch die ihre sein sollte. Ich hielt es einfach für selbstverständlich.

»Warum sollten wir eigentlich nicht zusammen irgendwohin essen gehen?« fragte ich. Mindestens zehn Minuten hatte ich bereits neben dem Wagen gestanden, und noch immer hielt ich die Pakete im Arm und ließ auch nicht die geringste Absicht erkennen, meine Wohnung aufzusuchen.

Aus dem Dunkel kam ihre Stimme, freundlich, sachlich, ohne jede Vertraulichkeit, aber auch ohne Koketterie: »Ich hätte Sie gern zu mir eingeladen, zu Schinken und Eiern, aber leider muß ich noch auf eine Party. – Doch warum kommen Sie nicht einfach mit?«

Es klang, als habe sie sich eine Art Entschluß abgerungen.
»Könnte ich das denn?«
Ich sah, wie sie im Dunkeln still vor sich hin lächelte. »Wenn Sie Lust hätten – natürlich!«
»Tja...?«
Sie wartete, bis ich meine eigene Frage beantwortet hatte.
»Ich muß nur rasch hinauflaufen und dieses Zeug ablegen. Und mich außerdem noch ein bißchen waschen.«
»Dann werde ich warten«, sagte sie.
Als ich mich bereits auf der anderen Straßenseite befand, lehnte sie sich aus dem Wagen und rief mit leiser, wohlerzogener Stimme: »Ziehen Sie sich bitte nicht erst um. Es ist keine richtige Party...«
Als ich mir auf der dünnen Eisfläche des Badezimmerspiegels selbst gegenübertrat – auch bei angeknipstem Licht blieben in jenem Badezimmer gewisse Winkel in Finsternis getaucht, und stets hatte ich das Gefühl, daß auch das Spiegelbild in dunstiges Dunkel versinken würde, wenn das spröde, splittrige Glas einmal brach – sah ich, daß mein Haar schmutzig und des Schneidens bedürftig war. An jenem Morgen hatte ich es fertiggebracht, mir beim Rasieren das Ohrläppchen zu verletzen, und nun hatte sich an dieser Stelle etwas dunkler Schorf gebildet. Meine unteren Zähne waren von Nikotin gestreift. Dann aber erblickte ich ein anderes Antlitz: das gemalte, stilisierte Frauenantlitz Cecil Rowes, das so reizvoll über der Mulde des Schlüsselbeins stand. Es war mir, als gehöre das Gesicht einer anderen Spezies an als der meinen. Bisweilen stellte sich im Hinblick auf Frauen ein solches Gefühl bei mir ein, und stets versetzte es mich in eine gewisse Erregung. Vermutlich eine etwas verquere Abart der Romantik. Wenn ich sie alles in allem nicht für bessere, reinere, sanftere Wesen halten konnte, machte es mir gleichwohl Vergnügen, sie mir hin und wieder für den Bruchteil einer Sekunde in Gestalt eines jener reizvollen Geschöpfe in einem Aquarium oder einem Käfig vorzustellen.
Woran mochte wohl Anna Louw denken, während sie unten im Wagen auf mich wartete und das trunkene Gezänk der aus den Wohnungsfenstern schallenden Lautsprecher immer wieder durchschnitten wurde vom Zirpen der Grillen? Als wir wieder losfuhren, schien sie sich ein wenig in sich selbst verschlossen zu haben – möglicherweise bedauerte sie die

Wallung, aus der heraus sie mich aufgefordert hatte, sie zu begleiten.
Um sie wieder zu beruhigen, versuchte ich, mich in ihren Augen so freundlich und umgänglich zu zeigen, wie ein Hund, der mit Schmeichelbewegungen und unterwürfig angelegten Ohren der Herrin versichern möchte, daß er ihr keinen Anlaß zur Klage geben werde, wenn sie ihn mit auf einen Spaziergang nimmt. Da hielt sie bereits unter einer Straßenlaterne, und in dem etwas harten Licht sah sie ermüdet aus, als sie sagte: »Sie werden die verschiedensten Leute beisammen finden. Und das geht nicht immer gut aus.«
Es war mir, als erwartete sie fast von mir zu hören: Lassen Sie uns nicht auf diese Party gehen, lassen Sie uns weiterfahren, irgendwo anders hin. »Seien Sie unbesorgt. Ich werde schon eine Möglichkeit finden, allen anderen begreiflich zu machen, daß Sie mich noch kaum kennen und daß Sie mich nur aus reiner Herzensfreundlichkeit zum Mitkommen aufgefordert haben.«
Sie schüttelte den Kopf und lachte. Aber das Lachen ging in ein erschöpftes Gähnen über. Sie hatte das merkwürdig Flaue eines Menschen, der nach ein paar Drinks eine allzu lange Pause eingelegt hat und entweder neuer Drinks oder aber einer soliden Mahlzeit bedarf. Ich verstand sie nicht recht, aber sie ließ sich zu keiner Erklärung herbei.
Das Häuschen, ein ganz kleiner Bungalow, wimmelte von Menschen. Vom Gartentor her gesehen, bot es mit den, hinter dem rötlichen, verhängten Licht der Fenster auf- und niederwogenden Schatten, dem tiefen Schwirrlaut der Stimmen und Tritte das Bild einer Wohnung, die bis auf den letzten Winkel ausgenutzt ist. Aber dann senkte sich auf uns der etwas ernüchternde Augenblick des Eintritts hernieder, und wir polterten über die abgetretenen Bohlen des schmalen Korridors (die Vordertür war nur angelehnt gewesen), und eine volle, schöne Frau in enganliegendem schwarzen Kleid, das jede Gehbewegung für sie zur Anstrengung werden ließ, und mit einem hellrosa Umschlagtuch, dessen Fransensaum auf das fest von ihrer Hand umklammerte Glas herabhing, riß die Augen weit auf, zog die Brauen in die Höhe, packte Anna mit der freien Hand am Arm und schob sie ein wenig von sich ab, offenbar in sprachloser Freude, sie bei sich zu sehen. An der hastigen Art aber, in der Anna ihren Kuß erwiderte und ihr

sogleich einzelne Begrüßungs- und Vorstellungsworte hinwarf, konnte ich erkennen, daß sie, die selbst noch kein Wort hervorgebracht, nicht etwa überwältigt, sondern nur eben im Augenblick des Sprechens unfähig war: sie stotterte. Endlich aber, als habe eine würgende Hand sich von ihrer Kehle gelöst, schäumte es ihr gießbachgleich über die Lippen: »Das fr... freut mich wirklich, daß Sie zu uns gekommen sind, Mr. Hood. Treten Sie bitte ein, und nach Möglichkeit sollen Sie auch etwas zum Trinken bekommen – vorläufig sind die Gläser noch das Problem. Ich habe versucht, dich anzurufen, Anna, um dich zu bitten, jemand mitzubringen.« Und sie zerrte uns in einen kleinen überfüllten Raum, in dem ihr eigenes Porträt über die Köpfe von fünfzehn oder zwanzig Besuchern hinwegblickte – einige von ihnen schwarz- oder sonst dunkelhäutig. Wieder schnellten ihre Augenbrauen in die Höhe, und ihre Lippen öffneten sich in sichtbarer Qual, als sie sich anschickte, zum Zweck der Vorstellung die Aufmerksamkeit der anderen auf meine Person zu lenken, und dabei legte sie mir eine längliche starke Hand – die Hand, die auf dem Bild so lilienhaft wirkte – auf meinen Arm, aber Anna kam ihr auf anmutige Weise zur Hilfe: »Sylvia, Liebste, mach dir nicht erst die Mühe, ich werde Mr. Hood selbst herumführen.« – »Sie werden mir v-zeihen«, sagte die Frau, mit einer wie verlöschenden Bitte um Nachsicht mir zugewandt. »Natürlich.« Ich nickte und lächelte, wobei ich mich bemühte, diese Zeichen guten Willens nicht zu übertreiben, wie man es tauben Menschen gegenüber sonst allzu leicht tut, zu tun versucht ist. Sie stammelte Anna etwas zu, was sich offenbar auf das Essen bezog, und überließ uns dann uns selbst, während sie nach Art einer Königin durch die Schar der Gäste hindurchrauschte und schließlich entschwand, offenbar in Richtung der Küche.
Quer über die ganze Breite des Raums hinweg winkte eine der Frauen, ihr Glas in die Höhe hebend, Anna zu, und hie und da erhoben sich auch Stimmen zu ihrer Begrüßung. Wir kamen an einer kleinen Gruppe vorüber, die so selbstvergessen in eine Debatte vertieft war wie Kühe in die Betrachtung fließenden Wassers, vorüber auch an einem schlanken, gespannt federnden Mann, der, von der Privatunterhaltung mit einer hochgewachsenen Rothaarigen aufblickend und Anna zulächelnd, ein paar schlechte Kinderzähne entblößte, und bahnten uns den Weg zu einem dicht mit Flaschen bestandenen Tisch. An sich

gab es tatsächlich keine sauberen Gläser, aber wir trieben doch noch zwei auf – zwei von der Art, die einmal geriebenen Käse enthalten hatten und auf deren Außenseite ein Blumenmotiv aufgemalt war – Gläser, die wenigstens leer waren.
Eine Party hat insofern etwas mit einem Schlachtgetümmel gemein, als man, wenn man sich mittendrin befindet, das Ganze nicht überblickt. Der persönliche Gesprächspartner oder auch die kleine Gruppe, innerhalb deren man trinkt und plaudert – das ist die Party. Aber für den, der selbst fremd ist und niemanden kennt oder wiedererkennt, der außerhalb jeder freundschaftlichen Wechselbeziehung verharrt, gibt es, zu Beginn des Abends, einen bestimmten Augenblick, in dem er die Party so sieht, wie der Generalstäbler am grünen Tisch die Schlacht: als ein gleichmäßig Hin- und Widerwogendes, In-sich-Gegliedertes, Ganzes.
Während der ungemischte Gin mir ins Blut sickerte, erschloß sich wie ein vom Schein einer Fackel allmählich erhelltes Haus für mein fast allwissendes Auge die innere Zusammensetzung des Raums. Jene anderen Gesichter, die dunkelfarbigen, und jene anderen Hände, die dunkelhäutigen, die aus den gleichen alten Rockärmeln hervorstanden – das machte den Unterschied zu anderen Gesellschaften aus. Das erwähnte Formenspiel hatte für mich etwas von der verschlungenen Faszination eines orientalischen Teppichläufers, den meine Mutter einmal im Hause gehabt hatte: auch hier hatten sich die Schnörkel und Blumen, die man zu sehen vermeinte, bei näherer Betrachtung gleichzeitig als Menschen, Tiere, Anekdoten, Legenden enthüllt, lauter Dinge, die sonst im Leben nicht wieder so einträchtig beieinander zu finden sind. Im übrigen ging in diesem Zimmer nichts weiter Bemerkenswertes vor sich. Drei Afrikaner waren in gemeinsamer Unterhaltung begriffen, ein auffällig gut angezogener Inder äußerte einem weißen Paar gegenüber irgend etwas Überraschendes (man konnte deutlich die ernsthaft beteiligte Ungläubigkeit auf beider Gesicht erkennen), die dichtgedrängte Gruppe von Weißen in der Nähe der Tür hielt mit vorgebeugtem Kopf noch immer den Ball der Debatte am Rollen. Auch fehlte nicht das übliche Paar – weiße Paar –, das die Gelegenheit einer Party dazu benutzte, einmal ganz für sich selbst zu sein, und die einzige Afrikanerin – soweit ich sehen konnte, war keine andere anwesend – saß unbeachtet am Tisch und

lächelte in ihren mit Wein gefüllten Becher hinein. Immerhin lebten alle diese Leute in einem einzigen Lande zusammen, kreuzten und verschlangen sich die Linien ihres Daseins, schon aus Gründen der räumlichen Nähe.
Und doch hatte der bloße Umstand, daß ich sie hier in einem einzigen Zimmer zusammen vor Augen hatte, im freiwillig gewählten Rahmen einer Party – sie also vor Augen hatte, weil sie selbst hier zu sein wünschten – hatte dieser Umstand sogar für mich, der ich erst einen Monat in ihrem Lande weilte, etwas Bemerkenswertes: das gewöhnliche Muster gesellschaftlicher Beziehungen kam mir nicht weniger labyrinthisch und vieldeutig in seiner Linienführung vor als der orientalische Teppich.
Aus der Gruppe der Afrikaner löste sich eine einzelne Gestalt und trat an unseren Tisch, um sich selbst das Glas von neuem zu füllen. Sie hatte den gedankenverloren-schlendernden Gang eines Mannes, der stets weiß, wo die Drinks zu haben sind. »Kein Kognak mehr?« fragte er, mir zugewandt. Es war für mich das erste Wort eines Schwarzen, das nichts mit der Beziehung zwischen Herr und Diener zu tun hatte. Ich trat ein wenig vom Tisch zurück, um ihm den Blick freizugeben. »Muß doch sehen, ob Sylvia noch eine andere Flasche auftreibt«, murmelte er und wandte sich der Türe zu, hinter der Sylvia vorher verschwunden war. Dann erblickte er Anna. »Ich wußte doch, Sie würden irgendwo hier zu finden sein«, sagte er mit breitem Grinsen. Er war ein hochgewachsener, schlanker Mann mit schmalen Hüften und einem kleinen runden Schädel. Seine Haut hatte die reizvoll-helle Färbung von poliertem Holz, und sein Haar war wie etwas dem Schädel Aufgesticktes. Seine Augen waren in weite Ferne gerichtet, wie ausgebrannt. Er hatte eine kleine, zierlich geformte Nase, deren Flügel sich von der bezeichnenderweise etwas abgestumpften Spitze zurückschwangen, und die eng aneinandergerückten Knochen seines Gesichts ließen den großen Mund auffällig hervortreten. Als er Anna auf gewinnende Weise zulächelte, wurde ein Trümmerfeld von Zahnlücken und kräftigen Stümpfen sichtbar. »Es hat fast den Anschein, als könnten die anderen ohne uns beide nicht mehr auskommen – das ist alles«, sagte Anna lächelnd. »Wie ist es Ihnen denn in der Zwischenzeit ergangen?«
»Oh, nicht übel, gar nicht übel.«

»Dies ist Mr. Hood, dies Steven – ich glaube, Sie haben mir Ihren Vornamen noch nicht gesagt, wie?« fügte sie, zu mir gewandt, hinzu.
»Tobias, wie der Mann mit dem Engel.«
Der andere lachte. »Ein guter Name! Das wäre etwas für mich gewesen!«
»Tobias Hood, gerade frisch aus England – Steven Sitole.«
Wir schüttelten einander die Hand. Er unterzog sich etwas gedankenverloren dem üblichen Begrüßungsritual. »Wie steht es mit Ihrem Drink, Mr. Hood?«
»Nicht zum besten«, sagte ich, denn mein Glas war leer.
»Lassen Sie mich bitte schleunigst Abhilfe schaffen«, sagte der andere mit überströmender Party-Freundlichkeit. »Und bei Ihnen desgleichen, Anna.«
»Nein, Steven, Sie sind ein gefährlicher Verführer. Ich muß mir selbst eine Zeitschranke setzen. Nicht mehr als ein Drink pro Stunde.«
»Sie hat es überhaupt mit den Zeitschranken, wie?« fragte ich.
Steven goß Gin in mein Glas. »Tatsächlich?«
Auf Steven deutend, sagte sie, zu mir gewandt: »Wir treffen uns immer nur auf Parties, und da gibt es gewöhnlich überhaupt keine Zeitschranke.«
Er lachte ihr bewundernd zu, als hege er in bezug auf ihre Person gewisse hohe Erwartungen, hinter denen sie auch niemals zurückblieb. Er schlug ihr gegenüber einen zwanglos-vertrauten Ton an, aber sowohl die Zwanglosigkeit wie die Vertrautheit waren die eines Ausländers: eines Franzosen, Italieners oder Deutschen – keiner ganz sicher, ob die Engländerin, die er zufällig kennengelernt hat, typisch für alle anderen Engländerinnen ist, die er niemals kennenlernen wird, oder aber eine Ausnahme, die unter keinen Umständen als repräsentativ gelten darf.
Von seinem eigentlichen Ziele jedoch, der Erbeutung einer Kognakflasche, ließ Steven sich nicht ablenken, und sobald er mir den verheißenen Drink eingeschenkt hatte, entschuldigte er sich. Anna stellte mich dem jungen Manne vor, der mit der Rothaarigen zusammenstand – einem Engländer –, und dann trieben wir hinüber zu der ersten Gruppe an der Tür, die ihrerseits nun auch den Inder Jimmy Naidoo und seine Frau in ihren Bannkreis gezogen hatte – die letztere hatte auf einem

so kleinen und niedrigen Schemel Platz genommen, daß ihn der Faltenwurf ihres gelben Sari beinahe ganz verbarg. Ihre Umrisse waren so weit und unbestimmt wie die einer öffentlichen Denkmalsfigur, bei welcher der Bildhauer die Füße zu modellieren unterlassen hat. Alle übrigen standen, und sie blickte, mit einem aufmerksamen, wohlerzogenen Ausdruck auf ihrem olivenfarbigen Gesicht, bei dem die tiefen Ringe um die Augen auf Schlaflosigkeit schließen ließen, zu den Sprechenden empor. Das andere weibliche Wesen in dieser Gruppe war eine Engländerin mit einem Modigliani-Hals, der, leuchtend weiß und prachtvoll geschwungen, zu einem etwas zurückfliehenden Kinn und einer dicken Flechte blonden Haars aufstieg, die sich wie eine etwas schwere Hand auf ihren Nacken gesenkt hatte. Weiße Arme und Hände, so lang und so vollkommen, als sei die Hohlform, in der sie gegossen waren, Stück um Stück vorsichtig von ihnen abgelöst, hielt sie über einem flächiggewordenen, erschöpft aussehenden Körper in schwarzem Samtgewand gekreuzt. Ihre Stimme klang wie ein Hauch. Sie war selbst einmal Malerin gewesen. Man sprach auch gerade von Malerei. »Wenn ich selbst Künstler wäre«, bemerkte ein grauhaariger Mann, die Augen zusammenkneifend und beim Sprechen angriffslustig die unteren Zähne entblößend – »vor allem, wenn ich in diesem Lande Künstler wäre, würde ich es darauf anlegen, die ›literarische Malkunst‹ wiederzubeleben. Es gibt hier viel zu viele Landschaftsmaler. Sie wissen nichts mit der menschlichen Gestalt anzufangen und lassen sie darum lieber gleich fort.«
»Oder wenn sie sie doch auf die Leinwand bringen, dann nur um der rein malerischen Wirkung willen – sie behandeln ein Gesicht oder einen Körper, als wäre es ein Teil der Vegetation«, sagte ein junger Mann, der einen offenbar vergeblichen Kampf mit seiner Kleidung ausgefochten hatte. Die Ärmel seines braunen Hemdes hingen ihm bis übers Handgelenk herab, aber dafür war der Kragen zu eng und unter einer unförmig dicken Wollkrawatte aufgesprungen.
»Was verstehen Sie eigentlich unter literarischer Malkunst?«
»Die büßende Magdalena«, flüsterte die Engländerin, die mir als Dorothea Welz vorgestellt worden war.
»Und warum nicht?« fragte der Graukopf. »Warum sollte ein Bild keine Geschichte erzählen dürfen?«

»So wie die Reklamebilder«, sagte Naidoo strahlend.
»Ich glaube, er meint, was ich ›Problembilder‹ nennen würde«, bemerkte jemand anders. »Irgendeine Szene, die eine bestimmte Situation veranschaulicht.«
»Genau das hat er gesagt. Das ist literarische Malkunst.«
»... ein weißes Kind, das sich vor den Augen einer Negerin in Ammentracht mit einem kostbaren Spielzeug vergnügt, während draußen vor dem Gartenzaun ein paar schwarze Tagediebe vorüberstreichen ...«
»Gerechter Himmel!«
»... ein Gutteil der abstrakten Malerei ist in Wirklichkeit literarische Malerei, nämlich der Ausdruck von Ideen – wie sollte man sie auch sonst nennen?«
»... diese mannbaren Zulumaiden, nichts als schwarzglänzende Brüste und blitzende Zähne.«
»Wann wirst du denn wieder mit Malen anfangen, Dorothea?« fragte der unordentliche junge Mann, als hätte er die Angewohnheit, alle und jeden über alles und jedes auszufragen.
»Warum sollte ich denn?« erwiderte sie in einem Tone, als hoffe sie, wirklich eine Antwort zu hören.
Inzwischen war Steven Sitole neben mich getreten. »Was für Bilder macht denn Gerard Sekoto zur Zeit?« fragte jemand, zu ihm gewandt. Er zuckte die Schulter und grinste etwas leichtfertig. »Wie sollte ich das wissen? Ahnen Sie vielleicht, was aus ihm geworden ist?« fragte er mich.
»Um wen handelt es sich eigentlich?« fragte ich zurück.
»Ich glaube kaum, daß man ihn in England kennt«, warf Anna ein.
»Oh, das sollte man aber«, sagte der Graukopf. »Hängt er nicht in irgendeiner berühmten Galerie – der ›Tate‹?«
»Das ›Musée National d'Art Moderne‹ hat etwas von ihm erworben«, flüsterte Dorothea, »nicht London.«
Ihre Hände und Arme erweckten den Eindruck, sie seien noch niemals zuvor aus den langen weißen Handschuhen herausgewesen.
Die Party gliederte sich, brach auseinander und verdichtete sich von neuem wie ein Schwarm Fische. Steven schoß wild umher, sonderte sich an verschiedenen Stellen von dem eigentlichen Schwarm ab, um sich dann immer wieder in ihn einzufügen. In gewissen Abständen barst auch die Gastgebe-

rin ins Zimmer, um, wie eine Woge den Bestand eines Fischschwarms bedroht, hier eine Unterhaltung zu unterbrechen, dort jemanden zu einem anderen Gesprächspartner zu zerren und wieder jemanden anderen zu bitten, ihr bei irgendeiner geheimen Unternehmung in der Küche behilflich zu sein. Zuletzt aber verschwand sie wieder, und, wie nach dem Zurückfluten einer Woge, trieben die kleinen Fische in dem nun gestillten Gewässer sanft wieder in den früheren Schwebezustand geregelter Ordnung zurück.

Beim dritten oder vierten Drink lernte ich auch die beiden Afrikaner kennen, mit denen Steven sich im Augenblick unseres Eintreffens gerade unterhalten hatte. Sie hatten beide lange, unaussprechliche Namen, wurden aber auch Sam und Peter gerufen. Sam war klein gewachsen, war sogar etwas kleiner als Anna Louw, und hatte auch das Adrette von Leuten seiner Größe – blankgeputzte Schuhe, einen blauen Anzug mit Weste, ein rotes Schleifchen und das überraschend strahlende Angesicht eines kleinen Negerbuben, wie er im Bilderbuch steht, das Gesicht des kleinen schwarzen Sambo. Mein erster Gedanke bei seinem Anblick: wie lästig mußte es für ihn sein zu wissen, daß er ein solches Antlitz trug – große, leuchtend braune Augen mit gebogenen Wimpern, ein breites glückliches, weiße Zähne enthüllendes Lächeln, der große runde Schädel so ungleichförmig und oberlastig wie ein zarter Flaschenkürbis. Es mochte ihm ergehen wie einem Engländer, der entdeckt, daß er wie der kleine Lord Fauntleroy aussieht. Peter wiederum hatte etwas Jungenhaftes an sich mit seinem vorstehenden Adamsapfel, der blütchenbedeckten Haut und den winzigen Ohren, die sich aktiv mitzubeteiligen schienen, wenn immer er das Wort ergriff, und die sich, wenn er lachte, flach an den Kopf anlegten wie bei einem zufriedenen Tier. Immer wieder nahm er eine der auf dem Boden aufgestapelten Tanzplatten auf und legte sie auf ein kostspieliges Gerät – Teil einer verwickelten High-Fidelity-Anlage –, aber niemand hörte zu. Sam lächelte mich an, während er seine Suppe löffelte. Anna hatte auf einem kleinen Tablett mehrere Tassen, mit gutem heißen Borschtsch gefüllt, ins Zimmer gebracht – Tassen, die so heiß waren, daß wir sie immer wieder von einer Hand in die andere nehmen mußten. Peter kostete nur rasch von dem süß-sauren, nach Erde duftenden Gebräu und stellte dann die Tasse hinter dem

Schallplattenstapel ab. Sam und ich dagegen löffelten die unsere mit wirklichem Genuß aus. »Das ist ein russisches Rezept, nicht wahr?« tönte aus dem kleinen Körper die starke und tiefe Stimme Sams zu mir herüber: »Sagen Sie, Mr. Hood, wissen Sie zufällig, was Kwaß ist?«
»Kwaß? Wie schreibt sich das?«
Wir brachen beide in Lachen aus. »Nun eben Kwaß«, sagte er. »Ich lese gerade ein Buch, in dem eine Frau sich daran gütlich tut – sie hat einen plötzlichen Appetit darauf verspürt. Sie verstehen, man möchte gern wissen, wie das schmeckt, woran sie unaufhörlich zu denken hat.«
»Ein Jammer, daß es nicht gerade Borschtsch war«, sagte ich. Mit ihren reizvoll emporgezogenen Brauen trat Sylvia auf uns zu: »G-gut so? Hatten Sie S-suppe?« Wir hielten unsere Tassen hoch. »Einfach köstlich«, sagte Sam. »Aber Sie haben keine Kartoffeln gehabt? Sie müssen unbedingt noch Kartoffeln haben.« Auf höchst eindrucksvolle Weise von dem engen Kleid im Laufen behindert, stürzte sie hinaus, um mit einer Schüssel voller Salzkartoffeln zurückzukehren. Wir hatten zwar keine Suppe mehr, nahmen aber jeder eine Kartoffel.
»Man sollte immer Kartoffeln zum Kwaß essen«, sagte ich zu Sam. »Jawohl, immer«, erwiderte er.
»S-sie haben gerade ›Anna Karenina‹ gelesen!« stieß Sylvia triumphierend hervor. »Ich erinnere mich noch, ja, ich erinnere mich. Wie heißt sie doch – das Mädchen, das Lewin heiratet. Sie ißt immer Kwaß.«
»Oder möchte ihn vielmehr essen«, sagte Sam, sein Gesicht verklärt von einem Lächeln reinen Entzückens.
»Er hat den Roman gelesen – und ich nicht«, sagte ich.
Sie legte ihre Hand auf den Arm des kleinen Negers. »Ach«, sagte sie mit tiefem, übertriebenem Atemholen, das die Begeisterung zum Ausdruck bringen sollte, die sie niemals in Worte hätte fassen können, »ist das nicht wie ein W...« Mehrere Sekunden blieb das W in der Luft hängen. »Wunder«, sagte Sam aufgeregt. »Ja, das ist das Buch – mein Gott, ich muß immerzu daran denken, wenn ich nicht gerade darin lese.« – »Ich hatte es seit f-fünfzehn Jahren nicht mehr gelesen, und dann letztes Jahr, als ich im Krankenhaus lag...« Beide schoben nach Art von Schwärmern die Köpfe zusammen.
Ein paar der Anwesenden hielten nun gefüllte Teller in der

Hand und waren offenbar auch beim Nachschenken des Rotweins nicht leer ausgegangen. Unaufhörlich klappte die anscheinend zur Küche führende Tür auf und zu, in der jeder sich selbst bediente. Mit Sams und meiner leeren Suppentasse ging ich den gleichen Weg. Die Rothaarige, einen vollen Teller, ein Glas Wein und ein Brötchen in den Händen, rief laut: »Hoppla, Vorsicht!« Einen Augenblick verfingen wir uns törichterweise in dem Lächeln des anderen wie in einem Spinnennetz. Bei der Feststellung, daß sie ziemlich betrunken war, wurde mir klar, daß es sich mit mir nicht viel anders verhalten konnte. Aber die heiße Suppe in meinem Magen verhalf mir zu der Illusion zeitweiliger Nüchternheit, bildete in der Tat eine Art inneres Schwergewicht. Festen Schrittes durchmaß ich die Tür, die in einen Gang hinausführte. Hier stieß ich auf einen alten Mann mit beschlagener Brille und dem Gesicht eines unausgebrüteten Kückens, der in ausgeprägt osteuropäischem Tonfall mich fragte: »Ist wohl meine Frau noch da drinnen?«

»Welche ist denn Ihre Frau?« fragte ich zurück, wie ich auch ein verirrtes Kind hätte fragen mögen: ›Welche ist denn deine Mami?‹

»Dorosea«, erwiderte er ungeduldig. »Kennen Sie Dorosea nicht?«

»Ich bin eben einer hochgewachsenen Frau in einem grünen Kleid begegnet.«

»Ja, das ist sie. Das ist sie«, sagte er erleichtert. Gemeinsam betraten wir einen Raum, durchwogt vom Gestank reifen Käses, der aus einem leeren, auf der Marmorplatte eines weißgestrichenen viktorianischen Waschtisches stehenden Glasgefäß aufstieg. Er kicherte oder gab vielmehr eine Art keuchenden Pfeiflauts von sich. »Um ganz ehrlich zu sein: ich bin da hinten in Sylvias Zimmer eingeschlafen. Offengestanden hatte ich keine Ahnung, ob es jetzt zehn Uhr ist, drei oder eins. Was ist denn das für Suppe?«

»Nehmen Sie doch welche.« Ich verspürte diesem Gnom gegenüber, der geradenwegs aus einem Weihnachtsmärchen herausspaziert zu sein schien, ein beglückendes Gefühl von Fürsorglichkeit. Er bekam seine Suppe, und ich belud mir einen Teller mit Risotto – wie die meisten kunstbeflissenen Frauen ihrer Art verstand sich diese Sylvia trefflich aufs Kochen, ging nur beim Salatanrichten und Toastbestreichen etwas zu verschwenderisch mit dem Knoblauch um –, und zusammen begaben wir uns zur Party zurück. Er trat an die hochgewachsene Frau, die etwas von der Eleganz der Bewohnerin eines vornehmen Londoner Stadtteils an sich hatte, heran, und sie blickte und sprach mit der halben Aufmerksamkeit ehelicher Vertrautheit zu ihm nieder.

Die gerade aufgelegte Schallplatte klang auf und aus, wurde abgehoben und durch eine andere abgelöst – einen Tango. Unversehens hatten Steven Sitole und die Frau des alten Mannes, Dorothea, sich zum Tanz zusammengefunden. Sie war so groß wie er: beide bewegten sich in so vollkommenem Einklang wie Berufstänzer bei einem öffentlichen Turnier, bei dem keiner den Partner zu bemerken, Interesse an ihm zu bekunden scheint. Sein trunkenes Gesicht schien sich im Zustand höflicher Entrückung zu befinden, schien wie gebannt von den anmutig-genauen Bewegungslinien, die seine Füße vollführten, während ihr beschämter, geknickter, erschlaffter Körper sich immer wieder zu straffen hatte. Sie tanzte nicht anders, als sie sprach: so, als hätte sie alles schon längst hinter sich. Steven geleitete sie bald zu ihrer Kaffeetasse zurück.

Irgendwann im Verlauf des Abends hatte Anna Louw etwas mit ihrem Make-up angestellt und ihr allzu sehr nach Berufstätigkeit aussehendes Kleid, in dem sie fünf oder sechs Stunden früher in mein Büro getreten war, mit einem offenbar von der Gastgeberin ausgeliehenen roten Schal verhüllt. Ich forderte sie zum Tanzen auf. Sie hatte im Ausdruck etwas von der Bestimmtheit dessen, der bei einer Gesellschaft nüchtern geblieben ist, während die anderen sich stets von Hochgefühlen beschwingt und gleichzeitig umnebelt fühlen: als ob sie, im Gegensatz zum Nüchternen, innerlich unaufhörlich in Bewegung seien. »Eine nette Party«, sagte ich.

»Das freut mich.«

Es tat mir leid, daß ich mir vorher in der Bar jemanden anderen an ihre Stelle gewünscht hatte.

Steven Sitole hatte sich, eine Hand an die Wand gepreßt, in der anderen das niemals leer werdende Glas, über die einsame Afrikanerin gebeugt und sie dadurch allen Blicken entzogen. Und doch hatte seine auffällige Bekundung von Aufmerksamkeit etwas von der Beiläufigkeit eines Scherzes an sich. Irgendwie fühlte ich mich an die gedankenabwesenden Huldigungen erinnert, welche die Zwillinge beim Lunch in Marion Alexanders Haus der amerikanischen Schönheit erwiesen hatten.

»Steven versteht sich wirklich auf den Umgang mit Frauen«, sagte ich.

Sie warf einen kurzen Blick in seine Richtung, ohne jedoch etwas zu erwidern. »Haben Sie wohl schon Gelegenheit gehabt, sich mit Sam zu unterhalten, Sam Mofokenzazi?«

»Eigentlich noch nicht. Ist das der Kleine?«

»Er schreibt, und schreibt, glaube ich, gar nicht schlecht. Ich meine nicht nur berufsmäßig – er ist Mitarbeiter an irgendeiner englischen, in englischer Sprache gedruckten Zeitung für Afrikaner. Ich meine Eigenes, kleine Geschichten und so weiter. Und außerdem komponiert er.«

»Und Sitole – was ist er?«

»Versicherungsagent. Auch er war einmal Journalist. Nach dem Krieg hat er ein Jahr lang in England gelebt.«

»Ist das in seinem Fall das Entscheidende?«

Ja.« Sie quittierte meine Ahnungslosigkeit mit einem raschen Blick. »Er ist gewissermaßen zurückgekommen ›von jenem Land, von des Bezirk kein Wanderer wiederkehrt‹. Afrikaner können nun einmal nicht nach Belieben aus Afrika hinausschlüpfen und wieder herein.«

Die junge Negerin hatte sich, kichernd, breitschlagen lassen, ihren Sitz an der Wand aufzugeben. Sie hockte nun, inmitten von lauter Flaschen, etwas verlegen auf einem Tisch und deutete mit der Haltung von Kopf und Händen ihre Bereitschaft zum Singen an. Das Grammophon wurde angehalten, und in der so plötzlich bewirkten Stille (»Was ist denn mit der Musik los, verdammt nochmal!« rief eine Stimme, eine Gruppe von Plaudernden wurde zum Schweigen verwiesen, und Sylvia trippelte in fürstlicher Haltung auf den Zehenspitzen von einem Gast zum anderen, die Gläser nochmals mit Rotwein zu füllen) nahm sie den Ausdruck berufsmäßiger Koketterie an. Mit der unschuldig-sinnlichen Stimme, die mich bei amerikanischen Negersängern immer wieder entzückt hatte, jener heidnischen Stimme, in der der Ausdruck körperlichen Verlangens gar nichts Anzügliches, Schuldbewußtes hat, sang sie zunächst einen damals populären Blues. Sie versuchte, die Reizlaute weißer Sänger zu imitieren, die sie offenbar von Schallplatten her kannte, aber dem seltsamen

Schrillen ihrer hohen Töne und der samtenen Weichheit der tieferen blieb alles Gekünstelte fremd: in diesen Tönen war alles das, was sich an warmer Sinnlichkeit zwischen der ersten Berührung mit der Mutterbrust und jener mit dem Leib des Geliebten entfaltet. Entzücken erfüllte den Raum wie ein plötzlich aufwallendes, fragloses Glücksgefühl – unter einem ähnlichen Eindruck hatte ich die versprengten Einzelgruppen von Hörern bei einem Konzert zu einer Gemeinschaft verschmelzen sehen. Und weiter sang die junge Negerin – einen zweiten Blues von der Art eines wilden ritualistischen Swing, bei dessen Klang der junge Peter in einer Ecke des Zimmers keuchend und zuckend vor sich hinzutanzen begann, später sogar eine sentimentale Ballade auf Jiddisch, und endlich ein paar Lieder in ihrer eigenen oder einer fremden Sprache, die mir doch ganz ununterscheidbar klangen. Bisweilen fielen, über die ganze Breite des Zimmers hinweg, Sam und Peter mit der Stimme zweier mächtig hallender Glocken oder dem tiefen Brummen von Baßinstrumenten ein. Sylvia, die auf Zehenspitzen neben Anna Louw getreten war, flüsterte: »Gott sei Dank singt sie jetzt wenigstens. Sonst bringen diese Frauen ja keinen Laut über die Lippen. Man k-kann sie einfach nicht zu sich bitten.«
»Wie ist sie dann aber hergekommen?« fragte ich, da sie also offensichtlich nicht eingeladen war. »Etwa auf dieselbe Weise wie ich?«
Anna lachte. »Steven muß sie mitgebracht haben – was schon ein Erfolg in sich selber ist. Sie ist außerordentlich beliebt. Es ist Betty Ntolo, die mit der besten Negerband singt.«
Als die Lieder verklungen waren, wurde die Afrikanerin von dem unordentlich gekleideten jungen Mann, der vom Malen gesprochen hatte, einmal durchs Zimmer gewirbelt und dann zu dem Stuhl zurückgebracht, in dem sie den ganzen Abend über gesessen hatte. Sobald sie sich nicht mehr produzierte, wurde sie von einer geradezu unbezwinglichen Naivität überwältigt, aus deren Fängen sie zu erretten völlig unmöglich war. Denn in dem Augenblick, in dem irgend jemand mit einem höflichen Wort oder der Aufforderung zum Tanz den Versuch dazu machte, lief der Betreffende bereits Gefahr, der verheerenden Albernheit ihrer kichernden Teilnahmslosigkeit zum Opfer zu fallen. Drei, vier scheinbar niemals endende Minuten lang tanzte auch ich mit ihr. Ich war auf sie

zugetreten, um ihr zu sagen, wie viel Freude ich an ihren Liedern gehabt hatte, aber sobald ich das ausgesprochen und sie gekichert hatte, als sei sie drauf und dran, mit irgend etwas unsagbar Komischem herauszurücken, zuletzt aber lediglich das winzige Wörtchen ›ja‹ hervorbrachte, wurde ich mir darüber klar, daß ich mich weder davonmachen noch auch die Unterhaltung um eine einzige Silbe vorantreiben konnte. Darum forderte ich sie zum Tanzen auf – eine Bitte, der sie nur damit nachkommen konnte und tatsächlich auch nachkam, daß sie sich kichernd und ohne ein weiteres Wort erhob.

Sie hatte sich ihr hübsches, braungoldenes Gesicht matt gepudert und sich neben ihrem linken Auge ein rußiges Schönheitsfleckchen aufgemalt. Ihre Ohren waren wie die Peters kleiner und zierlicher, als ich sie sonst bei Erwachsenen gesehen hatte, und mit großen goldenen Reifen behängt. Sie trug eine Art Turban aus schwarzem Chiffon, der ihr Haar umhüllte und mit goldköpfigen Hutnadeln festgesteckt war. Ab und zu kam beim Tanzen ihre rosige Zunge zum Vorschein, die ihr, reizvoll mit den weißen Zähnen kontrastierend, die Oberlippe befeuchtete. Sie hatte große runde auffällige Augen, kuhgleich und etwas gelblich, die völlig ausdruckslos waren. Es war, als hätte sie in dieser Umgebung Angst, von ihren Gedanken Gebrauch zu machen.

Ihr Oberkörper wirkte zierlich, die Hüfte schmal, aber sie wurde gleichsam nach unten gezogen vom Schwergewicht zweier mächtiger, feister Schenkel und monumentaler Waden und Füße, die der an den Knöcheln festgeschnürten Sandalen mit den hohen Absätzen geradezu zu spotten schienen.

»Ich höre, Sie singen mit einer Band«, sagte ich.

»Ja«, erwiderte sie wie ein Kind, das sich dem Frageverhör durch einen wohlmeinenden Onkel ausgesetzt sieht.

»Wie heißt denn diese Band?«

Sie antwortete irgend etwas Unverständliches. Ihre braune Hand, im etwas sinnlosen Waffenschmuck rotlackierter Fingernägel prangend, wurde vor Stolz und Elend ganz kalt.

»Verzeihung – ich habe nicht recht verstanden.« Ich beugte das Ohr zu ihr nieder.

Wie so viele andere Liedkünstler, die beim Singen ein halbes Dutzend fremder Sprachen meistern, fühlte auch sie sich sehr viel weniger sicher, wenn sie eine davon sprechen sollte.

»Die zehn Stadtmusikanten«, sagte sie mit auffälligem Akzent.
Die Inder waren nunmehr am Aufbrechen. Die Frau, geduldig und gelangweilt, stand, einen Kamelhaarmantel über ihrem Sari, bereits an der Tür, während ihr Mann noch gewissenhaft seine Abschiedsrunde absolvierte. Anna tanzte im Augenblick mit jenem Engländer mit den Babyzähnen, während die Rothaarige plötzlich vor mir auftauchte und zwischen ihr Gesicht und das meine eine Wolke von Zigarettenrauch blies. Als ich die Afrikanerin zu einem Stuhl zurückgeleitet hatte, wandte ich mich der Rothaarigen wieder zu.
»Es wird langsam Zeit«, sagte sie.
»Sie waren bisher ziemlich beschäftigt.«
Beim Tanz lehnte sie den Kopf zurück, um besser sprechen zu können, und ihre Brüste ruhten fest und spürbar an meiner Brust, sich meiner Person versichernd.
»Dieser Stanley ist einfach nicht abzuschütteln«, sagte sie. »Und Sie? Auch angesäuselt?«
»Nein.«
»Genau wie ich. Lassen Sie uns etwas Wein trinken.«
Ungeschickt den Arm um des anderen Schulter geschlungen, gingen wir wie zwei Boxer nach dem Kampf zu dem Tisch mit den Drinks hinüber. »Hättest du wohl auch gern ein Bild von dir selber im Zimmer hängen, Sam?« fragte gerade Steven Sitole. »Oh, ich weiß, wie widerwärtig es ist, sich die ganze Zeit über selber ins Gesicht stieren zu müssen«, sagte Sylvia, tief über ihr Weinglas gebeugt. Wenn man sie so fließend sprechen hörte, war es, als hätte in ihrem Innern ein anderes Selbst das Wort ergriffen. »Oh, ich weiß nicht recht«, erwiderte Sam wie in Bewunderung eines fremdländischen Brauches. »Bei einer Frau stelle ich es mir ganz hübsch vor.« – »Ein H-hinweis – ein Hinweis auf meine i-idiotische Eitelkeit – habe ich wirklich einmal so ausgesehen? Oder b-bilde ich mir das etwa j-jetzt nur ein? Jetzt, wo ich den ganzen Unterschied den Säcken unter den Augen und den Runzeln und einer Goldkrone zur Last legen darf?«
Ich bringe es leider nicht fertig, Frauen in aller Öffentlichkeit zu tätscheln. In den Augen der anderen nahm ich mich neben der Rothaarigen etwas hilflos aus; ich spürte es, und die Berührung mit ihrem hohen, warmen Körper lockte mir keinerlei Wohlgefühl mehr ab. Wir lösten uns voneinander,

und sie trat an Stanley heran und begann ihm, über ihr Entkommen erleichtert, etwas zuzuflüstern. Ich leerte ein fremdes Glas und ließ den Blick von der Person Sylvias zu ihrem Porträt schweifen. »Wann ist denn das gemacht?« – »Oh, seien Sie doch nicht so verdammt t-taktlos.« Die Umstehenden lachten. Das Porträt starrte einem so unerbittlich ins Auge wie sie selbst. Aber sie mußte damals sehr viel selbstbezogener gewesen sein: anscheinend war das Gesicht der vom Hut herniederschwingenden Feder, des Schattenaustausches zwischen dem schwarzen Haar und dem weinfarbenen Kleid gewahr. Es war das Bildnis einer Frau, die immerzu über sich selbst nachdachte. »Eine spanische oder italienische Schönheit«, sagte ich.

»Warum gilt so etwas wohl immer als Kompliment?« fragte Sylvia die anderen. »Ich bin Jüdin. Könnte man nicht einfach sagen, daß ich einmal eine schöne Jüdin war?«

»Also Berenice«, sagte ich, sie betrachtend. »Das trifft es aufs Haar. Die schöne Königin.« Gespräch, Gelächter, Debatte wogten nun in andere Richtung. Ich konnte mich nicht mehr daran beteiligen, weil ich ein zwingendes Bedürfnis verspürte. Ich durchstreifte das Haus, fand aber das Badezimmer nicht und trat deshalb, hinter dem Lichtschein der Fenster, in den dunklen Garten hinaus. Dank der körperlichen Erleichterung und der frischen Nachtluft, die nach der Enge des Zimmers eine Wohltat für mich war, dank auch dem langsam in meinem Kopf kreisenden Wein gelangte ich zum Frieden mit mir selbst. Ich war nicht ganz sicher auf den Füßen, fühlte mich aber auf dieser Erde durchaus heimisch. Eine dunkle Gestalt wie die meine fegte an den Sträuchern entlang – irgend jemand trat neben mich. Es war Steven Sitole. »Was tun Sie hier eigentlich?« fragte er, als wir so gesellig Seite an Seite standen. Ich lachte. »Das gleiche wie Sie.«

Er schien dies höchst komisch zu finden. – »Ach so – ich verkaufe Bücher – ich bin bei einer Verlagsfirma tätig.«

Er zog ein Päckchen Zigaretten aus der Tasche, und rauchend schlenderten wir zum Gartentor hinunter. »Ich war einmal Journalist«, sagte er. »Ich weiß, Anna Louw hat es mir berichtet. Und warum sind Sie's jetzt nicht mehr?« – »Aus verschiedenen Gründen«, erwiderte er in dem unbestimmten, abgerissenen Ton, der etwas Geheimnisvoll-Vielsagendes an sich hatte und in dem ich den Ton des Mannes wiedererkannte, der zahlreiche Stellungen nicht aufgegeben hat, sondern selbst von ebenso vielen Stellungen aufgegeben worden ist. »Ich hatte allerhand anderes in petto und konnte nicht alles gleichzeitig schaffen.« – »Und was tun Sie jetzt?« Auch das hatte mir Anna berichtet, aber ich hatte es bereits vergessen. »Versicherung. Sehr viel mehr dabei zu verdienen.« – »Sie meinen so das Übliche – Lebensversicherung und dergleichen.« – »Stimmt.« Er lachte freundlich. »Feuer, Begräbnis, Unfall, Verlust – alles und jedes. Natürlich sind wir nicht wie Ihr Weißen. Wir versichern uns meistens nur gegen etwas, das mit Sicherheit eintreffen wird – hauptsächlich Begräbnisse. Ja, ich beute den armen, einfältigen Eingeborenen aus, und zur Entschädigung bekommt er ein herrliches Begräbnis – wie sagen Sie doch – so richtig was Erstklassiges.«

»Hat es Ihnen eigentlich früher in England gefallen?«

»Ich hätte niemals hierher zurückkommen sollen.« Er stolperte und ich packte ihn beim Arm. Die Dunkelheit nahm sich seiner an. Sein Gesicht und seine Hände waren bereits darin eingegangen. Er ließ sich auf den Rasen nieder. »Wenn Sie drüben geblieben wären«, sagte ich, nach der rechten Art nichtssagender Beruhigung suchend, »dann hätten Sie umgekehrt sicher Heimweh bekommen.«

»Hören Sie – ich habe hier in Afrika gar nichts verloren«, sagte er grinsend, und wieder wurde ich seines Gesichts gewahr, auch wenn ich nichts anderes sehen konnte als seine Zähne; jenes glatten wie aus poliertem Holz geschnitzten Gesichts mit den verhängten Augen, der zierlichen Nase, dem vorgewölbten Mund. Angenommen, er wäre in dem alten Afrika zur Welt gekommen, noch ehe die Araber und die Weißen auf der Bildfläche erschienen waren; angenommen, er hätte damals einen Stamm gehabt und in der Ordnung dieses Stammes seinen festen Platz und er hätte gewußt, daß sein Dasein im Jagen und Kämpfen und Zeugen bestand und darin, sich in der Furcht vor den alten Göttern geborgen zu fühlen – hätte all das seinen Wünschen und Bedürfnissen Genüge getan? In Gedanken sah ich ihn wieder in jenem Zimmer, aus dem der verwaschene Laut der Musik und der Stimmen zu uns drang, hager und schlenkrig und angesäuselt, ein Glas Kognak in der Hand mit der rosigen Innenfläche und den viel zu langen Nägeln. Wie betrüblich, wie lächerlich diese Vorstellung! Und dann kehrten meine Gedanken zu mir selbst und zu dem zurück, was ich mir selbst ersehnte: ein von meinen Vorvätern bereits eingewohntes Haus, eine Stellung, die nur auf mich wartete, einen bereits verfügbaren Lebensstil, eine Lebensaufgabe die ich bejahen durfte, ohne selber wählen, selber fragen zu müssen. Und daran war durchaus nichts Betrübliches oder gar Lächerliches. Ich fühlte mich von dem im Blut kreisenden Wein nun wie berauscht, und ganz in mir selbst verfangen, widersetzte ich mich in Trotz und Unbehagen der bloßen Vorstellung – nein, das konnte keinesfalls betrüblich, keinesfalls lächerlich sein. Das war es, wonach mir der Sinn stand und was mir wohl für immer unerreichbar bleiben sollte.

»Gehen wir«, sagte er. Ich wandte mich, ihm zustimmend, dem Hause zu. »Gehen wir lieber etwas trinken. Ich werde Sie woanders hinführen. Sie sind Engländer, und ich darf Sie überall mit hinnehmen. Ihnen allerhand zeigen. ›Darf ich Sie wohl herumführen?‹ Die Honneurs machen?« Die Wendung sagte ihm zu, er schüttelte den Kopf und schnalzte zum Zeichen der Billigung mit der Zunge.

»Ich bin mit Anna Louw hergekommen. Wie kann ich mich dann mit Ihnen so einfach wegstehlen?«

»Eine Frau findet immer allein den Weg nach Hause«, sagte er. Er stand auf, warf seine Zigarette in die Hecke, und ein Köter, der im Rinnstein der verlassenen Straße nach Abfall schnupperte, erstarrte in Feindseligkeit und begann Steven anzukläffen. Er fluchte humorvoll. »Sie kläffen uns alle an. Man braucht es ihnen nicht erst beizubringen – sie haben es im Blut. Menschen wie Sylvia haben keine Ahnung, wie sie ihnen das je abgewöhnen sollen. Ihren eigenen Hund hält sie eingeschlossen, damit er sie nicht in Verlegenheit bringt.«

Als wir uns wieder im Haus befanden, schien Steven nicht mehr an seinen Vorschlag zu denken. Mit Sam, Dorothea Welz und dem Engländer, an dem schweigend die Rothaarige lehnte, verwickelte er sich in eine politische Debatte. Ich tanzte etwas benommen mit Sylvia, und da der Wein ihr die Zunge ein wenig gefügiger gemacht hatte, konnten wir uns über London und die von Aden Parrot herausgebrachten Taschenbücher unterhalten. Dann trat Anna Louw an uns heran und sagte: »Liebste Sylvia, ich muß morgen früh um neun aufs Gericht und bin noch nicht richtig darauf vorbereitet.« – »Anna!« rief Sylvia ehrlich enttäuscht. »Wirklich, ich muß jetzt gehen. Aber Sie brauchen nicht mitzukommen«, sagte sie, zu mir gewandt. »Kommen Sie unter keinen Umständen um meinetwillen mit. Irgend jemand wird Sie bestimmt im Wagen nach Hause bringen.« Ich versicherte ihr, daß auch ich gern gehen würde, aber sie wußte, daß das nicht stimmte. Ich dankte ihr und suchte ihr über die ganze, im Zimmer herrschende Unruhe hinweg zu versichern, daß ich sie anrufen würde, um ihr noch richtig zu danken, aber so rücksichtsvoll wie ein Besucher, der eine Gesellschaft nicht vorzeitig zum Abbruch veranlassen möchte, schlüpfte sie aus dem Zimmer. Der alte Welz begleitete sie. Als Dorothea bemerkt hatte, daß Anna sich zum Gehen anschickte, war sie auf sie zugestürzt und hatte in flehendem Tone zu ihr gesagt: »Um Himmels willen, Anna, nimm doch bitte den armen Egon mit. Bitte! Er hat einen langen Tag hinter sich und ist todmüde.« – »Gott sei Dank.« Der Mann schlang den Arm um Annas Schultern. »Ja, es langt mir. Gehen wir! Sylvia, Sylvia, sehr vielen Dank. Du bist eine bemerkenswerte Frau. Du hältst großartig durch. Die andern« – er warf sein Kinn in Richtung der Rothaarigen auf – »sacken zusammen, ihre Farbe läuft.« – »Oh, so geh schon, Egon, geh«, sagte Dorothea. »Sobald ich den anderen bewiesen habe, daß ich unbedingt recht habe, komme ich gleich nach ...« Steven hatte sich der Debatte entzogen und gemeinsam mit Sam ein leises Bantulied angestimmt. Sam schlug mit einer Hand diskret den Takt. Stevens Zigarette wahrte, zwischen seinen Fingern unbemerkt zu Asche verglüht, noch etwas von ihrer früheren Gestalt. »Na los – noch einmal«, schmeichelte Sam. Bei meinem Anblick brach Sitole jedoch mit dem Lied ab, und die Asche fiel ihm auf den Schuh herab. »Gehen wir und trinken wir noch etwas. Ich werde Sie mitnehmen.« Er grinste.

»Aber wie denn?«

»In Ihrem Wagen.«

»Ich habe keinen Wagen«, sagte ich. Peter hatte eben eine besonders laute Platte aufgelegt und suchte die junge Afrikanerin nochmals zum Singen zu bereden.

»Kein Wagen!« Steven ließ eine Hand auf Sams Schultern niedersausen und lachte. »Er hat keinen Wagen!«

»Haben sonst nicht alle Weißen Wagen?« fragte Sam, mit fügsamer Verschmitztheit dem anderen das Stichwort zuwerfend.

»Meine lieben kleinen Zuhörer«, sagte Steven, »es war einmal ein Mann, der hatte keinen eigenen Wagen. Na schön. Dann werden wir Sams Wagen benutzen.«
»Steve, ich muß gleich nach Hause fahren.«
»Er ist verheiratet«, sagte Steven mit Fistelstimme. »Sam ist Ehemann. Na, mach schon, Sam.«
Als ich mich ein paar Minuten später gerade mit jemand anderem unterhielt, trat Steven auf mich zu und sagte: »Sam möchte jetzt gehen, Mr. Hood.« Ich entschuldigte mich und trat mit Steven an den Tisch, an dem Sam jetzt saß. »Sam wird uns unterwegs an der passenden Stelle absetzen«, sagte Steven. Wir schenkten uns noch einmal das Glas voll und verließen dann zusammen mit Peter und der Blues-Sängerin das Zimmer; verließen es nahezu unbemerkt, denn die Party war noch einmal aufgezüngelt wie ein niedergebranntes Feuer, bei dem der letzte Funke sich an einer Handvoll zerknüllter Briefe neu entzündet hat. Ich weiß noch, daß ich Sylvia beim Abschied umarmte und daß ihre Wange nach Puder roch und daß die anderen ihr nur die Hand schüttelten. Noch immer strich der einsame Köter auf der Straße umher, mit steifem Schweif und bedrohlichem Knurren den Wagen umkreisend.
Sams kleiner Morris war neu und hatte trotz seiner schweren Belastung die Geschmeidigkeit eines wohlgepflegten Fahrzeugs. Ich saß neben ihm auf dem Vordersitz, während Steven, Peter und die Sängerin sich auf dem Rücksitz zusammengezwängt hatten. Es war schon fast ein Uhr morgens und aus den Straßen in den an uns vorübergleitenden Vororten wie auch aus der Stadt selbst schien alles Leben entwichen zu sein. Wir folgten Trambahnschienen, bogen um die scharfen Ecken dunklerer, ärmlicherer Straßen. Der Wagen fegte dahin, wie die Erde im Raum wirbelt und kreist: ich selbst ahnte nicht, wo wir waren, konnte auch die Richtung nicht mitbestimmen. Die Straßenbeleuchtung hörte auf. Wir schossen nieder, ins Dunkel. Hier standen, dunkler noch als das umgebende Dunkel, schwärzliche Schattengebilde. Dort hatte der Schein des Monds, eines Halbmonds, ebene Flächen mit einer dünnen Schicht Leuchtfarbe übergossen, in der er sich selbst spiegelte. Ein Friedhof zerstückelter Wagen, zerschlagenen Porzellans. Eine alte Mähre, die auf einem Stück Brachland an einem Pfahl angeseilt schlief; stumme Laden-

geschäfte, über und über mit unleserlichen Zeichen bedeckt; kleine verschlossene Häuser, deren Fenster mit Blechstreifen gegen die Straße zu abgesichert waren; ein einsamer Fußgänger, der sich niederbückte, um irgend etwas vom vergangenen Tage Angeschwemmtes aufzulesen; ein plötzliches hysterisches Geschnatter hinter einem wurmstichigen Zaun: ein Vogel war aufgescheucht. Sam hielt. »Ausgerechnet hier willst du raus, Steven – bist du auch ganz sicher?« Steven lachte und antwortete in der beiden gemeinsamen Sprache. Er schlängelte sich aus dem Wagen, und auch ich stieg aus. Wir sagten Gute Nacht. Sam zögerte offenbar ein wenig, uns an jener Stelle zurückzulassen. Einen Augenblick starrte er uns an, und vor dem Weiterfahren ließ er den Motor länger anlaufen, als eigentlich nötig gewesen wäre.
Die Straße hatte, verödet und zu dieser nächtlichen Stunde, das Beruhigende, Altmodisch-Unheimliche einer Hintergassenbehausung. Ich war in einer vom Schreckgespenst der Atombomben und radioaktiver Strahlung heimgesuchten Welt groß geworden. In Menschen meines Schlages regt sich mitunter so etwas wie Heimweh nach der persönlichen, mit Händen zu greifenden Bedrohung durch Räuber und Mörder von Fleisch und Blut, jene Schreckgespenster einer vergangenen Zeit, die längst nicht mehr das Böse schlechthin verkörpern. Ich verspürte eine milde, angenehme Erregung, Beigabe meiner Beschwipstheit. Steven schritt so fröhlich und unbeschwert aus, wie ein Mann, der im Schlafe den Weg hätte finden können. Auf einer dunklen, einsamen Straße fühlte er sich stets wie zu Hause. In seiner Sprache summte er leise vor sich hin, so leise, als hauche er nur Musik. An der Ecke befand sich, flackernd und ziemlich hoch über uns, eine kleine Straßenlampe, und er umgriff mit seinen knochigen Fingern meinen Oberarm und dirigierte mich nach rechts. Hie und da stand ein Lichtfleck – offenbar hinter Fenstern; es war, als sei das Dunkel an manchen Stellen fadenscheinig geworden. Und eine unvermittelt auf den Gehsteig herausgehende Tür stand offen. Der ihr entquellende orangenfarbige Lichtschein schnitt eine geometrisch-helle Figur ins Dunkel. »Zwecklos«, murmelte Steven und nötigte mich mit hartem Druck zur Umkehr. »Was stimmt denn da nicht?« »Wenn die Tür aufsteht, ist das Lokal zu. Das stimmt hier nicht.« Als wir wieder an der Ecke angelangt waren, sah ich im blassen Schein

der Straßenlampe, wie Steven mich zärtlich angrinste. »Ich betrachte Sie wirklich als meinen Schützling, Mr. Hood.« Nach Art von Betrunkenen hatten wir das Gefühl, daß wir einander trefflich verstanden. Aber ebensogut hätten wir das Aufquellen eines langgehegten Grolls verspüren und mit den Fäusten aufeinander losdreschen können.
»Hier!« Wir schwenkten in einen lichtlosen Hof ein, flankiert von zwei Reihen Schuppen oder kleinen Behausungen, und jede dieser Reihen schien sich unter einem einzigen Dach hinzuziehen, hatte aber vier, fünf verschiedene Eingangstüren. Die Gebäude hielten sich der Nacht verschlossen, als lägen sie leer und verlassen, aber unsere Füße wurden eingesogen von dem kleinen Sumpf, der sich rings um einen gluckernden, tröpfelnden Wasserhahn gebildet hatte, und es stank nach faulendem Gemüse, nach Abfall und Unrat. Etwas abseits hinter der Abschlußmauer der rechten Reihe stand ein kleines Einzelgebäude mit einer Art Säulenvorbau, überzogen vom Gespinst einer Kletterpflanze wie mit einem zum Trocknen ausgespannten Fischernetz. Steven schob mich drei geborstene Stufen hoch und klopfte an die Tür. Nur der Widerhall des Klopfens war zu vernehmen, aber sogleich öffnete sich die Tür auf Gesichtsbreite, und es ertönte eine, wie mir schien, verschlafene Stimme, die aber sofort den Ton wechselte, als Steven ihr etwas zuflüsterte. Natürlich konnte ich kein Wort verstehen. Aber im Schein einer hoch an die Wand gehaltenen Kerze, an dem Gesicht einer Frau vorbei, deren Kopf mit einem Wolltuch umwickelt war, traten wir ins Haus. Es fiel mir, wie ich mich noch erinnere auf, daß es das gedunsen wirkende Gesicht einer törichten Frau war. Wir durchquerten ein höhlenartiges Gemach, in dem ein winziges Etwas, offenbar ein Kind, auf eiserner Bettstatt im Schlafe lag, und flüchtig leuchteten im Schein der Kerze ein Strauß künstlicher Rosen und ein Spirituskocher auf. Dann gelangten wir in einen größeren Raum, dessen Wände wie die im Wartesaal eines Bahnhofs bis zu halber Höhe olivgrün gestrichen waren. Hier hing über einem Tisch, an dem, ohne den Blick zu heben, vier, fünf Männer hockten, eine von einem Zelluloidschirm umhüllte elektrische Birne. Aus dem Dunkel hob sich auch eine zweite Gruppe von Männern, die, auf dem Bett sitzend, ihr Gelächter erstickten, wie man eine brennende Zigarette ausdrückt; und das offenbar sogar mit dem

Gefühl einer gewissen Erleichterung, als habe es seinen Anlaß schon längst überlebt. Bei unserem Eintritt begannen sie sich plötzlich, dazu noch in einer mir unverständlichen Sprache, in einem Frageton zu unterhalten, der auf einen Wechsel des Themas schließen ließ. Jeder dieser Männer hatte ein gefülltes Glas vor sich, aber weit und breit waren keine Flaschen zu sehen. An der Wand hing mit der Unvermeidlichkeit eines Heiligenbildes ein riesiger Coca-Cola-Kalender: die farbige Wiedergabe eines am Strand ausgestreckten Mädchens im Schwimmkostüm, flankiert von einem winzigen Rundfunkempfänger und einer Tragtasche voller Coca-Cola-Flaschen. Es war der kahlste Raum, der mir je zu Gesicht gekommen war und der nur bei Anwesenheit menschlicher Wesen als Raum überhaupt erkennbar wurde.
Die meisten der Gäste schienen Steven zu kennen. Wenn ihr Blick sich zufällig mit dem seinen kreuzte, nickten sie ihm zu. Dieser oder jener äußerte auch ein Wort. Ein Mann in Hosen von amerikanischem Zuschnitt und einem pastellfarbenen Hemd mit Schleifchen erhob sich. Steven richtete eine Frage an ihn. Er antwortete, und Steven nickte. Der Angesprochene ging hinaus, aber nicht durch die Tür, durch die wir hereingekommen waren, sondern durch eine andre, neben dem Kamin, in dem sich kein Feuerplatz befand. Einen Augenblick später kam er mit zwei Karaffen zurück. »Haben Sie wohl zufällig zwei Dollar bei sich?« fragte Steven, ein Halbkronenstück aus der Tasche grabend. Ich gab ihm eine Pfundnote. »Die Hälfte genügt«, sagte er, sie an sich nehmend. Er bezahlte für die Drinks, und während das Wechselgeld abgezählt wurde, konnte ich eine Sekunde lang ganz aus der Nähe das Gesicht des Mannes betrachten, der sie gebracht hatte – ein breites Gesicht, glatt, getönt wie Olivenöl, fast chinesisch wirkend, der Mund groß und gradlinig, seine Breite noch verstärkt durch einen pechschwarzen Schnurrbart, der sich eng der Oberlippe anschmiegte, dessen Enden lose herabhingen und den Mund derart wie in Parenthese setzten und sogar an den Winkeln des Mundes herabliefen.
»Für Sie Kognak und Coca-Cola?« fragte Steven.
Die am Tisch Sitzenden rückten etwas zusammen. Ein Mann mit der fettsteifen Mütze eines Automechanikers hob den Kopf von den Armen und musterte mich, als wäre ich ein Produkt seiner Einbildung – der Einbildung eines Betrunke-

nen. Steven hatte mit einem einzigen Schluck sein Glas geleert. »Eigentlich hätte ich mit Ihnen irgendeines der Lokale in Vrededorp besuchen sollen«, sagte er etwas gönnerhaft. »Da kommen auch andere Weiße hin, und Sie wären nicht weiter aufgefallen.« – »Wer kommt denn da beispielsweise hin?« fragte ich. Ich kam mir fast so auffällig-unscheinbar vor wie ein Kind in einem Raum voller Worte, von denen es nichts versteht. »Nicht viele wie Sie!« Steven lachte, die Nasenflügel einziehend und das Kinn emporreckend, als wolle er mir ein hohes Kompliment zollen. »Weiße Tagediebe und Lumpen.« Dann rief er über meinen Kopf hinweg der auf dem Bett schwatzenden Gruppe etwas zu. Ein junger Mann in billigem Wollhemde mit aufgedrucktem Bild auf der Brust nahm den Anruf auf, und es entwickelte sich eine lachende, spöttische, lebhafte Unterhaltung. Ich hatte den Verdacht, daß es dabei um meine Person ging. Vielleicht tat es das wirklich, aber es störte mich nicht. Man glaubt immer im Mittelpunkt eines Gesprächs zu stehen, wenn es in fremder Sprache geführt wird.

Zwei der Anwesenden verließen den Raum. Sie hatten die Hände in die Taschen geschoben, als wäre sonst gar nichts drin. Ganz wie der Raum, diese Spritschwemme, in der sie sich vergnügt hatten, waren auch sie selbst von allem Notwendigen entblößt. Sie besaßen nichts anderes als sich selbst. Plötzlich wirbelten vor meinem inneren Auge, meiner spottend und mir zugleich Errettung verheißend, Scheckbücher und kleine Geldtäschchen, wie Frauen sie haben, Schaumstoffkissen, das tödliche Mondlicht von Lichtreklamen wirr durcheinander. Ich fühlte mich nun völlig benebelt. Die Wände wichen zurück, und mit einem glucksenden Rauschen, dessen Herkunft mir unerklärlich war, rann alles bisher Wahrgenommene ab wie Wasser in einer Badewanne. An mein Ohr drang, weil sie englisch sprach, Stevens Stimme: »In England traf ich mit den kleinen Wurfpfeilen immer ins Schwarze. In jedem Bierhaus konnte ich es mit jedem aufnehmen. Überall hieß ich ›Glückspeter‹. Stellen Sie sich das vor! Warum glauben Sie wohl, hat man mich immer ›Glückspeter‹ genannt?«

»Sie müssen mich unbedingt Toby nennen«, sagte ich im Ton äußerster Dringlichkeit.

»Hat man mich ›Glückspeter‹ genannt, weil man Sie Toby

nennt?« fragte Steven, einen weiteren Kognak hinuntergießend. Ich stellte mir mit dem träumerischen Wohlgefühl, mit dem man ein Hier und Dort zusammenwirft, die große schwarze Kühlerfigur in einem Londoner Bierhaus vor. Es war mir, als bekäme ich tatsächlich etwas von der abergläubisch der andren Rasse zugeschriebenen Macht zu spüren. Ob man mit einer Jüdin, Negerin oder Chinesin schläft: niemals wird einen wieder nach einem anderen Gattungswesen verlangen, Zigeunerinnen lesen die Zukunft aus der Hand – und ich sah Queequeg vor mir, wie einen jener Indianer, die ich auf irgendeinem Bild vor einem amerikanischen Zigarrengeschäft Schildwache hatte stehen sehen. Ich erwähnte Steven gegenüber Queequeg, aber er hatte noch nie von ›Moby Dick‹ gehört. »Wir lesen hier viel lieber die großen Russen«, sagte er. »Sie werden entdecken, daß die Afrikaner Dostojewski lesen möchten, immerzu lesen sie Dostojewski.«

»Das haben Sie Ihrerseits irgendwo gelesen, Steven«, sagte ich. Aus der in der Ecke sitzenden Gruppe löste sich helles Gelächter.

Steven stimmte bereitwillig-schuldbewußt darin ein. »Jedenfalls lesen ihn ein paar von uns. Sie lesen Dostojewski, weil sie sich elend fühlen, am Elend der anderen erbauen möchten. Ich selber lese in der Zeitung die Rennberichte«, fügte er großsprecherisch hinzu. Aber selbst er nahm sich als Mann von Welt nicht ganz ernst. »Und die ›comic strips‹«, sagte er, eine nachdenklich-ernsthafte Miene aufsetzend, »auch die ›comic-strips‹.«

»Mein Malheur«, fuhr er fort, »besteht darin, daß ich mich gar nicht elend fühlen, nicht in den Wonnen des Elends baden möchte. Sam und Peter und all die anderen – sie wimmern ohne Unterlaß und können sich nicht genug tun, immer wieder zu versichern: dies hat man uns genommen, das unseren Kindern verweigert, Paßgesetze, die allgemeine Ungerechtigkeit – ach, habe ich das alles satt! Ich habe es satt, mich nur wie ein halber Mensch zu fühlen. Ich möchte von den Nöten der Schwarzen einmal nichts hören. Das wissen Sie doch, Toby? Diese ...«, und erbittert und voller Ekel umkreiste er den geräuschvollen Raum mit einer Bewegung seiner schmalen schwarzen Hand – der Hand mit den allzu langen Nägeln und einem Siegelring, in dem ein Stück roten Glassplitters blitzte.

»Ein eigenes Leben«, sagte ich. »Das ist es, was Sie sich wünschen.« Er packte mich am Arm. »Ja, das ist es«, sagte er. »Genauso ist es«, und wie zur Bestätigung dessen, was ich gesagt hatte, nickte ich mit dem Kopf. Da war sie, die Wahrheit. Die ersäufte, verdroschene, niedergebrüllte, entwürdigte Wahrheit. Dieser junge Mann mit dem braunen Gesicht, dem Alkohol und Ermüdung eine bläulich-staubige Tönung verliehen hatten, dieser Mann mit den Zahnstümpfen und den hellen Körnchen in den Außenwinkeln seiner Fremdlingsaugen – dieser junge Mann und ich, Fremdlinge wir beide, hatten zu früher Morgenstunde die Wahrheit zur Strecke gebracht wie ein Tier, dessen Spezies man längst ausgestorben wähnte. Wir waren betrunken, ja, aber wir hatten sie. Sie war unser, diese Wahrheit, nicht größer als eine Maus, aber wir hatten sie lebendig gefangen. Ob Ausgeburt der Betrunkenheit oder nicht: ein Augenblick wie dieser war selten gewesen in meinem Leben, selten selbst im Lande meiner Herkunft, unter Freunden meines Blutes. Wir verstanden einander nicht – aber wir wollten das gleiche.
Als Steven mit einem Ruck aufsprang und dabei ein leeres Glas über den Tisch rollen, zu Boden klirren ließ, erhob auch ich mich, weil das Bedürfnis nach unvermitteltem Ab- und Aufbruch gerade das war, was ich selbst verspürte: sobald uns das eigene Wesen unverhüllt entgegentritt, darf man nicht verweilen, wie man auch den Blick abzuwenden hat, wenn man den eigenen Augen im Spiegel begegnet. Aber die Frau mit dem Wollschal um den Kopf stand in dem Türrahmen, jenem, den wir selbst nicht durchschritten hatten, und sie warf dem Mann in dem pastellfarbenen Hemd, dem mit dem glatten Chinesengesicht, ein kurzes Wort zu. Was immer es war: alle Anwesenden sprangen in höchster Erregung auf. »Kommen Sie, Mensch«, gellte Steven wie von Sinnen und zerrte mich, das Hindernis fremder Schultern und Rücken zur Seite stoßend, an einem Mann vorüber, der den Bewußtlosen in der schmierigen Mütze schüttelte und aufzurichten suchte, zerrte mich in den flachgewölbten dunklen Raum, den wir bei unserem Eintritt durchquert hatten. Hier sprang er in die Höhe, offenbar auf das Kopfende des Bettes, das ich schon früher bemerkt hatte – die Sprungfedern quietschten, und er verlor fast das Gleichgewicht –, aber schon fummelte er am Fenster herum. »Gott du Allmächtiger«, sagte er vor

sich hin, »Gott du Allmächtiger.« Es war ein Schiebefenster, das nach einigem Widerstand unvermittelt nachgab. »Steven – sind Sie verrückt?« »Es ist die Polizei, Verehrtester.« Eine Sekunde lang grinste er mir zu. »Wollen Sie unbedingt in der Grünen Minna zur Stadt zurückfahren? Also los!« Die obere Hälfte des Fensters war heruntergesaust und hatte sich mit der anderen verklemmt – wir hatten also darüber zu klettern. Steven balancierte kurz auf dem Fensterbrett und schwang sich dann herab. Draußen war ein dumpfer Aufprall zu vernehmen. Einen Augenblick stand ich in dem seltsam kleinen Hüttenraum allein. Das festumrissene Etwas auf dem Bett war noch immer sichtbar: war es ein Kind oder ein Kleiderbündel? Es war zu dunkel, als daß man es hätte erkennen können. Aber der Geruch des Zimmers wehte zu mir empor: der stickige Geruch des Schlafes, der Feuchtigkeit eines Schuppens mit einem Boden aus festgestampfter Erde und noch etwas anderes, ein süßlich-keimkräftiger Geruch von Kohlenrauch und Gärung. Und dann stürzte ich hinaus in die Nacht und landete zu meiner eigenen Überraschung ganz wohlbehalten, mit einer Hand mich am Boden feststemmend, in einer Hintergasse. Steven verwies mich zischend zur Ruhe, und ich preßte mich, leise vor mich hinkichernd, flach an die Mauer. Wir vernahmen Rufe und das schwere Getrappel von Polizeistiefeln, dann den bebenden, kautschukhaft dumpfen Quietschlaut eines plötzlich zum Halten gebrachten schnellen Wagens. Zu unseren Häupten glühten zwei Sterne auf wie Feuerwerkskörper unmittelbar vor ihrem Erlöschen. Der Himmel war in klares fließendes Grün getaucht, das mehr ein Vorgang war als eine Farbe. Wir kletterten – allzu geräuschvoll, wollte mir scheinen – über eine Mauer in einen Hof, nicht sehr verschieden von dem, in dem die Spritschwemme stand. Ein magerer weißer Hund kläffte und knurrte und wedelte mit dem Schweif. »Kaffernhund«, sagte Steven, ohne ihn eines Blickes zu würdigen. Wir streiften an einer Reihe niedriger Einzelbehausungen entlang, gelangten wieder auf die Straße und spazierten dann gelassen in einen umzäunten ›Garten‹ hinein, der eigentlich nur aus einem Pfirsichbaum und einem mit Backsteinen markierten Pfad bestand und zu einem Haus auf der gegenüberliegenden Seite der Straße gehörte. Als wir unter den Seitenfenstern vorüberkamen, rief eine Stimme uns an. Steven antwortete ihr in fröhlichem Ton, und die Stimme machte sich, offenbar davon sehr angetan, noch einmal vernehmlich. Auf der Rückseite des Hauses befand sich kein Zaun. Hier war vielmehr das Stück Brachland, auf dem die schon früher bemerkte Mähre angeseilt stand.

Das Grün war nun verblichen, der Himmel eitel Licht, aber es war nicht das Licht des Tages. »Mehr kann ich im Augenblick leider nicht für Sie tun –.« Steven wurde von einem Anfall unbezwingbarer Gähnsucht heimgesucht. Hinter uns, etwas zur Linken, wir wußten nicht genau wo, ertönte der zänkische Kreischlaut einer Trillerpfeife. Diesmal brauchte ich mir Steven nicht erst zum Vorbild zu nehmen. Aus dem gleichen Antrieb heraus überkletterten wir einen verzinkten Draht und landeten auf dem Dach eines niedrigen Schuppens zwischen Kürbissen, die zum Reifen ausgelegt waren. Steven schob sich einen von ihnen unter den Kopf, als wäre es ein weichgefüttertes, für ein Mittagsschläfchen auf dem Sofa geeignetes Kissen. Keuchend und lachend wie nach einem wohlgelungenen Schulbubenstreich streckten wir uns lang. Und schon war es Morgen.

Zweiter Teil

5. Kapitel

An jenem Tage wurde es für mich ein zweites Mal Morgen. Steven hatte einen befreundeten Taxichauffeur aufgetrieben, der mich glücklich nach Hause brachte, und gegen fünf Uhr früh fiel ich in meiner Wohnung aufs Bett, gerade als in dem für das Hauspersonal bestimmten Dachquartier aller umstehenden Gebäude mit Gellen, Pfeifen und Klirren ein neuer Tag begann. Aber ich ließ mich beim Einschlafen nicht stören. Jene unerbittlich fröhlichen Laute verwehten augenblicks wieder für mein Ohr, und in einem von plärrenden lallenden Stimmen erfüllten Alptraum sank ich tiefer und tiefer, bis ich zuletzt wie ein Stein auf dem Meeresgrunde des Schlummerns lag. Ich lese oder höre selbst nicht gern von anderer Leute Träumen und habe mir unverbrüchlich gelobt, niemals von meinen eigenen zu erzählen. Darum will ich auch jetzt nicht schildern, was ich auf meiner Fahrt in die Tiefe sah und durchmaß. Ich möchte lediglich erwähnen, daß mir beim Aufwachen oder vielmehr messerscharf jähen Aufschrecken – der Hausdiener war zum Reinigen der Wohnung erschienen – zumute war, als sei ich nach monatelangem Schlaf, nach schweren Träumen wieder zu mir gekommen. Ich war inmitten reifender Kürbisse auf dem Wellblechdach eines kleinen Schuppens gelandet. Alles Frühere – das immer wärmeren Südgewässern zustrebende Schiff, das Hotel, die Parties und die dazugehörigen Gesichter, die Stratford-Bar und Arthur Hollwards Büro –: alles das stand mir so fieberhaft grell vor Augen wie der Raum in Sophiatown, in dem ich mit Steven zusammen getrunken, mich betrunken hatte. Es war mir, als sei ich eben erst in Johannesburg angelangt. Noch ohne die Augen aufzuschlagen, wußte ich, spürte ich bis ins Mark meiner Knochen hinein, wo ich mich an jenem Morgen befand. Von Übelkeit und Zittern und unstillbarem Durst befallen und an Händen und Füßen immer wieder vor Schmerz gepeinigt, wie es stets im Zustand des Katzenjammers bei mir der Fall ist, war ich gleichwohl meiner nächsten

Umwelt gewahr, wie man auch sonst an einen Morgen, an dem man sich zum Sprechen oder auch nur Zeichengeben unfähig fühlt, stillschweigend etwas Vertrautes zur Kenntnis nimmt.

Zur Mittagsstunde begab ich mich ins Büro und schloß mich dort ein. Zweimal schickte ich Amon aus, das erstemal, um mir Aspirin, das zweitemal, um mir eine Flasche Zitronensaft holen zu lassen – ich hatte irgendwo gelesen, am raschesten könne man mit Hilfe harmloserer Flüssigkeiten den Alkohol aus dem Blutstrom spülen. Beim zweiten Verlassen des Zimmers zögerte Amon an der Schwelle und kehrte dann noch einmal schweren, schleppenden Schrittes zu meinem Schreibtisch zurück. »Ich wollte Ihnen nur noch sagen – wollte Ihnen dafür danken, daß Sie mir freigegeben haben, Sir«, bemerkte er.

»Wie bitte?« Wenn er nur beim Sprechen die Lippen hätte richtig aufmachen wollen! Man hatte sich stets alles doppelt von ihm sagen zu lassen.

Als er nochmals zum Sprechen ansetzte, entsann ich mich plötzlich: »Ach so, das geht schon in Ordnung. Wenn möglich, gib mir nur immer einen Tag vorher Bescheid, Amon, nicht wahr?«

Am frühen Nachmittag erklomm der Tag den Gipfel seiner sommerlichen Hitze. Als ich ans Fenster trat, um ein wenig Luft zu schöpfen, blitzte mir von jedem Stück Metall unerträgliche Helligkeit, stieg mir der Teergeruch von der aufgeweichten Straße entgegen. Ich öffnete die Briefe, die ich von meiner Mutter und Faunce erhalten hatte, konnte mich aber nicht dazu aufraffen, sie zu lesen.

Gegen vier Uhr gab ich den Kampf auf und entschloß mich zum Heimgehen. Beim Verlassen des Gebäudes lief ich geradeswegs Cecil Rowe in die Arme. Einen Augenblick lang verspürte ich die verzweifelte Hoffnung, sie würde mich nicht erkennen oder die grausame Straße, die mich nach der Fahrt in dem kühlen, dämmrigen Lift mit ihrer Grelle fast der Sehkraft beraubt hatte, würde auch mich für ihr Auge unkenntlich machen. Rings um mich her hatten die Frauengesichter, auf denen das Make-up ins Fließen geraten war, das Verschwommene von Luftspiegelungen, und bei den Männern war die Haut entweder von der Hitze gerötet und glänzte von Schweiß, oder sie war blaß-fettig und grünlich. Es

war, als wäre die Hitze eine Art Fieber, die abwechselnd Rotglut und Schüttelfrost bei ihnen hervorrief. Ein paar schwarze Tagediebe waren, die Mütze tief in die Stirn gedrückt, an irgendeinem Pfosten oder Ladenfenster, an dem sie zufällig gerade lehnten, der Reglosigkeit verfallen. Ich blieb stehen und wandte mich dem dicken Zeitungsverkäufer zu, der, bei jedem Wetter voller Geschäftseifer, soeben seinen Stoß Abendblätter auf den Prellstein hatte herabplumpsen lassen. Aber schon stand Cecil an meiner Seite. »Warum treiben Sie sich eigentlich immer an diesem Teil der Welt herum?« fragte sie.
Ich konnte im Augenblick kein Kleingeld für die Zeitung finden. Während ich in der Hosentasche wühlte, kam ich mir ihr gegenüber irgendwie schutzlos vor. Wieder war sie mit allzu auffälliger Einfachheit gekleidet, und es entströmte ihr ein die Sinne benebelnder kosmetischer Wohlgeruch, nicht lediglich das besondere Parfüm, das sie sonst in Gebrauch hatte, sondern alles das, was ihr vom Weihrauch weiblicher Selbstvergötterung an Haut, Haar und Kleidung haften geblieben war. »Ich habe Sie hier bisher erst ein einziges Mal getroffen.«
»Ja, gestern«, sagte sie, als ob das einer Erklärung bedürfe.
»Tatsächlich.« Ich konnte es kaum fassen, daß unsere Begegnung in der Bar erst vierundzwanzig Stunden zurückliegen sollte.
Sie lachte. »Sind Sie zerstreut!« sagte sie dann, den Ausdruck des Schreckens parodierend, der sich auf meinem Gesicht gemalt haben mußte: »Ja, es war gestern.«
»Ich habe mein Büro hier in diesem Gebäude.«
Sie reckte den Hals, der puderglatt unter dem enganliegenden Halsband leuchtete, gegen das beim Sprechen das Fleisch aufzubegehren schien. »In diesem Gebäude? Über ›Adorable‹? Das ist doch nicht möglich!«
»Was ist denn eigentlich dieses ›Adorable‹ – das hat mich beschäftigt, seit ich hier bin.«
Sie öffnete ihr Handtäschchen, als könne sie beim besten Willen mein Herumfummeln nicht länger mit ansehen. »Hier« – sie reichte mir drei kleine Münzen für den Zeitungsverkäufer. »Das ist Pauls Laden – der Friseur. Mein Friseur, und von dem komme ich gerade.«
Sie trug einen jener breiten Hüte, die bei mancher Wendung

des Kopfes das Gesicht völlig verhüllen. Soweit ich feststellen konnte, sah ihr Haar nun wiederum anders aus – heller, mehr goldfarben. Wie töricht, wie ermüdend auch, sich mit einer Frau einlassen zu müssen, die ihre äußere Erscheinung von Tag zu Tag wechselt!

Neugierig, mit matt aufflackerndem Interesse, musterte sie mich. »Sie sehen gar nicht gut aus«, sagte sie. »Was ist Ihnen denn zwischen gestern und heute zugestoßen?«

»Mir ist grauslich zumute«, sagte ich lächelnd.

»Diese verflixte Hitze *ist* grauslich«, erwiderte sie. »Ich gehe jetzt nach Hause und nehme ein kaltes Bad. Gott sei Dank habe ich heute abend keine alkoholischen Verpflichtungen.«

Es trat eine kleine Pause ein, einer jener kaum wahrnehmbaren Augenblicke des Zögerns, die stillschweigend darüber entscheiden, welche Richtung eine bestimmte Unterhaltung einschlagen wird.

Ich war es, der, fast widerstrebend, sich zum Sprechen anschickte. Aber in dem Moment, in dem sie mich die Lippen öffnen sah, blinkte mir aus ihren Augen kaum merklich so etwas wie Ermutigung, Bereitschaft zur Mitverantwortung entgegen.

»Ich habe versucht, mir klar darüber zu werden, welcher Ihrer beiden Begleiter Ihr Mann war.«

»Ach, das waren beides Idioten, die Reklamefilme machen.«

»In denen Sie eine Rolle haben.«

Sie schnitt ein Gesicht. »Noch nicht. Ich habe bisher nur so ein bißchen herumgestümpert, neuerdings auch Modell gestanden. Wie Sie sehen können.« Mit plötzlich aufwallender Natürlichkeit wies sie mit dem Finger auf sich selbst, als trage sie eine Art Faschingskostüm.

»Sie sehen zauberhaft aus«, sagte ich pflichteifrig.

»Danke vielmals! Sie verstehen jedenfalls nun auch«, setzte sie etwas rascher hinzu, »warum ich Sie gestern nicht vorgestellt habe, als Sie zu mir an den Tisch kamen.«

So nebelhaft alles unmittelbar Vorausgegangene für mich jetzt auch war – ich erinnerte mich doch daran, wie lebhaft und beteiligt sie auf ihre Begleiter eingeredet hatte. »Immerhin hatte man den Eindruck, daß Sie sich vortrefflich amüsierten.«

»Ach, du lieber Gott« – ein Beiklang der gleichen Affektiertheit schien selbst in ihrer Verteidigungsstimme noch nachzuzittern –, ›amüsierten‹! Und Sie haben angenommen, der eine von beiden wäre mein Mann gewesen – in welchem Zustand der Selbsttäuschung müssen Sie sich befunden haben!«
»Na schön«, sagte ich etwas abgekämpft, »jedenfalls ist mir verziehen, ist Ihnen verziehen ...«
»Verziehen?« fragte sie mit listiger, glücklicher Stimme, »mir ist vergeben? Wofür denn?«
Ich war plötzlich unsicher. »Dafür, daß Sie mich nicht vorgestellt haben«, sagte ich, und sie wußte, daß ich meinte: »Dafür, daß Sie sich so trefflich amüsiert haben.«
Schon befand ich mich also wieder in der Stratford-Bar, und diesmal war mein Wunsch in Erfüllung gegangen: ich saß mit dem jungen Mädchen, mit Cecil Rowe, zusammen. Aber was immer an freundlichen Schickungen im Namen meines Daseins für mich bereit lag: die etwas sorglos gezielte Gabe wurde mir am falschen Tage zuteil. Ich war müde, und schon der Gedanke an einen Drink bereitete mir Übelkeit. Und schlimmer als das: das Mädchen, das ich am vorausgehenden Tag so eifersüchtig begehrt, das Mädchen, das ich auf dem Traumfest im Hause des Kalifen über den Goldgruben getroffen, die Schöne, deren Wappenzeichen der Großstadtritter an seine Aktenmappe geheftet hatte – sie gehörte mit zu jener Unwirklichkeit, die ich bei meinem Sturz durchmessen hatte. Es war seltsam, sie überhaupt hier wiederzufinden; es kostete eine gewisse Anstrengung, sich ihres Vorhandenseins in und darum auch ihrer nüchternen Verwandtschaft mit der Großstadt zu vergewissern – der großen Stadt, deren ich an jenem Morgen bei meinem Erwachen in der Wohnung gewärtig gewesen war.
So saß ich denn mit ihr in der Bar auf den hohen Tudorstühlen unter dem Zeichen des Gipslöwen und dem Bild Heinrich VIII., ohne dabei etwas von dem Triumph- und Lustgefühl zu versprüren, die ich mir davon erträumt hatte. Aber männliche Wendigkeit trug, ungeachtet meines augenblicklichen Zustands, mit der Weitsicht des Instinkts dafür Sorge, daß ich mich nicht anders verhielt, als wäre jenes Triumph-, jenes Lustgefühl bei mir tatsächlich mit im Spiele gewesen.
Als wir uns niedersetzten, sagte sie mit so unbekümmerter Miene, als wolle sie es rasch hinter sich haben: »Übrigens, was

meinen Mann betrifft – ich habe gar keinen Mann, weder einen schwachsinnigen, noch einen anderen. Ich bin geschieden.« Und als wir beide lachten, setzte sie hinzu: »Ich bin nie ganz sicher, ob ich es anderen Leuten erzählen oder darauf warten soll, daß sie von selber dahinterkommen. Sage ich nichts, so sagen sie ihrerseits sicher irgend etwas, was sie früher oder später in Verlegenheit bringen wird, und rücke ich selber damit heraus, klingt es wie eine Art öffentliche Ankündigung.«

Sie war auf etwas verlorene Weise lebhaft (vielleicht hatte der unterbewußt lustlose Zustand meines Gemüts auf sie abgefärbt), und sie hielt an der affektierten Munterkeit einer jungen Engländerin so fest wie an einem verabscheuten alten Mantel, dessen sie sich am liebsten schon längst entledigt hätte. Nur wenn ich gerade sprach und sie zuhörte, identifizierte sie sich hin und wieder, und zweifellos, ohne es selbst zu spüren, auf beinah vollkommene Weise mit der Rolle, für die sie eigentlich angezogen war, der Rolle jenes blasierten Etwas, des Mannequins, das sich selber zur Schau stellt wie ein Diamant, der erst im Licht hin und hergedreht, alle seine Facetten aufglänzen läßt. Sie erzählte mir, daß sie mit ihrem dreijährigen Kind in einer abgeschlossenen Wohnung lebe. Das Modellstehen war etwas für sie ganz Neues und schien ihr Vergnügen zu machen. Am liebsten wäre sie dafür nach Rom gegangen. Sie kannte dort ein Mädchen, das als Modell eine ganze Menge verdient hatte. Allerdings war dieses Mädchen dunkelhaarig und hatte das Gesicht eines wütenden Katers. Das war, wie sie mir versicherte, das Gesicht, das jetzt hoch im Kurs stand. Bei der Verabschiedung fragte sie: »Warum kommen Sie am Samstag eigentlich nicht zum Reiten zu den Alexanders hinaus?« Ich ließ es bei einer halben Zusage bewenden: im Augenblick konnte ich mich selbst so wenig auf den vorgestellten Schauplatz versetzt sehen wie auf den Mond.

An sich hätte ich Steven Sitole gern bald wiedergesehen. Aber ich hatte keine Ahnung von seinem Verbleib und rief darum am folgenden Tage Sam in der Zeitschriftenredaktion an, in der er meines Wissens beschäftigt war. Seine mächtige Stimme klang zunächst überrascht, dann aber sehr gefällig: »Oh, Mr. Hood – ist neulich abend alles bei Ihnen gut abge-

laufen?« – »Natürlich. Ausgezeichnet.« – »Nun, das höre ich gerne. Ich habe mir ein bißchen Gedanken gemacht, daß ich Sie mit dem alten Steven so einfach losziehen ließ.«
Er konnte mir nicht auf Anhieb sagen, wie Steven telefonisch zu erreichen war, und ein dritter, irgendeiner der im Hintergrund Anwesenden, wurde in die Unterhaltung miteingeschaltet. »Eddie – was ist im Augenblick Stevens Stabsquartier? Nein, Mensch, die Telefonnummer! Wo kann man ihn erwischen?« Und dann sprach er wieder in die Muschel: »Sie können versuchen, ihn unter 31-6489 zu erreichen – haben Sie's? Es ist eine Druckerei. Er ist nicht immer dort, aber man kann dort etwas für ihn hinterlassen.« – Ich dankte Sam und bemerkte, ich hoffte, ihn einmal wiederzusehen. Er lachte etwas verlegen: »Wer weiß ...«, als handle es sich dabei um etwas nicht ganz Einfaches, das ohne besondere Anstrengungen unsererseits nicht in die Wege zu leiten war.
Steven konnte meinen Anruf persönlich beantworten. »W-was? Oh, das ist schon in Ordnung. Und ich auch – bei mir ist gleichfalls alles in Ordnung«, bemerkte er, als ich ihm dafür dankte, daß er mich an dem bewußten Abend hatte mitkommen lassen. »Das Taxi war großartig«, sagte ich. »War noch vor Austragen der Milch zu Hause.« – »Was?« fragte er nochmals. »Das was? Oh, der alte Dhlamini. Schön, schön.« Steven gehörte offenbar zu den Leuten, die am Telefon stets den Eindruck erwecken, als hörten sie nicht recht zu. Etwas von der Spannung des neuartigen, Erregenden, das in der Erinnerung an all das Unerwartete des in seiner Gesellschaft verbrachten Abends noch mitschwang, lockerte sich: für ihn war der ganze Zwischenfall nur Teilstück eines wenig bemerkenswerten Erlebnisses gewesen, das dank meiner Gegenwart möglicherweise einen gewissen Auftrieb erfahren hatte. Ich bemerkte etwas zögernd, weil ich es wirklich meinte, und nicht, wie Sam gegenüber, aus Gründen einer etwas fadenscheinigen Höflichkeit, ich hoffte, ihn bald einmal wiedersehen zu können. Aber er antwortete: »Gewiß doch. Wann meinen Sie denn?« – »Könnten wir Freitag vielleicht zusammen zu Mittag essen?« Er machte sich auf freundlich-lässige Weise über mich lustig. »Aber wo sollten wir denn beide zum Mittagessen hingehen?« Natürlich, daran hatte ich nicht gedacht. Nicht in einem einzigen Restaurant, einer einzigen Teestube der Stadt war er zugelassen. »Und in

einem Ihrer Lokale?« fragte ich. »Dürfte ich da meinerseits mit hinein?« Nun brüllte er geradezu vor Lachen. »Sie haben noch keines gesehen«, sagte er. »Andernfalls hätten Sie niemals einen solchen Vorschlag gemacht.« – »Na schön, na schön. Wo könnten wir also essen?« – »Wenn es Ihnen Samstag passen würde statt Freitag, könnte ich zu Ihnen in die Wohnung kommen.« – »Ausgezeichnet. Wir werden in der Wohnung schon etwas zum Essen zusammenkratzen. Um welche Zeit? So um halb eins herum? Samstags mache ich mit der Arbeit gewöhnlich um elf Uhr vormittags Schluß.« Aber noch während dieser Verabredung erinnerte ich mich plötzlich der halben Zusage, zu den Alexanders zum Reiten zu kommen – ich nahm sie in Gedanken zurück und beschrieb Steven die Lage meiner Wohnung. Dann hängten wir beide ein.

Bevor die Woche herum war, rief ich auch bei Anna Louw an. »Ich habe gehört, daß Sie mit Steven zusammen in Sophiatown waren«, sagte sie. »Wo hat er Sie denn hingelotst?«

»Ich weiß nicht genau«, erwiderte ich etwas steif. »Ach, dieser Spritschwemmen-Bummler«, sagte sie in freundlichem Ton.

»Wissen Sie, ich habe ihn doch recht gern. Immer tut er das Unerwartete – daran liegt es wohl.«

»Was hatten Sie denn erwartet?« fragte sie mit geduldiger Anteilnahme. Ihr gegenüber hatte man stets das Gefühl, daß auch der unverbindlichsten Äußerung noch volle Aufmerksamkeit vergönnt wurde. Diese genaue Nachprüfung von beiläufig vorgebrachten Klischees, von Worten, die, aus dem Stegreif gesprochen, eine Sache weder ganz auszudrücken noch ganz zu verhüllen geeignet waren, setzte mich nicht wenig in Verlegenheit. Wie die meisten anderen Leute meine ich oft nicht die Hälfte von dem, was ich sage, und ich kann nicht die Hälfte von dem sagen, was ich meine. Und darauf lasse ich mich nicht gern mit der Nase stupsen. Ein Gutteil von allem Mitzuteilenden wird niemals klar ausgesprochen. Aber Anna gehörte zu den Menschen, die sich nicht eher zufriedengeben, als bis der andere sich der schweren Mühe des In-Worte-Fassens unterzogen hat.

»Ich weiß nicht recht«, sagte ich, verstört durch ihr Drängen und wiederum irritiert durch meine eigene Verstörung, die nun eine vorübergehende Gedankenleere bei mir hervorrief, und ich hielt ihr als eine Art Antwort die Vorstellung dieser Gedankenleere entgegen, die ihren Zweck auch erfüllte: »Ich hatte gar nichts erwartet, wußte auch nicht, was ich erwarten sollte. Ich hatte überhaupt nicht nachgedacht.« Aber natürlich stimmte das nicht, traf das nicht zu. Was ich vielmehr getan hatte, war, mir ausdrücklich zu verbieten, über die einzigen Erwartungen nachzudenken, die ich aus mittelbarer Kenntnis der Umstände bereits besaß. Ich war vor dem Gedanken zurückgeschreckt, mit einem ernsten, bebrillten Neger zusammenzukommen, der mir, auf dem Knie vorsichtig eine Tee balancierend, von den neusten Schandgesetzen gegen seine schwarzen Brüder berichten würde – Onkel Faunces Neger, meiner Mutter Neger. Ein Mann, der mich langweilen und mir die pathetische Bekundung von Gefühlen der Selbstgerechtigkeit und der Schuld entlocken würde. Vermutlich wäre jeder echte lebendige Neger im Vergleich zu dieser abstrakten Figur etwas Unerwartetes für mich gewesen; wie unerwartet mußte dann ein junger Neger sein, der mich irgendwohin zum Trinken schleppte.

Am Samstagvormittag besorgte ich etwas gekochten Schinken und etwas Salami (Bier hatte ich ohnehin im Haus) und deckte beim Nachhausekommen den Tisch. Der Aufschnitt hatte das verlorene Aussehen einer Speise, die nicht so sehr zubereitet, wie künstlich hergestellt worden war. Dann öffnete ich eine Flasche Bier und ließ mich mit dem ›Observer‹ und der ›Sunday Times‹, beide ungeöffnet, am offenen Fenster nieder. Die Zeitungen hatten mich als Luftpostsendungen in Johannesburg nur mit einer Woche Verspätung erreicht. Die Laute der tief unter mir liegenden Vorstadtstraße klangen mir ganz gesellig ins Ohr – wie ich herausfand, vernahm ich nicht nur irgendwelche Stimmen, schreiende Kinder, kläffende Hunde, sondern den in immer weiterer Entfernung immer schwächer werdenden Kreischlaut des Dreirads, das einem ganz bestimmten kleinen Jungen gehörte, das hysterische Schrillen eines schottischen Schäferhundes, der immer und ewig vor dem Zaun eines einen halben Wohnblock entfernten und zwischen zwei Mietshäusern eingezwängten Gebäudes Wache zu halten schien, und das Gelächter der beiden italienischen Einwanderer-Kinder im Nachbarhaus. Zwischen halb eins und eins streckte ich ein paarmal den Kopf aus dem Fenster, um Steven, falls er in diesem Augenblick um die Ecke biegen sollte, ein Zeichen geben zu können – aber nichts anderes war draußen wahrzunehmen als der entspannte Straßenverkehr eines Samstags, höchstwahrscheinlich verschieden vom sonstigen Wochentagsverkehr, den ich so selten beobachten konnte: einzelne Wagen, die junge, mit ihren Wochenendvorräten beladene Arbeiterpaare vor der Haustüre absetzten, ein paar Männer, die Kognakflaschen und ganze Kisten mit Sodawasser und Coca-Cola-Flaschen aus dem Gepäckraum ihres Wagens heraushoben, kleine Jungen, in den schäbigen, khakifarbenen oder grellbunten Jazzhemden von Amerikanern, wie sie Kinder in Südafrika gewöhnlich tragen. Stoßend oder streunend zogen sie ihres Wegs zum städtischen Schwimmbad, die Badehose über den sonnengebräunten kugelförmigen Schädel mit dem hellen borstigen Haar gestreift. Ich las noch ein wenig, leerte die Flasche Bier und entdeckte, daß es bereits zwei Uhr war. Die Straße lag nun fast verödet – ihre Anwohner saßen innerhalb ihrer vier Wände beim Essen. Isaac, der Hausdiener, hatte seinen freien Samstagnachmittag damit begonnen, daß er den Wagen eines der Mieter reinigte. Er goß ganze Eimer voll Wasser über eine verblühte Chromium-Schönheit, die offenbar schon mehrere Jahre nicht mehr mithalten konnte und längst hätte entkohlt werden sollen. Steven kam und kam nicht. Und schließlich setzte ich mich allein an den Tisch. Ich war nun so hungrig, daß ich den gesamten Aufschnitt hätte vertilgen können, aber möglicherweise tauchte Steven doch noch auf. Vergebliche Hoffnung. Um drei Uhr traten in Tennisdreß die Jungverheirateten aus der über mir gelegenen Wohnung ins Freie und fuhren in ihrem kleinen Wagen so geschäftig und gedankenverloren davon, wie sie an jedem Morgen den Weg ins Büro antraten. Allmählich verschwand ein Wagen nach dem anderen. Wie im alten Griechenland ein Sophist, so sammelte Isaac seine Anhänger um sich – sie entstammten der Gruppe der ziellos einherschlendernden Fußgänger oder der zufällig vorüberradelnden Austräger –, und während er mit einem Lederlappen auf den großen Wagen einklatschte, richtete er eine Stegreifansprache an die vor ihm auf dem Randstein Hockenden. Aus einem hochgelegenen Fenster flatterte die Dudelweise eines sentimentalen Schlagers, wurde aber durch Drehung irgendeines Knopfes gleich wieder zurückgeholt und abgelöst von dem wilden, aufgeregten Geschnatter eines Kommentars zu einem Pferderennen – es klang wie das Gezänk zweier Papageien. Und auf all das herab, über all das her flutete, strahlend klar, das Licht eines prachtvollen Nachmittags, in dem der dünne Rauch der Boilerraum-Schornsteine und das kleine schmutzige Hauchband der Auspuffrohre fast unsichtbar wurden.

Mir selbst war etwas lustlos und lächerlich zumute, wie es bei Ausbleiben eines geladenen Gastes stets der Fall ist. Hätte Steven ein Telefon gehabt und wäre mir seine häusliche Anschrift bekannt gewesen, hätte ich ihn jetzt angerufen und ihn gefragt: »Was zum Teufel ist denn mit Ihnen los?« und hätte ihm sein Fernbleiben wahrscheinlich nicht einmal übelgenommen. Aber er hatte kein Telefon, und ich ahnte nicht, wo er wohnte. Ein ganzer Komplex von Straßen, wie die meine es war, und dahinter eine Wohngegend, wie ich sie mir halb vorstellen konnte (ein Bild mit Blechbuden, Sackleinwand über der Türöffnung, hatte ich einmal in der Zeitung gesehen), halb auch mir wieder zu vergegenwärtigen vermochte (zwischen ärmlichen Häusern ein schmaler Streifen Finsternis, angefüllt mit der Schlaf-Gegenwart allzu vieler Bewohner, Kürbissen auf dem Dach, der Gestalt einer alten schlafenden Schindmähre): alles das schien für uns beide die Möglichkeit unmittelbarer Verständigung zunichte zu machen.

Ja, eigentlich hätte ich doch lieber die Alexanders aufsuchen sollen – was der Nachmittag, der viel zu schön war, um im Käfig der Vorortstraße verbracht zu werden, mir sogar nahegelegt hätte. Aber es war ohnehin zu spät, etwas anderes zu unternehmen. Ich zog den Stuhl, den ich aus dem Büro entführt hatte, in das kleine Zementverlies, das mein Balkon war, und begnügte mich hier, die Füße hochgestemmt, mit Lesen und Dösen. Überall auf der Straße taten, wie zu einem Sonnenbad herausgehängte Kanarienvögel, andere Männer das gleiche. Die Alexanders konnten, auf ihrer Seite der Stadt, ja auch ohne mich auskommen, und Steven, auf der seinen, fernergelegenen, konnte es ebenfalls. Auf dem Flachdach des gegenüberliegenden Mietshauses tanzten zwei afrikanische Kindermädchen, die jetzt zum Behelf schmutzige wollene Kopftücher statt ihrer weißen Alltagshäubchen trugen, und drei, vier Hausdiener, die noch immer die kurzen Baumwollhosen und -blusen ihres Arbeitsanzugs anhatten – tanzten und trällerten zu den Klängen der einzigen kratzigen Schallplatte, die sie auf ein Koffergrammophon aufgelegt hatten. Ich war untergetaucht in einem gestaltlosen, namenlosen Vorortsdasein – kein Fremdling, sondern ein Mensch, der einen Augenblick lang sich selber gehört.

An sich war es wenig wahrscheinlich, daß ein Schwarzer und ein Weißer, auch wenn miteinander bekannt, sich in Johannesburg zufällig über den Weg laufen sollten. Das äußere Dasein mochte bei beiden die meiste Zeit über die gleiche Richtung nehmen – erstaunlich nur, wie wirksam die Vorkehrungen waren, ein Sichkreuzen ihrer Wege zu verhindern. Aber tatsächlich sah ich Sitole wieder, und das nur deshalb, weil ich Anna Louw kannte. In jedem anderen Falle hätten wir uns, ohne es im geringsten zu wollen, womöglich aus den Augen verloren.
Die ganze nächste Woche wurde ich durch meine Verlagstätigkeit in Atem gehalten. Selbst am Abend hatte ich noch Arbeit mit nach Hause zu nehmen. Tagsüber war ich jetzt nur noch selten in Johannesburg: ich hatte Buchhändler in den kleinen Städten zu besuchen, die den Pfad der Goldbergwerke am Witwatersrand säumten. In jener Woche fuhr ich, soviel ich mich erinnere, zum Eastrand, und ich fuhr mit dem Zug, weil Faunce mir noch immer nicht den Besitz eines Wagens zugestehen wollte, auch wenn an sich in einem Lande, in dem das öffentliche Transportwesen noch völlig unterentwickelt ist, ein eigener Wagen fast unentbehrlich war. Vom ersten Augenblick an war ich von der Seltsamkeit der Landschaft betroffen – einer bis zu einem erschreckenden Grade künstlichen Landschaft: es war, als hätten sich die Bewohner des Landes angesichts eines kahlen Hochplateaus vor die Aufgabe gestellt gesehen, es zu vervollständigen und mit eigener Hand einen ›natürlichen‹ Hintergrund dazu zu schaffen, statt sich einem bereits bestehenden einzufügen; aber gleichzeitig war diese Landschaft merkwürdig leer, als ob sie ausschließlich dem Menschen anheimgegeben sei. Zwischen den Fabriken, die, am Rand des einen Städtchens etwas spärlicher, mit den letzten industriellen Außenposten des nächsten Städtchens fast zusammenstießen, dehnte sich ein Horizont seltsam geformter Hügel. Einige von ihnen

bestanden aus weichem, hellem Sand, dem Sand der Wüste oder des Meeres, und türmten sich zu ungeheuren Zwingburgen auf. Andere hatten das Aussehen von Vulkanen, an deren Flanken der gelbliche Lavastrom versteint war. Ihre Grundfläche war gekennzeichnet durch rostfarbene Risse und ausgewaschene Sandgebilde von der Form riesenhafter Baumwurzeln. Wieder andere, crèmefarben, weiß, hellbraun und gelblich getönt und vom Wind gekräuselt, stiegen terrassenförmig an wie die Gräber antiker Könige. Wo einst Kohlenbergwerke gestanden hatten, glitzerten farblos schwarze Berge von Kohlenstaub.

Diese Hügel waren durch keine Täler voneinander geschieden: sie waren auf dem flachen Feld einfach abgestellt worden. Wohl waren hie und da ein paar Streifen zähen grünen Rasens oder kurzen wogenden Grases sichtbar, aber zumeist war der Pflanzenwuchs fahl, feucht und kümmerlich. Gelegentlich standen im Schilf auf einem fürs Auge kaum kenntlichen Stück Sumpfland ein paar Kühe. Hier schimmerte der Schlick perlmuttergleich wie Öl. Ein rechteckig eingefaßter See wiederum, aus dem gebogene Ölrohre hervorstanden, war wie auf einem stümperhaft gemalten Aquarellbild mit lila- und rosafarbenen Tüchern überdeckt. An manchen Stellen war nichts vom Erdboden wahrzunehmen, sondern nur von nacktem, grauem Abhub, vertrocknet und geborsten. Dafür war anderswo, am Rande eines außer Betrieb gesetzten Kohlenbergwerk, die Erde ganz schwarz. Hier hatte einmal jemand einen Pfirsichkern fortgeworfen, und dem war ein Baum entsprossen; der Kohlenschmutz hatte sich in ein paar harte, haarige, grüne Pfirsiche verwandelt.

Auch sonst gab es Bäume: Eukalyptussträucher, auf Plantagen beschränkt, die graue geometrische Figuren bildeten; und hier konnte man beim Vorübergehen einen Blick auf hell sich schälende Zweige erhaschen – Fleisch wie im Flackerschein. Ein paar spindeldürre Außenseiter, Eukalyptus- und Weidensträucher, konnten, in krampfhafter Verrenkung am Steilabhang der gelben Hügel sich festklammernd, ein kümmerliches Dasein fristen.

Das alles war eine künstliche Schöpfung in einem ganz anderen Sinne, als eine Großstadt es war (in anderem Sinne auch als die Midlands in England und das Kohlengebiet in Wales). Wären die Hügel nicht gewesen, so wären die Grenzen des Horizonts nur mit denen des menschlichen Auges zusammengefallen. Aber der Mensch hatte sich hier seine eigene räumliche Grenze gesetzt, hatte mit eigener Hand eine natürliche, aus Hügeln, Wasser und Wald bestehende Landschaft geschaffen. Was er aber in dieser Leere ins Dasein gerufen hatte, war weniger ein bestimmtes Etwas, als dessen Abbild und Zeichen. Die Zyanid-Ablagerungen waren in Wirklichkeit keine Hügel, die Reservoirs, gefüllt mit chemisch gereinigtem, aus dem Untergrund heraufgepumptem Wasser, waren keine Seen, die Plantagen keine Wälder. Aber sie täuschten das alles vor, standen stellvertretend dafür. Und wie alle echten Phantasiegebilde war auch dieses auf unbewußtem Wege zustandegekommen. Die Menschen, die diese Landschaft geschaffen hatten – sie hatten es lediglich darauf abgesehen, über Tage, abseits von allem Verkehr, die Abfallprodukte aufzustapeln, die bei der Gewinnung von Gold unvermeidlich waren.

Ganz anders freilich verhielt es sich mit den Städten, die ihrerseits bewußte ›Schöpfungen‹ waren. Sie waren häßlich, billig und auf grellbunte Weise farblos, und sie waren dank den Bemühungen der lokalen Verschönerungsvereine auf einem Geschmacksniveau angelangt, das etwa dem eines zu sonntäglichem Ausgang herausgeputzten Hausmädchens entsprach. Die Hauptstraße führte unweigerlich zum einen Ende der Stadt hinein und zum andern heraus, vorüber an den langen Reihen der Ladengeschäfte, die, in farbiger Leuchtreklame, Bratfisch und Röstkartoffeln, Möbel auf Ratenzahlung, Baudarlehen und Herrenkleidung verhießen, vorüber an den Schaukästen mit den Fotografien grinsender Bräute und Kinder, den schmuddligen Bars der vielen Hotels, die allesamt den Brauereibesitzern gehörten, einem Kino mit Breitleinwand und, selbstverständlich, dem Rathaus mit dem Stadtwappen, ausgelegt in Margeriten zwischen Palmstämmen, so dick wie Ananas. In einem dieser Städtchen spannten sich in einem Abstand von je sechs Metern buntumkleidete Drahtbögen mit farbigen Glühbirnen über die Straße, und am Ende der langen, perspektivisch sich verengenden Allee konnte man gerade noch die Fördertürme des nächstgelegenen Bergwerks erblicken. In jeder Stadt besuchte ich die Buchhändler – gewöhnlich hatte sich neben den allgegenwärtigen Kettengeschäften der Zeitungshändler noch ein einzel-

ner unabhängiger Buchladen erhalten – und fachsimpelte nach Möglichkeit ein bißchen mit ihnen, bevor ich zur Sache kam und die Bestellung für neue Aden-Parrot-Veröffentlichungen entgegennahm. Die meisten der Buchhändler waren recht nett; sie hielten sich hartnäckig an das, was nach ihrer Erfahrung verkäuflich war, so wenig geneigt, es mit einem neuen Autor zu versuchen, wie ein Lebensmittelkaufmann es wagen würde, seinen Kunden eine ungewohnte Art von Käse zu empfehlen. Sie erinnerten mich an die gemütlich Pfeife rauchenden Besitzer der Buch- und Zeitungsläden in den englischen Badeorten meiner Kinderzeit.
Ich hatte geglaubt, Anna Louw irgendeine Einladung zum Ausgehen oder Essen zu schulden, und sie darum für Freitagabend zum Kinobesuch aufgefordert. Als ich am letzten Tag meiner Rundreise längs des Eastrand nach Johannesburg zurückkam, fühlte ich mich zu müde, um mich an ihre Angaben über die Autobuslinien und Zufahrtsstraßen zu halten (ich sollte zunächst bei ihr zu Abend essen), und nahm ein Taxi. Ihre Wohnung lag im Norden der Stadt, auf dem Weg zu den Alexanders, inmitten einer halbentwickelten Vorstadt, die von anderen Vororten umgeben, aber im Unterschied zu diesen etwas verwahrlost war. Sie befand sich in einem kleinen Haus, das auf dem Grund und Boden eines größeren Anwesens stand – einer Art Papphäuschen, aus einem Prozeß erwachsen, der gerade umgekehrt verlaufen war wie der des Zwiebelschälens: zunächst hatte es lediglich aus einem einzigen Wohnraum und einem Badezimmer bestanden – einer Art Wochenendunterkunft für gelegentliche Besucher in dem größeren Haus –, dann hatte irgend jemand eine Küche hinzugefügt und damit eine etwas solidere Form des Existierens ermöglicht, dann eine Veranda, und schließlich war die Veranda umwandet und untergeteilt und derart in ein kleines Wabenhäuschen umgewandelt worden. Das erste, was mir ins Auge sprang, war die Niedrigkeit aller Türen und Zimmerdecken. Um den mattfarbigen Komplex von Annas Häuschen betreten zu können, hatte ich den Kopf einzuziehen. Es war, als hätte man sich so tief niederzubücken wie bei dem Versuch, in ein Nest oder eine kleine Höhle hineinzuspähen, wo etwas Verborgenes, sehr Persönliches unter den aufgereckten Nasen der Vorübergehenden ungestört fortbestand.

In dem kleinen Wohnzimmer saßen zwei, drei Leute herum. Die Fenster standen weit offen, und ich hatte den Eindruck, als flösse das Licht langsam nach außen und als sei für das Innere des Hauses die Stunde der Ebbe gekommen. »Hallo, Mr. Hood«, sagte der kleine Sam, mich freundlich begrüßend. Anna stellte mich einer rundlichen, grauhaarigen Frau in Männerhosen vor, die in auffällig holländischem Tonfall immer wieder erklärte: »Ich muß nun gehen, meine Liebe, nicht wahr? Ich muß jetzt unbedingt gehen.« Auch Steven war da. Er hatte unter dem Fenster auf dem Diwan gesessen, sich bei meinem Eintritt erhoben und war etwas zur Seite gerückt, um mir neben sich Platz zu machen. Er schüttelte mir die Hand. »Hallo, wie geht es Ihnen? Hier ist es doch höchst behaglich.« Er grinste, während er sein am oberen Rand gehaltenes Glas hin und her pendeln ließ. Die Gläser und eine Porzellanvase leuchteten einmal kurz auf, wie gelegentlich auch einmal bei Flutwechsel ein heller Gegenstand im Schlick aufschimmern mag.
»Ich sehe gar nicht mehr, was ich einschenke«, sagte Anna und knipste die Lampe an.
»Kommt gar nicht darauf an, ist vielleicht sogar etwas ganz Interessantes«, bemerkte Steven. Sie alle reckten beim plötzlichen Einschalten des warmen Lichts die Glieder und zuckten ein wenig zusammen, als ihnen von den Gegenständen im Zimmer scharfe Schatten entgegensprangen. »Nein«, sagte die Holländerin, erhob sich und schüttelte ihren von den Slacks umhüllten dicklichen Körper. Ich bemerkte, daß ihr derbes Haar mit ursprünglichem Gelb gestreift war, wie die Hand eines Kettenrauchers mit Nikotin. »Ich muß gehen, Anna.«
Kaum hatte Anna die Besucherin hinausbegleitet, trat sie schon eilig wieder in den Lichtkreis der Lampe zurück. »Toby! Nun genehmigen Sie sich bitte einen Drink!« – »Das habe ich schon«, rief ich, das Glas in die Höhe hebend. Sie war sorgfältig gekleidet, in Rot, und sah nach der lebhaften Art dunkelhaariger Frauen plötzlich ganz hübsch aus. Vielleicht weil sie hier zu Hause war, schien der gemessene Ernst, den ich aus ihrem Verhalten nicht wegzudenken vermochte, sich ein wenig gelockert zu haben. »Tut mir leid!« sagte sie. »Sie ist im Grunde gar nicht so übel.«
»Was ist denn passiert?«

»Oh, es handelt sich um etwas, was noch vor Ihrem Eintreffen passierte. Ihnen wäre es wohl auch nicht weiter aufgefallen.«

Sie wandte sich den anderen zu, wie um Nachsicht bittend, aber doch gleichzeitig überzeugt, daß sie ihre Belustigung teilen würden.

»Geht und geht und verschwindet nicht«, sagte Steven, das Glas niedersetzend und mit der Hand winkend.

»Sie ist, glaube ich, eine nette Dame«, bemerkte der kleine Sam. »Alles in Ordnung mit ihr.«

»Sie erschien zu Besuch – was sie gelegentlich gerade um diese Zeit oder kurz nach dem Abendessen auch sonst tut, um eine Tasse Kaffee bei mir zu trinken, aber als sie Sam und Steven hier sah, widerholte sie die ganze Zeit über: ›Ich muß gehen, ich muß gehen.‹«

»Aber sie ging eben nicht«, sagte Steven.

Anna fragte mich, wie ich den Weg zu ihr gefunden hätte, und dann fingen wir an, von dem Wagen zu sprechen, den ich so nötig brauchte, und was das für eine Marke sein und wo ich ihn kaufen sollte. Das Thema ›Wagen‹ anschneiden, heißt meistens Öl ins Feuer männlicher Unterhaltung gießen, und zwischen Steven und Sam loderte sogleich eine leidenschaftliche Auseinandersetzung auf. Sam meinte, ich sollte einen neuen kleinen Wagen britischer oder kontinental-europäischer Herkunft kaufen, der billig im Betrieb sei. Steven dagegen plädierte für einen gut erhaltenen Gebrauchtwagen, einen großen starken amerikanischen Wagen, Modell aus einem verläßlichen Jahr, der, überholt, bestimmt hinter einem neuen nicht zurückstand. »Was taugt denn ein guter Wagen ohne starken Motor? Wozu braucht man überhaupt eine schwache Maschine? Ebensogut könnte man zu Fuß gehen«, rief er mit blitzenden Augen Sam zu. »Steven, Mensch«, rief Sam, sich dicht vor ihm aufpflanzend, um sich überhaupt Gehör zu verschaffen, »ein Gebrauchtwagen ist längere Zeit in der Reparaturwerkstätte als auf der Straße.«

»Sie werden schon einen guten amerikanischen Wagen finden«, sagte Steven über den Kopf des anderen hinweg.

Wir redeten alle nun gleichzeitig aufeinander los:

»Hören Sie bitte... Schauen Sie... Solange er überhaupt fährt, braucht man nicht...«

Stevens Stimme setzte sich schließlich durch. »Ich habe einen

Freund, der in der größten Garage der Stadt beschäftigt ist. Sie kennen die Leute von Ford? Und von Chevrolet? Jahrelang hat er mit ihren besten Mechanikern zusammengearbeitet. Er kann sie zehnmal in die Tasche stecken. Sie kriegen Ihren Gebrauchtwagen – und machen Sie sich keine Gedanken. Ich werde ihn bitten, den ganzen Motor für Sie zu überprüfen. Er wird Sie nur die Hälfte kosten. Vielleicht sogar einen Pappenstiel. Überlassen Sie es nur mir.«

Sam und Steven hatten auf dem Nachhauseweg von der Arbeit mal eben bei Anna hereinschauen wollen, und nun brachten wir sie wieder zu ihrem Wagen, dem kleinen Wagen, der Sam gehörte, und ich sagte zu Steven: »Was ist übrigens an dem bewußten Samstag mit Ihnen los gewesen?« Er lächelte gewinnend, ungemein schuldbewußt und zerknirscht: »Ich bitte Sie tausendmal um Verzeihung, Mr. Hood, aufrichtig um Verzeihung. Ich hatte plötzlich nach Klerksdorp zu fahren. Ich bat einen meiner Bekannten, Ihnen Bescheid zu sagen, aber Sie wissen ja, wie die Leute hier sind ... Bitte, kommen Sie doch dafür morgen abend zu mir. Ja, ich gebe eine Party, eine richtige große Party, und Sie müssen unbedingt mit dabei sein. Sie müssen beide dabei sein. Morgen werden wir Endgültiges noch verabreden.«

Winkend und schwatzend fuhren sie ab. Ich hatte den Eindruck, daß eine Party gar nicht vorgesehen oder zumindest erst seit wenigen Minuten vorgesehen war.

»Ein richtiger Schwachkopf«, sagte Anna, als wir ins Haus zurücktraten. Sie nahm von dem Tisch, auf dem die Lampe stand, ein paar offiziell aussehende Briefe auf. »Hat in irgendeinem Laden der Stadt eine Frauenuhr und eine Kamera gekauft und nicht dafür bezahlt. Nun wird er gerichtlich belangt. Keine Ahnung, was ich in diesem Falle anstellen soll. Es hat kaum etwas mit Rechtsberatung zu tun.«

Ich lächelte. »Kaum.«

»Natürlich, Sam bildet sich immer ein, ich könnte alles in Ordnung bringen.« Sie seufzte und ließ sich nieder, vorwurfsvoll die Lampe anstarrend.

»Wahrscheinlich hat er sogar ganz recht.« Das Vertrauen, das sie andern einflößte, von dritter Seite bestätigt zu hören, bedrückte sie offenbar. Es war, als erblicke sie in der gewohnten Annahme, daß alles, was sie anpackte, ihr auch gelingen müsse, eine Herabminderung der eigenen Person.

»Was hat Steven selber dazu zu sagen?« fragte ich neugierig.
»Das Mädchen hätte sich mit der Uhr davon gemacht, und die Kamera hätte ohnehin eine fehlerhafte Linse gehabt. Er hatte also das Gefühl, daß allen Teilen Gerechtigkeit widerfuhr, wenn er die Ratenzahlung einstellte.«
Wir lachten beide, aber in Annas Belustigung schwang etwas von Gereiztheit mit.
»Es gehört mit zu der besonderen Robin-Hood-Moral, als deren Verfechter so viele sich gerade jetzt aufspielen. Eine sehr elastische Moral, die sich so weit dehnen läßt, daß jede Art von Gangstertum damit noch zu rechtfertigen ist. Und natürlich ist sie romantisch. Es gibt im Alltagsleben einer Zwangssiedlung sonst so jammervoll wenig Romantik – insofern verstehe ich das schon. In dem Karru-Dorf, in dem ich aufwuchs, gab es auch so gar nichts Romantisches.«
»Ich bin nicht ganz sicher, ob ich verstehe, was Sie mit ›romantisch‹ meinen.«
»Nun, was meint man denn sonst damit? Irgend etwas Fremdartiges, irgend etwas, das nichts mit dem vertrauten Alltagsleben zu tun hat. Das meine ich jedenfalls. Selbst wenn das Unvertraute nur darin besteht, daß man sein eigenes Leben mit andern Augen betrachtet, mit andern Maßstäben mißt. Dann ist man nicht nur ein Schwarzer, der einem Weißen eins auswischt – man knöpft dem Reichen sein Geld ab, um es dem Armen zu geben.«
In der Küche hantierte sie ohne Hast, mit der Sicherheit der Erfahrung. Als sie den Deckel eines Topfes abhob, entstieg diesem der beruhigende Gemüsegeruch einer selbstzubereiteten Suppe, und auf einem Holzbrett lagen bratfertig zwei dicke Filetscheiben. Ich stand, mich weiter mit ihr unterhaltend, nur so herum, war ihr weniger behilflich, als daß ich ihr ins Gehege geriet, wie man's so leicht in einer Küche tut, in der man nicht recht Bescheid weiß. »Immerhin freue ich mich zu hören, daß Sie mit Stevens romantischer Lebensauffassung nicht allzu streng ins Gericht gehen – auch wenn ich selbst noch nicht ganz überzeugt bin, daß sie unbedingt ›romantisch‹ zu nennen wäre.«
»Sie ist schon romantisch«, sagte Anna, während sie in einer heißen Pfanne Tomaten zum Brutzeln brachte, »und ich gehe streng mit ihr ins Gericht. Ich verstehe das Bedürfnis nach

einer gewissen Romantik, aber mit dieser Art Romantik bin ich nun wirklich nicht einverstanden. Es ist Vergeudung von Energie. Man wird darum Steven auch niemals unter den Anhängern der Kongreßpartei oder denen finden, die sich an irgendeiner politischen Bewegung der Afrikaner beteiligen. Er hat auch niemals bewußt protestiert – ich spreche von der Protestkampagne der passiven Widerstandsbewegung, die jetzt ein, zwei Jahre zurückliegt. Der einzige Protest, an dem er selbst interessiert ist, besteht darin, daß er seine Rechnungen nicht bezahlt, sich dafür aber einen Drink leistet. Er sieht sich selbst als einen erbitterten Teufelskerl von Afrikaner, und glauben Sie mir's, er macht aus dieser Vorstellung so etwas wie einen Lebensberuf. Er schert sich nicht im geringsten um das Wohl seiner schwarzen Brüder. Was ihn bekümmert, ist lediglich das persönliche Mißgeschick, mit einer dunklen Hautfarbe zur Welt gekommen zu sein.« Rings um sie her sprühten die brutzelnden Tomaten Zornestropfen flüssiger Butter.

»Warum sollte Steven sich aber unbedingt in alle diese Bewegungen und Kongresse und was weiß ich hineinziehen lassen?« fragte ich. »Ich muß gestehen, die ganze Vorstellung hat für mich etwas Abschreckendes. Ich würde schon beim bloßen Gedanken daran in anderer Richtung davonlaufen.«

Über die Tomaten gebeugt, lächelte sie das stille Lächeln der Vielerfahrenen: nicht anders lächelt der Heizer, wenn ein Schiffspassagier die Tatsache erstaunlich findet, daß irgend jemand in solcher Hitze überhaupt arbeiten kann; der Eisengießer , wenn jemand ihn fragt: ›Wie können Sie es in diesem Lärm aushalten!‹ – »Irgend jemand muß es schon tun. Warum sollte man sich darauf verlassen müssen, daß jemand anders es für einen tut? Im Grunde möchte sich niemand die Hände schmutzig machen.«

»Ist das tatsächlich so? Ich habe mir immer eingebildet, es gäbe zweierlei Arten Menschen – solche, die ein öffentliches, und andere, die ein privates Dasein führen. Den einen ist es um ein Kollektivschicksal zu tun, den anderen um ein Einzelgeschick. Aber, grob gesprochen, seit dem Ersten Weltkrieg sind die Leute mit dem Eigenleben zum Freiwild geworden. Zum Freiwild und zum Popanz. Man muß ›Stellung nehmen‹. Man muß Kommunist oder Antikommunist

sein, Nationalist oder Kaffierboetie« – sie lächelte über meine Aussprache – »muß protestieren, Widerstand leisten, nicht mittun. Und von alledem darf man sich um Gottes willen nicht ausschließen. Nichts darf man in den unvergleichlich geschickteren Händen der Leute mit dem öffentlichen Leben belassen.«
Anna wandte sich, noch immer am Herde stehend, um, die Erwiderung bereits auf der Zunge, hielt sie aber für den Augenblick noch zurück und füllte die Pause damit, daß sie mich mit einer Geste aufforderte, ihr die Suppenteller zu reichen. Dann sagte sie als habe sie ihr Argument plötzlich fallen lassen: »Ja, man hat schon immer weniger Möglichkeiten, sein eigenes Leben zu leben. Das stimmt. Der Druck ist allzu stark.«
»Der Druck von außen und auch der von innen, das meine ich gerade«, sagte ich eigensinnig, ohne das Vorhandensein einer gemeinsamen Plattform vortäuschen zu wollen, die es ja wohl auch nicht gab. »Die Leute mit dem öffentlichen Leben haben stets auf den Druck von innen reagiert – auf ihr eigenes Gewissen, ihr Verantwortungsgefühl für andere, ihren Ehrgeiz und so weiter. Aber die Menschen mit dem Eigenleben, in denen alles das nur unsichtbar mitvorhanden, schwach oder in anderer Richtung entwickelt ist, könnten an sich ungestört ihren eigenen Weg gehen, würde der Druck von außen nicht übermächtig. Nun, im Augenblick ist er sogar geradezu unerträglich. Nicht genug damit, daß ein Bursche wie Steven sich in diesem Lande mit der Tatsache seiner schwarzen Hautfarbe herumzuschlagen hat – es wird obendrein noch von ihm erwartet, daß er das wenige, was ihm von einem persönlichen Leben verblieben ist, für politische Tätigkeit draufgibt.«
Ich folgte Anna ins Wohnzimmer, in das sie die Suppe trug. »Er bedarf doch wohl der Früchte solcher politischen Tätigkeit, nicht wahr?« rief sie über die Schulter zu mir zurück. »Er möchte doch wohl die Paßgesetze und die Rassenverfemung und den ganzen Unglücksklimbim los sein? Nun, dann sollte er gefälligst schon selber für seine Freiheit mitkämpfen.« Sie lachte, gegen ihre Absicht aufgebracht.
Die ganze altvertraute verzweifelte Langeweile, mit der ich mein Lebtag Gespräche wie diese mit hatte anhören müssen, war diesmal noch um ein persönliches Element verschärft:

nervöse Erregung, Gereiztheit. Es schien mir unbedingt notwendig, Anna zu widerlegen, ja, sie fast zu bestrafen: »Meine liebe Anna, auch Sie sind da ganz und gar auf dem Holzwege. Der Mensch mit Eigenleben, der Egoist, der Drückeberger, für den Sie ihn halten – er ist in Wahrheit ein Rebell. Ein Rebell gegen die Tatsache der Rebellion. Auch er ficht eine Art revolutionären Kampf, ficht ihn ganz allein, für sich selbst, aber eine ganze Anzahl anderer mag davon profitieren. Das tut meiner Meinung nach Steven. Er will nicht im Gleichschritt mit euren Kongreßleuten marschieren, sich nicht in einer öffentlichen Leihbücherei verhaften lassen, aber trotz allem, was die Weißen anstellen, um ihm das Rückgrat zu brechen, bleibt er Gottseidank höchst lebendig – betrinkt sich, macht Schulden, betreibt seine dunklen Versicherungsgeschäfte. Lernt alle die zweifelhaften Tricks, damit er die liebe alte weiße Kultur zuletzt mit ihren eigenen Waffen schlagen kann. Er zwängt sich durch den kleinsten Spalt hindurch – und wer kann sagen, daß er nicht eines Tages als erster zur Stelle ist? Während die Kongreßanhänger noch mit wütender Faust an den Vordereingang hämmern, ist er durch ein rückwärtiges Fenster bereits ins Haus geschlüpft. Aber was noch wichtiger ist: er ist lebendig, nicht wahr? Er ist ganz lebendig, ein lachender Protest gegen alle, die ihm nur den Zustand der Halblebendigkeit zubilligen wollen. Vermutlich ist er nicht gerade wohlgenährt, aber er sieht drahtig aus, auch mit seiner Schulbildung ist es nicht weit her, aber er hat sich selbst soviel beigebracht, wie er unbedingt braucht, um durchzukommen, einbringliche Berufe sind ihm verschlossen, und darum hat er für sich selbst einen Posten erfunden. Und wenn die Kongreßanhänger zu guter Letzt in das verrammelte Haus eindringen, dann finden sie ihn vielleicht schon drin – auf sie wartend.« Ich lachte.
»O mein Gott! Was für ein schrecklicher Gedanke!« Anna preßte die Serviette vor den Mund und krümmte die Schultern. – Ich verspürte widersinnigerweise ein Gefühl des Frohlockens und fügte etwas überheblich hinzu: »Nun, man sollte die Sitoles dieser Welt keinesfalls unterschätzen. Sie sind wie die Geschichte selbst: ihr Fortschritt ist unaufhaltbar. Diese Einsicht hat immerhin etwas Tröstliches, wenn man mit Kongressen und Protestaktionen allein offenbar nicht viel ausrichtet.«

Als wir mit dem Essen fertig waren und Anna das Zimmer verlassen hatte, um sich ihren Mantel zu holen, trat ich hierhin und dorthin, um die Bücher und Einrichtungsgegenstände etwas genauer in Augenschein zu nehmen, die mir von Anfang an aufgefallen waren. Die Bücher waren ganz das Erwartete: politische Veröffentlichungen über Rußland, China und Indien, alle die Bücher über Afrika, die ich je gelesen hatte, und daneben noch sehr viel andere – ein paar alte ›Left-Book-Club‹-Ausgaben, einige wenige Kunstbücher, gar keine Versbände und keine Romane, es sei denn ein paar Kriminalromane in Taschenbuchausgabe. Aber einige der Gegenstände waren ungewöhnlich und für mich höchst interessant. Mein Blick fiel auf eine große, gnädig dreinblikkende afrikanische Maske aus schwarzem Holz und eine kleinere bösartige mit grauer, vermutlich aus Affenfell gefertigter Krause, weiter auf eine schöne, mit Tierhaut bespannte Trommel und einen Tonkrug, mit Herdfett geschwärzt und mit roten Glücksbringerbohnen umkränzt; eine kleine Schiwa-Figur aus Bronze und, mit einem Nagel an der Wand befestigt, einen chinesischen Hochzeitsfisch. Jeder dieser Gegenstände ging in dem engen Raum eine Art Vertrauensverhältnis mit jedem andern ein, wahrte aber, durch die Gegenwart dieses anderen nicht im geringsten bedrängt, etwas von der Echtheit seiner ursprünglichen Bestimmung. Bei Gegenständen zu praktischem oder rituellem Gebrauch war mir Gleiches schon früher aufgefallen: selbst abgelöst von ihrer besonderen Funktion, nahmen sie niemals das banale Aussehen bloßer Zierstücke an. Ich hielt gerade eine kleine Photographie in der Hand – Anna neben einer lächelnden Inderin und selbst in indischer Tracht –, als sie wieder ins Zimmer trat.

»Ein Sari steht Ihnen. Sind Sie einmal in Indien gewesen?«

Sie schüttelte den Kopf. »Ich war mit einem Inder verheiratet. Er hat mir auch das hier geschenkt – ist er nicht schön?« Sie hielt mir den weißen Kaschmirschal vor Augen, den sie gerade umhatte. Ich bewunderte ihn gebührend, und ein paar Minuten plauderten wir noch weiter, während sie von Tür zu Türe ging, um das Häuschen abzuschließen.

Im Wagen fragte sie unvermittelt: »Hat es Sie überrascht, von meiner Ehe mit einem Inder zu hören?«

»Nun, ja. Ich glaube schon.«

»Aber natürlich ist es für Engländer kaum so besonders erstaunlich.«
»Nein.«
»Wenigstens nicht in dem gleichen Sinne wie hierzulande.« Und dann fügte sie mit ihrer nüchtern-sachlichen Stimme, der Stimme eines gewissenhaften Ausschußmitgliedes, das die Aufmerksamkeit der Anwesenden noch auf einen bestimmten, keinesfalls zu übersehenden Einzelpunkt lenken möchte, hinzu: »Verheiratet war ich natürlich, ehe das Gesetz über Mischehen in Kraft trat!«
Ich hatte plötzlich mit einem ununterdrückbaren Lachreiz zu kämpfen – und schon sprudelte es aus mir heraus: »Ich kann die Ehe beim besten Willen nicht mit den Augen des Gesetzgebers betrachten. Darum mein Gelächter.« Aber hätte sie irgend etwas je mit anderen Augen betrachten können?
»War es hierzulande sehr schwierig, mit einem Blutsfremden verheiratet zu sein?« fragte ich in einem Ton, als hätte ich mich nach der Pflege irgendeiner Pflanze in ihrem Garten erkundigt.
Sie zögerte einen Augenblick. »Ein bißchen schwierig. Kam mir damals nicht so vor. Heute schon.«
Mit einer für sie kennzeichnenden, flinken, bedachtsamen Bewegung wechselte sie den Gang. Und ich verspürte plötzlich einen Anhauch von Einsamkeit, ihrer Einsamkeit, die ungerufen hinter ihren nüchtern-gemeinplätzigen Worten auftauchte wie ein Gesicht am Fenster eines verrammelten Hauses.

6. Kapitel

Steven, ins lose Gewand eines Akademikers gehüllt, war der lebendige Mittelpunkt der Party. Alles kreiste um ihn her, zunächst noch langsam, dann zu immer wilderem Tempo gepeitscht durch die schwarzen Schöße und wehenden Ärmel, die am Mast seiner Energie flatterten. Als ich jenes Haus in Sophiatown betrat (Sam hatte den weiten Weg nicht gescheut, um mich abzuholen, weil Anna Louw nicht zur Party mitkam), standen ungefähr ein Dutzend junger Leute, an die Wand gelehnt, im Zimmer herum. Einige von ihnen hatten den Ellbogen auf die Schulter ihres Nebenmannes gestützt, und eine Zigarette wanderte von einem zum andern, damit jeder einmal einen Zug tun konnte. Hin und wieder flüsterten sie sich etwas zu, brachen unvermittelt in Lachen aus oder träumten nach Art von Müßiggängern still vor sich hin. Ein paarmal schwirrte Steven zwischen ihnen umher, packte den einen überschwenglich beim Arm oder senkte den Kopf, mit einem anderen ein explosiv-vertrauliches Scherzwort zu wechseln. Sie alle trugen, was sie offenbar gerade hatten aufstöbern können: der eine, in einem weißen, frischgebügelten Hemd und in neuen Flanellhosen mit einem reichverzierten Gürtel, hatte den Arm um die Schulter eines Freundes gelegt, dessen Sweater fast völlig aufgedröselt war und bei dem die Aufschläge der ausgefransten braunen Hose, steif von Maschinenöl, an den nackten Beinen mit Radfahrklammern zusammengesteckt waren. Die anderen trugen locker sitzende haarige Tweedjacken, die sie von einer Vogelscheuche stibitzt haben mochten, schmutzige alte Mützen, vergoldete Krawattennadeln, zerfetzte Segeltuchschuhe ohne Senkel oder makellos geputzte Wildlederschuhe. Ihre Gesichter hatten den glasigen Ausdruck von Halbwüchsigen, die ihr Leben auf der Straße verbracht, mit Zuschauen verbracht haben. Sie hatten die Baggermaschine ein noch unbebautes Stück Boden aufwühlen, die Löschmannschaft der Feuerwehr vorüberrasen oder im Rinnstein einen Trunkenbold dahintorkeln sehen.

Auf Holzbänken und alten Eßzimmerstühlen saßen ein paar Mädchen im Schmuck wahllos zusammengestellten Trödelkrams und einige wenige Männer, bebrillt, im Anzug von Geschäftsleuten. Der Raum war so kahl, wie die Spritschwemme es gewesen war, und man stand oder saß einfach herum, ohne jede Verlegenheit, aber auch ohne die Spannung des Wartens, Erwartens. Immerzu stellten sich noch weitere Gäste ein, und jedesmal schien Steven einen Ausfall in den Hausflur zu unternehmen und, von Neuankömmlingen umschart, mit triumphierender Miene zurückzukehren. Sam spielte die Rolle des Adjutanten, der mit augenzwinkernder Wichtigtuerei um ihn herumtänzelte und -scharwenzelte. Schließlich wurde ein Klavier ins Zimmer geschoben: seine Saiten schwirrten und klirrten, bis sie zuletzt verhallten. Steven war in ernsthafter Unterhaltung begriffen, wobei er mit ausgestreckten Armen sein loses Gewand um zwei andere Männer gebreitet hielt. Er schoß aus dem Zimmer, kam wieder hereingestürzt, grinste mir und zwinkerte einem anderen zu. Ein gelbhäutiger Junge mit Mädchenhänden und ein riesiger dunkelschwarzer Mann, bei dem der Oberkörper mit seinem ganzen Gewicht auf dem enggeschnallten Gürtel zu lasten schien, brachten buntfarbige, mit Branntwein gefüllte Limonadengläser ins Zimmer: für mich und all die anderen, die auf Bänken oder auf Stühlen saßen. Dann kam eine zweite Fuhre Drinks, diesmal in Tassen. Aber auch diese gelangten nicht bis zu den Burschen, die an die Wand gelehnt standen und die auch nichts zu erwarten schienen, sondern sich wie immer mit Zuschauen begnügten. Die Unterhaltung verstärkte sich in dem gleichen Maße, in dem die Zahl der Besucher die Stille verdrängte. Und noch immer kamen neue Gäste hereingeschlendert, die Mädchen Hand in Hand, Mädchen mit kleinen Brüsten und mächtigen Hinterbacken, wie sie mir bei den jungen Afrikanerinnen schon früher aufgefallen waren, hübsche kleine Nutten mit vor Vergnügen breit strahlenden Gesichtern, auf deren Haut der Puder matt violett schimmerte wie Flaum auf dunkler Traube, hagere junge Männer, bei denen die Schultern den Brustkasten einzuzwängen schienen, schlaksige junge Männer mit dem wohlwollenden Ausdruck der Hochgewachsenen; bleiche, gelblich-dickliche Gesichter, knochig-rotfarbige Gesichter, leuchtend schwarze Gesichter. Sie unterhielten sich untereinander im einsilbig-gedämpften Tonfall von Zaungästen, wobei sie ein paar Sätze in längst überholtem Amerikanisch-Englisch einflochten, als wäre das gerade das Allerneueste. *»Doing all right there, Dan?« – »Sure, boy. How's it with you, these days?« – »Hallo, baby« – »You in good shape, honey?«*

Einem Saxophon entwehte eine kleine Folge von Tönen, die gleich wieder abbrach. Kurz jaulte eine Klarinette auf. Irgendwo hinter dem Menschengeschiebe hob die Baßposaune zu schnaufen an. Musik begann den Raum zu füllen, als wolle eine Art neuer Lebensform sich entfalten, oder als wolle die Atmosphäre umschlagen wie bei Aufkommen eines Sturmes. Vom Boden wurden bisher unbemerkte Musikinstrumente aufgenommen. Menschen, die eben noch miteinander geplaudert hatten, bedienten sich nun einer anderen Ausdrucksprache, sei es, daß sie an etwas zupften oder auf etwas bliesen. Füße regten sich und Köpfe wiegten sich – es gab keine Zuhörer, keine Solisten. Jeder der Anwesenden schien Musik zu atmen. Sam war mit dem Klavier in einem – beiden bereits vertrauten – Nahkampf begriffen. Ein gelbhäutiger Junge in schwarzer Baskenmütze suchte sein Saxophon, als wäre es eine Schlange, mit dessen eigener auf- und niederschwingenden Stimme zu betören. Unter den entzückten Händen eines Mannes mit dem bärtigen, dunkelgetönten, zartgeschnittenen Antlitz eines Assyrerkönigs begann, wie atemlos, die Baßgeige loszurumpeln. Ein dicker Junge mit pockennarbigem Gesicht sprang mit federnden Knien in eine winzige Lichtung. Ihren Tanzpartner an der Hand, begannen die Mädchen, Drahtfedern gleich, die sich zusammenziehen und wieder lockern, nach dieser, nach jener Seite hin auszuschwingen.

Ich hatte jazzbesessene Jugendliche daheim in England, hatte sie im Taumel einer Jive-Tanzhalle gesehen. Von Zuckungen befallen, glichen sie mit ihren leeren, aller Erkennungsmerkmale baren Gesichtern den abgehackten Gliedmaßen irgendeines widerlichen Tieres, die, zerstückelt und zerstreut, aus einer Reflexbewegung heraus immer weiterhüpften. Aber der Jazz in diesem Raum hatte nichts von Taumel an sich. Es war die Erfüllung echter Leidenschaft. Hier tanzten sie aus Freude und um der Freude willen, tanzten aus der ungebrochenen Ganzheit ihres Wesens heraus, aus der auch Kinder sich juchzend einen Grashang herabrollen lassen. Hin und wieder schaffte ein einzelnes Paar sich freien Bewegungsraum, die ganze, das Zimmer durchwirbelnde Lebenskraft gleichsam verdichtend. Den andern, die sich tanzend, im Gleichtakt mit ihnen, um sie her bewegten, riefen sie Worte des Scherzes und der Aufmunterung zu, die mit Rufen der Kritik und der Herausforderung beantwortet wurden.

Einer der Männer in gutbürgerlichem Anzug trat auf mich zu: »Das alles wird Ihnen wahrscheinlich etwas barbarisch vorkommen«, sagte er in vertraulichem Ton.

»Barbarisch?«

Er machte eine unbestimmte Handbewegung in Richtung der Tanzenden, von denen er immer wieder angerempelt wurde: er stand so breitbeinig da wie ein Mann, der sich bei hohem Seegang an Bord eines Schiffes befindet.

»Mein Freund«, erwiderte ich, »Sie wissen offenbar nicht, wie es auf unseren Parties zugeht.« Und tatsächlich war das, was mir gerade an jenem ersten Abend ins Auge sprang, die seltsame Unbefangenheit ihres Tanzens. Beim Anblick all dieser wilden, orgiastischen Zuckungen drängte sich dem Beschauer auch nicht im mindesten der Eindruck auf, daß es sich hier um ein Zerrbild, um einen Ersatz körperlicher Umarmung handelte. Nichts hier von der träumerischen Begehrlichkeit, die, wie eine Aura unverhüllt-wölfischen Geschlechtshungers, über den kaum sich von der Stelle bewegenden Tanzpaaren eines weißen Nachtklubs brütet. Für diese Menschen waren Tanz und Musik kein Traum, keine Ausflucht, sondern ein einziges lautes Ja. Ein-, zweimal forderte ich eine der jungen Frauen in heller Nylonbluse zum Tanzen auf. Aber wenn ich mir in diesem rhythmischen Getümmel fast wie ein Krüppel vorkam, so nicht allein darum, weil mir die erforderliche Geschicklichkeit abging und ich auch nur halb bei der Sache war – für mich selbst war bisher das Tanzen nicht viel mehr als eine etwas lästige soziale Notwendigkeit gewesen –; auch nicht nur darum, weil meine Glieder ungelenk und scheu und unfügsam waren. Was ich entbehren mußte, war – auf tieferem Niveau – etwas jenem Vorgefühl Verwandtes, das ich verspürte, als ich mich an der Seite Stella Turgells draußen vor Mombasa im Wasser treiben ließ: dem Gefühl, daß ein uralter Kristall des Nordens in meinem Blute dahinschmolz. Die Männer und Frauen rings um mich her hatten nur wenig zu trinken gehabt und keines der Reizmittel von gutem Essen und heiterer Entspannung, ohne deren Hilfe Leute meiner Bekanntschaft überhaupt keine festliche Stimmung aufzubringen vermögen. Aber hier hatte sie sich wie von selbst eingestellt. Die Freude der Schwarzen war etwas Großartiges, Gewaltiges, eine Art Waffe, über die ich selbst nicht verfügte. Und während ich mitten unter ihnen etwas hilflose Tanzbewegungen vollführte, verspürte ich den ganzen Zauber dieses Vermögens zur Freude – mit ähnlichen Gefühlen mag man einen Menschen betrachten, der eine hinreißende körperliche Leistung vollbringt, deren Voraussetzungen uns abhanden gekommen sind, vielleicht sogar uns niemals beschieden waren. Gestutzt, erstickt, schon vor Generationen; verdorrt in dem gleichen Maße, in dem die Pigmentierung der Haut verblaßte. Zum erstenmal begriff ich auch, welche Furcht, welches Verlustgefühl unter einer weißen Haut lauern kann. Vermutlich hatten wir einen Punkt erreicht, an dem es für mich wie für so viele andere kein Zurück mehr gab: man haßt entweder, was man selbst nicht besitzt, oder man ist davon wie gebannt. Was meine Person betraf, so fühlte ich mich angelockt vom Schein eines Feuers, an dem ich mich noch niemals gewärmt hatte, vom Glanz eines Festes, zu dem ich selbst nicht geladen war.

Ich wandte den Blick Steven zu, der stolz wie ein aufgeplusterter Gockel vor einem kleinen rundäugigen geschminkten Negermädchen einhertänzelte und dabei mit lauten Bemerkungen um sich warf, die ihm immer wieder bewundernde Blicke eintrugen. Und ich stellte mir vor, wie er in einem Bierhaus des Londoner Eastend mit kleinen Wurfpfeilen nach einer Scheibe geschossen hatte.

Warum sehnte er sich wohl nach jener grauen, nebelfeuchten Welt zurück, deren trostloser Zeitvertrieb so geringen Kraft- und Willensaufwand erforderte? Aber eben das war es, was er tat. Er fühlte sich davon angelockt, wie ich selbst mich von der Lebensfülle angelockt fühlte, die so unbekümmert den mich umgebenden Raum durchloderte. Sollten die Neger einmal jene innere Fülle einbüßen, sie, wie sie es allzu gern täten, versprühen lassen in der ungeheuren Verderbtheit unserer Welt, wäre es um diesen Haß und um dieses Gefühl des Gebanntseins geschehen, und wir wären ihnen so gleichgültig, wie wir es untereinander sind.

Wie Alice im Wunderland das weiße Kaninchen auf seinen unterirdischen Wanderungen begleitet, so suchte ich mit Steven Sitole zusammen die Zwangssiedlungen, die Spritschwemmen, die Wohnräume und Häuser seiner schwarzen Bekannten auf. Nur stelle man sich das nicht als Abstieg in eine Unterwelt vor: es war der Abstecher in eine andere Welt, für die die Lebensumstände des Johannesburg, in dem ich wohnte und meine Verlagsarbeit tat, keine Geltung besaßen. Zunächst einmal waren die räumlichen Maßverhältnisse vertauscht: in der Großstadt, ja selbst in meiner Vorortstraße, strebten die Gebäude allesamt in die Höhe, und die Menschenmasse war aufgelichtet durch Gärten – wir lebten, wie es Stadtmenschen tun, im Schutze der Großstadt, die uns mit

ihrem Schatten gleichzeitig die Würde der Verborgenheit bescherte: wie auf der Straße die Gestalt eines Fußgängers sich im Halbdunkel und zwischen Bäumen verlor, so das Alltagsleben hinter Mauern und Zäunen. Im Gegensatz dazu war eine afrikanische Zwangssiedlung wie ein Ort, der fast dem Erdboden gleichgemacht worden war. Die ungezählten Häuser und Bretterbuden waren so niedrig und standen so dicht beisammen, daß sie von Menschen nur so zu wimmeln schienen. Es war, als wären sie, von ihren ursprünglichen Bewohnern verlassen, von feindlichen Eroberern in Beschlag genommen. Jedesmal fiel mir beim Betreten einer Zwangssiedlung auf, daß die Höhenlinie der Gebäude sich senkte, die Menschen dagegen zu wachsen schienen. Was das Alltagsleben der Bewohner betraf, so war es in keinem seiner Augenblicke verborgen, geborgen, es sei denn im oberflächlichsten Sinne des Wortes. Niemals ließ das grelle Licht der Wirklichkeit von ihnen ab. Und die ganze Zeit über lebten sie in allen Schichten der Gesellschaft zugleich: Zuhälter, Gangster, Laufjungen, Wäscherinnen, Schullehrer, Boxer, Musikanten und Bestattungsunternehmer, Arbeiter und Kurpfuscher – sie alle hausten Wand an Wand und hatten sich in einen einzigen Wasserhahn, einen Hof, ja selbst in einen Abtritt miteinander zu teilen.
So überzeugend war Stevens Vertrauen in seine eigene Person und die seiner Freunde, daß, als Faunce mir das Geld für den Kauf eines neuen Wagens vorstreckte, ich einen gebrauchten Chevrolet erstand und ihn von dem Steven befreundeten Mechaniker überholen ließ. Er wohnte in der Alexandra-Siedlung, die, offenbar sich selbst überlassen, außerhalb der nördlichen Bannmeile Johannesburgs lag – eine Art ungeheurer dampfender Abfallhaufen, in dem gefräßige Menschenwesen herumstocherten. Wer immer dort wohnte, arbeitete in Johannesburg, aber die Stadt selbst betrachtete die Siedlung nicht als zugehörig, sich selbst nicht als dafür zuständig. Sie hatte das greisenhafte Aussehen aller Elendsbezirke – selbst der Erdboden, die roten Schmutzstraßen, schienen bis auf die Knochen hinunter abgescheuert zu sein, und es gab nicht das Geringste, keinen Dachziegel, keinen Pfahl, kein Stück Eisenblech, das wirklich neu und, wenn auch schon unzählige Male benutzt, nicht immer wieder anders zurechtgeklopft worden wäre; aber in Wahrheit war der Ort, wie

alles andere in Johannesburg, nach dem Maßstab menschlicher Wohnbegriffe jung, frisch, noch in seinen Anfängen, vielleicht dreißig, vierzig Jahre alt. Schon immer mußten Schmutz und Verfall hier um sich gewuchert haben – eine Umkehrung der hübschen Shangrila-Legende (in James Hiltons ›Irgendwo in Tibet‹), in der die Fäulnis Blüten treibt.
Am Hause von Stevens Freund floß ein Bach voll dicken, blau-grau-schmutzigen Waschwassers vorüber, in dem Kinder plätscherten und kreischten, und als sie herbeigestürzt kamen, um den Wagen zu besichtigen, waren ihre nackten Beine von Schaumschuppen bedeckt wie von Ausschlag. Auch wenn wir drei, vier verschiedene Male hinzufahren hatten (ich hatte den Wagen ein paar Tage lang bei diesem Alfred gelassen), wurde ich niemals von ihm ins Haus gebeten. Es war ein Ziegelschuppen, über den das Astwerk eines verdorrten Baumes herabhing. Am Baum wiederum hingen ein paar Seilenden mit einem alten Gummireifen, an dem die Kinder hin- und herschwangen, und der Hof mit seinem alten Wagengerümpel – ein gelber Stoßdämpfer, eine rostige Wagenkappe und andere rätselhafte Gebilde – hätte dem Garten eines surrealistischen Bildhauers Ehre gemacht. Während Alfred, ein dicker, scheuer Mann, der während des Redens zärtlich seine Nase betupfte, und Steven, der seinerseits keine Ahnung von Autos hatte, aber es einfach nicht aushielt, den unbeteiligten Zuschauer zu spielen, auf ihren Schultermuskeln sich unter den Wagen schoben und immer weiterschlängelten, tauschte ich mit den Kindern neugierige Blicke. Sobald sie es satt bekommen hatten, über mich zu kichern, verfielen sie wieder ihrer sie völlig ausfüllenden Ziellosigkeit. Unter ihnen befand sich eine Schwachsinnige, eine Art Pavianmädchen von vierzehn, bucklig, mit grotesk aufgetriebenen Hinterbacken, die in ihrer untermenschlichen Wehrlosigkeit auf die Neckereien der anderen mit Grunz- und Quieklauten antwortete. Zwei rundliche, flinkäugige Frauen standen klatschend beieinander, bekamen aber, mit rascher Hand und stets noch im rechten Augenblick, ein dickes Baby zu fassen, das, Bänder aus Holzperlen am Fußgelenk, immer wieder von den Stufen der am gegenüber liegenden Schuppen angebauten Lehmveranda herunterzupurzeln drohte. Ächzend schwankte ein Eselskarren, mit verkäuflichem Holz beladen, vorüber. Über die von Rillen

durchfurchte Straße hüpften Leute auf ihrem Fahrrad, Frauen, unzählige, unzählbare Frauen gellten, schütteten den Inhalt ihrer Abfalleimer auf die Straße, brüllten vor Lachen und hämmerten auf Waschkübel ein. Und das kleine Ungeheuer fiel so wenig aus dem Rahmen wie das dicke Baby.

Sams Haus befand sich in einer anderen Zwangssiedlung, einer etwas besseren. Das Kernstück der meisten Häuser bestand hier aus Backstein, auch wenn es nicht an dem üblichen kleinen Seitenanbau aus Wellblech und Sackleinwand fehlte. Eines Abends begab ich mich mit Steven dorthin zum Essen. Wir durchquerten im Hof eine Dunstwolke aus Ammoniak und Holzfeuerrauch – ein Geruch, an den ich mich inzwischen gewöhnt hatte –, während uns von allen Seiten der seltsam vielgliedrige Nachtschrei der Siedlung ans Ohr hallte und die matten Lichter und plötzlich vertraulich klingenden Stimmen aus den anliegenden Häusern uns immer näher auf den Leib rückten. Als wir schließlich durch eine über zwei ungleiche Zementstufen unvermittelt sich öffnende Tür ins Innere des Hauses gelangten, traute ich meinen Augen kaum. Ich hätte ein von irgendeinem jungen Paar in Chelsea ›neuhergerichtetes‹ Zimmer betreten können. In dem grünen Filzbelag des Bodens erstarb der Hall unserer Tritte. Mein Blick fiel auf ein Klavier mit Stapeln von Notenbänden und dann auf einen Plattenspieler in einem Stil, den sämtliche Kabinettmacher außerhalb Schwedens als typisch schwedisch angesprochen hätten. Auf einen Diwan mit Kissen. Eine rote Lampe. Über eine ganze Wand zog sich ein Bücherregal, aus angestrichenen Brettern und Backsteinen gefertigt. Am Fenster hielt eine grünfarbige Jalousie ihre vielfältigen Augenlider gesenkt, offenbar um den Anblick der Siedlung zu meiden. Sams Frau Ella, hübsch und scheu, tischte uns ein aus Lammbraten mit Kartoffeln und einer Flasche Wein bestehendes Essen auf, und danach lauschten wir zu viert einem Beethoven-Quartett, und zuletzt spielte Sam ein paar eigene Lieder.

Später, nach Verlassen des Hauses, zog es Steven wieder zu einer Spritschwemme. Ihre Inhaber waren ein Mann, der teils indischer, teils afrikanischer, teils aber auch europäischer Abstammung war, und eine Basutonegerin, die mich mit der vertraulichen Willfährigkeit einer ihre Herrschaft längst durchschauenden Hausangestellten mit ›master‹ titulierte. Steven kannte jeden der Anwesenden, flirtete mit den heiseren

Mischlingsnutten, die mich, wenn sie betrunken waren, an männliche Komiker in Damenkleidern erinnerten, und trug dabei den Ausdruck gesellschaftlicher Überlegenheit und Ungezwungenheit zur Schau. Endlich stand er wieder neben mir und drehte an seinem Ring mit dem eingelassenen roten Glassplitter, als sage ihm gerade dessen Kläglichkeit zu. »Gegen eine Wohnung wie die Sams läßt sich gar nichts einwenden«, sagte er, »nur ist sie leider etwas zu kostspielig.«

»Auch seine Frau hat immerhin eine ganz gut bezahlte Stellung«, erwiderte ich. »Sie können es sich also wohl leisten.« Ich war nicht mehr länger betroffen, wenn ich mir den Unterschied zwischen dem, was im Falle eines Schwarzen, und dem, was im Falle eines Weißen als ›gut bezahlt‹ galt, vor Augen hielt. Man gewöhnt sich ja auch daran, die Münzwerte der eigenen Währung in die eines fremden Landes zu übersetzen, sobald man sich eine Weile darin aufgehalten hat. Und ich hatte mich mit der Zeit auch ohne weitere Verlegenheit mit der Tatsache abgefunden, daß ich mit meinem an sich nicht überreichlich bemessenen Gehalt und dem Besitz einer abgeschlossenen Wohnung zum reichen Manne wurde, sobald ich den Boden einer Negersiedlung betrat.

»Ich meine nicht gerade das Geld, die Mühen und die Ungelegenheiten, eine Wohnung wie die in einer Zwangssiedlung überhaupt instand zu halten. All der Schmutz, all die Unbekümmertheit rings umher! Stellen Sie sich doch die scheelen Blicke der Nachbarn vor! Als ob man ein ganzer zoologischer Garten wäre! All die alten Frauen, die nur mal eben durch die Türspalte lugen wollen, um festzustellen, was in einem solchen Haus eigentlich vorgeht!« Wie die meisten Leute, die sich selbst gern zur Schau stellen, war Steven ein guter Mime.

Ich lachte. »Immerhin ist es eine gewisse Leistung, auf solche Weise in einer Zwangssiedlung durchzuhalten.«

»Ach«, sagte Steven, »das ist es gerade. Es ist ein Renommierhäuschen.« Die Stimme einer Weißen parodierend, die er irgendwo gehört haben mußte, verfiel er in hohes Falsett: »... ›Geradezu eine Kulturoase, meine Liebe!‹ Ist es ein Königspalast, eine Millionärsvilla? Mensch, es ist doch nur eine ganz gewöhnliche Behausung!«

Ich begriff, was Steven sagen wollte. Wenn menschenwürdig wohnen, auch einem nur bescheidenen Geschmack für schöne Dinge Genüge tun soviel hieß wie: auf exklusive oder auffällige Weise zu wohnen, mochte man versucht sein, sich des Anspruchs auf ein Recht zu entäußern, das sich als Vorrecht gebärdete.
»Warum sollte ich«, sagte er, seinen scharfäugig blitzenden Ring von einem Finger auf den anderen umsteckend, »wie eine Höhle voller Edelsteine ein hübsches kleines Haus bewachen, wie es sich ebensogut jeder andere leisten könnte, wenn seine Straße zufällig aus lauter solchen Häuschen besteht?« Und er grinste mir mit seinem sorglosen Aplomb zu, zuckte die Schultern, spähte mit halbgesenkten Lidern an sich selbst herab, was ihm einen solchen Ausdruck von Überlegenheit verlieh und was überall, wohin wir in der Siedlung den Schritt auch lenkten, der Grund dafür war, daß die jungen Leute wie gebannt an seinen Lippen hingen.
Er war ohne jede Frage von allen, die ich je gekannt, der ›Meistbeliebte‹. Ich setze dieses Wort absichtlich zwischen die Gänsefüßchen des Verdächtigen, weil ihm für mein Ohr etwas von der Vorstellung eines Mannes anhaftet, der in einem Golfklub bei der Präsidentenwahl die meisten Stimmen erhält, und diese Art von Beliebtheit meine ich natürlich nicht. Vielleicht wäre ›meistgeliebt‹ das treffendere Wort. Aber er wurde auch nicht wirklich geliebt. Dazu war er zu unpersönlich, zu schwer festzunageln. Offenbar hatten sie ihre Freude an ihm, seine Mit- und Nachläufer; ihre Freude daran, daß er es fertiggebracht hatte, sich die Lebensgewohnheiten der Weißen zu eigen zu machen, um sie dann vor ihren, der Schwarzen, Augen ohne die geringste Verlegenheit aus dem Ärmel zu schütteln, als wäre es nur ein Zauberkunststück, für jedermann mühelos zu erlernen. Mit dem etwas blöden Ausdruck von Leuten behaftet, die sich des Morgens beim Aufwachen voll angekleidet auf dem Bett liegen sehen, schienen sie stets auf der Suche nach irgend etwas begriffen zu sein: hatten sie es möglicherweise in dem Stück Kaugummi gefunden, das sie nach Art von Amerikanern unaufhörlich von einer Ecke des Mundes in die andere bugsierten? Oder auch in den neuesten Schlag- und Modeworten der englischen Sprache? Oder dem Sporthemd mit dem schwarz und rosa gemusterten Kragen? Sie wußten es nicht. Sie waren noch

nicht dahintergekommen. Anders Steven. An ihm und in ihm konnten sie es erkennen. Er war seinem auf fernschriftlichem Wege erworbenen akademischen Titel nicht zum Opfer gefallen wie sonst die Schwarzen, die unter der Bürde angelesenen Wissens ganz hilflos und feierlich wurden. Was immer ihnen am Johannesburg der Weißen am meisten ins Auge stach – an Steven saß es so locker und kleidsam wie sein elegant gearbeitetes Maßjackett.

Lebewesen gleich, die sich beim evolutionären Übergang vom Wasser zum Lande im Sande abzappeln, sahen sie, kraftlos und ziellos sie selbst, wie leichtfüßig er sich zwischen dem Element der Schwarzen und dem der Weißen hin und her bewegte. Er war ihnen etwas Neues, und sie bestaunten das Neue, das sie in Ermangelung jeglichen Eigenbesitzes stets auch für das Bessere hielten. Steven war für sie eine neue Art Mensch – kein weißhäutiger, aber auch nicht eigentlich ein Schwarzer. Er war eine Art verkörperter Blitz – Funkenblitz –, erzeugt durch die Reibung zwischen zwei ungleichen Arten Gesellschaft.

Es wollte mir niemals merkwürdig oder ungewöhnlich vorkommen, daß Steven, der in so vielen Zimmern, Häusern, Buden und Spritschwemmen freien Zugang hatte, während der Zeit unserer Bekanntschaft selbst keine eigentliche Wohnstatt besaß. Er erzählte mir einmal, er habe keine Ahnung, wie oft er zeitlebens schon umgezogen sei. Er war einfach mit dem Zählen nicht nachgekommen. Er war aufgewachsen in der Zwangssiedlung eines der Goldbergwerkstädtchen der Reef und war, von dem einen, in England verbrachten Jahr abgesehen, seitdem von einem Negervorort in den anderen, von einem Zimmer ins andere gezogen.

Ich konnte mir einfach nicht vorstellen, wie der Raum beschaffen sein mußte, in dem sich Steven je hätte heimisch fühlen können.

7. Kapital

An einem Sonntagmorgen nach einer Party, mit der Stevens erster Umzug gefeiert werden sollte – der erste seit Beginn unserer Bekanntschaft –, suchte ich Cecil Rowe auf. Die Party war eine Art Richtfest und Taufparty für ein Haus in einem verwegen-schmuddligen Teil von Sophiatown gewesen, in dem Steven, gemeinsam mit seinen gleichfalls unverheirateten Freunden, ein Zimmer genommen hatte. Es wollte mir gar nicht glaubhaft vorkommen, daß sie tatsächlich dort hausten, denn es war wenig von Möbeln oder Vorhängen zu sehen – ja, die ganze Wohnung wirkte so klamm und kahl wie ein Haus, das nicht eben bezogen, sondern geräumt worden war. Aber dafür fehlte es durchaus nicht an Kognak und Jazz (irgend jemand hatte sogar einen Geburtstagskuchen angeschleppt), und so wurde es denn sinnigerweise auf den Namen ›Haus des Ruhmes‹ getauft. (»Wessen Ruhm eigentlich?« hatte ich gefragt, und Steven hatte erwidert: »Meiner natürlich.«) Ungefähr um ein Uhr früh hatte, wie die afrikanischen Parties so oft, auch diese einen recht verheißungsvollen Ausklang gefunden: fröhlich trieben die Männer im Dunkel zu anderen Verabredungen. Einige der weniger bemerkenswerten Party-Gäste brachte ich im Wagen zu anderen Teilen der Siedlung, auf deren steilen Straßen es noch immer von Bummlern, Liebespaaren, Streithähnen, Sängern und Trunkenbolden wimmelte, und ließ mich dann wieder von der abgeschirmten Stille der weißen Stadt umfangen. Meine Schritte hallten laut im Treppenhaus wider, und ich fühlte mich plötzlich von einer Woge des Heimwehs erfaßt, das sich bald zu einer genaueren Vorstellung verdichtete, nämlich der einer Ecke hinter der Ebury Street in London, gerade unterhalb eines kleinen Gartens mit Mauerblumen, die des Nachts süß und kühl dufteten: dorthin pflegte ich im Frühling eines bestimmten Jahres zur Wohnung eines Mädchens zu pilgern, in das ich verliebt war.

Am folgenden Morgen bestand das Gefühl der Verstörung noch unbestimmt fort – wie die meisten Arten von Heimweh, galt es weniger dem, was ich tatsächlich hinter mir gelassen hatte, als vielmehr dem, was ich am liebsten besessen hätte –, und ich beschloß, zur Kirche zu gehen. In der klaren Luft hallten die Glocken wirr durcheinander, während ich ein Bad nahm, mich sorgfältig rasierte und in einen blauen Anzug schlüpfte. Nur der Richtung gewiß, strebte ich der kleinen anglikanischen Kirche zu, die ich schon früher einmal gesehen hatte, und war in nicht ganz zehn Minuten dort angelangt. Kleine Mädchen mit Lockenhaar und baumelnden Handtäschchen hielten sich brav in der Nähe der Mutter.

Einer der vor der Kirche stehenden Gruppen entströmte Brillantineduft und dem Innern der Kirche der Geruch von Bohnerwachs. Es war ein Gebäude, das wie eine ländliche Behausung wirkte, und auch der Priester fügte sich in diesen Rahmen. Er selbst schien bei den von ihm gesprochenen Gebeten einige Verlegenheit zu empfinden und im Hinblick auf die Wirksamkeit des von ihm gespendeten Segens einigen Zweifel zu hegen. Das von ihm gewählte Textwort lautete: »Ohne mich kannst du nichts vollbringen«, und er warb für Christus, als empfehle er eine Kräftigungskur mit Vitaminpillen. Höflich lauschte die kleine Gemeinde. Der ganze Gottesdienst hatte etwas Sektenhaft-Nüchternes – das nächstemal wollte ich es doch lieber mit der Kathedrale versuchen.
Als ich wieder ins Freie trat, war ich zumindest bereit, mich mit der Tatsache abzufinden, daß der Ort, an dem ich jetzt weilte, nicht das blau-graue, schattenstille Dörfchen der Cotswolds war: hier hatten von meiner ganzen Familie gelegentlich nur meine alte Großmutter und ich selbst in dem leeren Kirchengestühl gesessen, das einst unserer Familie gehört hatte. Und ich respektierte die nüchterne Aussage des prallen Sonnenscheins, respektierte die abgestoßene Außenwand des griechischen Eckladens der Kirche gerade gegenüber, die zwei Afrikaner, die, mit den Füßen im Rinnstein, auf dem Boden hockten, Limonade tranken und eine Unterhaltung führten, die noch um drei Ecken herum vernehmlich sein mußte, die hübschen fülligen kleinen Judenmädchen, die in ihren kurzen Sonntagshosen mit schwingenden Armen die Straße herabhüpften, und endlich die schäbigen Vorstadthäuser, die schon nach zwanzig, dreißig Jahren abbruchreif waren – respektierte das alles um seiner selbst willen.
Erst jetzt fiel mein Blick auf das Straßenschild – war das nicht die Gegend, in der, nach ihrer eigenen Angabe, Cecil Rowe ihre Wohnung hatte? Aus einer plötzlichen Wallung heraus ließ ich mich wie von fremder Hand von dem steilen Gefälle der Straße abwärtsstoßen, und auf halber Höhe, ja, das war es, ein Gebäude, neuer und anspruchsvoller, wenn auch nicht gerade solider als das, in dem ich selbst wohnte. Vor der Tür standen in hellen Töpfen windzerfetzte Gummipflanzen, und in der Vorhalle prangte ein Wandmosaik, auf dem vor einem Hintergrund voll stachliggezackter Grünpflanzen eine Zulunegerin, ein Wasserkrug und eine bienenkorbartige Erdhütte

erkennbar waren. Aber wie nicht anders zu erwarten, waren die offenen Korridore, an denen die einzelnen Wohnungen lagen, nichts anderes als die üblichen, grimmig zweckdienlichen Durchgänge, angefüllt mit Rußwehen, Schmutzflokken, leeren Milchflaschen und Kehrichteimern.
Die Wohnung der jungen Rowe befand sich zu ebener Erde. Ich klingelte und klingelte, und gerade als ich mich anschickte, wieder kehrtzumachen, vernahm ich den weichen Tapplaut nackter Sohlen und hörte, wie irgend jemand, gedämpfte Fluchworte ausstoßend, sich mit dem Riegel abmühte und endlich die Tür aufriß.
»Mein Gott, ich glaubte schon, es wäre die Heilsarmee«, sagte Cecil. »Sie sind es, hallo – treten Sie bitte ein. Woher sind Sie denn entsprungen?«
»Ich war in der Kirche, hier ganz in der Nähe.«
Sie musterte mich, als wäre sie nicht ganz sicher, ob ich im Ernst sprach. Dann wechselte ihr Ausdruck zu einem solchen merkwürdig weiblicher Neugier, zu jenem Ausdruck, den Frauen annehmen, wenn sie erwarteten, daß ein anderer im Begriff steht, ihnen unversehens und gegen seine Absicht ein Stück seines Wesens preiszugeben. »In der Kirche? Sie wollen doch nicht etwa sagen, daß Sie in die Kirche gehen?« Ihre Stimme klang in der Tat höchst ungläubig.
»Natürlich gehe ich in die Kirche. Daheim sogar ganz regelmäßig.«
Sie brach in Lachen aus, verlegen-überlegenes Gelächter, als habe sie eben entdecken müssen, daß ich ein Korsett trüge. »Nun, bei Ihnen überrascht mich das«, sagte sie, »Sie sind doch ein richtiger Intellektueller.«
Ich kann nicht genau sagen, warum, aber irgendwie fühlte ich mich im stillen gerührt und beruhigt durch den Umstand, daß sie in zehntausend Kilometer Entfernung von Europa unter einem ›Intellektuellen‹ noch immer einen Freidenker, einen Rationalisten Darwinscher Prägung verstand. Der Gedanke, daß für sie Gott einfach etwas Altmodisches war, sagte mir zu. Es war doch besser als der Verdacht, den ich gelegentlich auch mir gegenüber hegte, daß Gott lediglich wieder in Mode gekommen war.
»Treten Sie doch ein«, sagte sie, und zweifellos war sie für eine längere Unterhaltung zwischen Tür und Angel nicht angezogen. Mir voraus segelte sie ins Wohnzimmer. Sie trug

einen prachtvoll frauenhaften, aber etwas schmuddligen Morgenrock und ließ sich auf einem harten Stuhl am Tisch nieder, wobei sie die bloßen Füße hinter der Stuhlleiste verhakte. Ihre Hand streckte sich automatisch nach einer Zigarette aus – ich suchte mir auszumalen, wie sie mit genau der gleichen Gebärde am frühen Morgen gleich beim Aufwachen nach einer Zigarette tastete. Über einen Monat lang hatte ich sie nicht mehr gesehen, und wenn ihre äußere Erscheinung auch bei jeder der vorausgegangenen Begegnungen eine andere gewesen war, so waren die Unterschiede doch unerheblich gewesen, verglichen mit der Veränderung, die jetzt an ihr sichtbar war. Vermutlich ist sich kein Mann ganz darüber im klaren, wie viel von dem, was er als Gesicht einer Frau zu kennen glaubt, aus Make-up besteht. Wie oft war meine Schwester in lauten Hohn ausgebrochen, wenn ich ihr von der wunderbaren Haut eines Mädchens vorgeschwärmt hatte. (»Davon könntest du mit einem Federmesser gleich ein paar Zentimeter abkratzen, du Unschuldslamm!«), oder wenn es mir die Haarfarbe einer anderen angetan hatte (»Es kostet Unsummen, sich die zu erhalten!«) Dieses wächserne, sonngebräunte Antlitz mit den bleichen Lippen und den rußigen Flecken um die Augen war älter und weicher als jede andere Spielart, die ich bisher davon zu sehen bekommen hatte. Es waren jetzt gewisse Unvollkommenheiten der Haut wahrzunehmen; auch hatten gewisse Ausdrucksgewohnheiten, die aus den jeweils vorherrschenden Gefühlszuständen ihres mir bislang unbekannten Lebens hervorgewachsen waren, zarte Fältchen darauf eingezeichnet. Und doch erkannte ich dieses Gesicht auf der Stelle wieder. Es war dasjenige, das es mir, hinter all den anderen verborgen, von Anfang an angetan hatte.

»Gestern abend habe ich eine Menge Wodka getrunken«, sagte sie. »Haben Sie es jemals damit probiert? Man hat danach zwar keinen Katzenjammer, aber es ist mir zumute, als sei mir das Blut verdunstet wie der Inhalt einer nicht zugekorkten Flasche Methylalkohol. Kennen Sie zufällig irgendwelche Polen? Hier leben jetzt eine ganze Menge Polen. Vielleicht sind Ihnen die Bolnadoskys einmal über den Weg gelaufen – Freddie und Bascha, eine zauberhafte Blondine? Sie haben gestern eine Party gegeben, und natürlich können Polen jedes Quantum jeder Art Alkohol vertragen.«

»Und wie ist es inzwischen mit dem Modellstehen gegangen? Noch nicht auf dem Absprung nach Italien?«
»Oh, das...« Ich hätte ebensogut auf einen Vorfall aus weit zurückliegender Vergangenheit anspielen können. »Ich bin morgens, mittags und abends geritten, um für das Springturnier zu üben. Wußten Sie, daß Colin und Billy mich gebeten hatten, Xanthippe zu reiten? Ich war an dritter Stelle – zwei Fehler.«
Ich erinnere mich, daß Colin und Billy die Namen der Zwillinge waren, die ich bei den Alexanders getroffen hatte, aber ich war nicht ganz so sicher in bezug auf Xanthippe. Sie bemerkte es und fragte: »Sie haben natürlich von Xanthippe gehört?«
»Die Verkörperung der Widerspenstigkeit!«
Sie runzelte die Stirn. »Unsinn, die andern sind immer nur mißgünstig. Sobald sie gemerkt hat, daß ihr Reiter bei ihr keine Mucken duldet, ist sie das fügsamste Tier von der Welt.«
»Ja, ich habe tatsächlich Unsinn geschwatzt. Trotzdem – wer ist Xanthippe?«
»Nun, sie ist das berühmteste Pferd in diesem Lande, so berühmt wie Foxhunter in England – von dem haben Sie doch wenigstens gehört?«
Wir tranken Kaffee, den uns ein junges, hübsches Negermädchen, über und über mit Schmuck behängt, ins Zimmer brachte. »Oh, Eveline, du bist wirklich ein Goldfasan«, sagte Cecil und fuhr fort, von der Springkonkurrenz zu berichten, an der sie teilgenommen hatte.
»Aus dem Modellstehen wird also vorderhand gar nichts«, sagte ich zuletzt.
Sie antwortete so rasch, als langweile sie das Thema bereits: »Im Grunde tauge ich nicht dazu, in malerischer Haltung in einem geschlossenen Raum stille zu sitzen.«
»Im Augenblick steht bei Ihnen wohl alles im Zeichen des Pferdes, wie?«
Sie stemmte mit einem jähen Ruck das Kinn auf den Handrücken und blies einen dicken Rauchschirm zwischen sich und die Kaffeetasse. »Das ist das Leben, für das ich geschaffen bin.« Zu meinem Entzücken stellte ich fest, daß ihr Aussehen nun ganz dem des sattelfesten, trinkfesten Weibstücks entsprach, wie sie andererseits in der Stratford-Bar unbewußt

den theatralischen Narzißmus des Mannequins zur Schau getragen hatte.
Ich pflanzte die Füße fest auf den Boden und sagte: »Früher haben Sie mir was anderes erzählt. Sie haben mir gesagt, Sie wären eine Fleischerstochter, und nur weil Ihr Vater zufällig ein paar Pferde gehabt hätte, hätten Sie sich halb ohne Ihr Zutun die Lebensgewohnheit einer Klasse und eines Landes zu eigen gemacht, zu denen sie von rechtswegen nicht gehörten.«
Sie zuckte nicht mit der Wimper. »Ich muß damals nicht recht bei Trost gewesen sein. Oder, noch wahrscheinlicher: ich war beschwipst.«
Unsere Unterhaltung kam nun in Fluß, glitt ins Ungezwungen-Natürliche, und wir begannen, Freude daran zu verspüren. Später läutete nochmals die Türglocke, und diesmal war es wirklich die Heilsarmee. Cecil ließ sich von mir einen halben Schilling für die Haussammlung geben, und als sie wieder ins Zimmer trat, wurde sie, an sich herunterblickend, sich plötzlich wie hilflos der Unschicklichkeit ihres Aufzugs bewußt. Sie fuhr sich mit den Fingern durchs Haar und zog sich, die Hand an die Schläfe gepreßt, die Augenwinkel hoch. »Ich sollte mich anziehen, ich muß mich jetzt endlich anziehen«, sagte sie wieder und wieder. Sie hielt den Morgenrock eng zusammen, zeigte sich über die Flecke entsetzt, als wären diese erst im Verlauf unserer Unterhaltung zutage getreten, und krümmte die Zehen, als schäme sie sich ihrer Bloßfüßigkeit. Ich wußte, daß sie meinen Blick auf ihrer Figur ruhen spürte, aber ich konnte ihn nicht von ihr abwenden. Dann verließ sie das Zimmer, und als sie, frischgewaschen und fertig angekleidet, wieder zurückkam, war sie das im konventionellen Sinne hübsche, sonst aber nicht weiter bemerkenswerte Geschöpf, als das sie mir an jenem ersten Tag bei den Alexanders entgegengetreten war.
Als wir wieder zu sprechen begannen, setzten wir beide nur die Betrachtungen fort, die wir angestellt hatten, während wir uns in verschiedenen Zimmern befanden. »Was hat Sie eigentlich nach so langer Zeit zum Kommen veranlaßt?« fragte sie, sich am Handgelenk ein Armband befestigend und den Arm schüttelnd, als habe sie sich erst wieder daran zu gewöhnen, wie ein Hund an ein Halsband. »Ich sah zufällig den Namen Ihrer Straße. Wo ist denn Ihr Kind – es ist ein Mädchen, nicht

wahr?« – »Ein Junge. Ist das Wochenende über bei seinen Großeltern«, sagte sie etwas gedankenabwesend.
»Machen Sie sich denn gar nichts aus ihm?«
»Seien Sie doch nicht komisch! Ich bete ihn an.«
Von ihrem Platz auf dem Sofa – sie hielt die schönen Beine mit den schmalen Knöcheln übereinandergeschlagen – musterte sie das Wohnzimmer mit der gleichen kritischen Hilflosigkeit, mit der sie vor dem Ankleiden an sich selbst heruntergespäht hatte. Der Anblick, den es bot, war keine reine Freude. In einer Vase welkte ein gekaufter Blumenstrauß (wer mochte den wohl geschickt haben und warum?). Das modische Muster auf den Kissen und den Vorhängen, die matt vor der Balkontür flatterten, bestand aus Masken und Gesichtern in Gelb und Schwarz, schlitzäugig und tückisch wie die Fratzen, die man zur Zeit der Rauhnacht in Kürbisse zu schnitzen pflegt. Auf dem Tisch standen zwei Lampen aus schwarzem Porzellan mit unsymmetrischen Löchern im Ständer – es war, als habe ein Kunstgewerbler von Henry Moore geträumt –, und an der Wand hing ein großer Kunstdruck mit einer Vase voller Magnolienblüten, so farbhell wie der Widerschein in einem schmeichelnden Spiegel. Es war offenbar ein Zimmer, in dem mancherlei Experimente angestellt, aber nicht zu Ende geführt, sondern nur ineinander verronnen waren.
»Kein sehr überzeugender Grund«, sagte sie nachdenklich, sich aus einem fleckigen Silberkästchen eine Zigarette herausfischend. Sie spielte auf meine Bemerkung an, nach der ich zu ihr in die Wohnung gekommen war, weil ich zufällig den Namen der Straße erkannt hatte. »Uff, die müssen mindestens drei Monate alt sein.«
Ich stand auf, ihr eine meiner Zigaretten anzubieten. Noch immer betrachtete sie mich mit forschenden Blicken.
»Ich weiß nicht recht. Ich hatte ein bißchen Heimweh. War vorher ziemlich fest angebunden. Übrigens hatten ja auch Sie allerhand zu tun.«
»Nun, heute scheinen Sie jedenfalls nicht allzu sehr beschäftigt zu sein«, bemerkte sie. Ich saß bereits eine volle Stunde bei ihr.
»Mein Gott! Halte ich Sie womöglich von etwas ab – Verzeihung!«
Sie lachte. »Ich bin frei wie ein Vogel in der Luft. Meine

einzige Verpflichtung besteht darin, daß ich zum Mittagessen bei Hamish und Marion zu sein habe. Wie wäre es, wenn Sie mitkämen?«
»Ich kann doch da nicht so ohne weiteres auftauchen«, sagte ich.
»Unsinn! Zu allen erdenklichen Zeiten taucht irgend jemand dort auf. Das haben sie sogar gern.«
»Ich habe in letzter Zeit ein paar merkwürdige Erlebnisse gehabt«, sagte ich in plötzlich aufwallendem Verlangen, von mir selbst zu sprechen.
»Wirklich?« fragte sie interessiert, mit einem Anflug von Neid. »Sagen Sie – wen kennen Sie hier überhaupt? Wer sind denn diese geheimnisvollen Freunde, mit denen Sie sich so viel abgeben?«
»Ich bin ein paarmal in den Siedlungen gewesen. Die sind schon ganz erstaunlich!«
»Wo? Was für Siedlungen?« Ganz offensichtlich ahnte sie nicht, wovon ich überhaupt sprach.
»Die Negersiedlungen – Sophiatown, und so weiter.«
»Oh, ich weiß.« Übergangslos verfiel sie in den Ton des altansässigen Londoners, der sich von einem fremden Besucher versichern lassen muß, daß der Tower eine Besichtigung verlohnt. »Jeder, der hier herüber kommt, regt sich über diese Zwangssiedlungen auf. Sie sind tatsächlich sehr schlimm. Marion hilft dabei, in einer von ihnen ein Kinderheim zu leiten – in Alexandra oder einer anderen, ich bin nicht ganz sicher!«
»Gestern abend war ich zur Einweihung einer Wohnung auf einer Party in Sophiatown ...»
Sie zog die Beine aufs Sofa und lehnte sich, interessiert lächelnd, zurück. »O nein! Eine Wohnungseinweihung – man stelle sich vor!«
Der Drang zum Reden versiegte bei mir so plötzlich, wie er aufgewallt war. »Das war schon eine richtige Party«, sagte ich etwas lahm und lächelte meinerseits.
»Sie sollten Eveline mal sehen, wenn sie sich herausgeputzt hat! Sie trägt dann eins meiner alten weißen Kleider, das ihr großartig steht. Jeden Heller ihres Lohnes gibt sie für Kleider aus, und wahr und wahrhaftig, wenn sie es einmal darauf anlegt, sieht sie sehr viel eleganter aus als manche weiße Frau.«

»Übrigens, wie steht es mit Kit und der Karru?« fragte ich. Ihre Aufmerksamkeit sofort umschaltend, begann sie. »Das muß ich Ihnen doch erzählen. Hamish ist gerade zwei Wochen da unten bei den Baxters gewesen...« – und sie holte zu einer längeren, etwas boshaften Klatschgeschichte aus.

Auf dem Weg zu den Alexanders erstand ich an einer Straßenecke bei einem indischen Blumenhändler einen stattlichen Strauß Lilien und Rosen. Allerdings wagte ich kaum zu hoffen, mit Hilfe dieser Blumen, von denen Marion Alexander in ihrem eigenen Garten ohnehin mehr als genug hatte, die offenkundige Tatsache mildern zu können, daß ich mich vor allem deshalb im High House wieder einfand, weil mir an der Gesellschaft eines der dort ein- und ausgehenden Gäste etwas gelegen war. Aber ich hätte mir alle Bedenken ersparen können. Wie für die Verleger von broschierten Schmökern das Verzeichnis verfügbarer Titel, so konnte für die Alexanders die Liste ihrer Gäste nicht lang und abwechslungsreich genug sein, und sie hießen gelegentlich halbwegs repräsentable Außenseiter, wie ich einer war, willkommen, auch wenn diese ihre Gastfreundschaft zu erwidern weder willens noch in der Lage waren. Wie gewöhnlich war das Mittagessen sehr üppig, und bei dem hochsommerlichen Wetter wurde es im Garten neben dem Schwimmbassin serviert – eine Art Watteau-Picknick, bei dem es eisgekühlte Erdbeeren gab, die Maraschino in ein mit Schlagsahne gefülltes Schälchen tröpfeln ließen, und eine Unmenge blaßfarbigen Weines, den die Frauen in ihren Gläsern auf dem Rasen herumstehen ließen. Und wie auch sonst waren wieder all die umgänglichen Leute da, die besonders viel über nicht viel Besonderes zu sagen wußten, und in deren Gegenwart man sich einbilden durfte, es genügten ein paar Klischees, um das Leben mit all seinen Ängsten, Freuden, Seltsamkeiten und Verworrenheiten zu meistern: als reichte ein Grillenkäfig aus, um einen Tiger gefangenzuhalten! Auf dem Rasen lag der Schatten so leicht wie auf stiller Meeresoberfläche der Spitzenbesatz dünnen Gischts. Hin und wieder blitzte wie zwinkernd das Schwimmbassin in der Sonne grell auf, und Gelächter und Stimmen schienen plötzlich an Lautstärke zuzunehmen.

Ich lieh mir eine Badehose aus und tauchte ins Wasser, und später lieh ich mir ein Paar Kniehosen, um mit Cecil ausreiten zu können. Sie wollte mir auf ihrem Pferde, oder vielmehr auf einem von Alexanders Pferden, einen Beweis ihres Könnens geben. Sie betrachtete mich mit einiger Nachsicht, als wäre sie hin- und hergerissen zwischen dem Wunsch, mich blamiert zu sehen, und der Furcht, irgendeiner der anderen könne ihr durch Wort oder Blick zu verstehen geben, daß ich mich wirklich blamierte. Tatsächlich wünschte sie mir gleichzeitig Erfolg und Mißgeschick – und dieser Wunsch wiederum löste bei mir in jenem unterirdischen Bereich unausgesprochener, bisweilen sogar unbegriffener Scharmützel, in dem zwei Menschen voreinander zurückweichen oder entschlossen aufeinander eindringen, eine gewisse Erregung aus. Aber in der frei zutage liegenden Welt der Koppel vermochte er mir nichts mehr anzuhaben, denn ich habe keinen Sport mit Leidenschaft betrieben und finde infolgedessen, aus einer gewissen Gleichgültigkeit heraus, an jeder körperlichen Tätigkeit schon um ihrer selber willen eine Befriedigung, um die der echte Sportler sich zähneknirschend erst zu bemühen hat. Cecil ließ das Pferd zunächst ein wenig tänzeln (es war nicht die berühmte Xanthippe, die sie jetzt ritt) und dann über ein paar Hürden springen. Natürlich war sie eine treffliche, wenn auch, wie mir schien, eine etwas verbissene Reiterin: es war, als hätte sie bei jeder ihrer Bewegungen nur den Endzweck, will sagen den erfolgreichen Ausgang dessen, was sie selbst und ihr Pferd unternahmen, im Auge. Einige der Gäste waren mit zur Koppel hinausgeschlendert und tauschten in gedämpftem Ton beifällige oder kritische Bemerkungen aus. Dagegen ergingen sich die Zwillinge, die eben angelangt waren, in halb erstickten Ausrufen des Entzückens: bedingten Reflexen, die sich jedesmal einstellten, wenn Cecil glücklich auf der anderen Seite der Hürde gelandet war: »Braves Mädchen! Schöne Sache!« Und doch trat Cecil zuletzt etwas niedergeschlagen oder sogar mißmutig aus der Reitbahn – ein Jockey, der erst wieder festen Halt auf dem Erdboden zu gewinnen hat, der jubelnden Menge selbst nicht mit zugehörig.

Was mich betraf, so verspürte ich an jenem Tage im Garten der Alexanders dank dem besonderen Charakter meiner Anwesenheit eine Art schläfrig-sinnenfrohen Behagens. Selbst die ausgeliehenen Kleidungsstücke trugen mit zu der Empfindung bei, daß ich mich gedankenlos den Freuden eines Lebens überließ, für das ich keine Verantwortung zu übernehmen, Freuden, die für ich auch keine Rechnung zu begleichen brauchte, nicht einmal mit mir selbst; für die ich wohl auch gar keine Rechnung hätte begleichen mögen.

Während der folgenden Wochen sah ich Cecil mehrere Male. Ich lud sie zum Besuch einer Theateraufführung ein, aus der sie sich, glaube ich, nicht allzuviel machte, und an einem anderen Abend zu dem eines neuen Restaurants, von dem sie bereits gehört hatte. Wenn immer ich sie abholen kam, war sie hinreißend angezogen und sah geradezu schön aus. Es kostete mich so wenig Mühe, sie auszuführen, wie es bei einem reizvoll-unterhaltsamen Schaugegenstand der Fall gewesen wäre. Ich hatte lediglich darauf zu achten, daß ihr Kleid nicht von einer Tür, ihre Frisur nicht vom Wind bedroht wurde. Sie hatte für mich ganz und gar nichts Beunruhigendes an sich. Jedesmal, wenn sie die eigene Tür zuschlagen hörte, blieb die Wohnung hinter ihr zurück wie ein abgestreifter Kokon, und da ihr kleiner Sohn zur Zeit meines Kommens stets im Bett war, bekam ich auch nie etwas von ihm zu Gesicht, es sei denn ein einziges Mal etwas Mittelbares; eine von ihm verfertigte auf dem Boden des Korridors liegende Bleistiftzeichnung, auf der eine lächelnde Sonne und ein Lebewesen mit zwei Beinen, so lange wie der Schatten des späten Nachmittags, zu sehen war. Sobald Cecil ein paar Glas getrunken hatte, verfiel sie so unfehlbar in einen Zustand der Heiterkeit, wie eine Katze nach einer Schüssel Milch ins Schnurren, und wir befanden uns damals beide in jener Phase persönlicher Bekanntschaft, in der der kleine Vorrat an Geschichten und Anekdoten für den anderen noch neu ist und Charme und Witz des einen für den anderen unerschöpflich scheinen.

Einmal rief Steven an, aber ich hatte keine Gelegenheit, ihn zu treffen. Dafür tauchte er eines Tages zur Mittagszeit mit einem Inder bei mir im Büro auf, um mich zum Besuch eines Boxkampfes zu überreden. Seine Eleganz pflegte mich stets in Erstaunen zu setzen. Ich konnte mir einfach nicht vorstellen, wie diese haarscharfen Bügelfalten, diese wohlgeputzten Wildlederschuhe, die glatt herabhängende Krawatte mit dem chronischen Behelfscharakter seiner jeweiligen Wohnung zusammengingen.

Voller Bekümmernis war ich mir der Tatsache bewußt, daß, im Gegensatz zu ihm, bei mir die äußere Erscheinung nur allzu getreulich den Zustand der Wohnung widerspiegelte.

Nicht immer war mein Hemd ganz rein, wenn ich zufällig vergessen hatte, mein Bündel für die Wäschefrau zurechtzumachen, an den Ärmeln meines Anzugs fehlten Knöpfe, und solange die Löcher in meinen Socken nicht geradezu sichtbar waren, wenn ich die Schuhe anhatte, ließ ich sie auch nicht stopfen.

»Es ist gar nicht mehr so einfach, Ihrer habhaft zu werden«, sagte Steven. »Wahrscheinlich hängt das mit dem neuen Wagen zusammen. Dies hier ist Dick Tschaputra – natürlich haben Sie schon von ihm gehört.«

»Wenn Sie tatsächlich von mir gehört haben, sollten Sie's lieber vergessen«, sagte der Inder mit dem Ausdruck des Wohlgefallens.

Wie viele merkwürdige Dinge es doch in Johannesburg gab, von denen ich schon gehört haben sollte! Wir schüttelten uns die Hand, und sogleich zog Tschaputra ein Stück Trockenfleisch, von Südafrikanern ›biltong‹ genannt, aus der Tasche, und begann, nachdem er es reihum angeboten hatte, daran zu kauen. Und er sah höchst zufrieden mit sich selbst aus. Tschaputra ließ sich auf dem ihm angebotenen Stuhle nieder, aber Steven zog es wie gewöhnlich vor, während unserer Unterhaltung im Büro umherzuwandern und alles mit seinem liebenswürdig-forschenden Blick einer genauen Prüfung zu unterwerfen und gelegentlich auch niederzuhocken, wenn ihm gerade danach zumute war. »Dick kommt eben aus Indien zurück«, sagte er, als habe er mit seiner Reise einem für andere unerklärlichen Einfall nachgegeben.

»Und wie fand er es da?«

Das Grinsen gefror auf den Lippen des Inders, während er an dem Riemen ledergleichen Fleisches herumbiß, tauchte aber beim nächsten Happen wieder auf. »Furchtbar«, sagte er mit vollem Munde. »Um keinen Preis der Welt möchte ich dort leben. Wissen Sie, daß man in Bombay noch immer Hunderte von Leuten auf der Straße schlafen sehen kann? Tausende! So leben sie dort – Nacht für Nacht schlafen Sie auf der Straße!«

»Schlimmer als die hiesigen Eingeborenen«, bemerkte Steven, den Mund öffnend, mit der Zunge die Höhlung in einem seiner Zähne abtastend und die Nasenflügel weitend. Er kicherte still vor sich hin.

Der Inder sprach englisch mit dem Akzent und im Tonfall des

typischen Südafrikaners. In seinem vollen dunklen Gesicht mit den satinhellen Augen, den weißen Zähnen und dem dichten schwarzen zurückgebürsteten Haar spiegelte sich jene Mischung aus Orientalismus und rauflustig-westlicher Jugendhaftigkeit, wie sie vielen außerhalb Indiens lebenden Indern eigentümlich ist. Hätte ich den Blick davon abgewandt, hätte ich seine Stimme für die eines der jugendlichen Südafrikaner halten können, denen ich täglich auf der Straße begegnete. Ich fragte ihn, vor wie langer Zeit seine Familie schon aus Indien herübergekommen war.

»Mein Großvater war dort geboren«, sagte er. »Ich habe den Alten nicht mehr gekannt. Aber ich sage Ihnen – was mich betrifft, so kann mir Indien gestohlen bleiben.«

Da wir in keinem Lokal zusammen zu Mittag essen konnten, wollte ich ein paar belegte Brote für uns ins Büro bringen lassen. Ich ging ins Vorzimmer und bat Miß McCann, die ohnehin ein paar Minuten später zum Essen gehen würde, sie für mich in dem gleichen Lokal wie sonst zu bestellen.

»Zwei mit Schinken und zwei mit Käse?«

Das war es, was ich selbst an den meisten Tagen zum Essen hatte, wenn ich nicht ausging. »Nein, das reicht heute natürlich nicht. Verschiedene Sandwiches für drei.«

Miß McCann blieb stumm und hielt den Blick starr auf den Bleistift in ihrer Hand gerichtet, als warte sie nur darauf, allein gelassen zu werden. Als ich mich wieder in meinem Büro befand, fiel mir ein, daß noch ein paar persönliche Briefe zur Post gebracht werden mußten, und läutete. Ich schwatzte schon wieder mit meinen Besuchern und hatte bereits vergessen, warum ich geläutet hatte: da erschien Miß McCann auf der Schwelle – wortlos. »Ja, Miß McCann?« fragte ich. »Sie haben geläutet, Mr. Hood«, erwiderte sie nach einer kurzen Pause. Irgend etwas an diesem Dialog kam mir lächerlich vor – ja, das Mädchen war nicht ins Zimmer getreten, sondern mitten im Türrahmen stehengeblieben.

»Ach so«, sagte ich, mich erinnernd. »Wenn Sie diese Briefe hier noch mit zur ausgehenden Post tun wollten« – und ich hielt sie ihr hin. Eine Sekunde lang rührte sie sich nicht von der Stelle. Da begriff ich mit einem Schlag und sagte, mit den Briefen wedelnd: »Hier sind sie.« Ich hielt sie ihr entgegen wie ein Salatblatt, mit dem man ein Kaninchen zu ködernd versuchte, und langsam trat sie näher, ohne mich oder einen der anderen dabei anzusehen. Aber während sie die Briefe nahm, nötigte ich sie zum Verweilen: »Nur eine Minute bitte – dieser hier geht mit Luftpost, und der hier – aber bitte erkundigen Sie sich erst noch – mit gewöhnlicher Post, wenn es nicht zu lange dauert –.« Und auf diese Weise hielt ich sie vielleicht zwei Minuten im Zimmer fest. Steven begann in übertrieben unbekümmertem und angeberischem Ton darauf loszuschwatzen, wobei er seine Vertrautheit mit meinen Lebensgewohnheiten demonstrierte, und während Miß McCann mitsamt den Briefen den Raum verließ, sagte er mit herrenhaft-blasierter Stimme: »Wo ist denn heute das Bier versteckt, Toby? – Toby hat immer irgendwo ein paar Flaschen stehen...«

Hinter Miß McCann schloß sich endgültig und zuverlässig die Tür. Zuerst hatte sich die Klinke gehoben, dann war das Schloß eingeschnappt. Das Herz hämmerte mir, und ich fühlte mich plötzlich Steven gegenüber gereizt, weil er seinerseits sich nicht weniger zweifelhaft aufführte als die Sekretärin. Und doch – wäre ihm eine andere Wahl geblieben als die negative der Unhöflichkeit, keine Notiz von ihr zu nehmen? Ich begriff nun auch, warum er schon beim Eintritt nicht die einfache Höflichkeit gehabt hatte, sie zu begrüßen, ihr, wie jeder Mann jeder Frau, wenigstens ›Guten Tag‹ zu wünschen.

Ja, ich hatte tatsächlich ein paar Bierflaschen im Schrank – für den Fall, daß ich im Büro zu Mittag aß. Wollte ich aber etwas Trinkbares haben, war dann Bier wirklich, wie allgemein behauptet wurde, zur Erfrischung das Richtige? Wir tranken das Bier, so lau es auch war, aus Gläsern, die ungespült im Schrank weggestellt waren (Amon hatte gerade wieder einen seiner freien Tage, um beim Prozeß zwischen seiner Mutter und der Zwangssiedlung Jagersfontein seiner Mutter zur Seite zu stehen), und endlich kamen auch die belegten Brote. Der Inder ließ die Blicke durchs Zimmer kreisen, lächelte, während er aß, und bombardierte mich mit allerlei raschen, direkten Fragen nach Aden Parrots Geschäftsverbindungen mit Südafrika. Es war, als sei er eigens beauftragt, den Vermögensstand der Firma zu schätzen. Bei allem wahrte er jedoch die etwas blasierte Höflichkeit des geschäftlich Erfahrenen. Wenn er wahrscheinlich auch nur ein paar Jahre älter war als ich, redete er mich sogar mit ›Sir‹ an. Dann verließ er auf ein paar Minuten das Zimmer. Die Tür hatte sich kaum hinter ihm geschlossen, als Steven mit der Miene eines Impresarios bemerkte: »Wissen Sie, wer das ist? Erinnern Sie sich an die Raubüberfälle in Hillbrow? Sie waren bereits hier, bestimmt. Der Monster-Prozeß, bei dem einer der Zeugen verschwand? Erinnern Sie sich? Nun, das war seine Bande. Es ist Lucky Tschaputra. Darum ist er auch nach Indien gegangen; er wollte einmal für eine kleine Weile aus der Schußlinie heraus sein. Ihm selbst war nichts nachzuweisen, aber man wußte immerhin, daß seine Leute die Schuldigen waren. Konnte ihm persönlich aber nicht das Geringste anhängen.«

»Und was tut er jetzt?« fragte ich.

»Er ruht sich aus«, sagte Steven. »Hat einen Haufen Pinke-Pinke. Mensch, wenn er ein Weißer wäre, dann wäre er bestimmt ein Bergwerksmagnat oder so etwas. Er ist gerissener als ein ganzes Affenhaus. Er läßt einen Weißen für sich an der Börse spekulieren – ja, er hat mit seinen Goldbergwerksaktien Geld wie Heu gemacht. Aber er ist etwas ratlos, weiß nicht recht, was er mit sich anfangen soll.«

Tschaputra kehrte ins Zimmer zurück, kicherte und sagte: »Niemand hat mich gesehen.« Er war in jenem Gebäude in die Herrentoilette geschlüpft, die nur für die weißen Herren bestimmte Toilette. Wieder schüttelte er mir die Hand und dankte mir in seinem schwerfälligen südafrikanischen Tonfall: »Ja, das war ein gutes Essen. Danke recht schön, Mr. Hood.« Es war mir, als hätte ich einem Schuljungen etwas extra Gutes vorgesetzt.

»Sie sollten einmal seinen Cadillac sehen.« Steven schwenkte verzückt seine langen Arme. Beim Herausgehen flüsterte er mir zu: »Ich weiß, daß es bei Ihnen nicht der Wagen ist, der Sie in Anspruch nimmt – vermutlich ist es eine Frauensache. Nun, das passiert irgendwann einmal bei uns allen.«

»Schade, daß ich heute abend nicht mit zum Boxkampf kommen kann – ich hätte ihn gern gesehen. Wie wär's aber nächste Woche? Haben Sie schon für Montagabend etwas vor?«

Sogleich verfiel er wieder in bedeutungsträchtige Unbestimmtheit – ein taktisches Verfahren, dessen er, wie mir schon früher aufgefallen war, sich bediente, um die Tatsache zu bemänteln, daß die nächste Woche für ihn noch in allzu

weiter Ferne lag, um bereits mitzuzählen. »Nun, sehen Sie, ich bin noch nicht ganz sicher, ich muß möglicherweise ein paar Tage geschäftlich verreisen...«
»Geschäftlich? Was haben Sie denn geschäftlich außerhalb von Johannesburg zu tun?«
Er sicherte sich einen anmutig-übermütigen Abgang, indem er in lautes Gelächter ausbrach und eben damit seiner Lüge und Ausflucht jeden Stachel nahm und mir einen unverhältnismäßig hohen Kredit für meinen weniger hochgradigen Scharfsinn einräumte.

Bevor an jenem Nachmittag Miss McCann das Büro verließ, erschien sie, in eine Wolke von frisch versprühtem Lavendelwasser gehüllt, bei mir im Zimmer, begleitet von einem blonden, rotgesichtigen jungen Mann, dem ich schon früher manchmal zugenickt hatte, wenn er zu ihr zu Besuch gekommen war. Er hätte ohne weiteres ihr Bruder sein können, ein etwas älteres Mitglied ihrer Familie, dem mehr als genug von der ihr selbst vorenthaltenen Lebenskraft zugeflossen war. Aber als er hinter ihr über die Schwelle trat, wurde mir klar, was mir eigentlich schon längst hätte klar sein sollen: daß es ihr Verlobter war. Zunächst nahm ich an, beide hätten mir irgendeine feierlich-offizielle Eröffnung zu machen – vielleicht wollten sie heiraten –, und ich verzog das Gesicht zu einem entsprechend erwartungsvollen Grinsen, das der junge Mann jedoch mit einem großäugig-versteinerten Blick quittierte, Miß McCann nicht einmal zur Kenntnis nahm. Sie hielt ihren Blick starr auf die kleine, mit alten Bleistiften und leeren Kugelschreibern angefüllte Schale gerichtet.
Verlegenheit überrieselte uns wie Staub.
»Ich weiß, daß ich vierzehntägige Kündigungsfrist habe«, sagte das Mädchen mit ihrer farblosen Stimme, »aber es wäre mir lieber, Sie ließen mich jetzt schon gehen. Ich meine, gleich.«
Der hinter ihr stehende junge Mann machte einen Schritt nach vorn und starrte mir ins Auge. Es zuckte um seinen Mund, als bemühte er sich, auf wortlose, lautlose Weise allerlei zu sich selber zu sagen, was auf dem Weg vom Gehirn zur Zunge auf ein unüberwindliches Hindernis stieß und niemals nach außen gelangen würde, es sei denn als eine Art verschämter, erstickter Schrei.

»Ich verstehe«, sagte ich. »Wann möchten Sie gehen?«
»Ich möchte jetzt Schluß machen, heute noch.«
Ich versuchte, meine Gleichgültigkeit nicht allzu augenfällig werden zu lassen. »Haben Sie schon ausgerechnet, was Sie noch an Lohn zu bekommen haben, mit bezahltem Urlaub und so weiter?«
»Ja«, flüsterte sie mit zitternder Stimme.
Wie häßlich sie aussehen mußte, wenn sie in Tränen ausbrach, dachte ich plötzlich. Vielleicht würde ihr schon jetzt so unscheinbares Gesicht gleich mit fortgeschwemmt werden. Und ich verspürte mit dem stämmigen, verärgerten jungen Mann fast so etwas wie Mitleid.
Sie reichte mir einen Zettel, auf den sie säuberlich die volle Summe getippt hatte. Ich schrieb einen Scheck aus, und in diesem Augenblick war nichts anderes zu hören als das Kratzen der Feder und das Atmen des jungen Mannes. Sie nahm den Scheck und lief aus dem Zimmer, und der junge Mann trottete hinter ihr drein wie ein Stier, der in die Arena hinein und wieder daraus herausgeführt worden war, ohne von den blindwütigen Kräften seines Blutes Gebrauch machen zu müssen. Bevor er die Türe hinter sich schloß, wandte er sich noch einmal um und zögerte eine Sekunde – und dieses Zögern galt mir. »Ja?« fragte ich, aber, wie ich schon vermutet hatte, der in ihm rumorende Drang war zu verwirrend, zu wenig greifbar, begreiflich, als daß er sich in Wort oder Handlung hätte entladen können. Sie waren fort.
Ein paar Minuten lang verspürte ich ein kitzelndes Triumphgefühl, wollte sogar die Gewißheit verspüren, daß ich das Mädchen beleidigt, bedroht hatte. In einer Art nervösen Tumults ging ich auf und nieder, und ein anderes, halb unbeteiligtes Stück meines Wesens schaute so aufgeregt zu, wie ein Mediziner an sich selbst die Symptome des Fiebers beobachten mag, die er nun endlich aus persönlicher Erfahrung zu registrieren imstande ist. Warum verbannte ich das dümmliche Geschöpf, ja, den ganzen idiotischen Vorfall nicht sofort aus meinen Gedanken? Einen Vorfall, unter den gegebenen Verhältnissen, mit den gegebenen Akteuren so zuverlässig vorauszuberechnen, daß es schon ein Klischee war. Eigentlich hätte ich das Ganze sogar langweilig finden müssen. Aber es war leider eine Tatsache, daß man, selbst mitverstrickt, es gar nicht langweilig finden, nicht einmal als

typische gesellschaftliche Situation erleben konnte, weil im Falle des Mitbetroffenseins stets das, was an Nichtgeahntem unseren berechenbaren Reaktionen zugrunde liegt, nach oben drängt und die Zügel an sich reißt: es läßt sich von vorneherein niemals in Rechnung setzen, weil es nur durch gewisse Situationen erst aktualisiert werden kann – ja, wenn solche Situationen zufällig ausbleiben, könnte man sogar in Unschuld, ohne die geringste Ahnung von ihrer Möglichkeit durchs Leben gehen.

Wie aber sollte ich, wie sollte irgend jemand wissen, daß es sich so verhielt? Diese böse Verwirrung, dieser Hexenbann – es war, als hätte ich in einem Traum unbedingt sprechen müssen, und hätte doch über die schon geöffneten Lippen nicht einen einzigen Laut gebracht –: alles Normale schien sich plötzlich verflüchtigt zu haben. Hier, in diesem Zimmer, hatte ich zwischen zwei Männern und einem unscheinbaren Mädchen gesessen, deren höchster Lebenswunsch nicht über das Häkeln eines Teewärmers hinausging. Wie hatten wir, wir alle, die wir in diesem Zimmer saßen, das Böse auch nur aufkommen lassen? Der geistige Skunksgestank, der mir die Sinne umnebelt hatte und dem ich endlich mit schmerzenden Augen und keuchendem Atem entronnen war – er war wie ein giftiges Gas gewesen. Und es war alles so töricht und von so kleinem Format. Ein Niemand von einem Mädchen hält sich für zu gut, ein Zimmer zu betreten, in dem ein Weißer sein Mittagessen mit zwei Farbigen teilt. Weiter nichts. Und doch befand ich mich in dem seltsamen Zustand äußerster Erregung und Gereiztheit, verachtete das Mädchen, verspürte das Verlangen, dem jungen Weißen einen Faustschlag ins Gesicht zu versetzen, war aber wütend auch auf den Schwarzen. Wie ein Wilder, sagte ich immer wieder zu mir selbst. Wie ein Wilder! Und ich wußte nicht, ob ich in jenem Zustand ungewohnt kampfwütiger Erregung Steven meinte (ich hielt an einem bewußt-grausam stilisierten Bild von ihm fest – Steven herausstaffiert oder, wie er selbst wahrscheinlich gesagt haben würde, gekleidet wie ein Gentleman, ein töricht-weltläufiges Filmgrinsen auf seinem schwarzen Gesicht), oder ob ich den unartikulierten, rotgesichtigen Freier Miß McCanns meinte oder gar mich selbst.

Es gibt, wie die Großen und die Kleinen dieser Welt seit Mark Anton immer wieder bezeugt haben, für einen Mann keine Ablenkung, die es mit der Bemühung um die Gunst eines weiblichen Wesens aufnehmen kann, und da ich um sechs Uhr in der Stratford-Bar mit Cecil verabredet war, so konnte ich, sobald ich Anstalten machte, das Büro zu verlassen und sie zu treffen, mit Hilfe ihres bewußt heraufbeschworenen Bildes den ganzen Zwischenfall ins endgültig Abgetane verbannen. Zur Hölle mit schwarzen Männern und mit weißen Männern, ja mit allem, was Mannesgesicht trug! Oh, der köstliche, immer schmaler werdende Lichtkreis des Abends, da der Whisky in unserem Innern sich zu Frieden und freudiger Erwartung verklärt, das Eis im Glase klirrt und die Frau, die, in der Ferne von soviel Gedanken, Erwartungen, gesammelten Erinnerungen umkreist, im Grunde so wenig mehr wahrzunehmen ist, daß man nicht einmal ihr Gesicht oder das von ihr getragene Kleid beschreiben könnte, selbst wenn man beides beschreiben müßte – wenn sie nun als die Verkörperung aller Frauen, der wirklichen wie der erträumten, neben uns sitzt!
Während der Lift die verschiedenen Zonen des Gebäudes durchmaß, überfiel mich, wie von außen, der Gedanke, daß es besser sei, Cecil gegenüber von dem ganzen Vorfall nichts zu erwähnen. Ja, schon der bloße Gedanke, daß ich es nicht zu tun und mir dabei nicht einmal über die Gründe Rechenschaft zu geben brauchte, hatte etwas geradezu Erleichterndes. Für mich bestand wohl auch eine Art orientalischer Gleichung zwischen Frauen und Sinnesvergnügen, und gegen jede Grenzüberschreitung nach dieser, nach jener Seite setzte ich mich entschlossen zur Wehr.
Cecil sollte keiner der Prüfungen ausgesetzt werden, bei denen Miß McCann versagt hatte. Es bestand keinerlei Notwendigkeit herauszufinden, ob und wie sie sich selbst dabei bewährte.
Sie saß an dem gleichen Tisch, an dem wir schon mehrfach gesessen hatten. Mit ihrem abgeblendeten Lächeln, das stets wie eine Herausforderung wirkte und den anderen aus einem ihm selbst nicht ganz begreiflichen Grunde zur Aufbietung aller Kräfte spornte, sah sie mich auf sich zukommen. »Wo liegt eigentlich Chibuluma?« fragte sie.
»Warum?«

»Ich habe eben der Unterhaltung der beiden da drüben zugehört. Sie haben gerade eine klassische Auseinandersetzung. Sie möchte, daß er an dem besagten Ort eine Stellung annimmt, und er erklärt immer wieder, er mache sich zwar nichts aus dem Kientopp, um so mehr aber aus dem Gedanken, daß es in Johannesburg vierzig verschiedene Kientöppe gibt und er also die Wahl hätte, wenn ihm wirklich einmal nach einem Kinobesuch zumute wäre.«

»Ich glaube, es liegt irgendwo in Nordrhodesien.«

»Bitte, laß mich noch eine Minute länger zuhören. Als ich noch klein war, kam ich in einem Hotelspeisesaal überhaupt nie zum Essen – soviel hatte ich mit Zuhören zu tun. Man behauptet gewöhnlich, daß man auf diese Weise nie etwas Gutes über sich selber zu hören bekommt. Aber stelle dir nur vor, was man dabei über Dritte alles erfährt.«

8. Kapitel

Meine Beziehung zu Cecil entwickelte sich auf merkwürdig ruckartige Weise. Tagelang sahen wir nichts voneinander – bis zu unserer nächsten Verabredung. Aber dadurch wurde von dem, was zwischen uns vor sich ging, nichts verzögert, verändert oder abgekühlt. Cecil war mir, wie mir bald klar werden sollte, völlig fremd; war ganz verschieden von den zwei, drei Frauen, mit denen ich Affären in Oxford gehabt hatte; verschieden auch von dem Mädchen in London, in das ich ernsthaft verliebt gewesen war. Wenn alle diese Frauen eine völlig andere Herkunft und Kindheit gehabt hatten als ich selbst (was vor allem auf das Mädchen von der Ebury Street zutraf), so gehörten wir doch zumindest der alten, alten Lebensordnung eines seit Urzeiten bestehenden Landes an, mit dessen Steinen unsere Knochen die Erinnerung an eine weit zurückliegende Vergangenheit teilten. Wenn wir auch nicht wußten, was wir jetzt waren, so wußten wir immerhin, was wir einst gewesen waren, und der zeitliche Zusammenhang war niemals durch ein Trauma unterbrochen worden – durch die Tatsache, daß mehrere Generationen hintereinander im Bannkreis einer neuen Kultur zur Welt gekommen waren.

Wie heutzutage so viele jüngere Menschen war Cecil offenbar

zu einer Art Leben erzogen worden, das nicht viel Bedeutung für sie besaß; mit dem einzigen Unterschied, daß sie vorbehaltlos davon überzeugt war, daß gewisse sinnvolle Arten der Lebensführung tatsächlich bestanden, unwandelbar. Wenn sie sich freilich die eine oder die andere zu eigen zu machen suchte, war es ihr, als müsse sie eine Formel entziffern, bei der eine der Größen stets ausgelassen war. Sie schien nicht den geringsten Zweifel zu haben, daß alles je von ihr Unternommene lohnend war, mochte es ihr nun darum gehen, sich als Mannequin in Rom durchzuschlagen oder als Siegerin aus einem Springturnier hervorzugehen. Aber wie ein Jagdhund, dem die Fähigkeit der Witterung nicht angeboren, angezüchtet war, konnte sie den Verlauf einer ihr gewiesenen Spur nur erraten. Sie verfolgte aber dabei eine Art Zickzackkurs und wandte die ganze Zeit über fragend den Kopf, selbst nicht ganz sicher, ob sie das von ihr Erwartete auf rechte Weise und im rechten Stil tat. Nichts kam bei ihr aus dem Instinkt.

Ihre Ehe erwähnte sie kaum, es sei denn auf die beiläufigste Weise – wohl nicht deshalb, weil die Tatsache ihres Scheiterns für sie allzu bedeutsam und schmerzlich gewesen wäre, sondern weil sie sich umgekehrt zu schämen schien, daß sie sich so wenig Gedanken darüber machte. Diese Ehe war für sie wie eines jener Kleider gewesen, mit denen, wie sie sich ausdrückte, »niemals viel los gewesen« war – eines von ihnen hatte ich einmal zerknüllt ganz hinten in dem Schrank gefunden, in dem ich eigentlich für sie eine Thermosflasche hatte suchen sollen. Sie lebte völlig im Heute, im gegenwärtigen Augenblick, und wenn Vergangenheit oder Zukunft sie einmal bedrängten, so hatte sie sich hilflos mit Stimmungen herumzuschlagen, denen man als Beobachter wohl einen Namen hätte geben können, die sie selbst aber niemals zu den besonderen Umständen ihres Daseins in Beziehung setzte. Sie hatte einfach ein Art Katzenjammer: und darum schaltete sie ihre Gefühle stets vom Besonderen aufs Allgemeinere um.

Eines Sonntagnachmittags ritten wir zusammen durch das Tal, das unterhalb der Besitzung der Alexanders lag, als wir auf ein verlassenes Haus stießen. Es war im frühen November, also um jene Zeit, in der, Nachmittag für Nachmittag, in Johannesburg zwischen Himmel und Stadt eine ungewöhnliche Bühnenhelligkeit lagerte. Die Sommerregen, so rasch vom Erdboden eingesogen, daß schon einen Tag nach einer

ganzen Abfolge von Gewittern und Wolkenbrüchen der Boden hart widerklirrte, hatten ganz plötzlich einen erstaunlich üppigen tiefgrünen Laubwuchs hervorgetrieben. Alle Bäume, Föhre, Gummibaum, Akazie und Weide, Zuckersträucher und Pappel, prangten im Schmuck vollen Gefieders. Das schwarzblaue Grün – war es nur optische Täuschung oder waren die mächtigen Purpurflecken und blaß lila Schatten, mit denen es gesprenkelt war, tatsächlich die Blüten der Jacarandabäume, hinter denen, über denen der Himmel, trächtig von unvergossenem Regen, blau und purpurn getönt, weil voller atmosphärischer Spannungen, mit den Bäumen Gewitterfarben austauschte?
Die Luft war kühl und schwer, und die Pferde klommen langsam die verwahrloste, von weiteren Jacarandabäumen gesäumte Anfahrt hinauf. Wie immer des Sonntags, war Trommellaut und ferner Gesang zu vernehmen – irgendwo im Busch hatten ein paar Afrikaner, Hausdiener aus den nahegelegenen Vororten, sich in Gruppen zu einer Andacht im Freien zusammengefunden. Cecil erzählte mir eine lange Geschichte von der ersten Frau John Hamiltons, des Krokodiljägers, der mit den Alexanders befreundet und an jenem Tage auch wieder bei ihnen zu Gaste war; erzählte sie mit dem ganzen Entzücken, das Frauen an den Fehltritten ihres eigenen Geschlechts verspüren. Auf der überwachsenen Terrasse standen die Pferde von selber still. Hier moderte noch Laub vom vergangenen Jahr, und Cecil sagte in so munterem Tone, als gehe sie auf einen Vorschlag von mir ein: »Also los – sehen wir uns das einmal von innen an.« Wir schlangen die Zügel um einen Eisendorn, an dem einmal die Stange einer Markise festgemacht worden sein mußte, und überquerten klirrend die Fliesen. Durch die Fenster versuchten wir ins Innere zu spähen, ratterten an der Vordertür, bis Cecil plötzlich mit den Worten: »Schau doch!« losstürzte, um eine gelbe Rose zu pflücken. Sie wuchs an einem der Büsche, aus denen sich wie zur Abwehr Stachelranken über die Stufen der Terrasse gespannt hatten. Man konnte hören, wie sie das Leder ihrer Reitstiefel ritzten. Auch wenn das Haus kaum mehr als zehn Jahre alt war und, nach der ganzen Verfassung des Anstrichs zu schließen, nicht länger als ein halbes Jahr leer gestanden haben konnte, hatte es wie alles von Menschenhand Geschaffene offenbar in dem Augenblick, in dem es

vom Menschen sich selbst überlassen war, das Aussehen einer Ruine angenommen.

»Oh, ich möchte hinein!« rief sie und ratterte an den großen, auf die Terrasse hinausführenden Flügeltüren. Ich ließ den Blick aufwärts und seitwärts schweifen. Irgend jemand hatte offensichtlich an dem oberen Stockwerk gewisse Veränderungen vornehmen lassen wollen, war aber nicht damit zu Ende gekommen. Maurerbretter und -seile lagen herum, und wo der halbe Giebel herausgebrochen war, starrte dem Betrachter ein Stück unverputzter Ziegelwand entgegen. Halb gegen ihren Willen und unter beiderseitigem Gelächter suchte ich Cecil in die Höhe zu heben, damit sie an einem verheißungsvoller aussehenden Fenster mit zerbrochener Scheibe ihr Glück versuchen konnte, aber dieses Fenster befand sich an der Seite des Hauses, wo keine Terrassenstufen den Abstand zum Boden verminderten, und sie konnte den Griff nicht erreichen. Aber wir waren nun kindisch-eigensinnig entschlossen, ins Haus hineinzugelangen. »Warte doch einen Augenblick! Wie, wenn ich Danny holte und du auf seinen Rücken klettertest?« – »Nein, laß es uns zuerst mit der Küche probieren.« Sie machte prompt kehrt, lief mir voran über den Hof und rüttelte an der Küchentür. Da aber diese festblieb, stand sie sogleich von ihrem Vorhaben ab; sie hatte mir offenbar nur beweisen wollen, daß ich selbst auf ihren ursprünglichen Plan zurückzukommen hatte. Sie sprang drei Stufen zur nächsten Tür empor, packte die Klinke mit beiden Händen – und schon gab die Tür nach. Überrascht lächelnd, wandte sie sich zu mir um. Wir schoben uns hinein. Es war die Tür der Vorratskammer, und von dort gelangten wir in die Küche. »Neger müssen hier eingebrochen haben«, sagte sie. Es herrschte ein wildes Durcheinander von Leere und Glasscherben. Die Schränke waren aufgestemmt worden, die Glühbirnen lagen, zersplittert, auf dem Boden wie Rauhfrost: der Augenblick, in dem das Haus geplündert worden war, schien es noch immer in seinem Bann zu halten. Auf dem Boden des Korridors und des Wohnzimmers lagen Mäusegiftkugeln herum, und in sämtlichen leeren Zimmern hoben sich silberne Staubwölkchen, von den Weidenkätzchen im Garten hereingeweht, im Zugwind unserer Tritte in die Höhe und sanken wieder zurück.

»Dies hier muß einmal ein ganz hübsches Zimmer gewesen

sein«, sagte sie, an die Fenstertür tretend und aus einem imaginären Innenraum durch das schmutzige Glas nach außen blickend. Wir sahen eines der Pferde schnauben, konnten es aber nicht hören. Sie wanderte von einem Zimmer ins andere, rührte mit der Hand an die toten Drähte, die, aus der Wand gerissen, lose herunterhingen, an die leeren Steckdosen, die Konsolen. »Hier muß das Telefon gewesen sein.« – »Und dies war wohl für die Lampe.« Wie Meltau senkte Traurigkeit sich auf alle ihre Bewegungen. In ihrer Ratlosigkeit ergriff sie meine Hand und klammerte sich daran fest, ohne mich eigentlich wahrzunehmen. Erinnerte sie sich gewisser Stätten, die sie an irgendeinem Punkt ihres so geringschätzig behandelten Lebens hinter sich gelassen, gewisser Lampen, die sie berührt hatte, einer Zimmerflucht, für ihre Füße nicht weniger vertraut, als sie es für einen Blinden gewesen wäre? Möglicherweise lag alles aber nicht ganz so einfach. Die Unrast der Leere schien in ihrem Innern widerzuhallen. Sie war der Tiefe und der Sille gewahr, gewahr gewisser Botschaften, die das Telefon ihr nicht übermitteln, des Verlangens nach innerer Sicherheit, das das elektrische Licht nicht befriedigen konnte.

Wie so viele tatkräftige Naturen hatte auch sie Furcht vor sich selbst. Ich spürte diese Furcht und begann, davon erregt, Cecil zu küssen. Sie duldete es, duldete meine Küsse, meine Liebkosungen mit einem gewissen Erstaunen. Sie war wie einer der Menschen, die, von einem Zauberkünstler aus dem Zuschauerraum auf die Bühne gerufen und zu irgendeiner Bewegung veranlaßt, etwas Ungeahntes zum Vorschein bringen – einen Strauß Rosen, einen Käfig voller Mäuse, eine japanische Flagge. Ihre offenen Augen beobachteten mich, aber ihre sonst so erfahrenen Lippen blieben mir etwas von dem Entzücken schuldig, das sie mir früher gewährt hatten. Nur die Brustwarzen, die, auf so wenig schmeichelhafte, ja, auf wahllose Weise reagierend, die Berührung einer liebenden Hand niemals von einem anderen Außenreiz unterscheiden lernen, drängten unter dem Stoff des Kleides automatisch der Innenfläche meiner Hand entgegen. »Um Himmels willen«, sagte sie, jäh zur Besinnung erwacht, »nicht hier.« Gesellschaftliche Vorsicht, der einzige ihr vertraute Schiedsrichter in Fragen persönlichen Verhaltens, verhalf ihr wieder zum Kontakt mit der ihr bekannten Welt. Der Anfall von Katzen-

jammer war verflogen. Ich hatte sie mit einer Situation konfrontiert, mit der sie fertig zu werden vermochte.
Ein wahrhaft Liebender hätte wohl sehr viel mehr vollbracht. Aber sie wußte nicht, was sie brauchte, und ohne von meiner Enttäuschung etwas zu ahnen, ließ sie es zu, daß ich mit meiner Zunge der seltsamen Geschmacksverbindung von Nikotin und Lippenstift auf der ihren nachspürte.
Als wir im Tal wieder zurückritten, überzogen die grasbewachsenen Hänge sich mit einem bleifarbenen Licht, das von der verborgenen Sonne herrührte. Ein Schwarzer, in ein altes loses weißes Gewand gehüllt und mit einem langen Stock bewaffnet, an dessen Spitze ein Stück blauen Tuches befestigt war, schob sich an uns vorüber. Er befand sich auf dem Weg zu seinen Glaubensbrüdern, von denen wir gerade noch etwas sehen konnten: vorgebeugten Kopfes, hüpfend und gellend, umkreisten sie auf einem gleichsam natürlichen, von Akazien umstandenen Versammlungsplatz einen Trommler. Der Fremde summte beim Gehen vor sich hin und murmelte: »Tag auch, Baas.«
Als wir wieder bei den Alexanders waren, bemerkte Cecil, zuversichtlich vom Bestehen einer Weltordnung überzeugt, in deren Rahmen Schmutz und Chaos zusammen auf die eine, Schönheit und Macht auf die andere Seite gehören: »Wir sollten tatsächlich der Agenten für das leerstehende Haus habhaft werden. Alle arbeitslosen Neger der weiteren Umgebung müssen dort ihr Schlafquartier aufgeschlagen haben. Du solltest es wirklich einmal sehen, Marion!«

Eines Abends, in ihrem Wohnzimmer – wir waren im Haus von Freunden, ihren Freunden, zum Essen gewesen –, fanden wir uns zum erstenmal in enger Umarmung zusammen. Welcher Mangel an Ursprünglichkeit bei der ersten körperlichen Vereinigung zweier Menschen, die in so vielen anderen Bereichen des Umgangs einander scheinbar bereits so vertraut sind! Im Dunkeln glaubt jeder im anderen ein zweites, bisher noch verborgenes Wesen in Armen zu halten, unvergleichbar dem, das am Abendbrottisch ihm gegenüber saß, auf der Straße eine Zeitung kaufte oder sich erregt vorlehnte, in eine politische Debatte einzugreifen. Ich könnte mir vorstellen, daß es sich mit dem Gewahrwerden eines zweiten Lebens nach dem Tode nicht viel anders verhält: alle selbstverständlichen Bekundungen des Sinnenlebens zum Schweigen verwiesen, abgestellt wie eine Maschine, und dann, aus einer neuen Art von Schweigen heraus, die Geburt einer anderen Daseinsform. Endlich tastete sie nach dem am Diwan stehenden Tischchen: »Kannst du die Zigaretten finden?« – »Laß mich zuerst die Lampe finden.« – »Nein, nein, mach bitte kein Licht. Hier ist die Schachtel.« Wir saßen aufrecht im Dunkeln, die Diwandecke um die Schulter geschlungen, und rauchten wie Menschen, die nach irgendeiner Katastrophe – einem Schiffbruch, einem Gewitter – endlich Zuflucht gefunden haben. Ich kleidete mich an und verabschiedete mich kurz nach Mitternacht. Auch zwei Leute, die in einer der auf dem gleichen Gang gelegenen Wohnungen zu Besuch gewesen waren, sagten gerade Lebewohl, und gleichzeitig traten wir aus dem Gebäude ins Freie. Das eine war ein graugesichtiger Glatzkopf, bei dem dichte Kräuselhärchen aus Nase und Ohr hervorstanden, als habe das Kopfhaar sich gewendet und sei abwärts in den Schädel hinein statt aus ihm herausgewachsen, das andere eine jener schwerfälligen Frauen, die trotz eines üppigen Busens, trotz Korsetts und klirrenden Schmuckbehangs mit dem Eintritt in die mittleren Lebensjahre plötzlich männliches Aussehen anzunehmen scheinen. In dem Augenblick, in dem das letzte Wort des Lebewohls über ihre Lippen geglitten war, verfielen sie in grimmiges Schweigen, eine besondere Form enger ehelicher Verbundenheit. Wie Gefängniswärter kamen sie hinter mir her, und beim Zuschlagen der Wagentür, der ihren wie der meinen, war es mir, als sei die Nacht nun endgültig hinter Schloß und Riegel.

Aber das nächste Mal schlief ich mit Cecil zusammen in ihrem warmen, zerknüllten Bett, das nach Parfüm und Zigarettenrauch roch. Sie verwahrte sich gegen das elektrische Licht, aber ich wollte den Ausdruck ihres Gesichts ergründen, wollte wissen, was und wie sie empfand (wer weiß schon, was Frauen im seltsamen Augenblick ihres Sichverschenkens empfinden?). Sie nahm sich im Schein des Lichts nicht anders aus, als an jenem Sonntagmorgen in ihrer Hausgewandung. Stolz, Verstörung, Eitelkeit, Gier, Verlangen und Entschlossenheit – das alles war durch die Banalität des Make-up noch nicht übertüncht. Ihre Augen waren von Sonnenlicht, Rauch und Gin leicht getrübt, und die Gestalt ihres Lächelns, bei dem sie wissend einen ihrer Mundwinkel einzuziehen pflegte, blieb für immer ihrem Gesicht aufgeprägt, selbst dann, wenn ihre Lippen entspannt waren. Am Nacken vermochte der natürliche Geruch ihres Haars sich gegen die chemischen Dämpfe der Prozeduren zu behaupten, denen es in dem vorhangverhüllten Geschäft unterhalb meines Büros unterworfen wurde – der echte Geruch blonder Farbe, wächsern und säuerlich, der mir stets auffällt, vielleicht weil ich selbst dunkelhaarig bin.

»Ich möchte nicht, daß du meinen Unterleib siehst«, sagte sie. »Ich kann seinen Anblick selbst nicht ertragen.«

»Wieso? Was hast du denn daran auszusetzen?«

Sie warf sich, die Arme an die Hüfte gepreßt, herum und sagte etwas bitter: »Hast du denn noch nie eine Frau gesehen, die ein Kind zur Welt gebracht hat? Das verdirbt bei uns gleich die Haut – sie sieht wie Kräuselpapier aus.«

Aber was immer das Lebensklima, dem sie bisher ausgesetzt gewesen war, dazu getan haben mochte, ihr Gesicht zu gerben: der Körper war sein eigenes Werk, war seiner selbst sicher, war schön. Im Bett war sie eine Liebende, erfahren und voll zärtlichen Entzückens: »Nun warte nur«, pflegte sie zu flüstern, »warte nur einen winzigen Augenblick« – als wären ihre Liebkosungen sorgsam vorbedachte Überraschungen, die nicht vorzeitig enthüllt werden durften. In dem schmalen, nur für einen einzelnen Schläfer bestimmten Bett lag sie die ganze Nacht, wie ich es mir gewünscht hatte, eng an mich gepreßt – selbst wenn sie gewollt hätte, sie hätte keinen Zollbreit von mir abrücken können. Ihr ganzer Leib strahlte, auch im Schlummern, die gleichbleibende Wärme echter Lebenskraft aus – nur ihre Oberschenkel und ihre Brüste waren so kühl wie bei manchen Menschen die Hände.

Ich stand früh am Morgen auf, um noch vor Eintreffen des Hausdieners aus der Wohnung herauszusein. Auf dem Rückweg vom Badezimmer sah ich vom Korridor aus in der offenen Tür des zweiten Schlafraums, von dem farblosen Licht umflossen, das die Morgendämmerung ankündigt, einen kleinen Jungen stehen. Er war barfüßig, hatte sich den Schlafanzug schief zugeknöpft und hielt sein Kopfkissen umklammert. Er war völlig wach, wußte aber wohl nicht genau, wie und wann er aufgeweckt worden war: zu einer Stunde der Nacht, die eigentlich den Erwachsenen gehörte und die ihm bisher unbekannt war. Aber noch während er mich betrachtete, begann das Licht eine goldene Färbung anzunehmen, und er mußte nun wissen, daß es Morgen war. Er sprach nicht, zuckte auch nicht mit der Wimper, als ich an seinem Zimmer vorüberkam und hinter der nächsten Tür verschwand. Cecil wandte sich, vom Geräusch des Ankleidens geweckt, mir zu, bewegte die Lippen, als habe sie etwas abzuschmecken, und streckte mir die Hand entgegen. »Dein Junge hat mich draußen im Korridor gesehen. Wie wird er sich alles erklären?«

»Mach dir keine Gedanken«, murmelte sie. »Er wird nicht ein Wort dazu sagen.« Als ich mich zum Weggehen anschickte, wachte sie plötzlich richtig auf und rief mich zurück, um noch einmal geküßt zu werden – wie hätte ich es mir nur einfallen lassen können, fortzuschlüpfen, ohne ihr Guten Morgen zu sagen!

Niemand stand draußen im Gang, und die Tür zum zweiten Schlafzimmer war geschlossen.

9. Kapitel

Ich frage mich oft, wie es kommt, daß ein Leben in Armut soviel wirklicher anmutet als jedes andere Leben. In Büchern und in Filmen hält die Darstellung des ›eigentlichen‹ Lebens sich überlieferungsgemäß an die unteren Schichten. Fast alle von denen, denen der Magen nicht knurrt und deren persönliche Konflikte sich oberhalb des eigentlichen Existenzminimums abspielen, haben die unbehagliche, ja, selbst die achtungsvolle Vermutung, daß das Leben irgendwo anders zu suchen ist. Dem Armen ist es jedoch von allem Anfang an eigen. Natürlich taumelt er unter seiner grimmigen Bürde. Man möchte nicht in seiner Haut stecken – aber es ist ihm wirklich zu eigen.

Über diese merkwürdige Tatsache dachte ich gerade damals viel nach, als ich mit Steven zusammen so häufig in den Zwangssiedlungen weilte, bisweilen auch in Sams Zweizimmer-Wohnung übernachtete und dabei auf dem Diwan des Wohnraums schlief. Ja, ich dachte darüber nach, kam aber noch zu keinem festen Ergebnis. Was verstehen wir unter wirklichem Leben? Das Leben, das der für jedes organische

Geschöpf maßgeblichen Dreiheit: Selbsterhaltung, Ernährung, Vermehrung, am nächsten ist? Mit einer solchen Erklärung geben wir uns einer romantischen Täuschung hin, erwachsen aus irgendeinem geheimen vorzeitlichen Schuldgefühl: im Leben ist die Wirklichkeit nichts Absolutes, sondern besteht jeweils aus dieser oder jener Folge bestimmter Umstände. Die ausschließliche Beschäftigung mit Selbsterhaltung, Ernährung und Vermehrung als einzige Wirklichkeitsnorm gelten zu lassen, heißt andere Bedürfnisse übersehen, die die Menschen für sich selbst geschaffen haben und die erst in Verbindung mit jenen grundlegenden Erfordernissen die menschliche Wirklichkeit ausmachen. In einer Gesellschaft, in der der Einzelne mit Hilfe der Gesetze es fertigbringt, sich seinen Mitmenschen gegenüber zu behaupten, in der er dank seiner persönlichen Teilnahme am Handels- und Industrieleben seine Ernährung als gesichert, dank eines speziellen Paarungssystems, nämlich der Ehe, seine Fortpflanzungstätigkeit als geregelt ansehen darf – in einer solchen Gesellschaft mag die dringlichste Wirklichkeit seines Daseins im Abwehrkampf gegen den Koloß einer Wirtschaft bestehen, dem er mit der Leistungskraft seiner Energie und seines Hirns selbst mit auf die Füße geholfen hat. Für den Wissenschaftler wiederum mag das Wirklichste die Notwendigkeit sein, in die Front derer eine Bresche zu schlagen, die die Geltung einer von ihm aufgestellten, vorerst noch nicht ganz überzeugenden Formel bestreiten, für den Künstler dagegen, sich die Einsicht zu eigen zu machen, daß im Augenblick noch niemand sich mit seiner besonderen Vision zu befreunden vermag. Das also ist das ›eigentliche‹ Leben: das, was in jedem Einzelfall die persönlichen Umstände gebieten, erfordern, erzwingen.

Ich kam jedenfalls zu dem Schluß, daß das Dasein in einer Zwangssiedlung sich möglicherweise nur deshalb als soviel ›wirklicher‹ ausnahm, weil es dort weniger Ablenkungen gab und sehr viel weniger Ersatzmöglichkeiten des Sichauslebens, sehr viel weniger Langeweile. Der Einzelne, ob Mann oder Frau, hatte sich genug damit abzuplagen, auch nur das Nötigste zu beschaffen. Die Wirklichkeit lag dichter unter der Oberfläche. Hier blieb dem Enttäuschten nichts anderes übrig, als seinem Unwillen auf der Straße die Zügel schießen zu lassen, der Verlassenen nichts anderes, als auf einer

Treppenstufe niederzuhocken und geduldig zu warten, bis das vaterlose Kind das Licht des Tages erblickte. Und auch mit den Besoffenen war nichts anderes anzustellen, als daß man sie so lange im Hof liegen ließ, bis sie ihren Rausch ausgeschlafen hatten. Unter den Leuten, bei denen ich mit Cecil zusammen verkehrte, verschrieben sich die vom Leben Enttäuschten die Betäubungsmittel des Golfspielens und Pferderennens, Mädchen, die Liebeskummer hatten, fuhren nach Europa, Gewohnheitssäufer wurden ›Alkoholiker‹ genannt und unterzogen sich kostspieligen Kuren. Das war alles. Das war der ganze Unterschied.

Aber war es das wirklich? Wenn man sich mit so bequemen Mitteln trösten, ablenken kann: wird man sich dann nicht auch zuletzt daran gewöhnen, weniger zu empfinden? Und wird in solchem Falle das Leben selbst auch nicht um so viel weniger ›wirklich‹ sein? Gewiß klang auch das überzeugend, wurde aber offenbar durch die tatsächlichen Verhältnisse widerlegt. Denn die Leute, die im High House verkehrten (und nicht weniger auch ich selbst und meine Freunde und Bekannten in England), machten allesamt viel zu viel her von ihren Gefühlen, Nervenzusammenbrüchen und anderen langwährenden Elendszuständen, die sich als Folge persönlichen Mißgeschicks bei ihnen eingestellt hatten; und sie wußten auch, daß das Leben allzu leicht zum Stillstand kommt. Aber die männlichen und weiblichen Bewohner der Siedlungen wischten sich nach einer kurzen öffentlichen Trauerkundgebung gewissermaßen mit dem Handrücken über die Nase und taten dann das jeweilig Nächstliegende, denn sie wußten, daß das Leben sich nicht ungestraft unterbrechen läßt. Da war zum Beispiel in einem der Häuser, die mit Sams Haus den Hof gemein hatten, eine Frau. Als wir eines Tages den Hof betraten, hielt sie uns an und wechselte mit Sam ein paar Worte. Sie war eine fröhliche, schmuddlige Schlampe, der wie stets in solchen Fällen ein nach Milch und nassen Windeln riechendes Baby über die Füße stolperte. Mehr als einmal hatte Ella über ihr Verhalten Klage geführt. Als sie wieder im Haus verschwunden war, fragte Sam: »Haben Sie unter Ihren Bekannten zufällig jemanden, der in Sandown wohnt? Diese Frau sucht irgendwo eine Kammer auf einem Hinterhof. Sie hat da Leute, für die sie wäscht, und möchte gern einen Raum in der Nähe haben.«

»Und ihr eigenes Häuschen?«
»Ihr Mann ist verschwunden. Vielleicht hat irgendeiner Ihrer Bekannten eine Dienstbotenkammer, die gerade leer steht.«
Eines Nachts ereignete sich in der Nähe des Hauses, in dem Steven wohnte, ein Mord. Steven hastete gerade heim, zu einem der von ihm selbst veranstalteten Sauf- und Schwatzgelage, mit dem wir, das heißt seine schwarzen Kumpane und ich, bereits begonnen hatten (es sah Steven ganz ähnlich, daß er andre auf sein Zimmer lud und dann zu vereinbarter Zeit selbst nicht zur Stelle war): da stieß er auf den Sterbenden, der mitten auf der Straße lag. Er hatte ihn bis zur Vordertreppe des nächstgelegenen Hauses gezerrt, aber: »Es war ihm nicht mehr zu helfen, tot«, berichtete Steven beim Eintreten. »Verzeihung, Toby, daß ich mich so elend verspätet habe, aber ich hatte noch die Versicherungssache für einen alten Inder in Ordnung zu bringen. Besitzer einer ganzen Reihe von Wanzenhäusern« – so wurden die Kinos in den Zwangssiedlungen gewöhnlich genannt –, »und wissen Sie, er gehört zu der Sorte alter Leute, die, wenn sie einem etwas erzählen wollen, ganz egal was, beim ersten Tage ihres Lebens anfangen müssen.« Er grinste, sagte: »Achtung!« und stieß die Beine der auf seinem Bett Hockenden beiseite, um seine elegante Aktenmappe aus gelbbraunem Leder darunter verstauen zu können. Dann straffte er sich wieder, spähte an der Seite des Jacketts hinab und zupfte mehrfach am Ärmel. »Es ist doch nichts an meinen Anzug gekommen?« Einer der jüngeren Leute, der sich noch niemals einen solchen Anzug hatte leisten können, sprang auf, um ihn einer eingehenden Prüfung zu unterziehen, schlug mit flacher Hand an das Tuch und erklärte auf Sesuto, es bestünde keinerlei Anlaß zu irgendwelcher Besorgnis. Und tatsächlich war am Anzug höchstens etwas von dem rötlichen Staub der Siedlung wahrzunehmen, der weniger von der Oberfläche der Erde als von verfallenden Gebäuden herzurühren schien. Aber an einer von Stevens Hemdmanschetten befand sich ein Flecken von der Farbe hellen Rostes. »Er hat mich ein bißchen dreckig gemacht«, sagte Steven und lächelte. »Immerhin, der arme Bursche konnte ja nichts dafür.«
»Es war ein Gang, wie?« fragte eine Stimme.
Steven nickte. »Wahrscheinlich hat er es sich selbst einge-

brockt. Eine Messergeschichte, gar nichts dagegen zu machen. Es muß ungefähr zehn Minuten vor meinem Vorüberkommen passiert sein. Nichts mehr von den Mördern zu sehen. Auch die Leute im anliegenden Haus hatten nichts gehört. Als ich sah, daß er erledigt war, sagte ich nur, na schön, und machte mich so rasch wie möglich aus dem Staub.« Steven hatte sich nun niedergesetzt und ließ, was für ihn so kennzeichnend war, das am oberen Rand gepackte Glas mit dem Branntwein zwischen den gespreizten Knien hin und her schwingen. Er verzog das Gesicht – eine Grimasse, die nicht dem Toten galt, sondern dem Tod. »Auf ein kurzes Leben und ein glückliches«, sagte er, mit einem Zuge sein Glas leerend.

Als ich am folgenden Morgen in Sams Haus aufwachte, hatte ich die starke lebhafte Empfindung, daß Leben und Tod mir abwechselnd heiß und kalt ins Gesicht hauchten. Zweifellos war man in einer Wohnung wie der meinen, die sich in einem ›weißen‹ Vorort befand, oder auch im Hause der Alexanders zwischen Pferdekoppeln und Schwimmbassins und Jacarandabäumen gleichfalls von Leben und Sterben umwogt. Aber hier war man dessen nur gewahr, soweit man sich persönlich betroffen fühlte. In den Siedlungen dagegen gab es an einem Samstagabend zwischen dem späten Ende einer langen Nacht und dem frühen Beginn des neuen Tages lediglich ein, zwei Stunden, in denen Wehklagen und Gelächter verstummt, die Holzfeuer erloschen waren. Die ganze übrige Zeit wurden gleichzeitig alle Sinne von den stets gleichen, stets wechselnden Vorgängen des täglichen Daseins bedrängt. »Keinen Augenblick Frieden und Stille«, pflegte Sam zu sagen, wenn er in seinem kleinen Zimmer stand, die alte Schreibmaschine auf dem Arm, als müsse im Bereich der vier dünnen Wände irgend eine unerwartet geräuschsichere Ecke zu finden sein, in der er sich niederlassen durfte, ohne zu hören, wie auf der Straße Männer sich in gellenden Ausrufen ergingen, irgendein Umzug stattfand, der mit einem Begräbnis oder einer Schulveranstaltung zu tun hatte, wie Kinder zankten, ein Baby grölte, eine Frau vor ihrem Waschzuber sang und im Hof immer wieder die Tür des gemeinschaftlichen Abtritts rostig quietschend aufging und wieder zuschlug. Und in meiner Wohnung pflegte Steven rastlos zwischen dem Balkon und dem Wohnzimmer hin und her zu wandern und dabei mit

Unbehagen in der Stimme zu erklären: »Ach ja, ich bin nun einmal an Sophiatown gewöhnt, und dort ist jeden Augenblick etwas anderes los.«

Mit Sam dagegen pilgerte ich häufig am frühen Abend zu dem Stück Brachland hinaus, das sich in der Nähe seines Hauses befand. Dort erhob sich ein kleines Massiv aus Schutt und Schlacke, von Straßenjungen und alten Leuten längst abgeweidet, ja selbst des dort abgeladenen Gemüsekehrichts beraubt, und von da ließ der größte Teil der Siedlung sich überblicken. Zu jener Stunde schien sich der Grimm des Tages ein wenig zu mildern, schien selbst das Trostloseste in weichem Licht sich zu verklären. Der Aschenberg selbst hatte plötzlich etwas von der Würde der Einsamkeit: wir hätten ebensogut am Kraterrande eines ausgebrannten Vulkans stehen können. Die Bodensubstanz unter unseren Sohlen nährte keinerlei Leben, kein tierisches und kein pflanzliches, ja, sie schien der fruchtbaren Erde fast zu spotten. Hinter uns und tiefer drunten wimmelte, faulte und wucherte es. Es gab keine Straßenbeleuchtung, und bei Einbruch der Nacht, die rings um das niedrige, enge Durcheinander von Bretterbuden und Hütten aufzuwallen schien wie dunkles Gewässer, während etwas höher, dort, wo wir selber standen, der Tag in einer rosa Dunstwolke noch verweilte, glühten Kochfeuer auf wie Streichholzflämmchen, von der hohlen Hand überwölbt. In dem etwas schwerfällig-scherzenden Ton, den Sam beim Englischsprechen meist anschlug – wahrscheinlich deshalb, weil er auf diese Weise ursprünglich die Kluft des Unbehagens zwischen sich selbst und seinen ersten weißen Bekannten hatte überbrücken können – in diesem Tone also sagte Sam einmal zu mir: »Wenn Sie erst mal wieder drüben sind, wird Ihnen das alles wohl wie ein böser Traum vorkommen.«

Aber er irrte sich, und es fiel mir nicht leicht, ihm klarzumachen warum, ohne gleichzeitig den Verdacht in ihm zu erwecken, daß auf meiner Seite etwas von der romantischen Schwärmerei für Fremde und Armut, von Empfänglichkeit für den malerischen Reiz der Schmutzverhältnisse anderer Leute mit im Spiele war. Als ein ehrbarer Bürger hielt er den Blick still und beständig auf seine und seiner schwarzen Brüder Zukunft gerichtet, und sein Fluch galt gleichermaßen dem lautstarken Elendsdasein der Siedlungen und seiner eigenen Kindheit: wie er mir eines Abends auf der Höhe des erwähnten Schutthügels gestand, hatte er früher im nördlichen Transvaal eine der dem Stamm gehörigen Viehherden gehütet. Wurde ich unvermutet hinter dem Ausdruck seines Gesichts oder einer seiner Äußerungen seiner selbst inne, hatte ich den Eindruck, daß, sofern er nicht zufällig Jazzmusik spielte, es nicht eine einzige Sekunde gab, in der sein ganzes Wesen nicht um den Gedanken des Lebenszwecks kreiste. Sein Verhalten war ein Gemisch aus Angst und melancholischer Entschlossenheit. Er war voll verbissener Zuversicht, ein Mensch, dessen ganzes Leben der Zukunft gehörte, wie umgekehrt Steven, der Hoffnung nicht kannte, sich völlig der Gegenwart verschrieben hatte. »Steven ist nichts weiter als ein Weißer, der zufällig in einer schwarzen Haut steckt – das ist sein Malheur«, bemerkte Sam im Ton der Betrübnis; und wenn ich bei einer solchen Äußerung Sams seine Zuneigung zu und seine Besorgtheit für Steven mit in Anschlag brachte, dann lief sie offenbar auf das Gleiche hinaus wie Annas mir gegenüber geäußerte Klage, daß Steven sich nicht einen Dreck um die Afrikaner scherte. Der einzige Unterschied war der, daß durch Stevens Verhalten in Anna Louws Augen seine schwarze Sippschaft, in Sams Augen dagegen Steven selbst zu kurz kam. Und doch war es Steven, der für das in der Tiefe unterhalb des Schutthügels wimmelnde Leben tatsächlich etwas übrig hatte, Steven, der es mitlebte, als die Wirklichkeit der ihm zugewiesenen Gegenwart – der einzig sicheren Zweckbestimmung, die es für einen Sterblichen gibt. Aber gerade weil ich das Siedlungsleben auf solche Weise gewissermaßen mit Stevens Augen betrachtete, konnte es, in einem anderen Land, beim Rückblick auch niemals zu einem ›bösen Traum‹ für mich werden. Es hat weiß Gott gar nichts Schönes, aber ein Traum war es ebensowenig. Niemals konnte es dem inneren Blick verlorengehen. Sein Vorhandensein mußte mir auch dann glaubhaft bleiben, wenn ich mich woanders befand.

Als ich eines Sonntagmorgens zum erstenmal aus Sams Haus heraustrat, in dem ich übernachtet hatte, starrten die Nachbarn mich an, maßen mich mit forschenden Blicken und tauschten untereinander spöttische Bemerkungen aus – daß ein Weißer die ganze Nacht in einem Negerhaus verbracht haben sollte, war etwas Unerhörtes, wo nicht gar im höchsten Grade Verdächtiges: ein lüsternes Grinsen überspielte das

Gesicht eines alten Mannes, während er, mit einem »Morgen, Baas«, höflich zur Seite trat, denn was hätte mich sonst zum Verweilen nötigen können als Fleischeslust? Und selbst wenn ich später, als Sams geheimnisvoller Gast bekannt, Hand in Hand mit seiner kleinen Tochter die Straße herabschlenderte, um ihr in der aus Wellblechhütten oder selbstgezimmerten Bretterbuden und Verkaufsständen bestehenden Händlergasse – bei den letzteren waren die Waren auf dem Boden auf Sacktuch ausgelegt –, also in einem der sogenannten ›Läden‹, eine Orange zu kaufen, war und blieb ich ein Fremder. Aber gerade als Fremder fand ich in diesen Siedlungen und unter ihren Bewohnern etwas, das ich niemals daheim gefunden hatte. In Sophiatown, wo Steven ansässig war, gab es Sommernächte, in denen niemand zu Bett zu gehen schien. Hier waren die schlimmeren Gerüche überlagert von warmem, säuerlichem Biergeruch. Unter den Straßenlaternen, die, weit auseinandergerückt, Menschen sowohl wie Nachtfalter in ihren gelblichen Schein lockten, kauerten ein paar kleine Negerrangen bei Karten- und Würfelspiel. Singend, schlendernd zogen die Menschen ihres Weges. Hin und wieder fegte, über den steinigen Boden knirschend, einer der großen amerikanischen Wagen, wie ihn die Gangster benutzen, die Straße entlang, um hinter sich lange Staubwimpel zu entrollen. In rasch aufschießendem Ärger schnalzten Mädchen mit der Zunge und stießen Protestschreie gegen die Beschmutzung ihrer Kleider aus. Man kicherte und flirtete. Ein paar der Mädchen hatten sich prächtig herausgeputzt und sich Schuhe mit hohen Absätzen zugelegt, andere gingen barfuß, mit ganzen Stapeln zerfetzter Gewandstücke behängt, von denen eines jeweils die Löcher in dem darunterliegenden zu verdekken hatte und das oberste, allen Vorsichtsmaßnahmen zum Trotz, an lebenswichtigen Stellen, nämlich an der Brust und am Sitzfleisch, durchgescheuert war. In solchen Nächten geschah es auch plötzlich, daß, schaukelnd und wiegend, sich abwechselnd öffnend und wieder schließend wie eine Ziehharmonika, irgendeine Prozession um die Ecke quoll: Männer, Frauen und Kinder, in Bewegung gehalten durch den Klang eines Saxophons und einiger Trillerpfeifen – die öffentliche Hauptprobe für eine Hochzeit, die am nächsten Tag stattfinden sollte. Sie sangen und psalmodierten zum Steinerweichen.

In solchen Augenblicken schien das Siedlungsleben einen Teil meines Wesens zu nähren, der bisher gedarbt hatte. Es bewirkte bei mir das Gleiche, was zu anderen Zeiten Italien und Griechenland bei mir und manchen meiner Landsleute bewerkstelligt hatten. Es machte mich nicht zu einem anderen, wohl aber zu einem innerlich freieren, volleren Menschen.

10. Kapitel

»Was ihn betrifft, so brauchst du dir keine Gedanken zu machen, er wird kein Wort sagen«, hatte Cecil damals bemerkt, als ihr kleiner Junge mich zu früher Morgenstunde auf dem Gang ihrer Wohnung gesehen hatte. Freilich lag sie noch halb, mehr als halb im Schlummer. Sie hatte auch ihre Zunge noch nicht voll in der Gewalt. Was sie beiläufigmittelbar damit enthüllte, war jedoch, wie ich nach der ersten automatischen Regung der Eifersucht herausfand, nicht dazu angetan, mein Gefühl zu berühren. Außerhalb der gleichsam eingeklammerten Spanne der mit ihr verbrachten Zeit führte ich noch ein anderes Leben, wie auch sie es tat. Jeder verzichtete stillschweigend darauf, mit Fragen in das Leben des anderen einzudringen, wohl weil jeder von uns beiden fürchten mußte, daß bei der Entdeckung seines eigenen Lebens durch den anderen eine derart eingeklammerte Wechselbeziehung sich nicht aufrechterhalten ließ. Einmal hatte ich gehört, wie sie anderen Leuten gegenüber, mit denen wir nach einem Kinobesuch in einem Café zusammensaßen, bemerkte: »Toby hat sehr viel Arbeit unter den Eingeborenen getan.« Später, als ich wieder allein mit ihr war, fragte ich: »Wie kommst du nur dazu, den Howards zu erzählen, daß ich soviel Arbeit unter den Negern tue?« – »Nun, stimmt das nicht?« fragte sie gähnend zurück. »Ganz und gar nicht –.« Sie ließ die Sache auf sich beruhen. Sie nahm an, daß jeder, der persönlich mit Afrikanern zu tun hatte, die Rolle des Wohltäters, Trösters, Helfers spielen wollte; und wenn es, wie sie sich zu ihrer eigenen Beruhigung versicherte, dabei lediglich um eine Frage der Begriffsbestimmung ging, erübrigte sich jede Haarspalterei. Und auch ich ließ es dabei bewenden. Ich hatte damit, daß ich sie überhaupt gefragt hatte, ein wenig mit

der Gefahr geliebäugelt. Aber Gott sei Dank brauchte ich nicht weiterzugehen.
Denn soviel war mir immerhin klar: wenn ich Cecil gestand, daß meine besten Freunde in Johannesburg Schwarze waren, daß ich mit ihnen zusammen aß oder bei ihnen im Haus übernachtete, dann war es um die Beziehung zu ihr geschehen. Daran war nicht zu rütteln. Und der Teufel sollte mich holen, wenn ich diese Beziehung aufs Spiel setzte. Wohl bestand eine gewisse Wahrscheinlichkeit, daß ihr dank ihrer gesellschaftlichen Erfahrung die klassische Reaktion des Schauders und des Ekels erspart blieb, aber aus einer angeborenen Vorliebe für die auf konventionelle Weise unkonventionellen Gewohnheiten der wohlhabenden, ›schicken‹ Gesellschaftsclique heraus würde sie mich, wenn auch nicht im üblichen modischen Sinne, als ›abartig‹ eingestuft und persönlich abgeschrieben haben. Ich selber wußte, daß es nur natürlich und gar nichts Besonderes war, wenn ich an einem Sonntagabend bei Sam in der Siedlung übernachtete, am Montagabend aber bei Cecil im Bett lag, da es bei einem Mann nur natürlich und gar nichts Besonderes ist, daß er Männer zu Freunden hat, zum Lieben jedoch eine Frau. Weil sie das aber von Haus aus nicht wußte, brauchte sie wohl auch nichts davon zu erfahren. Daß ich vorher dort, bei Sam, gewesen war und mich nun hier bei ihr befand, war eine Tatsache, gleichgültig, ob diese als solche gebilligt wurde oder nicht. So fügte Cecil sich ahnungslos in ihrem eigenen Leben einem Gesetz, gegen das sie mit jedem Tropfen Blutes aufbegehrt haben würde, wäre es ihr offen vor Augen gehalten worden.
Was sie selbst betraf, so ließ sie es im Hinblick auf ihr Tun und Lassen nicht an Geheimniskrämerei fehlen. Allerdings verheimlichte sie vor mir, wie mir schien, nicht etwas Bestimmtes, sondern etwas, das im Grunde ein Nichts war. Ich sollte keinesfalls wissen, wie sie ihre Tage verbrachte, weil ihr selbst Stil und Angemessenheit ihres Verhaltens nicht ganz geheuer waren und sie ihre eigenen Zweifel auch an meinen Augen abzulesen glaubte. Von außen wollte sie sie jedoch nicht bestätigt haben. Im Gegenteil verlangte sie nach einer Art Versicherung, daß sie nicht so war, wie sie selbst sich sah, zu sehen vermeinte, und hätte ihr jemand einleuchtend genug klarmachen können, daß sie in Wirklichkeit etwas anderes

war, wäre sie auch jenes andere geworden. Fast niemals traf sie mit ihren eigenen Angehörigen zusammen, nicht einmal mit ihrer jüngeren Schwester Margaret, deren hübsches klares Gesicht durch keinen der Widersprüche getrübt war, die mich gerade zu ihrer älteren Schwester hingezogen hatten. Mehr Zeit, als sie jemals zugab, verbrachte sie in Gesellschaft ihrer guten Freundin Rosamund Bell. Auch die Dame Bell war geschieden, war aber im Besitz einer so reich mit Dienstboten, Kindern und Tieren bestückten Prachtbehausung verblieben, daß man sich unwillkürlich fragte, wie darin jemals Raum für den Ehemann bestanden haben konnte, dem sie das alles zu verdanken hatte. Für anspruchsvolle Frauen einer gewissen Vermögensstufe schien es in Johannesburg geradezu eine Art Lebensberuf zu sein, von Unterhaltssummen zu leben, und viele von ihnen hielten sich auf Grund der Tatsache, daß sie einmal verheiratet gewesen waren, für berechtigt, bis zum Lebensende auf jede eigene Tätigkeit zu verzichten. Eine andere Frau, höchst lebhaft und reizvoll, die ich gelegentlich bei den Alexanders traf, hatte schon zehn Jahre lang in freier Ehe mit einem Mann zusammengelebt, den sie nicht heiratete, zu heiraten sich angeblich nicht leisten konnte, weil sie dann ihres Einkommens, das heißt der ihr von ihrem geschiedenen Mann zugedachten Unterhaltsgelder, verlustig gegangen wäre, von denen sie und ihr Liebhaber ihre Reisen nach Europa finanzierten. Wie alle diese Frauen lebte auch Cecil von einem Unterhaltsbeitrag, aber entweder verstand sie sich nicht aufs Wirtschaften, oder jener Beitrag war bei ihr weniger großzügig als bei den anderen, denn sie klagte beständig über Geldknappheit. Tatsächlich war die Wohnung nur dürftig ausgestattet und etwas schäbig, auch wenn Cecil selbst, soweit ich es beurteilen konnte, sehr elegante Kleider trug. Das Glasbrettchen im Badezimmer stand voller Parfümflaschen und Schalen mit kostspieligen Badeessenzen, aber die Handtücher waren fadenscheinig und spärlich, und wenn im Schrank auch stets mehr als genug Whisky und ein paar Flaschen guten Weins vorhanden waren, so pflegte Cecil in der Küche in regelmäßigen Abständen ein verzweifeltes Zetergeschrei zu erheben, weil zuviel Butter verbraten war oder aber das Kindermädchen, Eveline, eine besondere Art Obst für den Kleinen bestellt hatte, bevor die rechte Jahreszeit dafür gekommen und der Preis heruntergegangen war. Ich erinnere mich noch des Wirbels, den sie einmal um einiger Pfirsiche willen angestellt hatte. »Warum kann er denn keine Bananen essen? Warum brauchen Kinder unbedingt Pfirsiche, wenn das Stück noch einen halben Schilling kostet? Bananen sind nahrhaft, und ich möchte kein Wort von Pfirsichen mehr hören, verstehst du? Wahrhaftig, Eveline, du scheinst dir einzubilden, daß das Geld bei mir nur so herumliegt?«

Das Mädchen, Eveline, lachte und rief, zu dem Kleinen gewandt, mit ihrer lauten, warmen Stimme: »Komm, du kleiner Zuckerstengel, wir gehen jetzt zum Gemüsemarkt. Mami sagt, wir sollten Bananen essen, Bananen!« Das Kind trottete, lose an ihrer Hand hängend, neben ihr her, während sie laut lachend den Korb hin und her schwenkte und beim Gehen irgendwelchen Bekannten und Austrägern etwas zurief. Neben mir auf dem Balkon stehend, folgte Cecil beiden mit verärgertem Blick. Der Junge wandte sich um und winkte ihr nach Art eines Kindes mit steifen Fingern zu. Auch sie winkte ihm. »Wenn er mir nur nicht so verdammt ähnlich sähe«, sagte sie gereizt. »Und warum sollte er das nicht?« fragte ich, aber sie hatte im Ernst gesprochen. »Du weißt nicht, was für ein schauderhaftes Gefühl es ist, sich selbst in mehrfacher Auflage zu begegnen. Jedesmal, wenn er mich ansieht und ich sein Gesicht erblicke ...« Es war, als habe sie all das Mißtrauen, daß sie sich selbst gegenüber hegte, in das Bild projiziert, das sie von ihrem kleinen Sohn hatte.

»Frauen sind doch seltsame Wesen.« Ich lächelte ihr zu. »Ich hätte angenommen, daß dir das gerade Spaß machen würde.« Was ich aber in Wirklichkeit annahm, war etwas anderes: es war ihr doch wohl lieber, daß das Kind ihr ähnlich sah und nicht seinem Vater, von dem sie geschieden war und für den sie bestenfalls noch so etwas wie Gleichgültigkeit empfand.

Eveline beschützte Cecil vor der Gereiztheit des Kindes und das Kind vor der Gereiztheit seiner Mutter. Immer wieder versicherte Cecil im Tonfall und mit dem Wortschatz wilder Übertreibung, wie es der ›lingua franca‹ ihrer Freunde entsprach: »Ich weiß wirklich nicht, wie ich ohne Eveline auskommen sollte.« Sie hatte natürlich keine Ahnung, daß das buchstäblich zutraf. Nicht nur sorgte jenes warmherzige, vulgäre, kokette, zärtliche Geschöpf dafür, daß ihr ›Zuckerstengel‹ ihr den ganzen Tag auf Schritt und Tritt nachfolgte.

Auch alles das, was an ihrem eigenen Wesen auf unverantwortlich-gierige Weise lebensvoll war, drängte danach, sich mit der Herrin zu identifizieren und Cecil bei ihren leidenschaftlichen Zerstreuungen Vorschub zu leisten. Eveline, die selbst einen modischen Ehering trug, auch wenn sie keinen Ehemann hatte, pflegte ihre Arbeit zu unterbrechen und Cecils Ohrringe in die Küche zum Polieren zu holen, während Cecil sich zum Ausgehen umkleidete. Dafür mußte Cecil fieberhaft besorgt um den Zustand ihres Haares, ihres Gesichts, den Sitz ihres Kleides, bis fast zu der Sekunde, in der die Tür hinter ihr ins Schloß fiel, oft genug in Strümpfen herumtappen, weil Eveline im letzten Augenblick noch bemerkt hatte, daß Cecil die Schuhe nur tragen konnte, wenn sie vorher geputzt waren. Mit klingender Münze und schmeichelnden oder scharfen Worten suchte Cecil Eveline zu bewegen, an den wenigen Tagen oder Abenden, an denen ihre freie Zeit mit einer ihrer eigenen Verabredungen kollidierte, zu Hause zu bleiben und nach dem Kleinen zu sehen. Ein Dutzendmal täglich flehte sie sie im Ton der Verzweiflung an: »Auf keinen Fall darfst du mich ans Telefon holen – hörst du? Wer immer auch anruft: sag, daß ich aus bin, nimm eine Bestellung auf; bitte geh jetzt mit Keith aus und komm vor fünf Uhr nicht zurück – ich muß jetzt unbedingt etwas Ruhe haben; oh, Eveline, sei doch so gut und sieh zu, ob du nicht etwas zum Essen auftreiben kannst, es ist uns heute gar nicht nach Ausgehen zumute.« – »Eveline betet Keith an«, sagte sie immer wieder, als hätte sie auch das einer anderen überlassen, deren Hände williger und fähiger waren als die ihren. Ich glaube übrigens kaum, daß Eveline mit ihren Gefühlen bis zu einem solchen Grade beteiligt war, aber wenigstens war die stete Gegenwart des Kindes ihr nicht lästig, ja, sie hielt sie sogar für das Allernatürlichste von der Welt, und das ist wohl gerade das, was ein Kind sehr viel nötiger braucht als alle ›Anbetung‹! Für Cecil war Eveline eine erstklassige Haushilfe, was sie, wie ich es in ähnlichen Fällen schon beobachtet hatte, gleichzeitig als eine Art indirekten Kompliments für ihre eigene Person betrachtet: als habe sie Evelines Erstklassigkeit geradezu verdient oder bei ihr erst hervorgerufen. Tatsächlich war die Schwarze ihre Freundin und Beschützerin, und sprühend unbekümmert um diese Rolle, stand sie zwischen ihrer Herrin und den Wirklichkeiten ihres täglichen Daseins.

Wenn immer ich mich mit Cecil nach einem ihrer Besuche beim Friseur in der Stratford-Bar traf oder sie, ganz Schneid und Stil, bei den Alexanders augenblinzelnd ins Sonnenlicht heraussprengen sah, wollte es mir gar nicht in den Sinn, daß solche Wirkung ausgerechnet in jener Wohnung zustandegebracht worden war, wo zerknüllte Schlüpfer und unbezahlte Rechnungen herumlagen und dringliche Mahnrufe in Richtung der unaufgeräumten Küche erschallten. Aber wie bei Steven, mit dem sie niemals zusammentreffen sollte, hatte ihre äußere Erscheinung nicht das geringste mit ihrer häuslichen Umwelt zu schaffen. Und das war nicht die einzige Ähnlichkeit zwischen beiden. Wie Steven, so pflegte auch sie sich bisweilen in bedeutungsträchtiges Dunkel zu hüllen. So schlug sie unvermutet an einem bestimmten Tag eine Programmänderung vor, weil sie gerade an diesem Tag eine – nicht näher bezeichnete – Verabredung eingegangen war, ein geheimnisvolles ›Etwas, dem sie sich nicht entziehen‹ durfte. Einige wenige Male bemerkte sie, es sei zwar verdammt lästig, aber übers Wochenende hätte sie eine Einladung, die sie nicht gut abschlagen könne. Bisweilen genügte ihr schon der bloße Hinweis auf eine solche Verpflichtung, um deren – wie immer beschaffenen – Zweck erfüllt zu sehen und sie dem Gedächtnis entschwinden zu lassen, aber ein andermal machte sie sich tatsächlich auf einen Abend oder ein ganzes Wochenende unsichtbar. Einmal war ich bei einer solchen Gelegenheit mit Sylvia Danziger, Anna und einem ihrer Bekannten aus Kapstadt im Kino. Hier sah ich, über die Balkonbrüstung gebeugt, wie Cecil zwischen John Hamilton, Rosamund Bell und einem anderen Stammgast der Alexanders der Vorhalle zustrebte. Sie alle waren in Abendkleidung, hatten also wohl vor, noch einen Nachtklub zu besuchen. Warum Cecil es für nötig halten sollte, aus einem mit diesen Leuten verbrachten Abend ein Geheimnis zu machen, ahnte ich nicht. Traute sie mir wohl Eifersucht zu? Aber die wäre in solchem Falle ja lächerlich gewesen: sie ging doch schließlich nicht mit einem neuen Bekannten aus, den sie selbst aufgetan hatte – ihre Begleiter waren alles alte Freunde.

So verschieden auch war, was Cecil und Steven unternahmen, in dem gleichen Land unternahmen: sie beide hatten keine bindende Lebensaufgabe gefunden. Ihre Freiheit war seltsamer Art: die Freiheit derer, die unverwurzelt sind. Sie

gewannen dem jeweiligen Augenblick das Menschenmöglichste ab. Aber hin und wieder sprangen sie in halb echter, halb gespielter Bestürzung auf und hasteten davon: vielleicht harrte ihrer ausgerechnet in diesem Moment etwas Lohnenderes – irgendwo anders.
Für alles das hatte ich Verständnis und Achtung. Denn war ich, aus sehr persönlichen Gründen, in meiner eigenen englischen Umwelt nicht gleichfalls ein Fremdling und frei von Bindungen gewesen? Und war das nicht auch umgekehrt der Grund dafür, daß ich mich in diesem afrikanischen Land nun schon merkwürdig heimisch fühlte, ein Fremder unter lauter Menschen, die einander selbst fremd waren und blieben?

11. Kapitel

In den wenigen Häusern Johannesburgs, in denen Menschen von verschiedener Hautfarbe zusammenkamen, mußte man aller Wahrscheinlichkeit nach immer wieder den gleichen Leuten begegnen. Viele von ihnen hatten wenig anderes miteinander gemein als die Gleichgültigkeit gegen die ungleiche Farbe der Haut. Im Niemandsland zwischen dem Lager der Weißen und der Schwarzen ging jedenfalls der Raum, auf dem man Wesensverwandte zu finden hoffen durfte, nicht über die Fläche von ein paar Zimmern hinaus.
Ich wurde in diese Häuser zu Gast geladen, weil man wußte, daß ich, seitdem ich in Johannesburg war, mich sowohl mit Schwarzen wie mit Weißen angefreundet hatte. Menschen, die ihr Dasein und ihre Gastfreundschaft nicht einer einzigen Rasse vorbehalten wissen wollten, fiel es nicht ganz leicht, stets frisches Blut zu finden. Die meisten von ihnen hatten die Entdeckung machen müssen, daß ihre weißen Freunde und Bekannten in zwei verschiedene Gruppen zerfielen: in solche, die man mit Farbigen zusammen einladen durfte, und die anderen, darunter bisweilen sehr nahe Freunde, bei denen das völlig undenkbar war.
Aber natürlich mußte nun etwas Merkwürdiges eintreten, und das tat es auch gerade während jenes Sommers, in dem ich in Johannesburg weilte. Auf der einen Seite stand die große Masse der Weißen, für die der Gegensatz zwischen den Rassen nicht das Ergebnis gesetzlicher Trennungsmaßnah-

men war, sondern eine echte, seit Beginn aller Zeiten und für alle Zeiten bestehende Wesensscheidung. Auf der anderen Seite aber standen die Menschen, die aus dem Gefühl sozialer Verantwortung heraus oder, wie ich selbst, aus Unwillen über alle Rassevorschriften, die sie persönlich bedeutungslos fanden, den Verkehr mit Farbigen aufrechterhielten. Angesichts all der vielen Südafrika betreffenden Buch- und Zeitungsveröffentlichungen konnte es auch nicht ausbleiben, daß jene verbotene Verbrüderung in gewissem Sinne zur Modeforderung wurde und auch Weißen als verlockend erschien, denen es unter anderen, weniger einschneidenden Verhältnissen niemals möglich gewesen wäre, sich ihrer Vorurteile oder ihrer Gleichgültigkeit gegen eine fremde Rasse zu entäußern. Es waren häufig Menschen, die auf andere Weise die Aufmerksamkeit ihrer Umwelt nicht hätten auf sich ziehen können. Dadurch, daß sie die Sache der Afrikaner zu der ihren machten, traten sie zum erstenmal selbst ins Rampenlicht, auch wenn dieses nur einen Bruchteil des Glanzes darstellte, der auf schwarzen Gesichtern lag. Sie ›entdeckten‹ afrikanische Maler, Spielscharen, Tänzer und Handwerkskünste. Sie arbeiteten bei allen möglichen künstlerischen Unternehmungen mit Afrikanern zusammen, und die Dürftigkeit ihres eigenen Talents wurde dabei häufig durch die Neuartigkeit, Bedeutsamkeit der Tatsache verschleiert, daß ihr Material echt afrikanischer Art war. Es gehörte bald zum guten Ton, ja galt in kleinerem Maßstabe sogar als ähnlich ›avantgardistisch‹ wie die persönlichen Experimente mit dem Rauschgift Meskalin, die in anderen Ländern Mode waren, mindestens einen Freund unter den Afrikanern zu haben, eine Art Lieblings-Afrikaner, dessen Namen man bei der Unterhaltung ganz beiläufig mit einflechten konnte. »Neulich hat Tom Kwaza bei uns zu Hause erzählt...«

Von einem dieser Weißen fand auch Sam sich begönnert. Es war ein Amateurkomponist, mit dem zusammen er eine einaktige ›afrikanische‹ Oper schrieb, und durch Sam wurde ich eines Abends im Haus des Komponisten eingeführt. Dort waren die verschiedensten Leute zum Trinken zusammengekommen, darunter ein paar von der alten Garde, die, wie Dorothea Welz und ein munterer Priester in etwas verrutschter Soutane, schon seit je vorurteilslos zwischen der Welt der Weißen und der der Schwarzen hin und her gependelt waren,

weiter ein junges Dozentenehepaar, der Korrespondent einer englischen Zeitung und ein ungenanntes hübsches Mädchen, Sam, Steven, sein Freund Peter und ein junger Mischling aus der Kap-Provinz. Die Gastgeberin bewegte sich im Zustand unterdrückter Erregung umher und bot Würstchen und kalte Pommes frites an. Mit ihrem Teller in der Hand und einem flehenden Lächeln auf den Lippen, hielt sie sich wie eine Bettlerin am Außenrande jeder Unterhaltung. Ihr Mann wiederum fegte von Glas zu Glas, seine Gäste zum Schnellertrinken spornend und geleerte Gläser gleich wieder nachfüllend. Es war die verzweifelte Gastlichkeit derer, die sich ihrer selbst nicht ganz sicher fühlen. Mit ihrem inneren Unbehagen steckten sie auch ihre Gäste an. Zunächst hatte es den Anschein, als wolle den ganzen Abend eine eigentliche Unterhaltung nicht aufkommen: Dorothea Welz rauchte ohne Unterlaß, Sam saß auf der Kante seines Stuhles, jeden Augenblick bereit, sich höflicherweise ein paar Zoll zu erheben, wenn die Gastgeberin mit ihrem Teller in seine Nähe kam. Steven hatte sich zurückgelehnt und hielt mit dem Ausdruck eines Mannes, der sich das Seine denkt und dem es völlig einerlei ist, ob jemand es bemerkt oder nicht, den Blick unter hochgezogenen Augenbrauen auf seine Schuhe gerichtet. Aber wenn die Gastfreundlichkeit auch etwas allzu Beflissenes an sich hatte, so doch auch etwas buchstäblich Berauschendes. Aus dem Zustand lustloser Zurückhaltung wechselten wir bald in den etwas theatralischer Vertraulichkeit hinüber, wie er stets auf Parties vorwaltet, auf denen zu viel getrunken wird. »Was für bezaubernde Füße Sie haben«, bemerkte der Journalist zu der Frau des Dozenten. »Das ist mir schon bei Ihrem Eintritt gleich aufgefallen. Wäre ich Ihr Mann, würde ich Ihnen Ringe für Ihre Zehen schenken. Vollkommene kleine Füße.« Und die Angeredete krümmte in ihren kunstvoll verzierten Sandalen wohlgefällig die Zehen: »Oder nicht lieber kleine Glöckchen, wie?«
Eng in einer Gruppe mit Dorothea und dem Gastgeber zusammen stehend, lauschte – unter der Einwirkung eines einzigen Glases Bier – mit offenem Mund, laut lachend, kopfschüttelnd und immer wieder ein »Herrlich, Herrlich« dazwischenwerfend, der Priester dem jungen Mischling aus der Kap-Provinz, der das Auftreten farbiger Redner bei einer politischen Versammlung parodierte. Peter, der Universitäts-

dozent und ich selbst waren an einer Debatte beteiligt, die im wesentlichen von der hübschen Begleiterin des Journalisten sowie von Sam und Steven bestritten wurde. Das Mädchen nahm sich in Erscheinung und Gewandung wie ein auf konventionelle Weise modischer Typus aus – wie alle weiblichen Wesen ihres Schlages schlug sie Männern gegenüber einen wissenden, absichtsvoll werbenden, leicht unterwürfigen Ton an, dies aber – und darin bestand die Eigenart ihres persönlichen Stils – sogar im Rahmen einer Situation, in der man Frauen ihresgleichen sonst nicht anzutreffen pflegt. Sie war die fortschrittlich gesinnte junge Frau in gesellschaftlicher Verkleidung – vergleichbar etwa einem Dichter im adretten Anzug eines Büroangestellten. Diese Verkleidung war so wirkungsvoll, daß offensichtlich sogar Steven darauf hereinfiel: für ihn schien sie zu der einzigen Art hellhäutiger Frauen zu gehören, mit denen er sonst nie zusammentraf, auch niemals zusammentreffen würde; zu den besonderen Zierstücken am und im Haus eines Weißen, die für diesen die Reinheit seiner Rasse, das Höchste seiner Vorrechte verkörpern mußten. Sie und Steven vertrugen sich besonders gut miteinander, aber Stevens Stimme hatte einen gewissen Beiklang von Hochmut, sein Geplauder eine allzu betonte Nonchalance: offenbar wagte er selbst nicht für möglich zu halten, daß sie ihn tatsächlich nicht anders einschätzte, als sie ihn behandelte – nämlich als einen Mann wie jeden anderen.

Aus einer kleinen Meinungsverschiedenheit über die Vorzüge gewisser Tageszeitungen entwickelte sich bald eine Debatte über allerhand orthographische Eigentümlichkeiten, Eigenwilligkeiten, und daraus wieder ein Streitgespräch über verschiedene Sprachen und Akzente. Außer dem Priester hatten wir alle nun so viel getrunken, daß jede Auseinandersetzung ins Persönliche umzuschlagen drohte. Als die allgemeine Unterhaltung in eine Reihe kleiner Privatgespräche zerbröselte, hörte ich, wie das junge Mädchen zu Steven bemerkte: »Nehmen wir doch als Beispiel Ihre eigene Redeweise. Sie sprechen Englisch sehr viel mehr wie ein Inder als wie ein Afrikaner.«

Sam kicherte und sagte, zu dem Mädchen und zu Steven gewandt: »Wirklich, man sollte einmal eine Sprechkonkurrenz veranstalten. Nach Art einer Konkurrenz für die schönsten Mädchenbeine, bei der ja das Obergestell der Bewerberinnen verdeckt ist. Auch wir sollten hinter einen Wandschirm treten und einfach drauflos reden, und dann sollte man raten, was wir sind.«

»Es dürfte einmal ganz interessant sein, festzustellen, welche Art von Englisch sich in Afrika zuletzt herausbilden wird«, bemerkte das Mädchen unter der geschickten Vorgabe ernsthaften Interessiertseins. »Meinen Sie nicht auch, daß es fast zu einer neuen Sprache werden wird, wie es das in Amerika bereits ist?«

»Schon möglich«, erwiderte Steven etwas von oben herunter. »Ja, das ist wirklich ganz gut möglich, was, Sam? Wir sprechen es bereits«, und als die anderen lachten, setzte er hinzu: »Aber ganz im Ernst – in Sophiatown haben die Eckensteher unter den Schwarzen tatsächlich eine eigene Sprache, ein Gemisch aus Englisch, Afrikaans, Zulu und sonst etwas. Vielleicht sollten wir alle ihre Sprache erlernen.«

Das Mädchen nahm das Glas auf und beugte sich etwas vor. »Das muß eine Art Lokaldialekt sein, wie das Englisch, das man im Londoner Eastend spricht?«

»Vielleicht würden wir uns dann alle auch untereinander verstehen!« Kichernd und den Rest seines Kognaks hinuntergießend, spann Steven seinen eigenen Gedankengang fort.

»Wie wäre es mit dem Esperanto?«

»Ja, das wird wohl noch immer sehr viel gesprochen.«

Die Gastgeberin war nun so entzückt über den Fortgang ihrer Party, daß sie unbekümmert ihr Glas in dem gleichen Tempo leerte, wie ihr Mann es vorher ihren Gästen aufgenötigt hatte. »Es sind sicher nicht die Weißen«, sagte sie, aus ihrem Vorrat an kühnen Modewendungen schöpfend, »die bestimmen werden, was für eine Sprache hier gesprochen wird. Ihr Leute werdet es bestimmen!«

Die allgemeine Unterhaltung wurde nun noch ungezwungener, noch vertraulicher. Auf dem Boden glommen ein paar Zigaretten, und einer der Anwesenden trat auf eines anderen Glas. Und wieder klangen in dem alten, freimütigen Bekennerton auch die alten Sätze wieder auf: »Das Malheur mit den Weißen ist das, daß ...« – »Zumindest sagt der Afrikaner ganz unverblümt zu euch: ›Nun hör mal, du Kaffer!‹« – »Ich habe schon immer wissen wollen, was die Afrikaner von Mischehen halten.« – »Und was nützt es denn, wenn die Liberalen uns den Beitritt zu ihrer Partei gestatten, solange wir gar kein Stimmrecht haben!« – »Wie ist Ihnen denn nun wirklich zumute...« – »Was ist Ihre ehrliche Überzeugung?« Der junge Mischling zog gegen andere Mischlinge vom Leder, die es weder mit den Indern noch mit den Afrikanern halten wollten. Sam erklärte mit gepreßter Stimme: »Glauben Sie ja nicht, es wäre nicht jetzt noch Zeit. Glauben Sie das ja nicht.«

»Um Gotteswillen«, rief Steven, während er sich nochmals das Glas füllen ließ, »müssen wir denn immerzu davon reden?« – »Aber was denn«, sagte das junge Mädchen, die Hände ausstreckend, als wollte sie die Umstehenden näher an sich heranziehen. »Wir können doch ebensogut von etwas anderem reden! Es gibt hundert verschiedene Dinge, über die ich schon immer gern sprechen wollte.« – »Nanu«, sagte Peter, unvermittelt mit einem kleinen Kichern einfallend, »wir hatten immer angenommen, *ihr* wolltet eigentlich davon reden!«

»Und wir unsererseits hatten uns eingebildet, ihr wolltet das«, sagte der Dozent.

»Da hockt er wieder einmal, der ungeladene Gast«, rief Sam aufgeregt. »Wo immer man geht und steht...«

»Hört, hört, darüber sollten wir einen Schlager schreiben«, bemerkte der Gastgeber, sich einen Augenblick voller Stolz an der Unterhaltung in seinem Hause beteiligend.

»Könnten wir denn nicht wirklich von etwas anderem reden?«

Die Gastgeberin umfing uns alle mit einem zärtlichen Blick. In ihren Augen standen fast Tränen. Sie fühlte sich so erleichtert, so mitzugehörig, daß sie, zu Sam und Steven gewandt, in schalkhaft-welterfahrenem Ton bemerkte: »Ich will doch mal eben sehen, ob unsere schwarzen Brüder in der Küche nicht noch irgend eine Dose Suppe für uns organisieren können.«

Auf der Armlehne meines Sessels saß plötzlich der weibliche Teil des Dozentenpaares: »Darf ich mich neben Sie hocken?« Als ich sie dazu überredet hatte, sich lieber einen eigenen Sessel zu nehmen, wandte ich mich wieder den anderen zu, und ich hörte die hübsche Freundin des Journalisten gerade laut fragen: »Hat zufällig irgend jemand eine Zigarette für mich?« Mein eigener Vorrat war erschöpft, und ebenso der des Dozenten. Während wir noch in der Tasche wühlten, beugte sich, in Würdigung unserer Bemühungen, das Mädchen erwartungsvoll vor, wobei ihre prachtvollen grauen Augen ihrem Rauchbedürfnis noch verstärkten Nachdruck verliehen. Wenn eine Frau schön und sehr anziehend ist, bringt sie es wohl kaum fertig, von dem ganzen Register ihrer Reize nicht auch Gebrauch zu machen, und sei es, daß ihr das nur um seiner selbst willen schon Vergnügen bereitet: auch ein Akrobat mag daheim auf dem Rasen seines eigenen Gartens gelegentlich einen meisterlichen Salto vollführen, oder ein Pfau mag ein prächtiges Rad schlagen, selbst wenn keine Henne zur Stelle ist, um sich davon imponieren zu lassen. Sie hatte sich gewissermaßen in den Ausdruck einer Frau gehüllt, die einem Freund eine besondere Gunst abschmeicheln möchte; und einen solchen Ausdruck konnte sie jederzeit und unter allen Umständen zustandebringen.

»Hallo, Steven«, rief Sam, »hast du zufällig noch ein paar Zigaretten?« Und Steven zog überlegend die Brauen hoch und vollführte bereits in seinem Sessel eine halbe Verrenkung, um in die Tasche greifen zu können. »Ja, sicher, irgendwo.« Er fand das Päckchen und dehnte, weitersprechend und mit geteilter Aufmerksamkeit, die am oberen Rand bereits aufgerissene Hülle, in der sich nur noch eine einzige Zigarette befand. Das Mädchen streckte seinen Worten lauschend, mit einer reizvollen Bettelgebärde und dem Ausdruck der Erleichterung die Hand danach aus. Und dann konnte ich deutlich wahrnehmen, wie gerade zwischen zwei bestimmten Worten Stevens Gedanken sich von dem lösten, was er sagte – er sah das Mädchen, sah das Gefieder all ihrer Reize selbstgefällig-prangend gespreizt –, und dann sogleich wieder dem Klang seiner eigenen Stimme gehorchten. Ohne die geringste Pause redete er weiter, und währenddessen nahm er bedachtsam die eine Zigarette aus der zerknüllten Hülle, tappte damit auf den Tisch, um den Tabak festzuklopfen, und steckte sie sich zwischen die Lippen. Peter, Sam, der Dozent, dessen Frau und ich selbst und das Mädchen, die noch immer die Hand ausgestreckt hielt – wir alle sahen, wie Stevens Hand nach dem auf dem Tisch liegenden Feuerzeug griff, es aufnahm, sich die Zigarette damit anzündete und wie er beim ersten Zug die Nasenflügel einzog.

Keiner von uns sagte: ›Nanu, was soll denn das heißen?‹ Keiner lachte. Keiner nahm Notiz von der momentanen Gedankenabwesenheit eines Mannes, der zuviel getrunken hatte, machte irgend etwas davon her. Wir räumten ihm eine Art Ausnahmestellung ein. Und eben damit bestätigten wir offen, was er und alle Schwarzen in unserer, der Weißen Gegenwart, stets argwöhnen müssen: daß er in unseren Augen etwas anderes, daß er zuletzt doch schwarzhäutig war.
Langsam glitt des Mädchens Hand zu ihr zurück und verkroch sich in ihrem Schoß unter der anderen. Und auch sie sprach ohne Unterlaß weiter, sie lächelte, stellte mit der Miene lebhafter Interessiertheit einige Fragen und gab ihren eigenen Ansichten selbstkritisch-spöttisch Ausdruck. Etwas später aber – ich hatte mich vorübergehend einer anderen Gruppe zugesellt – hörte ich, wie sie, den Gastgeber mit einer taubengleichen Neigung ihres Kopfes zum Verweilen nötigend, fragte: »Ach, hätten Sie wohl zufällig eine Filterzigarette für mich im Hause?«

Um diese Zeit verspürte ich nicht eigentlich den Wunsch, Anna Louw aufzusuchen. Sooft ich mit ihr zusammen war, freute ich mich an sich und konnte auch mein eigenes Widerstreben nicht begreifen. Kaum aber hatte ich ihr den Rücken gedreht, war ich mir eines beinahe kindischen Gefühls der Erleichterung bewußt und einer gewissen Ungeduld, den Umgang mit anderen Leuten wiederaufzunehmen.
Ein wenig schämte ich mich sogar, daß die Stunden, in denen ich ihre Gesellschaft suchte, genau mit denen zusammenzufallen schienen, in denen Cecil keine Zeit für mich hatte oder Steven bei einer seiner, mit soviel Eifer betriebenen, geheimnisvollen Unternehmungen, die damals fast stets mit Lucky Tschaputra zu tun hatten, den Blicken entschwunden war. Während der ersten paar Minuten war mir zumute, als müsse Anna es mir geradezu ansehen, daß ich wieder einmal ausgelassen, allein gelassen worden war. Im Klang meiner Sätze schien noch etwas von der Gegenwart der Leute nachzuhallen, mit denen ich den größten Teil meiner Freizeit verbracht hatte; schien mein Verhalten noch etwas vom Gepräge des ihren an sich zu haben.

Eines Nachmittags, nach Büroschluß, fuhr ich zu ihr hinaus. Ich fand sie in dem winzigen Stück Garten, das als das ihre galt, und während sie mit Umgraben beschäftigt war, schwirrte ein mageres kleines Indermädchen um sie her, das mit sanft summender Stimme, so nasal im Klang wie die eines Moskitos, ihr ab und an etwas zurief. Ich konnte hören, wie beide sich über die ganze Breite des Gartens hinweg unterhielten, bevor sie meiner ansichtig wurden. Wie friedlich diese Laute, der greinende Singsangton des Kindes und die bedächtigen, bedachten Antworten der Frau, einsilbig und doch irgendwie im Klang so wohltuend, wie Annas afrikanischer Tonfall es nur zuwegebrachte! Schon früher hatte ich das Kind ein paarmal bei ihr angetroffen. – »Es ist Hassims kleine Schwester«, hatte Anna bemerkt. Hassim war ihr geschiedener Mann, den ich niemals kennengelernt hatte und mit dem sie wohl auch jetzt nicht mehr zusammenkam.
Bei meinem Anblick flüchtete das Kind ins Haus, aber wie im Hintergrund zu meiner Unterhaltung mit Anna konnte ich sehen, wie es sich langsam, Schritt für Schritt, näher wagte, dann wieder zu zögern schien und dabei doch vorwärts gelangte. »Hallo, Urmila«, rief ich, aber sie war hinter einem Busch verschwunden, und erst als ich meine ungeteilte Aufmerksamkeit wieder Anna zugewandt und dabei das Kind vergessen hatte, fuhr es beim Spielen gerade an der Stelle fort, an der es gestört worden war.
Ich hatte an sich geglaubt, ein paar Gründe für mein Ausbleiben namhaft machen zu müssen (die wirklichen Gründe wären die einzig einleuchtenden gewesen, aber auch wenn Anna sie stillschweigend hätte gelten lassen, durften sie doch nicht laut erörtert werden). Aber wie immer hatte ich vergessen, daß Anna selbst zwar nur wenig sprach, dafür aber dem anderen das Sprechen um so leichter machte. »Geht alles bei Ihnen gut, Toby?« fragte sie – das war alles. Ich bettete mich auf den Rasen, während sie rings um die Sämlinge, die sie gerade eingesetzt hatte, den Boden festklopfte, und ich berichtete ihr von dem Vorfall mit Steven und der Zigarette. So ging es mir jedenfalls immer in ihrer Gegenwart – zuerst überlegte ich, wovon ich überhaupt reden sollte, und dann schlüpfte mir etwas, worüber ich lange nachgegrübelt hatte, so selbstverständlich über die Lippen wie eine Bemerkung übers Wetter.

Anna konnte den ganzen Vorfall auch nicht weiter erhellen. »Er ist schon ein merkwürdiger Kunde«, sagte sie nach Abschluß meiner Erzählung in mildem Ton. Und doch war es gerade die Sachlichkeit ihrer Reaktion, die den Vorfall für mich erst in die rechte Perspektive rückte; eine Perspektive, die, wie ich zu meiner Überraschung entdeckte, gar nicht die meine war. Es war die Perspektive der Grenzbevölkerung der schwarz-weißen Gesellschaft, die genau zwischen der schwarzen und der weißen angesiedelt war, und in dieser Gesellschaft war ich nur ein fremder Besucher, so sehr ich mich darin bereits heimisch fühlte. Anna war die echte Grenzbewohnerin, die die ihr bekannte Welt hinter sich gelassen, ihr Lager mitten in der Wildnis aufgeschlagen hatte. Für sie gehörten die Scharmützel in jenem Neuland von vorneherein mit zu dem von ihr gewählten Dasein.
Ich wälzte mich auf den Rücken und sah, wie im Magnetismus der aufsteigenden Dunkelheit die Blätter der Bäume ineinanderglitten. Anna fuhr ganz methodisch in ihrer Arbeit fort. Sie grub und pflanzte und stieß dabei kleine Stöhnlaute der Anstrengung aus, während sie sich um das aufgeworfene Beet herum bewegte. Sie war von ihrer jeweiligen Tätigkeit völlig in Anspruch genommen wie ein Mensch, der es längst gewohnt ist, sich auf seine eigene Kraft zu verlassen. Einen Augenblick lang hatte ich das Gefühl, selbst nicht vorhanden zu sein, war aber, wie man es in Gegenwart anderer sonst nur sehr selten ist, ihres Wesens um so deutlicher gewahr, ihres ganzen Wesens, und dies tief unter der Oberfläche, an der ihr Leben an das meine gerührt hatte. Unvermittelt fragte ich:
»Was hat Sie eigentlich veranlaßt, Hassim Bhayat zu heiraten?«
Mit einem Schlurfgeräusch wandte sie sich herum – sie kauerte gerade auf ihren Hacken – und nahm einen wie in einer kleinen Faust aus Erde ruhenden Sämling auf. Es war eine fragende Gebärde.
»Lag es vielleicht daran, daß er Inder war?«
Noch immer hielt sie den Sämling in die Höhe, und obwohl sie das verblassende Licht im Rücken hatte und ich ihr Gesicht nicht deutlich erkennen konnte, verspürte ich doch, daß sie das meine forschend betrachtete. »Ich war verliebt in ihn«, sagte sie. »Aber was hätte es für einen Sinn, zu erklären, warum ich ihn geliebt habe – unabhängig von der Tatsache

seiner Hautfarbe? Er war nun einmal ein Inder. Das gehörte mit zu seinem Wesen, seiner Persönlichkeit. Eine Frau, die sich in einen reichen Mann verliebt hat, wird auch immer wieder versichern, sie würde ihn nicht weniger lieben, wäre er ein einfacher Lastkraftwagenfahrer. Natürlich stimmt das nicht. Sein Geld und alles das, was er damit angestellt, was das Geld mit ihm angestellt hat – das ist nun einmal Teil seiner selbst und eben dessen, worin sie sich verliebt hat. Natürlich will das nicht heißen, daß sie sich unter anderen Umständen nicht auch in einen Lastkraftwagenfahrer verlieben könnte...« Sie wandte sich ab und setzte die Pflanze an der ihr vorbestimmten Stelle ein.

»Es war also nach Ihrer Meinung nichts von einer absichtlichen Geste mit im Spiel?«

»Nein«, sagte sie im langsamen Ton der Überzeugung. »Aber es ist schauderhaft schwierig, eine Ehe wie die unsere ganz im Bereich des Persönlichen zu halten. Es fängt damit an wie mit jeder anderen Ehe auch, aber dann prägen ihr alle äußeren Umstände den Charakter eines Schulbeispiels auf. Wenn beide Teile einmal streiten, dann sind sie nicht mehr irgendwelche Eheleute, die sich zufällig nicht vertragen – sie sind vielmehr der lebendige Beweis dafür, daß es mit Mischehen nicht gut ausgehen kann. Sie haben keine Ahnung, wie einen das mit der Zeit beeinflußt. Ja, wirklich, man wird schauderhaft nervös. Die ganze Zeit über stellt man sich immer wieder die Frage: bin ich in dem und dem Punkt nur deshalb anderer Meinung, weil ich weißhäutig bin? Ist dies und jenes für Hassim nur darum so bedrückend, weil er Inder ist, oder wäre einem weißen Mann im gleichen Fall nicht anders zumute...?« Die kleine Inderin rief etwas, und Anna antwortete ihr. »Wie gut, daß wir keine eigenen Kinder hatten«, sagte sie. Ich blieb stumm, weil sie möglicherweise kaum bewußt war, gesprochen zu haben. »Es ist doch wirklich gut.« Und nun brach gleichsam ihre Stimme durch ihre Gedanken: »Ich sagte früher immer: das Schlimmste ist, wenn die Kinder es schwer haben. Man braucht ihnen nur begreiflich zu machen, daß sie Schädlinge lediglich in einer erschöpften Gesellschaft sind, die nicht mehr mitzählt, daß sie aber die neuen Bürger einer künftigen Welt sein werden, der anständigen, in der die Hautfarbe keine Rolle spielt. Glauben Sie, daß das stimmt?«

»Warum sollte es nicht stimmen?«
Sie lachte. »Es stimmt jetzt noch nicht, und in der Zwischenzeit wird dem Halb-und-Halb-Kind das Leben zur Hölle gemacht – es wird ihm zugemutet, auf ein Himmelreich zu warten, das zu seinen Lebzeiten wahrscheinlich nicht auf die Erde herabkommt. Es wird eines Tages kommen, bestimmt. Aber es ist zu gewaltig, ist noch zu weit entfernt – man kann einen historischen Prozeß nicht an der Lebensspanne eines Kindes messen. So sehe ich es jedenfalls heute.«
»Natürlich muß man irgendwo damit anfangen.«
»Ja«, erwiderte sie. »Aber nicht bei einem Kinde, das man selbst zur Welt gebracht hat.«
Ich stand auf. Es war mir zu Bewußtsein gekommen, wie feucht in der einbrechenden Nacht der Rasen geworden war. Kalt haftete das Hemd mir am Rücken. »Ach, Anna, ich bin so froh zu sehen, daß Sie wenigstens in einem Punkt etwas Angst haben. Ich hatte bisher immer den Eindruck gehabt, Sie wären so tapfer wie eine Löwin.« Sie stieß auf Afrikaans einen kleinen Spottruf aus und lachte.
Inzwischen hatte im Häuschen die kleine Inderin alle Lichter angezündet. Von dem sich immer mehr verdunkelnden Garten aus gesehen, schien das warme Licht von den Gegenständen gefärbt zu sein, die es in all den Zimmern hinter den noch geöffneten Vorhängen mit seinem Schimmer übergossen hatte, und dieses Licht schien die Hülle des Hauses zu schwellen wie Luft die eines vielfarbigen Ballons. Gemeinsam räumten wir die Gartenwerkzeuge weg und gingen auf das Haus zu. In einer bei ihr ungewohnten Anwandlung von Lebhaftigkeit erzählte Anna mir von dem ausgestopften Löwen im Hotel des kleinen Karru-Dörfchens, in dem sie ihre Kindheit verbracht hatte. »Haben Sie jemals vom Tafelberg-Löwen gehört? Nun, seine Spezies scheint längst ausgestorben zu sein. Dieses ausgestopfte Tier war um 1865 erlegt worden, und irgendwie hat man es die ganze Zeit konservieren können. Ein Engländer hat es erlegt und es in England ausstopfen lassen, und jahrelang stand es in einem Londoner Klub. Zur Zeit meiner Kindheit stand es in dem Vestibül des alten Hotels in Neksburg, gleich neben dem Zigarettenautomaten. Für mich sah es gar nicht wie ein richtiger Löwe aus, sondern eher wie eines der komischen Tiere aus Stein – nennt man sie nicht Chimären?«

»Ist es dort jetzt noch zu sehen? Ich glaube, das ist der Name des Ortes, in den ich über Weihnachten eingeladen bin – ja, bestimmt, Neksburg.«
Anna stieß einen langgezogenen Pfeiflaut aus. »Weihnachten in Neksburg – Sie wissen ja gar nicht, was Ihnen da bevorsteht.« Sie schien höchst belustigt zu sein.
»Nun, es ist nicht eigentlich in Neksburg selbst, sondern auf einer Zuchtfarm, die hiesigen Bekannten von mir gehört, den Alexanders. Sie wird von einem Ehepaar namens Baxter bewirtschaftet, und man hat bereits von einer Hausparty gesprochen – keine Ahnung, ob etwas daraus wird.«
»Ach, das ist ein anderes Neksburg«, sagte Anna lächelnd. »Der Alexander von der Bergwerkskammer? Oberfein. Es muß eines der Tausend-Morgen-Grundstücke dort sein. Mit Schwimmbassin und weiß der Himmel was noch.«
»Aber Neksburg ist doch Ihr Heimatdorf?« fragte ich. »Ist das nicht merkwürdig? Ich habe ein Gefühl, als hätten wir diese Unterhaltung schon einmal geführt.«
»Stimmt!« sagte sie. »Erinnern Sie sich noch? Bei unserem ersten Zusammentreffen. Ich erwähnte die Sache mit der Zwangssiedlung Jagersfontein, und Sie sagten: ›Jagersfontein – ja, da fiel mein Großvater‹.«
»Und wir haben niemals nach seinem Grab gesucht«, sagte ich.
Mit ihren erdigen Händen machte sie eine abwehrende Gebärde. »Ach, wahrscheinlich war es mein Großvater, der ihn umgebracht hat. Nichts mehr von diesen alten Kriegen.« Sie ging in das kleine Badezimmer, sich die Hände zu waschen.
»Wieviel länger soll sich übrigens diese Sache mit Jagersfontein noch hinziehen?« rief ich zu ihr hinaus. »Amon war letzten Freitag wieder nicht im Büro. Das scheint ja nun schon monatelang immer weiterzugehen.«
»Wann war er nicht da?«
»Letzten Freitag.«
»Die ganze Sache war schon vor einem Monat erledigt.«
»Ein Großmuttermärchen also?«
Das Haar neu aufgesteckt, trat Anna, ihre Fingernägel musternd, wieder ins Zimmer. »Waschen Sie ihm nur gründlich den Kopf«, sagte sie im Ton der Zähigkeit. »Ach, wie schön, Urmila! Toby sehen Sie doch, was sie hier gemacht hat!« Das

Kind hatte den Tisch mit Girlanden aus jenen messingfarbenen Zwergdotterblumen dekoriert, die so schlecht riechen. Ich blieb zum Abendessen und rauchte ununterbrochen, um mich des Gestanks zu erwehren; wußte ich doch, daß ich nicht nur Urmila, sondern auch Anna gekränkt hätte, hätte ich meine Girlande vom Tisch entfernt. Nach dem Essen brachte Urmila ein Buch an und lehnte sich über Annas Sessel, während diese ihr ein Kapitel daraus vorlas. Das Buch war ›Peter Pan‹ – was sollte Urmila nur mit der Schilderung einer so unkonventionellen englischen Kinderstube anfangen, wie es die im Haus der Darlings war? Aber während ich des Kindes dunkles, häßliches Gesicht beobachtete – beständig fuhr es sich mit dem Finger über die nervösen Lippen, als habe sie darauf mitzulesen – und seine dunklen Augen, deren Ausdruck oder Mangel an Ausdruck niemals wechselte, war es mir, als wäre es nicht die Geschichte selbst, der sie lauschte oder die sie gern hören wollte, sondern die Tatsache, daß jemand ihr vorlas. Anna brachte sie selbst zu Bett, und ich konnte das Kind mit ihr flüstern und scherzen hören.
Als Anna wieder ins Zimmer trat, sagte sie bitter: »Das arme Kind wird hier ganz kopfscheu gemacht. Weiß der Himmel, wozu es einmal taugen wird ...«
»Zu einer guten Moslemfrau«, sagte ich aufs Geratewohl.
»Vielleicht«, erwiderte Anna. »Vielleicht.« Und sie seufzte.
»Wir sind wenigstens so erzogen worden, daß wir uns aus eigener Kraft weiterhelfen konnten«, sagte sie. »Haben natürlich nicht immer alles so getan, wie es die älteren Leute sich vorgestellt hatten. Aber immerhin. In Urmilas Alter war ich auf der Internatsschule in Bloemfontein, und ich fuhr allein im Zug hin.« Bisweilen bezeigte Anna im Hinblick auf die Lebensgewohnheiten ihrer Familie einen hartnäckig-eigensinnigen Stolz, auch wenn sie, wie ich wußte, unwiderruflich mit ihr gebrochen hatte. Wir tranken Kognak und Sodawasser und sprachen von ihrer Kindheit. Ihre Familie unterhielt eine Teestube in dem Karru-Dorf Neksburg, eine ›Tee-en-koffie-kamer‹, berichtete sie. »An der Hauptstraße, die quer durch das *dorp* nach Kapstadt führt. Die Gäste sind hauptsächlich Touristen, aber seit mein Onkel im Jahr 1935 das Lokal vergrößert hat, wurde es am Samstagabend zum Treffpunkt für die jungen Leute im Ort, und außerdem dürfen sich die Schwarzen hier eine Flasche Milch, Brot und Zigaretten

kaufen. Irgendwer hat mir berichtet, die neueste Errungenschaft bestünde darin, daß die Schwarzen nicht mehr den Vordereingang benutzen dürfen. Mein Vetter Toby – er betreibt das Lokal nun zusammen mit einem seiner Brüder – hat in einer kleinen Seitenstraße einen anderen Eingang für Schwarze anbringen lassen. Ich bin schon seit der Zeit vor meiner Ehe mit Hassim nicht mehr zu Hause gewesen, habe alles das also nicht mit eigenen Augen gesehen. Wir wohnten damals gleich hinter dem Lokal. Zuerst kommt ein Hof mit einem offenen Laubengang aus Eisen, dem die Unklammerung eines mächtigen alten Weinstocks allmählich den Garaus gemacht hat – das Eisengerüst liegt nun wie eingesprengt in seinen dicken Stamm –, und dahinter steht unser Haus. Ein altes Haus auch das, mit festen Mauern, Flachdach und Fensterläden – zunächst jedenfalls, bis eine Veranda aus Holz angebaut und das Holz orangefarben gestrichen wurde. Meine Großmutter hatte ein paar Kübel mit Farngewächsen in den Hof stellen lassen. Und dort spielten wir mit den Kindern unserer farbigen Hausdiener, die sich auch um uns zu kümmern hatten. An der Hauptstraße zieht sich das ganze Dorf hin, Bäckerei und Metzgerei, zwei Kramläden, ein zweites Café, von einem Griechen betrieben, das Büro des Grundstückmaklers, eine Anwaltskanzlei, das alte Hotel und das neue Hotel und natürlich eine Großgarage, die vor ungefähr zehn Jahren aus dem Boden schoß. Das ist in Neksburg das einzig moderne Gebäude, und es läßt sich nun wirklich nicht übersehen. Es glitzert über und über, hat ein paar mächtige Spiegelglasfenster, verchromte Benzinpumpen und zur Bedienung ein paar Farbige aus dem Ort, die man in blaue Uniformen gesteckt hat. Das und die großen Vertreterwagen vor dem neuen Hotel – das hat mit dem alten Neksburg längst nichts mehr zu tun, aber ihre Nichtzugehörigkeit gehört geradezu mit zum neuen Orte – Sie verstehen doch?«

»... Staub und Stein, und ein von Flöhen wimmelndes Hotel mit ein paar funkelnden Wagen vor der Tür...« – ja, das Neksburg Annas war das gleiche wie das, von dem Kit Baxter vor Monaten gesprochen hatte, an meinem ersten Tage bei den Alexanders.

»Genau unserer Teestube gegenüber stehen fünf Pfefferbäume.« Tastend suchte Anna sich ihren Weg zwischen allen

Dingen, die im Leben eines Kindes Bedeutung haben. »Ich erinnerte mich noch, wie ich zum erstenmal die Pfefferbäume betrachtete. Sie wissen doch, daß man bis zu einem gewissen Alter nichts wirklich sieht? Nun, bis dahin waren Pfefferbäume und Teestube und Hof und Haus alles eines für mich gewesen – ich habe übrigens noch nicht erzählt, daß wir an den Wänden der Teestube farbige Photos von allen Familienmitglieder hängen hatten, im besonderen der Kinder. Wir fuhren eigens nach Bloemfontein, um uns dort aufnehmen zu lassen, das heißt, ein Neugeborenes mußte sich schon am ersten Geburtstag photographieren lassen und dann immer wieder. Gerade über dem Paraffinkühlschrank hing ein Bild von mir und meinen beiden jüngeren Brüdern. Das pflegte ich stundenlang anzustarren, ja, ich nahm es jedesmal bei Betreten des Lokals neu in Augenschein, weil ich überzeugt war, so müßte ich in Wirklichkeit aussehen und nicht so wie im Spiegel. Auf dem Bild waren meine Lippen hellrot, und in meinem Haar schimmerte es gelblich. Ein anderes, größeres Bild stellte die Verlobte meines Vetters Johannes dar, die eine Rose in ihr gelbes Lockenhaar gesteckt hatte – ja, sie hatte wirklich gelbe Locken, und die Hand hatte sie bis zur Höhe des Halses gehoben, um den Ring an ihrem Finger sehen zu lassen. Und es gab sogar ein noch größeres Photo, das einer anderen kleinen Kusine meines Alters, der Schönheit der Familie, in einer malvenfarbigen Krinoline. Nun, ich erinnere mich nicht mehr genau, wann es geschah und wie alt ich damals war, aber ich erinnere mich noch deutlich, daß ich von einem bestimmten Zeitpunkt an plötzlich begriff, daß die Pfefferbäume, die ich seit je vor Augen gehabt hatte und für immer haben würde, etwas für sich waren und unsere ›Teekamer‹ mit den immerzu grinsenden Photos an der Wand, die uns so gar nicht ähnlich sahen, mit ihren Spiegeln, an denen die Behälter für die staubbedeckten Blumen aus Kräuselpapier angebracht waren, und dem Radiogerät, das beim Ertönen schütterte, etwas ganz anderes war. Es geschah zu der Jahreszeit, in der die Pfefferbäume – würden Sie sagen: in Blüte standen? –, in der die kleinen rosa Knospen ganz reif und von den blassen graufarbenen Blättern kaum mehr zu unterscheiden waren, die Bäume also ganz weich aussahen. Jedesmal, wenn ich seitdem für die Ferien nach Hause kam, entdeckte ich, daß alles das, was mir an Neksburg so gleich-

gültig war, gerade das war, dessen meine Brüder und Vettern überdrüssig waren oder sich schämten, während umgekehrt das, was sie bewunderten und billigten, das war, was mir die Schamröte ins Gesicht trieb. Und nichts erfüllte mich mehr mit Scham als jene farbigen Photos. Einmal, draußen in der kleinen Schlucht, in der der Strom dahinfloß, weinte ich mich sogar aus. Die anderen aber schämten sich, wenn sie mitansehen mußten, wie jemand sich beim Radfahren eine lebende Ziege auf den Rücken geschnallt hatte.«
Ich hätte mir niemals träumen lassen, daß Annas Auflehnung gegen ihre Umwelt ursprünglich eine solche des guten Geschmacks gewesen war. Wann, wollte ich von ihr wissen, hatte sie wohl angefangen, sich für die Politik zu interessieren?
»Als ich in Bloemfontein arbeitete und später in Johannesburg. Sehen Sie, meine Angehörigen fanden an sich gar nichts dabei, daß ich den Wunsch hatte, in einer Großstadt meinen Lebensunterhalt zu verdienen. Sie bildeten sich ein, ich wollte elegante Kleider und Gelegenheit zum Tanzen und eine Menge Freunde haben. Als ich mich in einer Anwaltskanzlei verpflichtete, nahmen sie das nicht weiter ernst. Ohne die geringsten Einwendungen ließen sie mich ziehen. Solange ich nur jeden Sonntag zur Kirche ging, war alles in Ordnung.
Wissen Sie, noch lange, nachdem ich Parteimitglied und Gewerkschaftsfunktionärin geworden war, ahnte mein Vater nicht das geringste und wollte sich auch gar nichts erzählen lassen. Er war überzeugt, daß ich in der Großstadt eine nette Bürostellung hatte und daß ich im Grunde nur darauf wartete, wieder heimkehren zu können, um mit irgendeinem netten Dirkie oder Koosie Händchen zu halten und wieder ein neues Bild meiner selbst an der ›Tee-kamer‹-Wand aufzuhängen.«
»Und wann kamen die anderen endlich dahinter?«
»Ein Onkel hat es ihnen berichtet. Überall gibt es Louws, Vettern um soundsoviele Ecken herum, und alles richtige Schnüffelfritzen. Ich leitete damals eine Gewerkschaft farbiger Frauen, Arbeiterinnen in Konfektfabriken.«
»Und dann?«
Sie erhob sich, um unsere Gläser nochmals zu füllen. Als sie sich wieder niedergelassen hatte, fuhrt sie fort: »Oh, ich kam noch mit einigermaßen heiler Haut davon. Sie gaben mich

einfach auf. Sie wollten alles, was mich betraf, so rasch als möglich vergessen. Ich glaube, sie hielten mich tatsächlich für verrückt. Und auf diese Weise brauchten sie sich meiner auch nicht gar so sehr zu schämen. Ich war eben nicht voll verantwortlich. Hin und wieder kam meine Mutter zu mir zu Besuch, aber ich hatte ihr nie sehr nahegestanden. Lieber hätte ich meinen Vater gesehen, aber das war undenkbar. Die Mutter ist nun nicht mehr am Leben. Sie starb, als ich gerade mein juristisches Examen bestand – kurz, bevor ich Hassim heiratete. Der alte Herr lebt noch immer in Neksburg. Sie sind mir im Grunde ganz fremd und haben heute wohl auch nicht mehr sehr viel Würde. Natürlich sind sie glühende Nationalisten im engsten und überholtesten Sinne des Wortes. Sie hassen die Engländer und hassen die Schwarzen und haben vor beiden Angst. Ja, sie hassen und fürchten alles und jedes, ausgenommen sich selbst – was für eine elende Art zu existieren! Und doch sind sie direkte Abkömmlinge der Voortrekkers – man hätte denken sollen, sie hätten mehr Mark in den Knochen. Die Voortrekkers mögen Frömmler gewesen sein, aber Mark hatten sie.«
»Nun, Sie selber sind nicht aus der Art geschlagen«, sagte ich. »Sie sind es, die in der heutigen Generation den Treck gewagt hat.«
»In gewissem Sinne«, bemerkte sie in ihrer gelassen-unverblümten Art, »kann ich mir vorstellen, warum meine Familie von mir, von ihrem eigenen Fleisch und Blut nichts mehr wissen will. Ich erinnere sie ja an all das, was ihnen Angst einflößt. Und haben Sie jemals bemerkt, wie dunkelhaarig ich bin? Ich sehe geradezu wie eine Spanierin aus. Angeblich Hugenottenblut. Was wahrscheinlich auch stimmt – in der Familie meiner Mutter gibt es La Valles und Duprez. Aber noch wahrscheinlicher ist es, daß in früherer Zeit irgendeiner meiner Vorfahren mit einer jungen Schwarzen etwas gehabt hat.«
Wir plauderten bis über die mitternächtliche Stunde hinaus. Einmal rief das Kind, und Anna ging zu ihm ins Zimmer. Während der wenigen Minuten ihrer Abwesenheit wurde ich der Nacht gewahr, die draußen plötzlich laut aufbrandete und mit einem heftigen Windstoß und Blätterrauschen sich am Fenster bemerkbar machte. Ich suchte das Badezimmer auf, wo ich, wie auch überall sonst in dem kleinen Haus, die

heitere Ordnung von Annas Innerem widergespiegelt fand: in den gerade ausgerichteten Reihen der Toilettenfläschchen, der guten Seife, den sauberen, dicken Frottiertüchern.

Als sie wieder ins Wohnzimmer trat, übertönte ein kurzer, schwer aufs Dach niederprasselnder Regenschauer das, was sie gerade sagte, und ich erhob mich zum Gehen.

Wie zum Schutz vor einem vom Geräusch des Regens hervorgerufenen Frösteln hielt sie die Arme verschränkt. Sie sah sehr klein und stämmig aus, und unter ihren Augen hatte die Müdigkeit tiefe Höhlen gegraben – das innere Feuer war nach so langen Stunden des Gesprächs nun niedergebrannt. »Warten Sie doch, bis es vorüber ist«, sagte sie. Wir hatten beide eine ganze Menge getrunken und fühlten uns von einer Atmosphäre zeitloser Vertraulichkeit umfangen, verdichtet noch durch das Geräusch des Regens, der ebenfalls den Rhythmus wechselte und zu einem weichen, gleichmäßigen, alles einhüllenden Rauschen wurde.

Anna erzählte mir von ihrem Besuch in Rußland, der sie im Jahre 1950 ein für allemal ihrer Illusionen im Hinblick auf den Kommunismus beraubt und sie zum Bruch mit der Partei veranlaßt hatte. Zum Unterschied von den meisten ehemaligen Kommunisten, die ich in London kennengelernt hatte, war Anna nicht im Zustand geistiger Genesung verblieben – weiter konnten jene in der Reaktion auf den Verlust ihres Glaubens offenbar nicht gelangen –, hatte aber noch immer mit denen, die ihr altes Selbst nicht wieder zurückgewinnen konnten, einen Dogmatismus der Ausdruckssprache gemein: auch alte Militärs nehmen beim Gehen niemals wieder die Haltung anderer Männer an. Wenngleich sie sich keinem vorbehaltlosen Glauben mehr verpflichtet fühlte, konnte sie doch die Überzeugung, stets recht zu haben, nie ganz verleugnen.

Und in einem noch späteren Augenblick sagte sie unvermittelt: »Wenn Sie nach Neksburg kommen, müssen Sie sich unbedingt den Löwen ansehen.«

Wir hatten an sich von Faunce und meinem Vater gesprochen, aber trotzdem mutete ihre Bemerkung mich nicht als beziehungslos an. »Wahrscheinlich werde ich gar nicht hinkommen«, sagte ich nach einer kleinen Pause.

Sie lehnte sich, in dem großen Sessel fast versinkend, zurück und starrte mich mit lächelnd angespannter, durch den

Kognak beeinträchtigter Sehkraft an, als wäre sie ein Gestirn, dessen Licht erst nach einer Million von Jahren zu mir dringen würde. »Machen Sie sich etwas aus diesen Leuten?« fragte sie. Es lag echte Wißbegier in ihrer Frage, nicht der Hauch einer Kritik.

»Aus manchen von ihnen.«

Sie nickte. »Zum Beispiel aus dem Mädchen in der Stratford-Bar. Sie sieht zauberhaft aus.«

»Alle diese Leute«, sagte ich, »mit denen ich hier bekannt bin, scheinen sich untereinander nicht zu kennen.«

»Wie sind sie denn?«

Ich erzählte ihr von den Leuten im High House, färbte nur ein wenig ihr Bild: ich hatte das Gefühl, nicht ganz loyal zu sein, gleichzeitig aber auf milde, mir fast wohltuende Weise Rache an ihnen zu nehmen. Es war, als hätte ich soeben herausgefunden, daß sie mich eigentlich hereingelegt hatten. Ihr Wesen war Anna so wenig vertraut, wie das der Bewohner eines anderen Landes es für sie gewesen wäre. Vermutlich hätte sie auch gar nicht das Verlangen verspürt, sie kennenzulernen, aber wieder fühlte ich mich an den engen Lebensbereich erinnert, dem sie den Rücken gekehrt hatte und den sie wahrscheinlich auch niemals wieder betreten konnte. Ob sie ihr Gesicht zurückwarf, um einen Zug an ihrer Zigarette zu tun, oder ob sie es, von Schatten überflossen, auf das von der Handfläche überwölbte Glas herabsenkte, es war das Gesicht eines Menschen, der alle Boote hinter sich verbrannt, alle Brücken in die Luft gesprengt hat; eines jener Gesichter, wie man es unter einem bestimmten Einfallswinkel des Lichts plötzlich am Gestein einer Bergesflanke wahrzunehmen vermeint. Ich verspürte so etwas wie Angst vor ihr, streckte die Hand aus und berührte wie aus Furcht gerade das, wovor ich zu flüchten suchte. Es verlangte mich nicht nach ihr, aber ich küßte sie. Der Regen hatte aufgehört, als habe er lauschend den Atem anhalten wollen. Die ganze Nacht war still. Nicht eine Sekunde lang schloß sie die Augen. Jedesmal, wenn ich die meinen aufschlug, sah sie mich an, als warte sie nur darauf, bis irgend etwas vorüber und überstanden war. Sie fuhr mit Sprechen fort, während sie meine Hand ergriff, die Innenfläche nach oben drehte und einen ihrer Fingernägel nach dem anderen hineinpreßte: »Du glaubst, du kannst es dir leisten, mit einem Fuß in diesem, mit dem anderen in jenem Lager zu stehen und noch obendrein den Blick frei um dich schweifen zu lassen, aber selbst du, ein Fremdling wie du, Toby – du wirst das auf die Dauer nicht fertigbringen.« Sie stand auf und wischte das Fensterbrett trocken, auf dem dick und glasig ein paar Regentropfen lagen wie Splitter von einem Vergrößerungsglas. Wir standen im Zimmer herum, als schickte die Nacht sich zum Aufbruch an. Mit blitzhaft aufflammendem Verlangen dachte ich Cecils, aber Anna hatte für mich die Erscheinung einer Frau, wie man sie sich erträumt, bevor man eine Frau je erkannt hat. Und endlich schloß ich Anna in meine Arme, zögernd nur – zögernd wohl deshalb, weil nach so vielen Gläsern Alkohol ich mir ein Lustgefühl fast mit Gewalt abzuringen hatte. Als unsere Erregung verebbt war, begann es wieder zu regnen, als habe es nie damit aufgehört.

Ein Mann sollte wohl gar nicht erst versuchen, sich über sein Gefühl für Frauen Rechenschaft abzulegen. Alle seine geheimnisvollen Reaktionen sind bisweilen gefärbt, ja verfärbt von seiner Vorstellung dessen, was er von Rechts wegen oder in Einklang mit seinen Ehrbegriffen empfinden sollte, aber es ist nun einmal nicht daran zu rütteln, daß der alte Adam Ehrbegriffe ganz eigener Art besitzt, die der von außen übernommenen geradezu zu spotten scheinen. Man tut als Mann irgend etwas Unwürdiges, Tierisches, Törichtes und hat ein ganz gutes Gewissen dabei. Und wenn man ein gutes Gewissen hat und obendrein Wohlbehagen dabei verspürt, kann man auch durch die Vernunft – will sagen: durch alle von der Vernunft erhobenen Einwände – nicht mehr aus der Fassung gebracht werden. Die Ausweitung meines Gesprächs mit Anna (und das ist keine höfliche Umschreibung: genau das und nichts anderes war es in meinen Augen, sobald alles vorüber war) hatte bei mir ein vertieftes Interesse an Cecil zur Folge. Noch wochenlang rief die bloße Erwähnung ihres Namens eine Art sanften Wahnsinns in mir hervor. Ihre Fehler und ihre Mängel versetzten mich in Entzücken, der Anblick eines Zollbreits dunklerer Farbe nahe an ihrer Haarwurzel rührte mich, der aus dem Nebenzimmer herübertönende Klang ihres Lachens überraschte mich wie ein laut ausgeplaudertes Geheimnis. Ich war der Jahreszeit der Liebe verfallen; und es war Weihnachten, Weihnachten mitten im Sommer.

Dritter Teil

12. Kapitel

Eine Weihnachtsparty im High House schien keinen eigentlichen Anfang, kein Ende zu haben. Ich hatte Cecil abgeholt und war am Vorweihnachtstag zum Mittagessen mit ihr hinausgefahren. Es sollte die Ankunft der nun ganz in der Karru heimischen Baxters gefeiert werden, denen Marion den Gedanken an eine eigene Party in Neksburg ausgeredet hatte. Das Schwimmbassin wimmelte bereits von jungen Leuten beiderlei Geschlechts. Aus dem Schatten der Veranda hob sich immer wieder schallendes, vom Whisky entbundenes Gelächter. Hier saß im Kreis der älteren Gäste Hamish Alexander, in hellen Bowling-Flanellhosen und braunen Wildlederschuhen, trommelbäuchig, übersprudelnd von Wohlgelauntheit. Als wir am Nachmittag wieder abfuhren, waren einige der Besucher bereits gegangen, aber andere dafür eben erst eingetroffen. Am Abend sollte eine Dinner-Party stattfinden, an der aber weder Cecil noch ich selbst teilnehmen wollten. Sie hatte ihren Jungen auf eine Kindergesellschaft im Haus ihrer Eltern zu bringen; und ich wollte auf seine Weise den Abend mit Steven feiern. Cecil hatte auch den ersten Weihnachtstag bei ihren Angehörigen zu verleben, und ich hatte dafür meine eigenen Pläne. Ich sah sie also erst am zweiten Weihnachtstag wieder, für den wir nochmals zu den Alexanders eingeladen waren. Wir trafen zur Mittagsstunde bei ihnen ein, um eine bereits den dritten Tag andauernde Party vorzufinden. Auch jetzt tönte uns aus dem Schwimmbecken wieder so fröhliches Geplätscher entgegen wie aus dem Seelöwengehege eines Zoo, und auf der Veranda sorgte noch immer die Bar dafür, daß das Gelächter nicht einen Augenblick verstummte.

Es kam uns heißer vor, als es bisher den ganzen Sommer über in Johannesburg gewesen war. Sonne, Wein, Bier und Whisky im trauten Bunde riefen die Atmosphäre einer Fiesta hervor, die für mich nichts mit Weihnachten zu tun hatte, die aber ganz nach meinem Sinn war. Vor meiner Wohnung in der Stadt hatten zum Klang von Trillerpfeifen und altem Schmetterblech scharrend und wippend ein paar Negerkinder herumgetollt. Solange die Läden noch geöffnet waren, wälzte sich ein Strom müder, schwitzender Menschen durch die Straßen, so dicht wie ein von Zuckergeruch angelockter Ameisenschwarm. Dann aber war, bis auf die vor den Kinos wartenden Menschenschlangen, die Stadt den Betrunkenen zum Tummelplatz überlassen. Die Kirchglocken hallten wirr durcheinander, und auf den Balkons der Mietshäuser begannen die Flitterkugeln an den in Kübeln stehenden Weihnachtsbäumen im Schein der heißen Sonne aufzuglitzern. Schwarze, die aus dem Flaschenladen klirrende Kisten herausschleppten, hatten sich bunte Papiermützen aufgesetzt. Wenn die Stadt auch nicht wirklich froh gestimmt war, so hatte sie sich doch die Zügel gelockert. Bei den Alexanders verhüllten Geschenke, Blumen, Gläser, gefüllte Teller den Luxus durch Überfluß. Selbst der Garten, von allen Säften des Hochsommers geschwellt, war mit einer solchen Vielfalt an Farben überschüttet, so voller Blütenstaub und summender Bienen, so dicht von Vogelflug übersponnen, so trächtig von Pfirsichen und Pflaumen, die in ihrer köstlichen Überreife einen Duft ausströmten, berauschender noch als das Parfüm der Frauen, daß die Luft selbst aus Üppigkeit zu bestehen schien. Uns zu Häupten hatte sich ein Füllhorn ergossen. In solcher Atmosphäre lebte, blühte Cecil auf wie in dem ihr angestammten Element. Die Augen alkoholisch glitzernd, den Schoß mit Geschenken überladen, schien sie für mich, und das mit Fug und Recht, zu keinem anderen Zweck auf der Welt zu sein, als sich mitten unter Blumen und trunkenen Bienen lachend ihres Daseins zu freuen.

Für mich begann der Heiligabend in Gesellschaft Stevens ungefähr um zehn Uhr abends in einem ein paar Kilometer außerhalb Johannesburgs gelegenen, von Indern geleiteten Klub. Lucky Tschaputra hatte, wie Steven behauptete, auf unserem Besuch bestanden, war aber, als wir den Klub kurz vor Mitternacht verließen, selbst noch nicht aufgetaucht, auch wenn man uns, zweifellos auf seine Anweisung hin, aufs gastlichste aufgenommen hatte. Der Klub befand sich in einem Gebäude, das man allein niemals hätte wiederfinden können. Gleichsam blinden Auges steuerte ich den Wagen durch Schmutzrillen und Abflußrinnen über das dunkle Veld. Dabei folgte ich Stevens Anweisungen, der sich seinerseits an irgendwelchen, für mich selbst unsichtbaren Wahrzeichen orientierte. Die ganze Zeit über schwatzte er, und da er mitunter die Wirkung einer guten Geschichte nicht dadurch beeinträchtigen wollte, daß er sie mit einer Richtungsangabe unterbrach, rief er, wenn er spürte, daß es mit dem Weg nicht stimmte, mit ein, zwei Minuten Verspätung plötzlich laut aus: »Warten Sie einen Moment! Halten Sie, Mensch! Wir haben die richtige Straße verpaßt!«

Als wir glücklich den Klub erreichten, hatte dort schon eine Art Kabarett begonnen. Das Programm spulte sich freilich sehr langsam ab, weil in kurzen Abständen zwischen den Nummern die Besucher, Moslems und Hindus, sich zu ihren Wagen verzogen. Zehn, fünfzehn Minuten später erschienen sie wieder im Saal, und jedesmal waren sie etwas stimmkräftiger und kritischer bei ihren Rufen nach Fortgang der Veranstaltung. Der Grund war der, daß der Klub, der wie jeder andere ländliche Klub über ein Schwimmbassin und eigene Tennisplätze verfügte, natürlich keine Genehmigung zum Ausschank alkoholischer Getränke erhalten konnte. Die Klubmitglieder hatten also in ihrem eigenen Wagen zu trinken – und sie tranken den Alkohol unverdünnt.

Steven und ich selbst, der einzige Afrikaner und der einzige Weiße unter allen Anwesenden, wurden rasch in einen von einer Kerze erhellten Vorraum genötigt, wo zunächst der dicke, bleiche Veranstalter, ein etwas ängstlicher Mann namens Dschaysingh, und ein dürrer Geschäftsmann namens Mia und im weiteren Verlauf des Abends eine ganze Anzahl sonstiger Klubpersönlichkeiten uns mit Whisky und Wasser traktierten. Während die anderen sich mit ausgetrockneten, dreieckig geschnittenen Sandwiches begnügen mußten, wie man sie gewöhnlich auf Hochzeitsempfängen vorgesetzt bekommt, bot man uns heiße Vermicelli mit Zucker und Zimt an. Wie gewöhnlich reichte die Zahl der vorhandenen Gläser nicht aus, und aus Höflichkeit leerten wir die unseren in Windeseile, damit auch die anderen etwas zu trinken bekamen, bevor wir in den Saal zurück mußten. In diesem Vorraum befand sich kein anderes Möbelstück als ein kahles, eisernes Bettgestell und ein Tisch. Zwischen den Whiskyflaschen standen auf dem Kaminsims eine Gipsbüste. Als ich darauf zutrat, um sie etwas näher zu betrachten, kam sogleich Mia fürsorglich mit einer Kerze herbeigestürzt: »Ghandi«, rief er, »ich will Ihnen zeigen.« Der Gipsbüste war eine winzige Drahtbrille aufgesetzt. Im Schein der Kerze wurden an der Wand auch ein paar Photos sichtbar, Gruppenbilder indischer Geschäftsleute in gestreiftem Anzug, mit hochwichtiger Miene.

Im Saal saßen wir, am Boden hockend, auf Sprungfedermatratzen. »Typisch indisch«, bemerkten immer wieder meine Nachbarn, als ob es etwas ganz Neuartiges wäre. »Der singt ja in Hindustani und ich verstehe bloß ein bißchen Gujerati«, beklagte sich jemand, während der Bandleader, ein wild und düster dreinblickender junger Mann, von dem ich eher erwartet hätte, er würde sich in horizontaler Lage auf einem Nagelbrett produzieren, auf genau die gleiche Weise schluchzte und wimmerte wie einer der jungen Männer, die Halbwüchsige in den Zustand schwärmerischer Verzückung versetzen. Dann aber trat, von langgezogenem Beifallsraunen empfangen, ein Mädchen in den Raum, dessen Gesicht und Körper von zartester Anmut, zartester Schönheit waren. Sie trug einen Sari und an den Knöcheln ihrer bloßen Füße ein paar Glöckchen. Während sie mit rollenden Augen einen Rumba tanzte, ergingen die Männer sich in lauten Beifallsrufen. »Lola, Lola, herrlich, meine Liebe!« wiederholte Mia immer wieder. Und zu mir gewandt: »Diese Lümmel können das Maul nicht halten. Ist sie nicht großartig?« Ich kargte mit meiner Bewunderung nicht und fragte, ob sie jemals auch in echt indischem Stile tanzte. Und schon begann zwischen Mia und einer Reihe anderer ein leidenschaftliches Flüstergespräch, bei dem das Wort ›klassisch‹ wiederkehrte, als handle es sich dabei um den Zeitpunkt einer großen Entdekkung, die Erinnerung an eine Entscheidungsschlacht, die ehrfürchtige Erwähnung eines großen Namens. Klassisch, klassisch. Nach zwei weiteren, im Vorraum verbrachten Pausen schwoll es auf wie ein Ruf in der Wüste, ein Schrei der Verzweiflung – sie alle schwärmten plötzlich für das Klassische, nur das Klassische, und was wußten schon davon die Inder in diesem Lande? Der arme schwitzende Dschaysingh, so hilflos wie nur ein vielgeplagter Dickwanst, fühlte sich in seiner Ehre gekränkt: sein Programm, die besten Künstler zu den höchsten Gagen, fand offenbar keinen Anklang. Mit ihm zusammen begaben wir alle uns wie eine Abordnung in den Garten und versuchten, ihn zu beruhigen – Mia im Ton eines höheren Beamten: »Mein lieber, lieber Mr. Dschaysingh«, und Steven und ich selbst mit freundlichen Lauten der Zustimmung. Freilich ließ er sich nicht beruhigen, wohl aber möglicherweise etwas besänftigen. Ein paar Minuten später – die Veranstaltung hatte ihren Fortgang genommen – sah ich ihn mit Mia zusammen in einer Ecke des Saales stehen, und während einer Solonummer der Band wurden wir aus dem Saal geschmuggelt und fanden uns mit Mia, Dschaysingh und ein paar anderen im engen Vorraum wieder.

Diesmal war auch die junge Inderin mit dabei. Niemals habe ich Reizvolleres gesehen. Sie war noch nie in Indien gewesen, und sie sprach Englisch mit einem auffälligen südafrikanischen Akzent, aber es war ihr eine gleichsam uralte Schönheit eigen. Sie hatte die runden Brüste, die schmalen Hüften weiblicher indischer Steinfiguren aus dem zehnten Jahrhundert. Einmal hatte ich aus einer Zeitschrift das Photo einer solchen Figur ausgeschnitten – Vriksaka, die Baumgöttin. Ihr lebendiges Abbild saß auf einer leeren Whiskykiste, kaum gestreift vom dickflüssig-gelben Schein der rauchenden Kerze, kaum nur sichtbar, und sie sang auf ähnliche Weise vor sich hin wie Vögel auf einem Telefondraht. Immerzu drängten mehr Leute in den Raum. Ein paar von ihnen wurden wieder hinausgestoßen. Die im Raum verbliebenen hielten mit ihrer Bewunderung nicht zurück und setzten zwar der Sängerin eher mit Beifallsrufen zu, als daß sie ihr wirklich lauschten, waren aber offenbar durch all das, was ihrem Gesang zugrunde lag, ehrlich bewegt. Sie sang alte indische Lieder, solange wir nur danach verlangten, oder vielmehr: solange die prominenten Klubmitglieder sie von dem größeren Publikum fernzuhalten wagten, und dann verabschiedete sie sich von uns, wobei sie aufmerksam den langausgesponnenen Komplimenten lauschte, sich liebenswürdig-geschmeidig den Griffen derer entzog, die sie festhalten wollten, um mit eingezogenem Kopf den vielen Händen, Gesichtern, verzweifelt-sehnsuchtsvollen Rufen: »Klassisch... klassisch« endlich zu entkommen. Sie war dazu geschaffen, Wohlgefallen zu erregen: noch nie zuvor hatte ich ein Wesen ihrer Art zu Gesicht bekommen.

Auf der Rückfahrt in die Stadt sprach ich mit Steven von ihr,

und bald schweiften wir vom Besonderen zu Frauen im allgemeinen und dann unvermeidlicherweise zum Besonderen zurück, wobei Steven mir von seinen Eroberungen in London berichtete. Es war ein altes Thema, auf das wir auch in den verschiedenen Negersiedlungen während der bekenntnisfreudigen frühen Morgenstunden immer wieder zu sprechen gekommen waren. Offenbar war es für einen Schwarzen, der es zu etwas gebracht hatte, eine Art Ehrensache, sich damit zu brüsten, daß er bei den bescheidenen Anfängen seiner Laufbahn als Kellner, Liftjunge oder ähnlich günstig postierter dienstbarer Geist die Begehrlichkeit irgendeiner Weißen erregt hatte. Einige dieser Geschichten klangen überzeugend, andere nicht. Aber jeder Schwarze wußte eine zu erzählen. Vermutlich hatten in dem Land, der Stadt, in denen ich weilte, solche Geschichten etwas Sensationelles, Anarchisches an sich und hatten hier sehr viel mehr zu bedeuten als anderswo. Aber ich muß gestehen, daß sie für mich, den Fremdling und Außenseiter, mit zu dem alten Geschlechtsmythos gehörten, von dem ich schon früher gesprochen hatte – dem Wunschbild von Freuden, die im eigenen Land nicht zugänglich waren.
Wir beschlossen den Abend im ›Haus des Ruhmes‹, in dem Steven nicht länger Mieter, wohl aber noch immer Zeremonienmeister war. In der Siedlung wimmelte es auf der Straße von singenden, Arm in Arm gehenden Paaren. Die Mädchen, die kreischend und hüftenschwingend dahintänzelten, trugen weiße amerikanische Marinemützen aus Papier mit der Aufschrift: ›Hiya Babe‹ oder ›I am no angel‹. Die schmuddligen Hütten, in denen ältere Leute zu schlafen versuchten und die kleinsten Kinder bereits im Bett lagen, ließen keine Zeichen des Bewohntseins erkennen. Aber es mußte doch auch solche geben, wie das ›Haus des Ruhmes‹, in denen noch musiziert und getanzt wurde. Aus unsichtbaren Höfen erschallten Stimmen im besonderen Singsangton bierfreudiger Verzükkung. Die Spritschwemmen standen offen und machten Bombengeschäfte – in einer von ihnen suchten wir nach einem von Stevens Freunden –, und es waren mehr Polizisten unterwegs, als ich jemals bemerkt hatte. »Eine Menge eingeschlagener Schädel und Messerstichwunden, noch ehe Weihnachten vorüber ist«, sagte Steven grinsend und kopfschüttelnd. »Der Friedensfürst scheint einen Bogen um uns zu machen.«

Am ersten Feiertag ging ich mit Ella, Sams Frau, und deren kleinem Mädchen zur Kirche. Das Kind trug ein steifes Rüschenkleid mit dem kleinen Goldmedaillon, das ich ihr zu Weihnachten geschenkt hatte. Es war die anglikanische Kirche, in der gleichen Zwangssiedlung gelegen, wie Sams Häuschen, und nur für Ella hatte die Tatsache meines Kirchbesuchs nichts weiter Ungewöhnliches. Sam zeigte sich über meinen Wunsch, Ella zu begleiten, beglückt, setzte aber andererseits eine Miene auf, als gelte es, die Zustimmung zu einer besonders verwegenen Besichtigungstour zu erteilen.
Mir selbst tat es gut, neben einem befreundeten Menschen zu sitzen statt unter den höflichen Unbekannten, die ihre behagliche, in der Nähe meiner Wohnung gelegene Kirche mit dem Weihrauchduft von Brillantine füllten. In dieser Kirche der Siedlung war der Priester ein untersetzter, etwas nachlässig gekleideter Engländer, bei dem die Tonsur das Ergebnis natürlichen Haarausfalls war. Die Kirche bestand aus häßlichem purpurrotem Backstein und roch nach der Seife, die die Gemeindemitglieder beim Waschen benutzt hatten, dem Rauch des Kochfeuers, mit dem ihre Kleidung durchsättigt war. Zwei Chöre – der eine ein Knaben-, der andere ein Frauenchor – sangen mit den unirdischen Stimmen von Afrikanern, die über ein Register eigener Art zu verfügen scheinen. Nachdem die Umsitzenden mir einen einzigen kurzen Blick zugeworfen hatten, fanden sie sich mit meiner Anwesenheit ab, fast ohne untereinander ein Flüsterwort zu wechseln, auch wenn wahrscheinlich noch nie zuvor ein weißer Laie ihre Kirche betreten hatte. Nach Beendigung des Gottesdienstes sah ich, daß der Priester sich anschickte, auf mich zuzukommen, aber ich tat, als ob ich es nicht bemerkte, und wir begaben und rasch ins Freie. Ich glaube kaum, daß für mich eine andre Kirche es mit der heimischen aufnehmen kann, in der meine Vorväter in ihrem eigenen Kirchengestühl die Ihren um sich zu scharen pflegten.
Soviel über mein Verhältnis zum Kirchgang.
Das weihnachtliche Mittagsmahl fand in Sams Haus statt. Es gab Huhn, und jeder der Eingeladenen brachte etwas für die Tafel mit, sei es Pudding in Konservendose, Kuchen mit Buttercrème, Würstchen, Nüsse oder Konfekt. Ungeachtet des stickigen kleinen Zimmers, auf das wir beschränkt waren, glich das ganze Mahl mehr einem Picknick. Es war draußen

heiß und hell, und wir alle liefen im Zimmer umher und nahmen, worauf wir gerade Appetit verspürten. Die Fliegen waren zudringlicher als je, und die von der Straße herauftönenden Stimmen und Knattergeräusche klangen ganz nahe. Ich selbst hatte eine Schachtel Bonbons und ein paar Flaschen Wein mitgebracht, und zuletzt setzte sich Sam, wie nicht anders zu erwarten, ans Klavier. Alle stimmten so ungezwungen in den Gesang ein, wie andere Leute an einem Gespräch sich beteiligen. Weihnachtslieder, Volks- und Jazzweisen hoben sich summend und brummend in den Raum. Als ich am Nachmittag heimfuhr, wurde ich von der Polizei angehalten. Ich mußte mich bei dem zuständigen Aufsichtsbeamten melden, weil ich keine Sondergenehmigung zum Betreten der Zwangssiedlung hatte. Aber ich hatte Glück – es war das erste Mal, daß ich erwischt wurde, und wie oft war ich schon ohne Genehmigung in einer Zwangssiedlung gewesen!
Beim Nachhausekommen fand ich die Wohnung fast so heiß wie das überfüllte Zimmer, das ich eben hinter mir gelassen hatte. Kurz vor sechs entledigte ich mich der Oberkleidung, legte mich aufs Bett und schlief ein. Als ich wieder aufwachte, war es nicht, wie ich vermutete, früher Abend, sondern bereits Morgen. Darum war es mir auch, als begäbe ich mich aus der Negersiedlung direkt zum High House. Der Schlaf war nur wie ein Augenblick innerer Abwesenheit gewesen, und die ausgefahrene Wagenspur der Siedlung, in der ich wie auf einer Berg- und Talbahn hinzusteuern gelernt hatte, schien fast unmittelbar überzugehen in die glatte Anfahrt – einen Tunnel aus flockigem Grün und Blüten –, auf der der Wagen lautlos dem Springquell von Stimmen zuglitt, der neben dem Hause der Alexanders aufsprudelte.
Ich hatte Cecil abgeholt. Ihr kleiner Junge drückte sich, als sie sich zum Aufbruch anschickte, im Hauseingang herum. »Fährst du im Wagen hin? Gehst du baden?« fragte er mich immer wieder.
»Warum läßt du ihn denn nicht mitkommen?«
Sie gab mir ungeduldig ein Zeichen der Warnung. »Nein, nein. Er geht später aus. Er wird nach dem Lunch abgeholt.«
Im Wagen stöhnte sie zunächst ein wenig über die mit ihren Angehörigen verbrachte Zeit. Aber noch bevor wir bei den Alexanders eintrafen, hatte sie tief Atem geholt, die Glieder

gestreckt, mehrfach die Stellung gewechselt und sich in wohliger Entspannung eine Zigarette angezündet. Sie hob den Arm, umgriff mit der Hand meinen Nacken und zwickte mich ins Ohr. Eine ihrer vertrauteren Zärtlichkeiten bestand darin, mir wie ein Hündchen das Ohr zu lecken – woran sie mich vermutlich erinnern wollte. Ich vergrub meine Linke in der Wärme ihrer bloßen Kniekehle – gleichfalls eine Erinnerung. Sie lachte. »Und wo bist du zuletzt über die Feiertage gewesen?« wollte sie wissen. Ja, wir gehörten doch wohl beide zusammen, eng zusammen – nicht einmal ein überraschter oder betroffener Blick aus ihrem Auge sollte sich zwischen uns drängen. Ich erwähnte den Namen eines Buchhändlers und seiner Frau, von denen ich ihr gegenüber schon früher gesprochen hatte.

»Und wie war's?«

»Nicht übel.«

»So schlimm wie bei mir mit all diesen alten Scharteken hätte es bei dir gar nicht sein können!«

Sie saß auf dem Rasen neben dem Schwimmbassin und öffnete die für sie zurückgelegten Geschenkpäckchen vom vorausgegangenen Tag. Eine kostbare kleine Gabe Hamishs und Marions schälte sie mit einem tiefen Seufzer des Triumphs aus ihrer Umhüllung. Während sie die beiden Alexanders mit Ausrufen des Entzückens umarmte und Kit und anderen gegenüber mit Bekundungen des Überraschtseins nicht zurückhielt, konnte ich mich nicht des Eindrucks erwehren, daß sie kaum je daran gezweifelt hatte, diesen besonderen kleinen Ring zu erhalten, ja daß sie sich gegen jeden möglichen Zweifel vorher bereits versichert hatte. Um sie herum lagen aufgerissene Päckchen in farbiger, flittriger Umhüllung. Parfümflaschen, Kosmetikartikel, Rauchutensilien, Satin- und Nylonwäsche. John Hamilton nahm einen Riesenschreibstift auf, der wie ein Bambusstöckchen aussah und eine Pelzquaste hatte, und begann, die Beine der in der Sonne liegenden Frauen mit seinem Namenszug zu verzieren. Kit durchwühlte mit sachverständigen Fingern die Festtagsbeute. Einer der Peever-Zwillinge, frisch und gesund und badenaß, mit dem Geruch nach feuchtem Haar und Chlor behaftet, stürmte auf uns zu und umarmte Cecil, Tropfen um sich sprühend. »Mein Zuckerstengel! Mein Eines und Ein-

ziges! Frohe Weihnachten!« Endlich hatte auch Donald Alexander seine Freundin, eine zarte Zwanzigjährige, die sich, von uns fortschlitternd, mit einem Plumps ins Bassin fallen ließ, als John an ihrem braunen Schenkel seine Schreibkünste zu erproben suchte. Archie Baxter erging sich in Zurufen der Ermunterung. In der Badehose enthüllte er einen kränklich aussehenden Körper und spindeldürre Beine – ein Hündchen mit Prachtfell, das gerade geschoren war. Kit behandelte ihn mit vorsichtig gedämpfter Gereiztheit. Vielleicht begann unter dem Druck einer drei Tage währenden Party die Fassade des stattlichen, amüsanten Paares abzubröckeln. Wie auch sonst hatte Kit sich wieder großartig zurechtgemacht und strahlte so hell wie die Außenwand eines Kinopalastes, an der der Titel der neuesten ›Attraktion‹ in Leuchtbuchstaben erglänzt. John Hamilton ließ es ihr gegenüber nicht an Aufmerksamkeit fehlen, nur daß er diesmal als Kavalier mehr die Rolle des nüchternen Beraters spielte: »Höre, Kit – weißt du, was du tun solltest? Du solltest einen deiner schwarzen Hausdiener mal Luft durch die Röhrenleitung blasen lassen – eine Radfahrpumpe genügt da schon«, sagte er in einem Ton, als hätte er nicht übel Lust, selber in die Karru zu kommen und nach dem rechten zu sehen. Sein Rat galt der Instandhaltung der Filteranlage, die soeben in dem Schwimmbecken der Farm eingebaut worden war.
Ich selbst hatte von Marion ein Seidenhemd zum Geschenk erhalten, von den Baxters eine teure Flasche Rasierwasser und von Cecil einen der verschwenderisch ausgestatteten Bildbände, die, speziell zu Weihnachten herausgebracht, unter dem etwas unbestimmten Gattungsnamen von ›Kunstbüchern‹ segeln. Ich hatte noch niemals ein Seidenhemd getragen, noch niemals parfümiertes Zeugs auf meinem Gesicht verrieben und würde wahrscheinlich auch das Buch nach jenem Tage kein zweitesmal aufschlagen. Träge lag ich in dem breiten Sessel, warf hin und wieder ein Wort in die Unterhaltung und lauschte; lauschte, bisweilen mit geschlossenen Augen, den vom Bassin herübertönenden Klatsch- und Spritzgeräuschen und der Debatte über das Ausgleichsrennen, das am vorausgehenden Samstag stattgefunden hatte. In der Nähe saß eine Frau mit bläulich getöntem weißem Haar, bei der die obere Körperhälfte so prachtvoll ausladend war wie bei einer Karyatide. Sie sprach auf affektierte, unbeteiligte

Weise – »Absolut zauberhaft« war ihr einziger Kommentar. Aber in dem Augenblick, in dem das Rennen aufs Tapet gebracht wurde, wechselte der Ton ihrer Stimme, alle Schlaffheit fiel von ihr ab, und sie äußerte Kluges, Scharfsinniges, Phantasievolles. Ich riß die Augen auf, weil ich meinen Ohren nicht traute. Und wenn ich mich auch nur eine einzige Minute lang dem schützenden Flimmerdunkel meiner Lider anheimgegeben hatte, sprangen nun Garten und Gäste in aller Vielfalt und Helligkeit mir entgegen – es war mir, als spähte ich von oben her durch ein Geflecht aus Farbe und Schatten. Vor dem Mittagessen ging ich ins Bassin und ließ mich in einer Strömung wohliger Sinnesempfindungen treiben, die freilich nur die Nervenenden berührte. Da war das Plätschergeräusch kühlen Wassers, das scharfe Prickeln mittäglicher Sonnenhitze, der Geruch von Pflaumen und heißem Rasen und der Duft, der der Haut einer sich einen Augenblick neben mir aus dem Wasser hebenden Frau entströmte.
Stimmungen solcher Art hatte ich mich stets rückhaltlos hingegeben. Die eben beschriebene ergriff, wie mit gläserner Haut mich umhüllend, augenblicklich von mir Besitz, und ich stellte auch keinen Vergleich an noch eine Beziehung her zwischen ihr und dem, was unmittelbar vorausgegangen war. Ein zweiter Orpheus, glitt ich von einer Welt in eine andere – aber keine von beiden war für mich wirklich. Denn was deutete in der einen auch nur auf das Vorhandensein der anderen hin?

Cecil und ich selbst verabschiedeten uns gegen fünf und fuhren in immer mehr sich vertiefender Stille heim. Die sommerliche Sonne starrte uns gerade ins Gesicht, und vor der blendenden Helle gab es kein Entrinnen. Cecil glich einem Vögelchen, das durch eine über seinen Käfig gebreitete Decke plötzlich zum Verstummen gebracht worden ist. Alle ihre Munterkeit erstickte in dem Gefühl, daß die Feiertage vorüber waren. Die belebende Wirkung der Drinks und der Prickelluft unverbindlicher Bewunderung, mit der sie und ihre Freunde sich gegenseitig zu umhegen pflegten, war verebbt, und sie fühlte sich wie gestrandet. Der Gedanke an das neue Jahr, dessen Beginn nur noch eine Woche entfernt lag, schien sie zu bedrücken. »Ich werde dann neunundzwanzig«, sagte sie. Was mochte dieses Jahr ihr wohl bringen? So ungefähr das gleiche wie jedes andere, erwiderte ich in der Absicht, sie zu beruhigen. Sie tat nun kaum mehr die Lippen auf.

Ich begriff, daß ich selbst außerstande war, jene Atmosphäre hervorzurufen, die wir soeben hinter uns gelassen hatten und die sie zwar wie ein unentbehrlich gewordenes Rauschgift in den Zustand innerer Lähmung versetzt hatte, in dem sie jetzt sich befand, die aber gleichzeitig auch die einzige Vorbedingung bot, sie wieder daraus zu befreien. Auch ich verstummte. Sie saß neben mir wie ein Kind, dem das Ende einer Party das Ende der Welt bedeutet. Ja, so lebte sie – von einer Einladung bis zur nächsten, ledig aller beruflichen, aller mütterlichen Verpflichtungen, ledig auch der Alltagsbürden, die für mein Gefühl den meisten Menschen das Leben überhaupt erst ermöglichen.

In ihrer Wohnung roch es etwas muffig, denn zum Schutz gegen die Hitze waren alle Fenster geschlossen worden. Cecil zeigte sich mir gegenüber so gedankenverloren, hilflos, dankbar, wie ein von schwerer Krankheit Genesender, der beim Aufwachen zu seiner Freude einen Menschen an seinem Lager sitzen sieht. Als wir die Fenster und Balkontüren aufgestoßen hatten, saßen wir eine Weile herum, äußerten ab und an ein Wort und blätterten in ein paar amerikanischen Bildzeitschriften, auf die Cecil abonniert war, die sie aber gewöhnlich ungeöffnet herumliegen ließ. Das Gebäude, ja die ganze Straße mutete mich weniger still als verlassen an – beides hatte etwas vom Zustand des Erstorbenseins, in dem gewisse Kurorte die Rückkehr der Feriengäste erwarten. Cecil ließ sich neben mir nieder und lehnte den Kopf an meine Schulter. Sie hatte ihre Schuhe abgestoßen und die Füße auf den fleckigen Tisch gelegt, wo sonst ich selbst und meine Vorgänger ihre Gläser hingestellt hatten. Es war eine jener Stunden, in denen man sich davor gefeit glaubt, jemals wieder so etwas wie Hunger, etwas wie Liebesverlangen verspüren zu müssen.

Ich vertiefte mich in einen Aufsatz, in dem nach bekanntem Rezept ein auf den Namen ›Vorgeschichtlicher Jones‹ getaufter kleiner Mann, der Prototyp des heutigen Büroangestellten, durch das Steinzeitalter gejagt wurde, und Cecil beschloß, ein Bad zu nehmen.

Ich hätte nicht sagen können, wie lange sie fortgeblieben war.

Sie mußte über zwanzig Minuten im Wasser gelegen haben, die Sonne war untergegangen und die Luft selbst schien wieder freier zu atmen: da stand Cecil plötzlich im Türrahmen, in ihr Badetuch gehüllt; auf ihrem Gesicht malte sich eine solche Betroffenheit, als könne sie selbst nicht für möglich halten, was sie soeben aufgescheucht hatte. »Komm und höre«, sagte sie. »Rasch!«

Sie packte mich bei der Hand und führte mich ins Badezimmer. »Höre«!» Mit einer heftigen Ruckbewegung verwies sie mich zur Ruhe. Im Augenblick war nichts anderes zu vernehmen als das Tröpfeln eines Wasserhahns, aber als ich mich zum Sprechen anschickte, gebot sie mir dringend Schweigen. Da vernahm ich, irgendwo hinter der Wand, auf der Straße, das Schnaufen eines Hundes. Aber während ich den Laut genauer zu ergründen suchte, schwoll er an – es war eine andere Art Schnaufen. Aber was? Er wurde immer stärker und heftiger, füllte und leerte rasselnd die unvorstellbare Höhlung einer lebendigen Brust, während Cecil, noch immer wassertriefend, mit entsetzt aufgerissenen Augen auf die Wand starrte. Kaum aber hatte sie sich mir zugewandt, als müsse sie mich auf noch Schrecklicheres vorbereiten, da trat dieses Schreckliche auch schon ein: der letzte Stöhnlaut, ein Atemzug, getan in der Hölle, wurde zu einem gewaltigen, klagenden Schluchzen, dem Schreckenslaut menschlicher Seelennot. Ein Mensch! Ich stürzte zum Fenster und riß es auf, und sie trat rasch hinter mich, um mich das tun zu sehen, was sie selbst zu tun nicht gewagt hatte. Ich blickte hinaus. Die Straße war scheinbar ganz leer, ganz unverändert, ganz friedlich. Auf dem Fahrdamm lagen, gelb und rosa, ein paar zerrissene Papierschlangen. An einem Baumstamm lehnte ein Fahrrad. Und dann sahen wir ihn, den Kopf auf die Arme gebettet, im Rinnstein hocken – direkt vor uns, unter uns. Es war ein baumlanger Zuluneger – die gedehnten Ohrläppchen hingen schlaff herab, weil einmal kleine Scheiben daran befestigt gewesen waren –, und er hatte nichts anderes an als ein Paar Hosen.

»Es ist William!« rief Cecil, vor Erleichterung in hysterisches Gelächter ausbrechend, als habe die Tatsache, daß sie in dem Elenden den ihr vertrauten Diener wiedererkannt, der sonst auf ihrem Flur die Wohnungen zu reinigen hatte – als habe diese Tatsache automatisch ihrem Entsetzen ein Ende bereitet.

Aber inzwischen hatte der Neger, ohne uns zu bemerken, sich vom Boden erhoben und begonnen, quer über die Straße zu laufen und wieder zurück. In seiner prachtvoll gewölbten Brust setzte von neuem das häßliche Schnaufen ein, steigerte sich zu einem wilden Keuchen, das zuletzt wieder zu dem heiseren, qualvollen Schluchzen wurde. Wieder hockte er im Rinnstein, das Gesicht in die Hände gepreßt. »William!« rief Cecil, »William!« Es war die Stimme des Befehlens und Zürnens, die ihn sonst unweigerlich an die Küchentür rief. Wir sahen, daß er sein Gesicht uns starr zugewandt hielt, während er wieder ins Schnaufen, ins Laufen verfiel, sahen aber auch, daß er weder uns noch sonst etwas in den Blick bekam.

»William! William!«

Cecil zitterte, als habe sie gerade einen Schlag ins Gesicht empfangen. »Was hat er denn?« fragte sie in flehendem Ton. »Was fehlt ihm denn?« Sie fühlte sich von einer Katastrophe bedroht, von der sie noch niemals vernommen hatte, fürchtete die Entdeckung irgendeiner Art menschlichen Leidens, ihr noch unbekannt, das so viele Geheimnisse für sie barg wie das neue Jahr – ein Leiden, das weder mit Tod noch mit Armut noch mit Ehescheidung zu tun hatte.

Sie dachte an menschliches Leiden, ich dachte an Wahnsinn. Ja, dieser Mann war offenbar plötzlich verrückt geworden. Ich wollte hinaus auf die Straße, um ihm gut zuzureden, aber sie wollte mich nicht allein gehen lassen. Mit grimmiger Entschlossenheit streifte sie sich die Gewandstücke über und nötigte mich zum Warten. »Du möchtest doch nicht mit hinaus. Du kannst alles durchs Fenster mitansehen.« – »Nein, nein.« Ihre Hände kamen mit der Kleidung kaum mehr zurecht.

Neben mir stand sie auf dem Gehsteig und blickte zu dem Unglücklichen hernieder, und mit der einen ihrer zitternden Hände, deren Nägel sich purpurrot von der Schläfe abhoben, hielt sie das Haar zurück. Wir riefen ihn beim Namen, aber der Schwarze nahm nichts von unserer Gegenwart wahr. Wir rasten die klirrende Eisentreppe an der Rückseite des Gebäudes empor bis zum Dach, wo das Hauspersonal sein Quartier hatte, und holten einen der anderen Diener herunter. Es war ein kleiner, krummbeiniger Basuto, dem eine Tabakspfeife, so mißgestaltet wie seine Beine, zwischen den Lippen steckte.

Er betrachtete den im Rinnstein Kauernden mit bewundernden, seinen Entrückungszustand bewundernden Blicken: »Er hat geraucht. Dagga. Und das ist an allem schuld.«
»Rede ihn doch an los, rede ihn an!« gebot Cecil ergrimmt. Im gleichen Tone hätte sie ihn auch anweisen können, den Boden zu scheuern.
Der Kleine rührte sich nicht von der Stelle. »Ich fasse ihn nicht an. Er weiß von nichts, von gar nichts. Manchmal weiß er drei Tage lang von nichts.« Es machte ihm sichtlich Vergnügen, Auskunft erteilen zu dürfen.
»Dagga! Aber er quält sich doch!« Mit beiden Händen bedeckte Cecil ihr Gesicht bis zu den Augen.
Tatsächlich wußte der Mann im Rinnstein von nichts. Er konnte offenbar nicht mehr zu sich selbst zurückfinden. Er litt die unaussprechliche Qual innerer Verstörung, Verlorenheit, Verlassenheit, und die Stimme seiner Verzweiflung war wie das einsame Geheul des Wolfes in der Wüste. Und wieder begann das gespenstische Ritual von neuem: die wilde Angst des Schnaufens und Laufens, die sich bis zum röchelnden Schluchzen steigerte, dann aber wieder zum Schnaufen wurde.
Cecil löste die Hände vom Gesicht. An der Innenfläche der einen war noch der Abdruck der Zähne sichtbar. Sie ging wieder in die Wohnung zurück und machte starken schwarzen Kaffee. Als ich dem Schwarzen eine Tasse hinausbrachte, fuhr er zurück wie ein wildes Tier, das in jeder von menschlicher Hand dargereichten Nahrung tödliche Gefahr wittert.
Cecil konnte den Blick nicht von ihm abwenden. Wenn er röchelte, preßte sie die Hand an die Brust, und wenn er schluchzte, zuckten ihr die Lippen. »Sollten wir nicht die Polizei rufen?« – »Sie würde ihn nur einsperren.«
»Oder einen Arzt?«
Nein – kein menschliches Wesen hätte in seinem jetzigen Zustand überhaupt an ihn herankommen können.
»Warum hat er es nur getan?« fragte sie immer wieder.
Aus dem Gebäude waren, angelockt von dem grausigen Schauspiel, ein paar andere Afrikaner auf die Straße getreten. In angemessener Entfernung sprachen und zeigten sie mit dem Finger, wie sie es auch in einem Zoo getan haben würden. »Das ist seine Art Weihnachten«, sagte ein hochgewachsener Mann in makellosen schwarz-weißen Schuhen

und einem weiten Schlapphut, mit zufriedenem Ausdruck an einem Zündholz kauend. Weihnachten. Das Wort machte, in Zustimmung und mit Nachsicht wiederholt, die Runde. Als die anderen das Ganze von Anfang bis Ende ein paarmal mit angesehen hatten, verzogen sie sich, sei es, daß sie wieder zu ihrer Dachbehausung hinaufkletterten oder daß sie die Straße herabschlenderten, wobei sie in ihrer eigenen Sprache schwatzten und einander mit den gleichen, weitausholenden Gebärden zum Verweilen nötigten, mit denen man sonst beim Erzählen einem anderen das Wort aus dem Mund nimmt.

Auch wir begaben uns wieder ins Haus. Im Wohnzimmer, das nicht auf die Straße hinausging, war nichts weiter zu hören. Aber Cecil lief immer wieder ins Badezimmer, wo etwas zu hören war. Sie ließ sich auf dem Rand der Wanne nieder und verwies mich zum Schweigen, als müsse sie unbedingt hören, was es zu hören gab. Der Hahn tröpfelte, und der heiße Dampf setzte sich an den Kacheln in kleine Rinnsale um, während draußen die Stimme verzückter Qual weitertönte, tierisch und verzweifelt menschlich zugleich, die ungeheuerliche Serenade, die aus einer mittelalterlichen Hölle herüberzuhallen schien. In ihr waren alle Schreie, die wir sonst unterdrücken, alle Heullaute, die wir sonst in uns ersticken, alle wilden Furien unseres Herzens, denen niemals, niemals die Fesseln gelöst werden sollten. Selbst ich verspürte beim Anhören dieser Stimme Furcht; Furcht nicht vor dem, dem sie gehörte, wohl aber vor einer Regung des Wiedererkennens, Selbsterkennens. Wir verharrten in einer Art schamvollen Gebanntseins und wagten einander nicht anzublicken. Cecil hielt die Lippen zusammengepreßt, die langen Hände zu Fäusten geballt, wobei die beiden dornengleichen blutroten Daumennägel sich ihr ins Fleisch zu bohren schienen.

Die Röchellaute erstarben, verwehten pfeifend wie der Windhauch in einem leeren, verfallenen Gebäude. Dann aber erhob sich ein markerschütternder Schrei, der in Cecils mir in wildem Entsetzen zugewandten Augen Tränen aufschimmern ließ. Und nun konnten wir einen Menschen die Straße entlangjagen hören, konnten hören, wie unter der Gewalt seiner Tritte der Kies zerstäubte. Am Badezimmerfenster stehend, sahen wir ihn an dem angelehnten Fahrrad, an einzelnen Fußgängern vorüber hügelaufwärts rasen, bis die

Biegung der Straße ihn hinter den Jacarandabäumen verschwinden ließ.
Wie so oft in Johannesburg nach einem glutheißen Tag war auch diesmal der Abend wieder ganz mild. Zwischen den Häusern, Bäumen und Schornsteinen trieben am Himmel rosafarbige Wölkchen. Cecil ging in die Küche, um etwas Eis zu holen, und hier fand ich sie, den Kopf in eines der an einem Nagel hängenden grauen Geschirrtücher vergraben.
»Weinst du?«
»Nein.«
»Was hast du denn?«
Sie wandte sich um. Noch immer war bei ihr der Ausdruck der gleiche wie in jenem Augenblick, in dem sie nicht davon ablassen konnte, dem daggasüchtigen Mann zu lauschen. »Ich weiß ja gar nicht, was ich anfangen soll.«
»Wie meinst du das? ›Anfangen‹ – womit?«
»Mit diesem nächsten Jahr.« Sie stand in der Küche, als wäre es eine Trümmerstätte. Aber die billige Weckuhr tickte munter weiter, und auch der Motor des Kühlschranks machte sich summend vernehmlich. Es war alles so, wie es auch nach meiner Erinnerung immer gewesen war.
»Was möchtest du denn dann tun?«
»Was habe ich nur vorzuweisen?« fragte sie. »Neunundzwanzig. Nicht genug Geld, um anständig leben zu können. Was in aller Welt soll ich nur mit mir selber anfangen? Alles – und alles – verzettelt!« Sie stieß mit dem Fuß das kleine Dreirad des Kindes zur Seite und ließ heißes Wasser über den Eisbehälter rinnen. Die Würfel klirrten ins Spülbecken, und sie sagte in wildem Ton: »Bei Hamish ist es doch fürchterlich – das ganze Leben könnte dort so verplätschern – wie eine dieser Lunch-Parties!«
Sie begann laut davon zu träumen, was sie tun würde, wenn sie Geld und wenn sie kein Kind hätte und in Europa lebte. Zum erstenmal seit unserer Bekanntschaft konnte ich hören, wie in jedem ihrer Sätze, ihrer Worte der südafrikanische Tonfall durchschlug, den sie bisher hinter dem gewissenhaft geschulten Klang ihrer Stimme – der Stimme des höheren englischen Mittelstands – versteckt gehalten hatte. Es fehlte mir an Mut, ihr zu sagen, daß sie die gleichen Parties, die gleichen nachsichtig-begüterten Freunde, die gleichen Vollblüter überall wiederfinden würde.

»Seine Art Weihnachten!« sagte sie plötzlich. Sie saß neben mir auf dem Diwan, und ich spürte, daß es ihren Körper schüttelte wie ein Schauder, der einen Hund befällt, bevor er sich übergeben muß. »Wo gibt es ein zweites Land, in dem sich so etwas unmittelbar vor der eigenen Türschwelle abspielt! Was für ein Weihnachten für uns alle! Nicht anders als ein wildes Tier! Wie kann man es in einer Welt von Wilden nur aushalten!«

»Aber du hast doch geweint. Hast Kaffee für ihn gemacht.«

»Nein«, erwiderte sie. »Die anderen haben gesagt, es wäre sein Weihnachten. Warum sollte sich jemand ausgerechnet ein solches Weihnachten aussuchen?« Wie zum Beweis für ihre Worte begann sie, die Geschichte in ihrer farbig-flittrigen Umhüllung, mit ihren Bändern und Stechpalmenzweigen und ausschweifend zärtlichen Wunschkarten aufzusammeln, die wir von den Alexanders mitgebracht und beim Nachhausekommen auf dem Tisch abgelegt hatten.

13. Kapitel

In den Briefen, die ich aus England erhielt, kam immer wieder die Wendung vor: ›Das Leben da drüben.‹ Meine englischen Bekannten lasen von Streiks, von Radauszenen in Bierhallen und Verhaftungen angeblicher Verräter, sahen Bilder von lächelnden Negerbabies, im Schmuck ihrer Holzperlen prangend, von hochragenden Gebäuden, von Politikern, bei denen ein trotzig geöffneter Mund stets von Verfall oder Fortschritt zu künden schien. Aus alledem erwuchs für sie das Bild von einer in sich abgeschlossenen, auch mich mit umschließenden Lebenssphäre, etwas unbestimmt für sie selbst, aber für mich ohne jeden Zweifel klar überschaubar.

Gewiß würden sie begriffen haben, was es heißt, wenn in einer großen Stadt die verschiedensten Lebensbereiche und -gewohnheiten ineinandergreifen. Aber würden sie auch die großartig-erschreckende Gespaltenheit meiner Umwelt ermessen haben? Hätte ich ihnen je klar machen können, wie wohl es mir tat, mich im High House verwöhnen, einlullen zu lassen? Ihnen erklären, wie frei ich mich gerade dort fühlte, wo ich von Rechts wegen eigentlich gar nicht hätte weilen dürfen, nämlich an der Stätte der Rassenscheidung, einer Zwangssiedlung? Wollte man wirklich am ›Leben da drüben‹ teilnehmen, am Leben in Johannesburg, wie es wirklich war, so mußte man wohl zu einem der beiden Lager gehören, und das auf immer. Im Grunde ließ beides sich nicht in Einklang bringen: die Beschaffenheit der Menschen und die der Gesetze, ließ es sich nicht zu einem Ganzen fügen – es sei denn, man brächte fertig, was Anna Louw fertiggebracht hatte, nämlich sich auf der Grenze zwischen beidem heimisch zu machen, auf jenem dürren und einsamen, vorerst nur spärlich besiedelten Streifen Landes.

Jedenfalls verspürte ich nicht das besondere Verlangen, den anderen oder auch mir selbst über mein Verhalten oder die Unvereinbarkeiten in meiner Lebensführung irgendwelche Rechenschaft abzulegen. Mein ganzes Leben lang hatte ich mit Menschen zu tun gehabt, die es für unbedingt notwendig hielten, allen über alles Rechenschaft abzulegen. Hätten sie mir keine andere Überlieferung vermittelt als die des Zweifels und der Selbstprüfung, dann hätte ich mich lieber auf meinen Instinkt verlassen. In Johannesburg zumindest hatte sich das als einigermaßen fruchtbares Daseinsprinzip erwiesen.

Stevens Lebenslust erneuerte sich auf so selbstverständliche Weise, wie an jedem Morgen der Aufgang der Sonne. Weil er täglich von seiner angeborenen Gewitztheit Gebrauch machte, blieb sie messerscharf. Sein ganzes Leben bestand darin, die Behörden zu überlisten. Bisweilen war er wie ein Kind, das Räuber und Gendarmen spielte, bisweilen auch ein Anwalt, der schlauen Auges und ohne Unterlaß nach irgendwelchen Schlupflöchern in einem täglich bedrohlichere Ausmaße annehmenden Rechtsfall ausspähte. Mit seinen wohlgeputzten Wildlederschuhen und seinem gutgeschnittenen, nach modischer Art locker an ihm sitzenden Anzug pflegte er zu mir ins Büro zu schlüpfen und mit halbgesenkten Lidern zu lächeln, wie er es bei Filmstars beobachtet hatte.

»Nun – und wem haben Sie gerade mal wieder etwas eingeredet und aufgeschwatzt?«

Plötzlich saß er mir gegenüber. Er hatte seine Pose abgestreift und den Mund mit den zerschlagenen Zähnen zu einem breiten Grinsen verzogen.

»Das Malheur mit Ihnen, Toby« – ›das Malheur mit Ihnen‹ war eine von Stevens bevorzugten Anfangswendungen – »ist das, daß Sie den Glauben an die Macht des mündlichen Wortes verloren haben. Sie glauben ja nur an das, was Sie schwarz auf weiß vor sich sehen. Aber man sollte am besten überhaupt nichts zu Papier bringen. Die anderen machen nämlich auch dann noch davon Gebrauch, wenn man selber längst nicht mehr daran denkt.«

»Keine Merksprüche bitte heute vormittag!«

»Keine Sorge, mein Freund – ich bin schon wieder am Abschwirren. Sie erinnern sich doch noch an den alten Mann aus Tzaneen, Bobby, den kleinen, untersetzten?«

»Nein, das zwar nicht, aber das spielt keine Rolle. Was ist denn mit ihm los?«

»Das ist ein anständiger Bursche. Er hat bei dem alten Jake in der Druckerei eine Stellung bekommen, aber er hat keine Arbeitserlaubnis für Johannesburg. Die will ich ihm jetzt beschaffen.«

Er kannte jemanden. Diesmal war es ein kleiner Beamter im Einwanderungsbüro. Aber immer hatte er irgendwo einen Bekannten sitzen: einen, der in seinem Auftrag Rennwetten abschloß, einen anderen, der ihm Branntwein besorgte, einen dritten, der ihm einen speziellen Berechtigungsschein verschaffte, damit er nicht mit einer dicken Brieftasche voller Ausweispapiere und Steuerquittungen herumzulaufen brauchte. Je höher rings um ihn und seinesgleichen die Beschränkungen ins Kraut schossen – und jeden Monat schien es neue zu geben –, desto rascher entdeckte er einen Weg, sie zu umgehen. Natürlich kostete ihn das ein Gutteil seiner Lebenskraft, seiner inneren Reserven und seiner Zeit. Bisweilen fragte ich mich auch, wie lange er auf diese Weise wohl durchhalten mochte – vor allem dann, wenn er älter wurde –, aber im allgemeinen hatte ich Vergnügen an seiner Spürnase. Nirgendwo gab es für Steven verschlossene Türen, unübersteigbare Mauern. In den Zwangssiedlungen brodelte, wogte, rumorte es oft wie in den verschlossenen Töpfen, in denen Hafergrütze zu Sauerbier gärt: einer ungeheuren Lebenskraft war jeder Weg nach außen versperrt. Aber Steven schlängelte sich durch alles hindurch und aus allem heraus.

Wenigstens einmal in der Woche schleppte er mich auf irgendeinen phantastischen Ausflug mit oder brachte mich mit neuen Leuten zusammen, die offenbar alles alte Bekannte von ihm waren. Im Februar nahmen wir an der großaufgezo-

genen Hochzeit Lucky Tschaputras teil und später an einer Konferenz schwarzer Medizinmänner – etwas wichtigtuerischer, wohlhabender Leute in blauen Anzügen und vorgewölbten Westen. Mir zuliebe veranstaltete er auch eine Vorführung indischer Tänze und erzählte mir erst davon, als wir vor der Tür des Hauses in Vrededorp angelangt waren: hier wartete das Mädchen auf uns, mit dem ich schon einmal zusammengetroffen war. Er brach in triumphierendes Lachen aus, um dann, halb renommistisch, die von ihm selbst ins Werk gesetzte Überraschung mit einer einzigen Handbewegung abzutun. »Wirklich, die Kleine scheint Eindruck auf Sie zu machen, Toby«, bemerkte er, mir einen Seitenblick zuwerfend. Er hätte mir zuliebe wohl auch den Kuppler gespielt – aber umgekehrt stellte er seinerseits an mich nicht die geringsten Ansprüche. In jener ersten Nacht, als wir in der Spritschwemme zusammen getrunken, uns zusammen betrunken hatten, hatte er bei mir soviel erreicht, wie er erreichen wollte; nicht weniger und nicht mehr.
Oft dachte ich bei mir: wie wohl hätten er und Cecil sich doch verstanden, hätten sie nur Gelegenheit gehabt, einander kennenzulernen. An leicht entflammbarer Begeisterung, freischweifender Energie, unbeirrbar leidenschaftlicher Ziellosigkeit hätte jeder von beiden es mit dem anderen aufnehmen, jeder den anderen womöglich noch übertrumpfen können.

Ohne die geringste Aufmerksamkeit auf sich zu ziehen, fegte William zu Cecils Füßen den Boden. Der Fortgang, den das neue Jahr nahm, war so wenig bemerkenswert, wie Williams Rückkehr in ein unpersönliches Arbeitsdasein es gewesen war. Drei Tage lang war er nach seinem Verschwinden auf der Hügelstraße fortgeblieben, aber sobald er wieder zurück war, ging alles seinen gewohnten Trott. Bei dem großen, wie auch sonst alljährlich zur Osterzeit in Johannesburg veranstalteten Reit- und Springturnier sollte diesmal Cecil Hamishs Preisstute reiten, und die Muskeln ihres Unterarms waren durch ihr entschlossenes Training gestählt. Eine Woche verbrachte sie auf der Karru-Farm Kit Baxters, und als ich eines Samstagmorgens zum Baden zu Hamish hinausfuhr, fand ich dort den alten John Hamilton vor, der den kleinen Jungen, Keith, und die züchtige Eveline, seine Nanny, aus der Wohnung geholt hatte und dem Kind nun Schwimmunterricht gab. Ich fühlte mich schuldbewußt, weil ich mir so etwas gar nicht hatte einfallen lassen. Eigentlich hätte ich während Cecils Abwesenheit mit dem Jungen in den Zoo oder woandershin gehen sollen, aber im Grunde tat sie selbst so wenig für ihn, daß kein rechter Anlaß bestand, ihn in Abwesenheit seiner Mutter für etwas schadlos zu halten. Er wandte sich gerade stirnrunzelnd von der grellen Wasserfläche ab, und in diesem Augenblick sah er ihr erstaunlich ähnlich. Plötzlich wünschte ich sie mir mit aller Macht wieder herbei. In dieser Sekunde hatte ich nicht das Bild ihrer lachenden, redenden, tätig-geselligen Erscheinung vor Augen, sondern das ihres stummen, fühlenden Selbst, das kaum der Äußerung fähig war – und ihrer Hand, die schon früh am Morgen nach Zigarettenrauch roch, der genauen Gewichtsverschiebung, die sie hervorrief, wenn sie sich neben mir ins Wagenpolster fallen ließ.

Alles das ging mir immer wieder durch den Kopf, während ich neben John in der Sonne lag – einer bernsteinfarbigen Sonne, deren gesammelte Weißglut nun der anderen Seite der Welt zuströmte – und er so zwanglos, so anspruchslos wie immer dahinplauderte.

»Sie müssen unbedingt einmal mitkommen. Wir können es nicht zulassen, daß Sie eines schönen Tages wieder nach England zurückfahren, ohne die herrlichste Gelegenheit zur Perlhuhnjagd wahrgenommen zu haben, die es in diesem Land gibt. Das Herz im Leibe wird Ihnen lachen! Ein paar Liter Rotwein und mehr als genug zu essen, und Sie laufen so an die vierzig Kilometer am Tage. Ein großartiges Gefühl, das kann ich Ihnen sagen. Keine Extramühe, keine Drecksarbeit – ich sorge schon dafür, daß wir die richtigen Männer haben, um das Lager in Schwung zu halten und die Vögel rupfen zu lassen und was sonst noch dazu gehört. Allerdings würde ich Sie nicht auf die erste Jagd des Jahres mitnehmen. Wenn der Boden nicht richtig gefroren war, ist der Teufel los, und Sie lesen viel zu viel Zecken auf. Wenn Sie andrerseits zu spät im Jahr jagen gehen, sagen wir im August, ist schon das Gras zu spärlich, die Vögel haben keine Deckung und sind auf und davon, sobald man nur etwas von ihnen zu sehen kriegt. Sie haben dann nicht die geringste Chance, näher an sie heranzukommen. Gott, das ist einfach zum Verrücktwerden. Sie verstehen, Toby?«

Ich erwiderte ihm mit der angemessen-lakonischen Andeutung einer Antwort, die in Wahrheit eine Abfolge höflicher Geräusche war und meinen Mangel an Aufmerksamkeit verdecken sollte – ein Verfahren, dessen sich, wie ich einräumen darf, seit ich nicht mehr in England weile, besonders die Engländer auf eine so erfolgreiche wie diskrete Weise zu bedienen wissen. Ausländer bringen es für gewöhnlich mit einer anderen berühmten Eigenheit der Engländer in Zusammenhang, nämlich ihrer Vorliebe für die Untertreibung – womit sie sich selbst den Vorwurf des Langweiligseins ersparen. Auf jeden Fall fand ich John Hamilton gar nicht langweilig. Ich hörte ihm einfach nicht zu.

Aus dem Haus trat Marion Alexander und kam quer über den Rasen auf uns zu. Sie war für die Stadt angezogen, aus der sie eben zurückgekehrt war. Wenn sie wie jetzt hier und da eingeschnürt war, hohe Absätze, einen kunstvoll gearbeiteten Hut und glitzerndes, ablenkendes Beiwerk von Schmuck, Schleier und Pelzbesatz trug, wirkte sie wie viele Frauen, die nicht mehr ganz jung sind, aus einiger Entfernung noch immer fast schön. Ja, für den flüchtigen Blick, der in der Eile nur den äußeren Zierat erfaßte, mochte sie als schöne Frau gelten, und so war sie das tatsächlich eine Sekunde lang. Aber bei ihrem Näherkommen löste sich ihre Erscheinung in ihre verschiedenen Bestandteile auf – unter den Perlen nahm der Hals sich etwas dicklich aus, die Beine waren zu dürr und auf dem Rücken der ringgeschmückten Hände standen Adernschnüre hervor.

»Habt ihr auch alles, was ihr braucht, ihr Lieben?« rief sie von weitem, und dann, mehr aus der Nähe: »Hat Jonas euch auch nicht vernachlässigt?«

»Alles«, sagte John, mit einer Handbewegung auf das Tablett mit den gebrauchten Tassen, abgestellt auf dem Rasen, auf den Tisch mit den Gläsern und einen Krug voll Orangensaft weisend.

»Ein bißchen was Stärkeres wäre wohl nicht von Übel«, sagte Marion mit einem Beiton des Vorwurfs, an die Adresse des abwesenden Dieners John gerichtet. Nach Meinung der Alexanders schien es sich von selbst zu verstehen, daß ihre Gäste eines nie versiegenden Zustroms immer neuer Erfrischungen bedurften. Wie hätten sie auch ihrer Funktion als Gäste gerecht werden können, hätte man ihnen gegenüber nicht ein ähnliches Verfahren zur Anwendung gebracht, wie herzschwachen Patienten gegenüber, die ja nur dadurch am Leben zu erhalten sind, daß man ihnen Tag und Nacht eine Salzlösung in die Adern spritzt. Jonas wurde herbeizitiert: er hatte Whisky und Gin zu bringen und alles, was mit dazugehört. Marion beugte sich nieder, um Cecils Kind zu küssen, und erging sich ihm zu Ehren wie auch sonst bei jeder anderen Gelegenheit in Ausrufen des Erstaunens: »Wenn das nicht das reizendste...«, sagte sie, während sie sich vorsichtig auf einem der niedrigen Gartenstühle niederließ, um sich einen Augenblick lang auszuruhen. »Das ist doch wirklich das zauberhafteste Geschöpf, das ich je gesehen habe.«

»Und weißt du«, fiel John zustimmend ein, »daß der Junge nicht im geringsten wasserscheu ist? Sobald man ihn ins Schwimmbassin läßt, gerät er gleich außer Rand und Band, und man hat verdammt aufzupassen.«

»Ist er nicht Cecil, wie sie leibt und lebt?« fragte Marion, für unser inneres Auge das Bild der Mutterliebe beschwörend. Cecil und ihr Sohn. »Ganz ihr Elan, ihre Art, den Dingen auf den Leib zu rücken, ihr Lächeln – zu erstaunlich, dieses Lächeln!«

Die anderen vervollständigten dieses Bild, das ich nicht wiedererkannte, auch wenn die Einzelzüge scheinbar zusammenstimmten. Es hatte etwas Unwirkliches an sich, mochte aber als wirklich anmuten; auch auf einem Trickfoto können ja Menschen oder Dinge in Beziehung zueinander gebracht werden. Ich verspürte eine plötzliche Anwandlung von Eifersucht und wollte meine Vertrautheit mit Cecil dadurch bekunden, daß ich den Trick bei Namen nannte, sie in den Augen der anderen herabsetzte. Ich war drauf und dran, mit weiblicher Scharfzüngigkeit zu bemerken: ›Ein Jammer nur, daß sie sich aus dem Jungen nichts macht.‹

Marion wollte in einigen Wochen nach Europa reisen – »Ihr müßt euch unbedingt mit um Hamish kümmern«, sagte sie, zu John und mir gewandt. Sie sagte es in Wahrheit zu allen Anwesenden, sagte es in jenem Tone etwas mechanischer Vorgabe von Einfachheit und Kindlichkeit, wie ihn reiche Leute anzuschlagen lieben, die sich etwas auf ihre Jugendlichkeit zugute halten. Sie schwelgte in Gedanken bereits an das Wiedersehen mit meiner Mutter. Ja, ich konnte mir deutlich vorstellen, wie sie meine Mutter aus einer Suite des Claridge Hotels anrief und in der gleichen Art von mir redete, wie sie jetzt von Cecil sprach. Und wie meine Mutter, etwas erschreckt, sich bemühte, mich in dieser Beschreibung wiederzuerkennen; wie sie später, mit Marion beim Lunch zusammensitzend, Marions Kleider und Diamanten betrachtete, ihrem Geplauder lauschte und bei dem Gedanken, daß ich in Südafrika ausgerechnet für solche Leute so viel Zeit übrig hatte, etwas betroffen, ja sogar gekränkt war (denn meine Mutter schrieb sich die Mängel ihrer Kinder pflichtgemäß selbst zur Last). Und dann kam sie wohl mit sich selbst überein, Marion doch lieber nicht zum Abendessen ins Haus zu bitten – sie war nicht mehr so jung und hübsch, daß Faunce ihre Nutzlosigkeit hätte übersehen, und andererseits nicht so gescheit, daß Faunce ihr nicht ihr Alter hätte anrechnen können.

Bald kam auch Hamish Alexander heim – wir hatten uns inzwischen wieder angekleidet und uns mit Marion zusammen auf die Veranda verzogen. Die Formel der Begrüßung und persönlichen Nachfrage glitt ihm stets mühelos über die Lippen: hatten wir gebadet (oder waren wir geritten)? War das Wasser nicht zu warm (oder, zu anderer Jahreszeit, nicht zu kalt) gewesen? Hatten wir einen Drink gehabt? Natürlich mußten wir zum Lunch bleiben. Was ihn selbst betraf, so tat er nichts von alledem, was er von seinen Gästen erwartete – abgesehen natürlich vom Essen und Trinken. Allen Leuten gegenüber, die nicht Bergwerksbesitzer oder Finanzleute waren, nahm er im Hinblick auf die Erörterung von Finanzfragen und dessen, was er ›kostbare Metalle‹ nannte, eine Haltung ein, die zu besagen schien: ›Zerbrechen Sie sich darüber nicht erst den Kopf.‹ Sobald er aber mit Leuten seinesgleichen von alledem sprach, verlieh er seinen Ansichten durch Verwendung des redaktionellen oder fürstlichen ›Wir‹ stets wirksamen Rückhalt – niemals handelte es sich dabei um das, was er selber dachte –, als sei er nur das Sprachrohr für ein anderes, ein Kollektiv-Ich, in jenem Riesengebäude der Stadt verblieben, in dem sich die Hauptbüros seiner Gesellschaft befanden.

Gelegentlich steckten bei einer politischen Debatte im High House ein paar Männer die Köpfe zusammen – die Frauen beteiligten sich niemals daran, es sei denn, daß sie in Ausnahmefällen das Gespräch durch lähmend gemeinplätzige Einwürfe unterbrachen –, aber Hamish tat nichts dazu, einer solchen Art Debatte Vorschub zu leisten. Im Gegenteil schien er dafür ein besonderes Organ der Witterung zu besitzen, und er pflegte in fast warnendem Tone quer durchs Zimmer zu rufen: »Was sagen Sie da? Im allgemeinen scheint man die besonderen Schwierigkeiten der Frage nicht zu ermessen, die...« – als nehme er es persönlich übel, wenn andere ihre Ansicht kundtaten, die keine Ahnung von dem hatten, was hinter den Kulissen vor sich ging. Vielleicht war alles dies aber nur ein besonderes Verfahren, seine Mußezeit von Störungen freizuhalten. Ich weiß jedenfalls, daß ein ausgedehnter Streik schwarzer Bergleute im rhodesischen Kupfergürtel, anläßlich dessen er an Ort und Stelle mit Leuten von der Oppenheimer-Gruppe zu verhandeln hatte, für ihn nichts anderes war, als ›diese lästige Sache in Rhodesien‹, die ihm die Teilnahme an einer von Marion veranstalteten Theater-Party verwehrte, und das Wort Uranium – die Vermutung, daß das kostbare Metall in einigen der erschöpften Goldminen seiner Gruppe aufgefunden war, hatte sich tatsächlich bestätigt – war in seinem Haus verpönt oder wurde umgekehrt heiliggehalten. Jedenfalls gehörte einige Verwegenheit dazu, es laut zu äußern.

Wenn immer also – selten genug – im High House von Politik die Rede war, dann offenbar kaum in bezug auf das gleiche Land noch auch aus der gleichen Situation heraus, wie ich sie in Sophiatown oder auch in Häusern, in denen Schwarze und Weiße zusammenkamen, erörtern hörte. Den Gästen der Alexanders ging es fast ausschließlich um die Auseinandersetzung zwischen Buren und Engländern, will sagen zwischen den Nationalisten und ihren eigenen Landsleuten. Für meine anderen Bekannten war dies Geplänkel zwischen zwei weißen Volksstämmen einfach kindisch; wurde es völlig in Schatten gestellt von dem gewaltigen Ringen zwischen Weiß und Schwarz. Als einmal ein führender Nationalist einen Frontwechsel vollführte, gegen seine früheren Parteigenossen vom Leder zog und dabei in hochtönenden Reden zu nationaler Einigkeit (zwischen Englisch und Afrikaans sprechenden Weißen) aufrief, statt die Uneinigkeit noch zu schüren, herrschte im High House eine Art politischer Triumphstimmung, ja zum erstenmal wurde die – bisher nur verstohlen erörterte – Politik zum allgemeinen Gesprächsthema. Man sprach von einer ›Renovierung‹ der eigenen Partei, als handle es sich dabei um die Neumöblierung eines an sich sonst

durchaus wohnlichen Zimmers, von dem in letzter Zeit nicht allzuviel Gebrauch gemacht worden war, oder um die Überholung eines Maschinenbetriebs, der eine Weile stillegelegen hatte.
In Anna Louws Haus, wo das besagte Ereignis erst gestreift wurde, als ich selbst die Rede darauf brachte, bemerkte Sam: »Ein einiges Volk? Was soll das heißen? Einig gegen wen?« Und Sylvia Danziger, die gleichfalls mit anwesend war, brach in perlendes Stotter-Gelächter aus.

Cecil schnitt bei der österlichen Turnierveranstaltung nicht übel ab, andererseits aber auch nicht so ausnehmend gut, daß der Zustand triumphierender Hochgestimmtheit, in dem sie so besonders reizvoll war, bei ihr hätte vorhalten können. Zweimal war ich mit unter den Zuschauern, als sie sich am Springwettbewerb beteiligte. Wie sie, kerzengerade auf Hamishs tänzelnder Stute thronend, in die Bahn einritt, durchzuckte es mich bei ihrem Anblick wie damals, da sie mir, vor ein paar Monaten, in der Stratford-Bar aufgefallen war: sie hatte die erregend selbstversunkene Entrücktheit einer Unbekannten. Aber angesichts der vielen, untereinander zum Verwechseln ähnlichen Reiter, die ihre Pferde auf der gleichen Rundbahn immer wieder zu gleicher Leistung spornten, begann meine Aufmerksamkeit abzuschweifen. Über dem Geräusch knirschenden Sattelleders machte sich irgendwo in der Nähe der Rumpelklang einer kleinen Blaskapelle vernehmlich, knatterten müde ein paar Fahnen im Winde, brüllten drüben in der landwirtschaftlichen Abteilung ein paar Preiskühe, und aus noch weiterer Entfernung drang das ungeheure Rumoren des Großstadtverkehrs an unser Ohr, anschwellend und wieder schwächer werdend und die Tonlage wechselnd. Plötzlich saß Cecil neben mir, nach Pferdeschweiß riechend und unter der schwarzen Samtkappe fast grimmig dreinblickend. Ich bot ihr eine Zigarette an. Ihre Hand zitterte. Wenn ein anderer weniger gut abschnitt als sie, hatte sie Mühe, ihrem geröteten Gesicht die Miene des Gleichmuts zu wahren, und sie schoß Hamish und Kit einen raschen Seitenblick zu. Schnitt dagegen jemand besser ab, wagte sie nicht aufzublicken und zupfte nervös am Tuch ihrer am Knie so straff sitzenden Reithosen. An dem Tage, an dem sie mit unter den Siegern war, hatten wir alle Lunch im

Klubrestaurant. Hamish war nur selten in Lokalen zu sehen, die nicht über irgendein besonderes Vorrecht verfügten. Der Lunch war dürftig, aber dafür floß der Sekt in Strömen, und in einer Atmosphäre von Parfüm und Zigarettenrauch wimmelte es von gut angezogenen Leuten. Zu meinem Erstaunen begegnete ich, über die Köpfe der Umsitzenden einmal hinwegspähend, dem Blick Anna Louws. Sie trug einen Hut (ich hatte sie noch niemals zuvor mit Hut gesehen), und sie lächelte, wie ein Kind von der Höhe des Riesenrads herab lächelt. Als Hamishs Gäste sich zum Aufbruch anschickten und ich mich einen Augenblick lang von den anderen entfernt hatte, um an der Garderobe Marions Mantel zu holen, befand ich mich Anna nahe genug, um auf sie zutreten und sie ansprechen zu können. Sie war gerade allein – vermutlich wartete sie auf ihren Begleiter.
»Ich bleibe dir doch immer auf den Fersen«, sagte sie, erfreut lächelnd.
»Wie hätte ich dich auch in diesem Hut erkennen sollen!«
John Hamilton, der mit unter Hamishs Gästen gewesen war, unterbrach unsere Unterhaltung. Er hatte sich gerade von der wer weiß wievielten Gruppe von Freunden verabschiedet, mit denen er, hinter den anderen Gästen hertrudelnd, beim Herausgehen ein kurzes Wort gewechselt hatte. Er hatte reichlich viel getrunken und sprudelte nur so über von Leutseligkeit – eine Kreuzung zwischen einem Weinachtsmann, wie man ihn in der Spielzeugabteilung eines Warenhauses sieht, und einem Weltenbummler. »Ach, Toby, man kann Sie doch nie von den Frauen weglotsen. Nun heraus damit, wer ist denn diese reizende junge Dame, die Sie bisher uns allen vorenthalten haben? – Er ist ein ganz Gerissener, meine Gnädigste, der alles Gute für sich selber behält. – Warum bringen Sie sie nur nicht einmal mit zu Hamish ins Haus, wie? Ein richtiger Don Juan und obendrein noch ein Egoist! Reiten Sie, meine Verehrte? Nun, das tut nichts zur Sache – es genügt, wenn Sie einfach dasitzen und reizend aussehen ...« Und er trieb weiter, fast an jedem Tisch ein paar Freunde begrüßend.
»Manche Leute können beim Mittagessen Schaumwein nicht vertragen«, sagte ich etwas verlegen. »Ich finde ihn wirklich recht nett«, sagte Anna. »Aber das ist er auch, ja, nett ist er.« Ich fühlte mich von ihr zurechtgewiesen.

»War dein Lunch gut?« fragte ich. Wir hatten bisher noch nie auf solche Weise Konversation gemacht.
»Spargel, Truthahn, Eis mit Schokoladensauce«, zählte sie auf. Ich spürte, daß sie sich über mich mokierte. Am liebsten hätte ich ihr den Hut abgenommen.
»Das klingt, als ob es dir geschmeckt hätte!«
»Ach, weißt du, Toby – Leute wie diese hier haben doch etwas ganz Faszinierendes.«
»Das ist nicht deine ehrliche Überzeugung.«
»O doch. Sie sind auf ihre Art ganz natürlich. Wenn man völlig ganz man selbst, vollkommen seiner Lebensumwelt angepaßt ist, wie ein Fisch dem Wasser und eine Löwin dem Dschungel, sind einem die anderen Menschen vollständig schnuppe. Mit Leuten meines Schlages stimmt doch irgend etwas nicht ganz – ist dir das noch nicht aufgefallen? Wir wollen die Welt verändern, weil wir nicht mit der göttlichen Selbstsucht wirklich gesunder Geschöpfe gesegnet sind. Wir sind uns selbst nicht genug.«
Ich sah sie warten, die Gesichter von Hamishs anderen Gästen, sah sie über die Köpfe der Umstehenden hinweg ungeduldig nach mir ausspähen. Cecil hielt gebieterisch ihre kleine Reitgerte zwischen beiden Händen und hatte mit einem für keinen anderen bestimmten, sondern ihr selber zugedachten Siegerlächeln den Kopf zurückgeworfen. John Hamilton winkte mir mit einer so weitausladenden Gebärde zu, als schicke er sich an, ein Lasso zu schleudern.

Eines Juliabends, also im Spätwinter, gelangte die ›Oper‹, die Sam gemeinsam mit einem Weißen geschrieben und komponiert hatte, im stimmungstötenden Saal eines Bantu-Gesellschaftshauses tatsächlich zur Aufführung. Es hatten sich dazu die weißen Snobs eingefunden, die die Afrikaner als Künstler ›entdeckt‹ hatten und sich nicht wenig darauf zugute hielten. Aber da, wie früher schon bemerkt, die Zahl derer, die gesellschaftlich mit Schwarzen verkehrten, beschränkt war, waren automatisch auch Leute mit zugezogen worden, die schon früher mit Afrikanern zusammengearbeitet hatten oder Freunde unter ihnen besaßen, darunter sogar eine prominente Persönlichkeit, die in Europa und Amerika die Sache der Neger verfochten hatte.
Die ›Oper‹ glich im Grunde mehr einem Singspiel als einer

richtigen Oper, ähnelte aber für ein bloßes Singspiel doch wieder allzusehr einer Oper. Es war weder ganz das eine noch ganz das andere. Sie entsprach garzusehr der Vorstellung eines Weißen von dem, was ein Schwarzer produzieren würde, und der Vorstellung eines Schwarzen von dem, was ein Weißer von ihm erwartete, als daß es dabei wirklich zu einer Verschmelzung zweier verschiedener Arten künstlerischer Einbildungskraft gekommen wäre. Es war auch nicht eigentlich Sams Schöpfung noch die des anderen Mannes – was immer sie als solche getaugt haben würde. Wohl fehlte es – vor allem in der Musik – nicht an ein paar guten Einzeleinfällen, aber der Gesamteindruck, den das Werk hinterließ, war doch der einer altmodischen Zigeuneroperette, die, auf allzu matte Weise fidel, nicht wirklich lebendig war und die so viel von Afrika an sich zu haben schien wie eines der imaginären Balkanländer der Operette von einem tatsächlich vorhandenen Balkanland. Natürlich bestand das Publikum aus Schwarzen und Weißen beiderlei Geschlechts, und diese Tatsache bereitete uns allen gerade in Johannesburg ein seltsam-unbehagliches Vergnügen – wie sich nicht übersehen ließ.

Angeblich soll es in Transvaal während der Wintermonate nicht regnen, aber als wir nach der Vorstellung wieder ins Freie traten, regnete es doch, und der Winterwind von Johannesburg, ein richtiger Höhenwind, klatschte uns ins Gesicht wie mit einem feuchten Handtuch. Steven befand sich in Gesellschaft seiner Freunde – Peter war an jenem Abend mit da und eine scheue kleine Krankenhauspflegerin, weiter Betty Ntolo, die Sängerin, die wie immer großartig aussah, wie immer ihr Kichern nicht unterdrücken konnte, und endlich der Eigentümer des Wagens, in dem sie alle gekommen waren, ein Dickwanst mit der tiefen Stimme eines Dicken, Elias Shomang.

Dicht gedrängt standen wir im Torweg der Halle, schwatzend, die Augen glitzernd im Spiegellicht des niederprasselnden Regens, die Schultern fröstelnd vorgekrümmt, die Flächen der vielen verschiedenen Gesichter, indischer, afrikanischer, kaukasischer, reizvoll miteinander kontrastierend. Ja, dachte ich, mußte ich denken, die Menge der hier Wartenden hatte weniger von einer Schafherde an sich als eine der sonst einer Stätte öffentlicher Unterhaltung entströmenden Scha-

ren – was vermutlich mit der Neuartigkeit der ganzen Veranstaltung zu tun hatte. Ich hatte mich schon früher in Johannesburg in einer nur aus Schwarzen, in einer nur aus Weißen bestehenden Menge befunden, hatte aber Schwarz und Weiß gemischt nur im Zimmer einer Wohnung gesehen. Ich lud Steven und die anderen ein, auf der Nachhausefahrt in meiner Wohnung noch etwas zu trinken. Rings um uns her schossen, wie vom Wind getragen, immer andere Leute zu ihrem Wagen, und bald hatten auch wir Gelegenheit, hinauszustürzen.
Fast im gleichen Augenblick langten unsere zwei Wagen vor dem Gebäude an, in dem ich wohnte, und in dem milde erregenden Gefühl der Erleichterung, endlich aus der Kälte heraus zu sein, stürmten wir allzu geräuschvoll die Treppe hinauf und in die Wohnung hinein. Steven hatte keinen Überzieher, und auf dem kurzen ungeschützten Weg zu und von Elias' Wagen war seine Jacke triefend naß geworden. Darum zog er sie aus und spannte sie vor dem elektrischen Ofen über einen Zeitungsständer zum Trocknen aus. Er hatte sich ganz und gar nichts aus der Oper gemacht. Wir beide debattierten darüber, während wir Gin und Kognak in die Gläser füllten und jedem der Anwesenden einen der hohlen Eiswürfel – dünne Frostgebilde, im Inneren flüssig – mit ins Glas gaben: andere vermochte aus irgendeinem merkwürdigen Grunde, wahrscheinlich infolge vorgerückten Alters, mein Kühlschrank nicht zu produzieren.
»Wie kann so etwas Sam auch nur einen Schritt weiterhelfen! Auf eigene Faust hätte er sehr viel Besseres zustandegebracht. Wozu braucht er überhaupt diesen Kerl, den Brunner! Es macht mich immer ganz wild zu sehen, wie er mit hängender Zunge hinter diesen Weißen herläuft und ihnen die Hand hinhält – ›Lassen Sie uns doch gute Freunde sein‹, ›Danke schön für die Gelegenheit, mit Ihnen zusammen zu arbeiten‹ –; und die anderen ihrerseits wollen immer nur eines – ihn ausnutzen und seine musikalischen Einfälle klauen. Es macht mich ganz krank, das kann ich Ihnen sagen.« Steven ließ kein gutes Haar an dem ganzen Abend.
»Na, schön, es war nicht sehr gut. Aber Sie können auch nicht behaupten, daß Sam selbst nichts davon gehabt hätte. Er hat immerhin Gelegenheit gehabt, das Ganze einmal auf den Brettern zu sehen, und das ist schon etwas. Und ohne Brunner wäre das nicht möglich gewesen.«

»Brunner!« knirschte Steven. Er zerknickte ein Streichholz zwischen den Zähnen.
»Natürlich ist er in gewissem Sinne ein Narr. Aber was kommt es schon darauf an! Schauen Sie, Steven, Sam hat gute Einfälle, und manches an seiner Musik ist großartig, aber er hat noch keine Ahnung von den Konventionen der Bühne – Sie verstehen doch? Er weiß seine Einfälle noch nicht zu einem Ganzen zu fügen, weiß nicht einmal, wie er seinen Gestalten zu glaubhaften Auftritten und Abgängen verhelfen soll. Er kennt auch die Grenzen der Bühnenwirkung noch nicht. Aber wie sollte er auch? Wieviel Stücke hat er denn in seinem Leben gesehen?«
»Ein paar immerhin«, erwiderte Steven. »Eine ganze Reihe.«
Ich wußte, daß selbst für Steven, der in England gewesen war, der Begriff einer Theateraufführung keinen sehr festen Umriß hatte. Hatte Sam einmal eine Revue oder auch nur dieses und jenes Konzert besucht, so war er eben im Theater gewesen.
»Ganz wenige. Zweimal, seit ich in Johannesburg bin, habe ich angekündigt gesehen, daß irgendein Schauspielensemble für Afrikaner in einer der Zwangssiedlungen oder in der Universitätshalle etwas aufführte. Ist Sam jemals in einem richtigen Theater gewesen?«
»Die Afrikaner waren ein absolut großartiges Publikum«, sagte Steven in parodistischem Ton. »Das beste Publikum, vor dem wir je gespielt haben. Wissen Sie, daß sie sogar ein paar Pointen mitbekamen, die einem weißen Publikum sonst gewöhnlich entgehen?« – Dies war einer der üblichen Ergüsse weißer Bühnenkünstler, wenn sie nach der Vorstellung vor einem schwarzen Publikum von der Presse interviewt wurden – und mochten sie Anouilh vor einem Saal voll schwarzer Schulkinder gespielt haben!
»Ist Sam jemals in einem richtigen Theater gewesen?«
»Nein, natürlich nicht – wie sollte er auch! Aber er hat sich Hunderte von Schallplatten angehört. Er hat selber Opernaufnahmen, hat ›Macbeth‹ und ›Romeo und Julia‹, aufgeführt vom Old Vic, hat amerikanische Musicals, hat das Stück ›Unter dem Milchwald‹ – oh, viele Dutzende. Von Mr. Brunner kann er kaum mehr etwas lernen.«
»Seien Sie doch kein Idiot. Von jedem kann er etwas lernen, jedem, der in der Lage gewesen ist, Sprechstücke zu sehen und Opern zu hören.«

Stevens Gesicht nahm einen Ausdruck des Gönnerhaft-Überlegenen an. »Es ist zu dumm von ihm, sich von den Weißen derart ausnutzen zu lassen. Und obendrein noch ›Danke schön, Baas!‹ dafür zu sagen.«
Die anderen saßen höflich im Kreis und schlürften ihre Drinks fast verstohlen, als fürchteten sie, uns bei dieser Unterhaltung zu stören. Betty Ntolo kicherte vor Verlegenheit darüber, daß Steven es wagte, im Hause von Weißen derart über Weiße herzuziehen. In Gegenwart auch nur eines Weißen war ihr nie ganz geheuer zumute. Aber sie wollte wohl der kleinen Krankenpflegerin, einer von Stevens neuesten Verehrerinnen – Steven war der einzige Mann meiner Bekanntschaft, der tatsächlich niemals hinter den Frauen herzulaufen brauchte, sondern sie umgekehrt hinter sich herzog –, wollte ihr wohl vor Augen führen, daß sie, Betty, zu ihm gehörte und mit allen seinen Gewohnheiten vertraut war.
»Meiner Meinung nach war das Mädchen, das die Schwester spielte, das mit der schönen Figur – sie war wirklich recht gut«, sagte Elias Shomang, der sich nun etwas behaglicher in seinem Sessel zurechtgesetzt hatte; zuvor hatte er mit der massigen Schwerfälligkeit eines Korpulenten nur auf dem Rand zu hocken gewagt. Und die Unterhaltung nahm einen etwas allgemeineren Charakter an. »Ich kenne sie von früher«, sagte Peter. »Sie pflegte in einer mir bekannten Truppe zu singen, aber nun ist sie unter die ganz Feinen gegangen.«
»Sie ist zweifellos üppig«, sagte ich.
Steven konnte es an jenem Abend offenbar nicht unterlassen, auf mich einzuhacken. Er sagte – und dabei behandelte er die anwesenden Frauen, wie es auch sonst seine Gewohnheit war, als wären sie nicht vorhanden –: »Ich kann es einfach nicht verstehen. Toby sind unsere Frauen offenbar alle zu dick. Woraus erklärt sich nur die Vorliebe der Engländer für ausgemergelte Frauen?« Wir alle brachen in Lachen aus, aber er fuhr fort: »Ich habe es noch niemals fertiggebracht, bei Toby Interesse für eine nette junge Afrikanerin zu erwekken.« Wieder lachten wir alle, und ich erwiderte Steven mit irgendeinem dummen Witz. Und doch sah er mich nicht mehr an, sondern hatte sich jemand anderem zugewandt, und ich verstand nun, daß es ihm mit seinen Worten ganz ernst gewesen war, daß sie irgendeinen Vorbehalt verschleiern sollten, den er mir gegenüber hegte, eine unbestimmte Ge-

reiztheit über die Tatsache, daß ich für die Anziehungskraft junger Afrikanerinnen unempfindlich geblieben war. Wohl traute er, soviel war ich sicher, mir nicht die geringste Spur von Rassenvorurteil zu. Er schrieb meinen Mangel an Empfänglichkeit vielmehr etwas noch Verletzenderem, weil nicht einmal nur die Hautfarbe Betreffendem zu – er war überzeugt, daß Afrikanerinnen einfach nicht mein Typ waren. Das war für ihn wie eine persönliche Kränkung. Probeweise hatte er mir wohl irgendein weibliches Wesen vorgeführt, mit dem er im Augenblick gerade befreundet war, und ich hatte seinen Besitz dadurch im Wert herabgemindert, daß ich dieses Wesen nicht schön finden konnte.

Gerade in jenem Augenblick schellte die Türglocke – was aber keinen von uns weiter überraschte, auch wenn es schon fast Mitternacht war, denn es war gar nicht so unwahrscheinlich, daß irgendeiner der anderen Freunde, der mit bei der Aufführung der Oper gewesen war, sich zuletzt noch zu einer kleinen Stippvisite entschlossen hatte. Mein Glas in der Hand, erhob ich mich und ging zur Tür. Draußen stand die Hausverwalterin. Sie hatte ihren Pelzmantel an, aus dem Fell irgendeines langhaarigen Tieres mit bräunlichen Streifen gefertigt, die ihr in Zickzacklinien über den Busen liefen, und ihr mächtiges, gleichmäßig bemaltes Gesicht starrte mir entgegen wie die Zielscheibe in einer Schießbude. Sie gehörte zu den in Johannesburg gar nicht so seltenen Leuten, die nicht eigentlich Afrikaans zu sprechen scheinen, aber doch auch nicht wirklich Englisch sprechen. Sie erging sich im Wimmerton einer Australierin, ließ das Anfangs-›h‹ aus wie ein Bewohner des Londoner Eastend – es hätte eines Kenners der Phonetik bedurft, einem anderen begreiflich zu machen, mit welchen Mitteln der Verständigung sie sich behalf.

Sie mußte tief Atem geschöpft haben, als sie die Tür aufgehen hörte, denn sie sagte sogleich mit einer Stimme, die aus der obersten Region der Brust und der hintersten Höhlung der weitgeblähten Nase zu kommen schien: »Mr. Hood – Sie haben wieder einmal Neger mit ins Haus gebracht. Schon früher haben sich die anderen Mieter beschwert, daß Sie Schwarze ins Haus bringen, und eben erst hat mein Mann Sie mit Schwarzen zusammen zum Vordereingang hereinkommen sehen.«

»Sie wünschen, Mrs. Jarvis?« sagte ich, mit meinem Glas in

der Hand vor ihr stehend, als sei ich gerade im Begriff, einen Toast auszubringen.

An mir vorüber schob sie sich in den Vorraum und schloß die Tür. Ich hatte den Eindruck, daß sie unter dem Pelzmantel nicht voll angekleidet war, denn sie hielt ihn die ganze Zeit über fest zusammen. »Ich möchte Ihnen nur sagen, Mr. Hood, Sie können denken, was Sie wollen, aber das ist hier keine Negersiedlung, und Sie dürfen keine Afrikaner bei sich haben. Wenn Sie Schwarze ins Haus bringen, müssen Sie verschwinden.« Der Atem war ihr nun ausgegangen. Sie blickte an mir vorüber, als könne sie es nicht über sich bringen, mir ins Gesicht zu schauen. Sie war eine sehr reinliche, übersorgfältig gekleidete und zurechtgemachte Frau, und auch jetzt, wie immer, wenn sie auf der Treppe an mir vorüberrauschte, strömte sie den Geruch von Zigaretten und Toilettenseife aus.

»Solange ich meine Miete zahle, kann ich jeden Besucher in die Wohnung bringen, der mir paßt.«

Durch die geöffnete Tür meines Zimmers sah sie Peter und die Pflegerin auf dem Diwan sitzen und das Jackett vor dem elektrischen Öfchen hängen. Elias Shomang war von der Tür verdeckt, aber Steven kreuzte in Hemdsärmeln, eine Sodaflasche in der Hand, gerade ihr Blickfeld. Unter allgemeinem Gelächter war er offenbar dabei, irgend etwas zu parodieren.

Mrs. Jarvis verlor jede Selbstbeherrschung. Sie ließ den Mantel fahren, und ich sah ein breites Stück Spitzengewand über einem gewaltigen, rotangelaufenen Fleischhügel. »Sie dürfen keine Kaffern in mein Haus bringen«, kreischte sie. »Sie sitzen ja da wie im Hinterhof einer dieser verdammten Siedlungen, und ich muß Ihnen sagen, die anderen Mieter haben das Recht, Sie an die Luft setzen zu lassen. Auch Kaffernweiber kommen her, benehmen sich wie der letzte Dreck, wo wir doch hier nur anständige Leute haben. Was fällt Ihnen nur ein, hier mit Kaffern herumzusitzen...«

Durch die offene Tür konnte ich sehen, daß keiner mehr sprach, keiner den anderen anblickte. Die Stimme der Frau hatte sie geradezu gelähmt. Sie schien anzuschwellen und die ganze Wohnung zu füllen. Mit berstender Kehle schrie ich zurück: »Dies ist meine Wohnung, hören Sie! Sie haben kein Recht, hier herein zu kommen.« Aber sie fuhr unverwandt

fort: »Mr. Hood! Mr. Hood! Sie haben kein Recht! Ich hätte glauben sollen, was die anderen mir immer berichtet haben. Was würde Mr. McKay sagen, in seinem Haus, ich muß doch an meine Stellung denken... die ganze Wohnung voller Kaffern. Ja, ich weiß. Man hat es mir schon gesagt. Um fünf Uhr morgens kommen Sie in einem Kafferntaxi heim. Sie verstehen, Mr. Hood...«
Plötzlich sagte Steven, in Hemdsärmeln auf der Schwelle zwischen Zimmer und Eingangsflur stehend: »Sie haben das Recht nicht auf Ihrer Seite, Toby. Sehen Sie sich einmal Ihren Mietsvertrag an.« Seine Stimme war leidenschaftslos, wie entrückt. Sie klang mir ins Ohr wie die eines Nichtanwesenden, wie eine Gehörshalluzination. Seine braunen Hände mit der blaßfarbigen Innenfläche ruhten locker auf dem Türpfosten, er stand fast gewichtlos da, und seine Augen glitzerten vor Helligkeit.
Die Verwalterin wandte sich um und ging.
Noch immer hielt ich mein Glas in der Hand – ich hatte es die ganze Zeit über nicht abgestellt, so schnell und undramatisch war alles vor sich gegangen. Shomang murmelte wie ein Gast, der einen Aschenbecher zerbrochen hat, ein paar Worte des Bedauerns. Die Pflegerin starrte auf ihren Schoß. Sie sah aus, als erwarte sie, jeden Augenblick eine schwere Hand auf ihrer Schulter zu verspüren. Wir alle waren ein bißchen atemlos, zittrig, großmäulig. Peter, dieser schläfrige Bursche, der das Dasein einer Natter im Korbe eines Schlangenbeschwörers zu führen schien und nur beim Klang der Musik zum Leben erwachte, sagte aufgeregt wieder und wieder: »Diese verdammten weißen Weibsstücke! Verdammten weißen Weibsstücke!«
»Stimmt das mit dem Mietsvertrag?« fragte ich Steven.
»Natürlich. Haben Sie ihn denn nicht hier?«
»Ich habe ihn irgendwo. Aber ich habe ihn mir nie genau angesehen.«
»Lesen Sie ihn durch – und Sie werden sehen: mit Ausnahme von Dienstpersonal sind Schwarze in der Wohnung nicht zugelassen.«
»Es trägt nicht gerade zur Förderung der Geselligkeit bei«, sagte Shomang in seinem etwas gespreizten Neger-Englisch ganz treuherzig. Wir alle brachen in Lachen aus. Betty Ntolo preßte, an Stevens Schulter gelehnt, die Hand auf den Mund,

als wolle sie unser aller Stimme ersticken. Mit einer freundlichen Ruckbewegung schüttelte Steven sie von sich ab: »Noch rasch einen Drink, und dann gehen wir lieber.«
»Zum Teufel mit ihr«, sagte ich, den Kognak zu ihm hinüberbringend.
»Sie gehört zu den Leuten, die gleich zur Polizei laufen«, erwiderte er. »Tirili-bum-bum. Aufmachen! Funkstreife hier! Wir sind davon in Kenntnis gesetzt worden, daß Sie Schwarzen in Ihrer Wohnung alkoholische Getränke verabreichen ...« In seiner Parodie koppelte Steven die Unsinnigkeiten von Gangsterfilmen mit den Unsinnigkeiten, die ihm aus eigener Erfahrung geläufig waren.
»Wir hätten zu Ma Ramosas Lokal fahren sollen.«
»Das können wir immer noch tun.«
»Ach, danach ist einem jetzt gar nicht mehr zumute.« Elias Shomang machte sich nicht allzuviel aus dem Besuch von Spritschwemmen.
Noch immer goß es in Strömen, und ich hatte Steven meinen Überzieher zu leihen. Er war ihm zu klein, und er sah schäbiger aus als alles, was ihm selbst gehörte, aber es machte ihm sichtlich Vergnügen, ihn zu tragen. »Er wird im Regen die Fasson verlieren«, sagte er protestierend, zog ihn aber nicht wieder aus.
»Sie wissen doch genau, daß er nicht noch schlimmer aussehen kann, als er es jetzt schon tut.«
»Und was Sie in der Tasche gelassen haben, gehört doch mir, wie, Toby?«
Die anderen trudelten hinter ihm her. In dem dunklen Gang konnte ich ihn nicht mehr sehen, konnte ihn aber, auf den Mantel Bezug nehmend, noch rufen hören: »Montag bringe ich ihn Ihnen wieder ins Büro.«
»Ja, ja. Geht in Ordnung. Irgendwann.«
Als die anderen fort waren, fühlte ich mich müde, war aber doch auf eine etwas sauertöpfische Weise ganz froh, endlich wieder allein zu sein. Mein einziger Wunsch war der, mir einen Kognak einzuschenken, mich ins Bett zu legen und das Streifband englischer Zeitungen zu öffnen, die am vorausgehenden Tage gekommen waren, in die ich aber noch keinen Blick hatte werfen können. Ich hatte mehr als genug von allem Unvertrauten, Unerwarteten. Auch nur die Namen von Ortschaften zu sehen, die zu dem mir bekannten, berechen-

baren Alltagsdasein gehörten, wäre jetzt ganz erholsam gewesen. Aber statt dessen hatte ich vom Badezimmerschrank den Koffer herunterzuholen, in dem ich ein paar sonst nicht getragene Kleidungsstücke aufbewahrte.
Wie das so geht: halb gedankenlos verpflichtet man sich zur Beteiligung an irgendeiner geplanten Unternehmung, von der man ohnehin nicht glaubt, daß sie wirklich zustandekommt – und schon ist sie Ereignis. Auch das mit John Hamilton im Bushveld geplante Wochenende stand nun dicht vor der Türe: bereits am nächsten Morgen wollte er mich abholen. Er hatte mir genau beschrieben, was ich mitzunehmen hatte, aber auch da hatte ich nicht sehr aufmerksam hingehört, und so stopfte ich in den alten Wollsack hinein, was mir gerade in den Sinn kam und was der Koffervorrat an offenbar überzähligen Kleidungsstücken zufällig hergab. Auf jeden Fall kam es mir ganz idiotisch vor, den Jagdausflug überhaupt mitzumachen. Während ich noch nach den Sachen suchte, die ich vermutlich brauchen würde, wurde ich immer gereizter darüber, daß ich mich zu diesem Ausflug hatte breitschlagen lassen. Als Steven mir beim Abschied zugerufen hatte, er werde mir den Überzieher am Montag zurückbringen, hatte ich nicht einmal daran gedacht, daß ich Montag nicht im Büro sein würde. Nicht, daß es damit sehr viel auf sich gehabt hätte. Steven war Afrikaner und würde verstehen. Sollte ich aber nicht selbst vielleicht einmal von dem gesegneten Vorrecht der Afrikaner Gebrauch machen und einfach wegbleiben? Hamilton freilich, der Teufel sollte ihn holen, würde niemals verstehen und war auch persönlich zu liebenswert, ja, in einem merkwürdigen Sinne sogar zu arglos, als daß man sich ihm gegenüber unmanierlich hätte aufführen dürfen. So packte ich denn ein Paar wollene Socken ein und einen schweren Pullover, den ich zuletzt in Zermatt getragen hatte, ein Paar nagelneue Khakishorts, die ich in London erstanden hatte, weil ich damals noch damit rechnete, in Südafrika eine Art Freiluftdasein zu führen, und allzu müde fürs Zeitunglesen und in miserabler Stimmung ging ich zu Bett. Ich schlief auch gar nicht gut, sondern wie ein Tier, das selbst noch während des Schlummers die Ohren gespitzt hält, schreckte ich immer wieder hoch.

Vierter Teil

14. Kapitel

Des Abends, beim Verdämmern des Lichts, schien der niedrige Buschhorizont zu verfließen und mit der Sonne über den Rand der Erde herabzusinken. Des Morgens aber tauchte er, eine seltsam gerade Linie graufarbiger Bäume, wieder empor und blieb uns in der Ferne den ganzen Tag über vor Augen. Wenn wir bis dorthin vordrangen, wo der Busch an die weiten Maisfelder grenzte, schien er sich zu pflanzlichen Einzelgebilden der verschiedensten Art auseinanderzufalten, zu lichten: zu flachwipfligen, weitverzweigten Bäumen mit dürftigem, kärglichem Laubwerk, zu hüft- oder schulterhohen Büschen, umwuchert von winzigen Gräsern, zu niedrigem Dornengestrüpp oder zu einem aus Baum, Strauch und Gestrüpp bestehenden Dickicht, durch das nicht einmal der Hund hindurchzukriechen vermochte. Und das alles war mit Dornen bewehrt. Was immer in diesem verkrüppelten Walde wuchs, hatte seine besondere Dornenwaffe. Die Bäume hatten lange, weiße Stacheln, die, so reinlich und scharfgeschliffen wie chirurgische Instrumente, matt im Sonnenlicht glitzerten. Einige der Büsche hatten die gleiche Art Dornen, andere aber hatten kürzere, dickere, die mehr denen der Rose glichen, und wieder andere hatten solche in Form von Angelhaken, von denen Kleidung, Fleisch oder Fell nicht ohne Mühe zu lösen waren. Die Aloen mit ihren dicken fleischigen Blättern drohten mit roten Dornen. Aber am schlimmsten am grausamsten waren an dem knöchelhoch wuchernden Bodengestrüpp die schwarzen funkelnden Stacheln, so scharf und glatt, daß sie nicht weniger rasch in die Haut eindrangen als eine hypodermische Nadel. Wetzte man durch sie hindurch, so konnte man hören, wie sie sich knirschend am Schuhleder festkrallten, und bei aller Vorsicht ließ es sich nicht vermeiden, daß sie hin und wieder sich in Knöchel oder Wade einbohrten. Wenn aber bei dem Versuch, sich davon frei zu machen, der Stachel nicht im Fleisch steckenblieb, ritzte er eine blutige Furche durch die Haut, als widerstrebe es ihm, den Störenfried loszulassen, ohne zuvor von seinem Blut gekostet zu haben. Brach der Stachel dagegen ab, begann er, für Fingernägel und auch für Pinzette so gut wie unerreichbar, im Fleisch zu eitern, bis im Verlauf der von ihm hervorgerufenen Entzündung die Haut so weich geworden und so sehr geschwollen war, daß man ihn endlich herausdrücken konnte.

Wenn immer ich diese Landschaft durchstreifte, die so arm an Grün, so bedrohlich gewappnet war, daß der lebendige Pflanzenwuchs eher aus Stahl zu bestehen als von Säften gespeist zu sein schien, kamen mir alte religiöse Bilder mit ihren Wildnissen und ihren blutend-ausgemergelten Heiligen in den Sinn. Dies war eine gotische Landschaft, bei der das Ornament ineinander verzahnter Dornen, das solche Bilder häufig umrahmt, etwas Wirkliches war; die man sich als Schauplatz für ein Märtyrerschicksal vorstellen konnte, versinnbildlicht durch diese roh zustechenden, fühllosen und doch lebendigen Waffen des Bösen.

An manchen Stellen, an denen der Busch zwar abgeholzt, der Boden aber noch nicht umgepflügt war, verwahrte sich das hohe dürre Gras mit einem zornigen Zischlaut gegen jeden menschlichen Tritt. Hin und wieder stieß man auf eine kleine Lichtung, in der niedriges Dornengestrüpp den Boden überwucherte – und hier konnten weder Mensch noch Tier den Fuß hinsetzen. Hier hielten dürre Zweige, an denen kein Laub in Windhauch sich regte und die nichts Lebendiges an sich zu haben schienen, grimmige Wacht.

Gras, wie Sägemehl, rosafarben, wie vom Licht eines immerwährenden Sonnenuntergangs übergossen, Khaki-Unkraut, der Inbegriff aller Verwahrlosung, aller Verlassenheit, hoch aufgeschossen und leblos. Kletten, Überbleibsel von irgendwelchem ausgejäteten Unkraut, rund und scharf wie kleine Kammwalzen, welche die Hündin lähmten, sobald sie darauf trat.

Und nochmals Dornen, Dornen im Haar und an der Hand, Dornen, die sich an der Kleidung festhakten und ihren Träger hierhin und dorthin zerrten. Und das alles in tiefer Stille. Einer Stille, an deren Außenrändern die besänftigende *sotto voce* der Tauben, die an einer scheinbar unzugänglichen Stelle des Busches ihr Nest gebaut hatten, sich vernehmlich machte wie der verlangsamte Herzschlag der Tageshitze. Hin und

wieder ein Piepsen – oder nur das vermeintliche Piepsen – von Perlhühnern. Wo, wo, wo?
Und dann ein Schuß – aus der Büchse eines der anderen. Und wieder Stille.
Außerhalb des Busches, am Rande der Maisfelder, klang der Schuß wieder anders. Hier schien sein Hall das Rund des Himmels zu umkreisen, als wäre es ein endlicher Himmel; eine Botschaft, auf die vier mächtigen Tore der Welt getrommelt: Norden, Süden, Osten, Westen.

Wir waren nicht sehr frühzeitig aufgebrochen. Als John mich abholen kam, hatte er nicht nur selbst noch allerhand Proviant einzukaufen, sondern es stellte sich auch heraus, daß ich für den Ausflug nicht die richtige Ausrüstung hatte. Im Eiltempo fuhr er mit mir hierhin und dorthin, schob mich in eines der großen Kaufhäuser und andere Ladengeschäfte hinein und wieder aus ihnen heraus, nötigte mir hastig ein paar lange Khakihosen auf, die mir nicht paßten (Shorts, behauptete er, wären im Bushveld alles andere als geeignet), ließ mich in hellgelben Veldskoen auf- und niederstampfen und zwängte mich in Fußgamaschen. In der Zwischenzeit hatte er selbst noch die letzten dringlichen Einkäufe zu erledigen – Salami, Suppenkonserven, Eier, Brot, Streichhölzer, Zigaretten und Toilettenpapier. Alles das tat er mit dem müßiggängerischen Behagen des Geschäftsmannes, der gerade Ferien hat – Ferien zwischen den Gebäuden und Straßen, zwischen denen man ihn sonst von einer Verabredung zum Büro hasten sehen kann. Und tatsächlich machte es einem ein gewisses Vergnügen, sich an einem grimmig geschäftigen Freitagvormittag in der Stadt herumzutreiben, sich in dunkeltiefräumigen Läden, von deren bloßem Vorhandensein hinter goldglänzenden Hotels und Kinopalästen nichts zu ahnen und deren Lager offenbar mit Requisiten aus einem alten Abenteuerfilm angefüllt war, mit ländlicher Behelfstracht ausstaffieren zu lassen.
Mit den übrigen Teilnehmern des Jagdausflugs trafen wir uns in irgendeinem Privathaus, und nach einigem Durcheinander mit Flinten, kläffenden Hunden und atemlosen Dienern wurde der Riesenhügel mitzuschleppender Vorräte im Innern und auf dem Dach zweier Wagen, eines Personen- und eines Lieferwagens, verstaut. Johannesburg blieb immer weiter

hinter uns zurück, und bald waren wir draußen im Freien. Der Wintermorgen verlor seine Schärfe, und der verchromte Rand des Wagenfensters, auf dem mein Arm auflag, erwärmte sich in der Strömung des Sonnenscheins. Hinter Pretoria war von Winter nichts mehr wahrzunehmen. Hier war die Luft von köstlicher, duftender Wärme durchwogt wie vom Hauch des einem Bäckerladen entströmenden Wohlgeruchs.

Ich saß in Hamiltons Wagen neben einem Mann namens Patterson, der in Hamish Alexanders Bergwerkskonzern eine Art höhere Verwaltungsstelle bekleidete. Der Wagen war einer der mächtigen, eckigen, weichgefederten Amerikaner, die in Johannesburg besonders beliebt sind, und wir drei saßen vorn, während auf dem Rücksitz zwischen den Ausrüstungsgegenständen gerade noch Platz genug für Johns Vorstehhündin blieb. John und Patterson unterhielten sich über die mutmaßliche Verfassung der Vögel, die Höhe des Grases und die Möglichkeit, einem Farmer namens van Zyl die Zustimmung zur Jagd auf seinem Grund und Boden abzulocken. Es war eine beschwingte, sachgerechte Unterhaltung, die Unterhaltung wohlerzogener, ernsthaft in ein Spiel vertiefter Kinder, und so beruhigend, daß sie mich einschläferte. Ich döste und wachte wie ein Genesender auf einer Reise auf, blickte hinaus auf den dünnen Busch, an dem nichts von unserem eigenen Vorwärtskommen abzulesen war, weil er sich infolge seiner Gleichförmigkeit nicht von der Stelle zu rühren schien. Plötzlich tauchte eine Eisenbahnhaltestelle mit einem Getreidesilo, einem Fleischerladen und einem protzigen modernen Hotel vor uns auf. Wir kletterten aus unseren großen, überfrachteten Autobarken heraus und taten uns in einem Speisesaal, von dessen Wänden eine blau, eine grün und eine bräunlich getönt war und der intensiv nach einem während des ganzen Sommers versprühten Insektenvertilgungsmittel roch, an kaltem Fleisch, Mixed Pickles und Bier gütlich. Einer der Insassen des anderen Wagens, ein untersetzter Bursche mit dem Gesicht eines naseweisen Schuljungen, stützte seine Ellbogen auf den Tisch und sagte mit grimmig-südafrikanischer Stimme: »Wir haben alles unter Kontrolle. Sie werden diesmal eine Überraschung erleben! Soviel Aussicht auf Jagdglück wie noch nie!«

Wie ein denkender General am Vorabend eines beginnenden Feldzugs war John voller Zweifel. »Das Malheur ist bloß, daß nach einem derart verregneten Sommer eine ganze Anzahl von Hühnern ersoffen sein muß. Ich glaube kaum, daß wir so große Schwärme vorfinden werden wie im letzten Jahr, Hughie.«

»Es wird an Vögeln nicht fehlen, darauf können Sie sich verlassen.« Hughie sah aus, als wäre er auch im gegenteiligen Fall nicht um eine Erklärung verlegen. »Der alte Bester muß außerdem van Zyl dazu bringen, daß er uns zu seinem Stauwehr hinüber läßt. Dort wimmelt es nur so von Enten, das kann ich Ihnen sagen.«

»Verdammt, ich habe meine Wasserstiefel nicht mit«, bemerkte Patterson mit seiner amüsierten Cambridge-Stimme.

»Ja, wirklich?« fragte John so aufgeregt, als wünsche er bestätigt zu hören, was vorher nur Gerücht gewesen war. »Was gibt es denn bei ihm – Stockente, Gelbschnabel oder was?«

»Alles gibt's da.« Hughie war sowohl verschlagen wie mitteilsam, und er schenkte sich noch einmal etwas Bier zu. »Ich kenne Willard – er ist der Schwager eines der großen Tiere, die Entenjagden für Anglo-Amerikaner veranstalten, und mit dem geht er einfach zur nächsten Farm, die einem alten Mann namens Geck, einem Deutschen, gehört. Dort gibt es auch Gänse.«

»Gänse?«

»Bei Gott«, sagte John, »wissen Sie, wie eine mit sporenförmigen Flügeln schmeckt? Vor zwei Jahren habe ich bei einer Jagd draußen in Ermelo eine heruntergeholt.«

»Eine Gans ist doch das Herrlichste von allem! Gegen eine junge Gans kommt ein Truthahn einfach nicht auf.«

»Für den alten van Zyl könnten wir ja ein paar Flaschen Whisky mitnehmen.«

»Ich weiß nicht recht... mit Wasservögeln ist es so eine verdammte Sache. Sobald sie angeschossen sind, geraten sie außer Rand und Band...«

»Damals in Ermelo, bis zur Hüfte in eiskaltem Wasser...«

»Ich hatte meine Schaftstiefel an«, sagte Hughie.

»Ich kann uns schon alle mit erfrorenen Hoden sehen«, murmelte Patterson zartfühlend. Er war es, von dem John für mich ein Gewehr ausgeliehen hatte. »Hoffentlich ist das verdammte Ding nicht zu lästig für Sie«, hatte er bemerkt.

»Eigentlich wollte ich Ihnen meine Purdie geben, aber der Anwerfer streikt immer wieder, und ich würde ihr nicht recht trauen. Ich mußte sie dem Büchsenmacher zur Reparatur geben.« Ich bemerkte, daß ich das von ihm ausgeliehene Gewehr mir noch nicht genau angesehen hatte, und er erklärte, es sei ein uralter Geyger, der aber noch immer seinen Zweck erfülle. Er hatte einmal seinem Vater gehört. Wir erörterten die Eigenart des Gewehrs. Patterson trug das heimlich belustigte, sachliche, leicht olympierhafte Verhalten des ehemaligen Kriegshelden zur Schau. Es war, als sei er nicht ganz mit anwesend, sondern sei, wie ein Schauspieler auf leerer Bühne, noch in der Sphäre der Luftgefechte verblieben, aus der er, zum Unterschied von den meisten seinesgleichen, nicht herabgeschossen worden war. Männer seines Schlages hatte ich schon früher kennengelernt, in London, diese Männer, die mir ungefähr um zehn Jahre voraus waren und die nun ihren eigenen Ruhm überlebt hatten. Sie hatten ihrem Schicksal einmal ins Antlitz geblickt und erwarteten nicht wie die jungen Männer meines Alters, bei denen die Teilnahme am Krieg mit den letzten Jahren der Kindheit zusammengefallen war, diesem Gesicht irgendwo und überall zu begegnen. Ich kannte ihn flüchtig von den Alexanders her. Eigentlich sprach er gar nicht viel vom Krieg, seinem Krieg. Aber man hatte den Eindruck, daß in ungefähr dreißig Jahren ein paar Leute von fernher kommen würden, nur um einen Blick auf ihn zu erhaschen, wie man zu Beginn dieses Jahrhunderts noch manchen alten Mann hatte aufsuchen und betrachten können, der im Krimkrieg mitgefochten hatte.
Das wachsame, nervöse, weibchenhafte Gesicht der Hündin erwartete uns am Fenster von Johns Wagen. Die drei Afrikaner, die man mit und bei dem übrigen Jagdzubehör verstaut hatte, hockten im Kombiwagen und aßen aus mitgenommenen Päckchen. Sie blickten nicht einmal auf, als wir aus dem Hotel zurückkamen. Hughie Kidd und sein Begleiter Eilertsen fuhren, uns in eine Staubwolke einhüllend, mit einer kurzen Winkbewegung gleich los, uns voraus.
Und weiter und immer weiter, Kilometer um Kilometer, war von Jagdbüchsen und Vögeln die Rede, von wohlbekannten Gefahren und sicher vorauszusehenden Erfolgen, von freien Unternehmungen im Rahmen unverrückbarer Schranken, unüberwindlicher Wesensbeengungen: Menschen können

sich aus eigener Kraft nicht in die Lüfte schwingen, Vögel kein Gewehr abfeuern. Es war alles gar nicht ganz glaubhaft: vor mir das komplizierte Armaturenbrett des Wagens mit seinen zitternden Nadeln und seinen hellen unnützen Knöpfen, und im Gegensatz dazu das Gespräch, das schon nach ein paar Kilometer Fahrt und einem Wechsel in der äußeren Gewandung der Sprechenden außer Kontrolle geraten und gedankenflüchtig-mühelos zu jener alten Vorstellung zurückgeschwenkt war, daß des Menschen Gegner die Natur ist, nicht der Mensch. Draußen wollte der Busch kein Ende nehmen. Der Wagen war wie ein fetter Floh im Fell eines gewaltigen staubigen Tieres.

Endlich gelangten wir zu weiten Flächen Ackerlands, auf denen Maishalme zu Tausenden standen wie die Angehörigen einer zerlumpten Armee: sie waren bereits ihrer Kolben beraubt. Aus häßlichen kleinen Häusern winkten uns Kinder zu. Von der Fahrtstraße bis zum fernen Horizont dehnte sich ein Streifen aufgepflügter schwärzlicher Erde, deren Geruch nicht weniger erregend war, als es der eines Flusses gewesen wäre. Dann aber begann genau dort, wo der Pflug die letzte Furche aufgewühlt hatte, in einer einzigen scharfen Linie gleichfalls von der Straße zum Horizont hin laufend, der Busch. Auf unserer Fahrt hatten wir mehrere Farmtore zu passieren und an ockerfarbenen Wegkreuzungen unsere Wahl zu treffen, denn die Straßen waren so wenig voneinander zu unterscheiden wie die Gänge eines Labyrinths. In gewissen Abständen sahen wir einen dicklichen pastellfarbenen Vogel – John behauptete, es sei eine Blaurake – auf einem Telefonmast hocken, der in einer aller bestimmbaren Einzelmerkmale ermangelnden Landschaft sich ausnahm wie eine allzu auffällig gekleidete, törichte Frau.

Um drei Uhr nachmittags streiften wir einen Hügel aus Maishäcksel, an dem ein paar schmutzige Schafe knabberten, kamen an einem Haus vorüber, hinter dem eine Windmühle mit gebrochenen Flügeln stand wie ein verwundeter Vogel, störten einen alten, gelblichen, bösartigen Köter auf und schwenkten rumpelnd auf einen die Maispflanzung durchquerenden Pfad ein. Nach einer kurzen Strecke hatten wir Maispflanzen auf der einen, Busch auf der anderen Seite. Wir gelangten zu einer flachen Lichtung, in der Hughie Kidds Wagen bereits zum Stillstand gekommen war. John parkte unter einem dürren Baum, dessen Dornen das Wagenblech ritzten. Nun sprangen die Wagentüren auf, es erhoben sich Stimmen, und alles rührte die Hände – man schlug das Lager auf. John, Patterson und Hughie rasten umher wie Schuljungen, die zu einem altvertrauten Versteck zurückgekehrt sind, und ergriffen jeder wieder Besitz von seinem besonderen niedrigen, flachen Busch, den er schon früher als Garderobeständer für seine Sachen, als Schutzdach für seine Decken benutzt hatte, wogegen sie Eilertsen und mir, für die die kleine Lichtung am Außenrande des Busches nichts anderes war als ein Stück Boden, einen bestimmten Platz zuwiesen. Hughie ließ keinen ungeschoren. Die Afrikaner brüllte er an, mit seinen Freunden knuffte und neckte er sich voll entschlossener Ungeduld. Er hatte offenbar vor, noch am gleichen Nachmittag sein Jagdglück zu versuchen und nicht erst bis zum nächsten Morgen zu warten.

Als ich beim Abladen des Gepäcks das meine getan hatte, schien es mir geraten, das Gewehr in Augenschein zu nehmen, das Patterson für mich mitgebracht hatte, und ich ging ungefähr zwanzig Meter weit in das Feld mit den dürren Maisstauden hinein, um es in den Griff zu bekommen. Es war größer als alle Schußwaffen, deren ich mich bisher bedient hatte, aber es war vortrefflich ausbalanciert. In der vollen Sonne wog es so schwer in der Hand wie jede andere Waffe. Selbst ein Stein ist, wenn man damit zum Wurf ausholt, alles andere als leicht. Auf der Schule hatte ich beim Scheibenschießen stets ein kühles Auge und eine ruhige Hand bewiesen – eine Art Sonderbegabung, die meiner Mutter etwas Sorge bereitet hatte. Wer kann sich schon die Gelegenheit entgehen lassen, etwas zu praktizieren, worauf er sich gerade versteht? Und ein paar Jahre lang hatte ich mich als Schütze betätigt, wenn immer sich die Gelegenheit dazu bot – nicht so sehr aus besonderer Begeisterung für diesen Sport, wie in der Absicht, ein bißchen anzugeben. Andererseits hatte ich auch niemals den sentimentalen Abscheu meiner Angehörigen gegen jede Art von Jägerei geteilt: solange man selbst zu den Fleischessern gehört, darf man auch, scheint mir, nicht bei dem Gedanken zusammenzucken, daß irgend jemand für den Kochtopf ein von ihm selbst erlegtes Kaninchen oder einen Vogel nach Hause bringt. Im Kreise meiner englischen Bekannten galt meine etwas ausgefallene Begabung als eine

Art von Trick: ebensogut hätte ich mich als Schlangenmensch betätigen oder mit den Ohren wackeln können – was sogar etwas exklusiver gewesen wäre. Deshalb hatte ich auch selbst Interesse an meinem kleinen Schützentalent verloren und auch wenigstens ein Jahr vor meiner Reise nach Südafrika keine Büchse mehr in die Hand genommen. Aber wie zumeist gerade alles von uns selbst nicht übermäßig hoch Bewertete blieb auch jenes kleine Talent mir treu, ob ich nun davon Gebrauch machte oder nicht, und als ich den Druck der Büchse an meinem Schultermuskel verspürte und wie ein von einem Kreidestrich auf dem Boden hypnotisiertes Huhn meinen Blick den schimmernden Lauf entlangwandern ließ, wußte ich, daß ich noch immer imstande war, etwas aus der Luft herunterzuholen.

Nur zwanzig Meter war ich von den anderen entfernt, von den großen, funkelnden, unter ihrer Staubschicht blinzelnden Wagen, dem Klapptisch und den blitzenden Stahlstühlen, den Kisten mit den Eßvorräten, den Öllampen und den Kriminalromanen in Taschenbuchausgabe. Ich konnte sehen, wie Hughie mit einem gleichmäßigen »Hier! Hier!« einem der Afrikaner allerlei zum Auffangen zuwarf, wie Patterson unterhalb seines vorgewölbten Zwerchfells an seinem Gurt die Patronentaschen füllte, wie Eilertsen eine Decke ausschüttelte und John sich niederbückte, um der Hündin einen Napf Wasser hinzuschieben. Aber sie alle waren angesichts des ungeheuren Busches und der Maisfelder dahingeschrumpft. Ihre sonst so lautstarken Stimmen klangen in der Nachmittagsluft ganz dünn, und ihre Bewegungen waren so ruckhaft, so schwächlich wie die von im hohen Gras verirrten Insekten. Ich fühlte mich plötzlich von einer gewaltigen, trockenen, ursprungsnahen Stille umfangen. Es war mir, als sei ein ungeheures Getöse, dessen ich selbst nicht gewahr gewesen, plötzlich verstummt. Überall quoll mir die Sonne entgegen: aus der Erde, dem Raum, den farblosen dürren Maisstauden. Rings um mich her war nichts wirklich schön, nichts häßlich. So und nicht anders mochte die Welt sich ausnehmen, hätte man sie, wie ich es mir immer wieder vorgestellt hatte, von einer der Tragflächen eines reglos in der Luft schwebenden Flugzeuges betrachten können.

John, neben der Hündin auf dem Boden kauernd, hob bei meinem Näherkommen den Blick. »Wissen Sie, ich war nicht ganz mit mir einig, ob ich sie mitnehmen sollte«, sagte er. Sie leckte sich die Lefzen und wedelte mit dem langen, federgleichen Schwanz, und ihr Leib schwang schwer hin und her. Ich hielt sie für trächtig. »Nein, es ist ein gewaltiger Tumor in ihrem Innern. Das arme alte Geschöpf. Ein Lebertumor.« Weibchenhaft bekümmert, fügte sie sich, während er ihre Lefzen zurückschob und auf das farblose Zahnfleisch wies. »Ich halte sie mit größeren Vitamineinspritzungen auf den Beinen und füttere sie mit roher Leber. Sie ist schon fast zehn Jahre alt, und der Tierarzt fürchtet, sie werde eine Operation nicht überstehen.«

»Lassen Sie sie nur ruhig mitkommen«, sagte Patterson, »die Jagd ist nun einmal ihr Lebenselement.« Er hatte niedrige Schaftstiefel angelegt, und eine aus Haifischleder gefertigte Kappe, wie Amerikaner sie beim Golfspiel tragen, bedeckte das dünne glatte Haar auf seinem sonngebräunten Schädel.

»Na komm schon, Gracie, auf, auf, meine Kleine!« Mit Schmeichelworten suchte John den Hund zu bewegen, wieder auf den Rücksitz des Wagens zu springen. Ich sah, wie unter ihrer geschmeidigen, mit Leberflecken getüpfelten Haut die Muskeln sich spannten, als sie mit gewaltiger Anstrengung die schwere Last emporhob und schließlich mit einem dumpfen Plumps auf dem Sitz landete.

»Keine geladenen Büchsen im Wagen bitte«, rief John, während die anderen einstiegen. Hughie jedoch hielt, grinsend hinter dem Lenkrad sitzend, die Mündung seiner Schußwaffe aus dem Fenster. »Ich möchte keine Zeit verlieren. Rücken Sie doch etwas zu, Eilertsen, um Himmels willen!« Eilertsen betastete seine Taschen, als suche er nach einer Eisenbahnkarte. »Schon fast zehn Minuten nach vier«, sagte Patterson, seine hellblauen Augen – die Augen eines Whiskytrinkers – zum Schutze vor der milden Sonne zusammenkneifend. »Gerade die richtige Zeit. Die Hühner werden jetzt auf dem Futterplatz sein. Wohin fahren wir? Zu dem Buschrand auf der anderen Seite?«

»Die verdammten Vögel werden längst wieder im Busch sein, wenn wir da draußen ankommen. Fahren wir doch lieber dorthin, wo früher das Erdnußfeld war und schwärmen wir durch das kleine Stück Busch. Dann kommen wir auf der anderen Seite der Maisfelder wieder heraus.«

»Schaut euch das einmal an!«

»Niedergebrannt bis auf den Grund!«
»Verdammt, verdammt, verdammt!« stöhnte John leise, während wir auf dem Feldpfad dahinholperten und dabei aneinanderstießen, wobei uns die Gewehre hart an Schienbein und Ellenbogen schlugen. Eine weitere Strecke Busch war zu Asche geworden.
»Unsere halbe Deckung ist dahin!«
»Halt, da drüben, schauen Sie doch –« entfuhr es Eilertsen plötzlich. Der Wagen stand so reglos, als sei er an einer Mauer angeprallt.
»Wo, wo?«
»Da, neben dem Baumstumpf! Sehen Sie? Gleich links von dem ausgebrannten Busch?«
Hughies Nacken, mir unmittelbar vor Augen, färbte sich rot vor Aufregung – einer Aufregung, die etwas von Wut an sich hatte. »Was war denn da?«
»Zwei Fasanen – haben Sie sie denn nicht gesehen?«
»Ach, du lieber Himmel, es lohnt doch jetzt nicht, auf zwei Fasanen loszugehen. Fahren wir weiter!«
»Ich glaube, sie sind schon auf und davon«, sagte Patterson freundlich, wie aus weiter Ferne.
»Wenn ich so etwas sehe«, bemerkte John, »zwei Fasane dicht an der Straße, wo es nicht weit her mit der Deckung ist, lasse ich Gracie gern ein bißchen herumschnuppern. Dann streife ich ganz leise mit ihr durch den Busch – vielleicht stöbert sie etwas auf.«
Weiter holperte und schwankte der Wagen. In der Ferne zur Linken tauchte die Windmühle mit den verstümmelten Flügeln wieder auf. Wir bogen vom Feldweg ab und schwenkten in ein Maisfeld ein. Die hohen Stengel mit den zottigen Büscheln und zerfaserten Blättern gerieten beim Näherkommen des Wagens ins Schwanken und krachten dann mit dem Geräusch eines brechenden Knochens zu Boden. Am Rande des Feldes ließen wir den Wagen stehen und schwärmten in weitem Bogen durch die dürren Stauden. Hin und wieder konnte ich zu meiner Linken gerade noch die Kappe Pattersons sehen und konnte hören, wie auf der anderen Seite John dem Hund ein leises Pfeifzeichen gab. Aus weiter Entfernung tönte der Gluckslaut von Tauben herüber. Über mir schwirrte insektengleich ein Schwarm Finken auf. Die Sonne hatte sich noch nicht zum Niedergehen angeschickt, schien aber,

wie zur Vorbereitung für ihr Entschwinden, mit ihrer Wärme bereits hauszuhalten. Wenn ich meinen eigenen Fuß über Erdklumpen und Stoppeln stapfen, meine Kleidung raschelnd die Maisstengel streifen hörte, glaubte ich etwas von der geräuschvollen Vorwärtsbewegung eines besonders schwerfälligen Tieres wahrzunehmen. Einmal hörte ich auch ein leises, deutlich fragendes Schnalzen, einen mißmutig girrenden Vogelruf. Der gleiche Laut – oder die Erwiderung auf den ersten – ertönte nochmals, nun aber sehr viel näher. Aber am anderen Ende des Feldes wurden wir jeder wieder des anderen ansichtig. Wir alle waren voller Erwartung, hatten aber nichts zu berichten. »Hatten Sie sie wenigstens gehört?« fragte John. »Das sind Perlhühner, mein Junge.« – »Dieser etwas klagende Ruf?« – »Jawohl«, bestätigte Patterson.

Wieder zwängten wir uns in den Wagen und rumpelten über das Feld zurück zu dem vorher von uns bereits ausgefahrenen Pfad. Hughie blieb stumm und drehte das Steuerrad entschlossen bald nach dieser, bald nach jener Seite. Wir kamen zu einer mit weichem rotem Staub bedeckten Straße und fuhren im ersten Gang vorsichtig am Busch entlang. Der Wagen hielt gerade da, wo der Busch aufhörte und die Maisfelder wieder begannen. Niemand sprach – wie ein sehnsüchtiger Gedanke schweifte unser Blick, von Aufmerksamkeit geschärft, über das Feld. Und – »Da!« sagte John mit heiserer Stimme. »Da könnt ihr sie sehen, da!«

»Ah, da!«

»Wo?«

»Hunderte von Perlhühnern. Und dort!«

»Ich hatte so ein Vorgefühl, daß wir hier welche finden würden.«

Hughie, beide Hände an der Büchse, sprach mit der Stimme eines Liebenden. »Komisch, ich hatte so ein Vorgefühl.«

Mitten auf dem Feld, zwischen Erdklumpen, die wie Bruchschokolade aussahen, und den farblosen struppigen Stengeln der Maispflanzen konnte ich sie sehen, die dunklen kleinen Vogelköpfe, die sich ruckhaft und doch schlangenartig hin und her bewegten, schwerfällige, nach unten zu sich verjüngende Vogelleiber, stelzende Beine: Perlhühner beim Futterpicken. Sie erinnerten mich an Pfauhennen, und ihr Gefieder hatte die blau-schwärzliche Färbung gewisser Pflaumen.

Geräuschlos-hurtig kletterten wir alle aus dem Wagen. John entwarf rasch einen Manöverplan. Patterson sollte sich bis zur Mitte des Feldes pirschen und dann geradewegs auf sie losgehen. John und ich sollten auf der Linken eine kleine Schwenkung vollführen, Hughie und Eilertsen auf der Rechten. Wenn der Schwarm also, von Patterson aufgescheucht, in die Höhe flatterte, konnte er selbst sein Glück versuchen. Strichen die Hühner auf der Suche nach neuer Deckung in westlicher Richtung ab, dann hatten John und ich bessere Erfolgsaussichten – andernfalls Hughie und Eilertsen. Wenig wahrscheinlich, daß sie in Pattersons Linie nach Norden zu fliegen würden, weil hier ein ganzes Stück Boden eben erst aufgepflügt und also keine Deckung vorhanden war. Ehe John noch zu Ende gesprochen hatte, war Hughie, die Stirn vor innerer Gespanntheit gerunzelt und scheinbar entschlossen, sein Glück auf eigene Faust zu versuchen, mit Eilertsen dicht auf der Ferse, unseren Blicken fast schon entschwunden. Behende tauchte Pattersons hohe schwere Gestalt in dem schützenden Dickicht der Maisstauden unter.

Unmittelbar vor John und mir selbst schlüpfte, bald sichtbar und bald wieder verborgen, die Hündin durch das niedrige Grün, noch eben in Zaum gehalten durch das innere Gebot des Gehorsams. Von körperlicher Beschwerde schien sie nichts mehr zu spüren, ja sie schien ihres eigenen Leibes nicht einmal mehr gewahr zu sein. Sie folgte der Wegkarte der Gerüche, die unter ihren Pfoten ausgebreitet lag wie ein aus wirren, bezaubernden Träumen gewobener Teppich – den Träumen, denen Jagdhunde, im Schlaf leicht zusammenzukkend, den ganzen Sommer hindurch nachhängen, um dann, plötzlich auffahrend, im Winter zu entdecken, daß sie selbst Teil dieser Träume sind. Wortlos schoben wir uns an dem Außenrand des Feldes entlang. Zwischen dem Mais und dem Beginn des Busches zur Linken zog sich ein Stacheldrahtzaun hin, dem wir ungefähr hundertfünzig Meter weit folgten. Dann hielten wir lauschend inne. John war weder meiner gewahr noch seiner selbst. Er vergönnte mir ein gedankenabwesendes flüchtiges Lächeln und hielt seinen weißhaarigen Kakadukopf in die Höhe gereckt. Die Hündin keuchte vor glücklicher Erregung wie ein Schnelläufer, der eben als erster durchs Ziel gegangen ist, und John legte ihr die Hand auf den Kopf, um sie zu beruhigen. Ich öffnete den Laderaum meines

Gewehrs, um mich der Lage der Schrotpatronen zu versichern. Wenig wahrscheinlich, daß im reglosen Dickicht der Maisstauden noch irgendein anderes Wesen lebendig war. Ich vergaß, worauf und wozu wir warteten, wie es vermutlich auch Angler vergessen, wenn sie mit ihrer Angelrute stundenlang am Rande eines Gewässers hocken, und auch Patterson hatte wohl alles rings um sich her vergessen, bevor er Feuer auf eine der Messerschmitt-Maschinen eröffnete. Ich sah, daß John sich in dem in sich vollkommenen Zustand des Nicht-Handelns befand, der sich lediglich im Verlauf entschlossenen Handelns einstellt – war das nicht gerade das, was vor scheinbar so ferner Zeit Stella Turgell mit ihrer auf ihren eigenen Mann gemünzten Bemerkung gemeint hatte, daß Afrika ein Land für aktive, nicht für kontemplative Naturen sei?
Dunkel und unvermittelt, wie in die Höhe geschleudert von ihrer eigenen Furcht, brausten die Perlhühner auf, und scharf und nah, schwach und fern, knallte es ringsumher los. John stöhnte auf, als habe sich ihm eine Hand um den Hals gekrallt, und riß wild seine Büchse in die Höhe – und schon folgte, sich zu unseren Häupten steil in die Luft hebend, ein zweiter Schwarm. Ich spürte an meiner Schulter den Rückstoß der Flinte und nahm den Geruch des von der Explosion erhitzten Schmierfetts wahr. Die dunklen schwerfälligen Vogelkörper stiegen höher und höher – nichts schien ihnen etwas anzuhaben. Dann aber sah ich sie vor der Mündung des Rohrs. In dem hellen Licht schien sich zwischen meinem Auge und einem Vogel, der für den Bruchteil einer Sekunde reglos in der Luft hing, ein unsichtbares Seil zu straffen. Nochmals ein Stoß – und der Vogel stürzte, von keiner hellen Flut mehr getragen, kopfüber herab. Ich entledigte mich der rauchenden Patronenhülsen, lud von neuem und schoß nochmals. Außer Reichweite unserer Büchsen sahen wir die übrigen Vögel über dem Busch abstreichen.
Mein erster Vogel war tot, der zweite mußte hinter dem Zaun im hohen Grase liegen. Die Hündin spürte ihn sogleich auf, und John, der durch den Draht gekrochen war, um nach dem von ihm selbst getroffenen Vogel zu suchen, packte ihn beim Genick und durchschnitt den dünnen Faden, an dem sein Leben noch hing, so rasch und sicher, als hätte er einen Grashalm ausgerupft. Wie häßlich, die Köpfe der toten

Vögel! Sie glichen den so seltsam geformten Griffen am Regenschirm alter Damen.

Gleichfalls durch den Drahtzaun hindurchkriechend folgte ich, die weiche, unförmige Bürde meiner Vögel auf den Arm, John in den Busch. Als wir noch nach dem von ihm getroffenen Vogel suchten, konnten wir die Stimmen der anderen hören, so aufgeregt wie an einem Strand die Rufe von Knaben. Tiefer drangen wir in den Busch, gesprächig, zielbewußt. Ich hatte Johns Vogel herabstürzen, hatte ihn dann noch ein-, zweimal kurz aufflattern sehen, hinter einem Dornstrauch, an dem ich nun suchte. Nichts, keine einzige Feder. Aber war das auch der richtige Strauch? Wohin ich blickte: überall standen Sträucher der gleichen Art. Sobald ich mich nicht mehr als fünf Meter tief im Busch befand, war jedes Gefühl von Gewißheit geschwunden. Tatsächlich war der Saum des Busches nicht verschieden von seinem Innern. Man drang auch nicht eigentlich in den Busch ein, es sei denn in einem ganz äußerlichen Sinne, denn er blieb sich immer und überall gleich, und Zeit und Ort ließen sich lediglich nach dem Stand der Sonne und dem Grad der eigenen Ermüdung bemessen. Ja, ich konnte mir deutlich vorstellen: ob man zehn Minuten oder zehn Stunden lang den Busch durchstreifte, ob in einem kleinen Kreis oder in einer geraden Linie von vielen Kilometer Länge, – stets schien man die gleiche Strecke zurückzulegen, hatte man das gleiche lähmende Gefühl des Nichts-Zustandebringens. Der Busch hatte etwas von der beruhigenden Eintönigkeit des Schnees. John stocherte knurrend im Gestrüpp herum. »Sie sehen, daß es ohne Hund hier ganz hoffnungslos wäre. Ohne unsere Hündin hätten wir mit neunzig Prozent Wahrscheinlichkeit auch Ihren Vogel niemals gefunden.« Mit hochgerecktem Kopf durchschwamm die Vorstehhündin unbeirrt eine Wehe dichten Grases und schnupperte vorsichtig an diesem, an jenem Dornstrauch, als wäre eine Bombe darunter verborgen. Aber den Vogel fanden wir nicht. »Liegt hier irgendwo versteckt, sicher gerade unter unserer Nase.« John warf der Hündin ein paar unwirsche Worte zu, aber sie wedelte nur kurz und unbeteiligt mit den Ohren und setzte ihren Lauf, so unberechenbar und so geheimnisvoll wie der eines Rutengängers, wieder fort. Die Stimmen der anderen waren nun unhörbar geworden. Auf uns selbst verwiesen und bis auf das Geräusch schwerfüßigen Vorwärtsstrebens keines Lautes mächtig, folgten wir durch die Fühllosigkeit des leeren Nachmittags hindurch der Spur der Hündin. Ich konnte mich selbst atmen hören und die Stacheln der Dornen spüren. An jedem Busch und Strauch und Gestrüpp standen sie dichter als Blätter; und nur die schorfige Rinde an verkrümmten Zweigen fühlte sich wie die hornige Hand eines alten Mannes an. Die unermeßliche Luft verblaßte. Die Sonne war in so weite Ferne entrückt, daß man geradewegs in sie hineinstarren konnte, aber die kleinen Spitzschatten der Büsche schienen nicht länger zu werden, sondern in den weichen Tupfen des Schattens zu versickern, den die Gräser auf sich selbst warfen: auch beim Meer scheint die Dunkelheit oft von unten her aufzusteigen, statt sich, nach dem Verdämmern des Lichtes, von oben her darauf niederzusenken. Wir gingen unverzagt weiter, und so plötzlich, wie ein Träumender zusammenzuckt, schwirrten unmittelbar vor unseren Augen drei Fasanen auf. Ich war törichterweise in meinem Schreck nicht zielsicher, aber John fuhr mit jenem röchelnden Schnaufen herum und holte einen der Vögel herunter.

Endlich wieder am Wagen anlangend, fanden wir Hughie und Eilertsen bereits vor. Sie winkten und riefen uns beim Näherkommen zu: neben ihnen am Straßenrand hatte sich eine dunkle Masse von Vogelleibern getürmt. »Wo zum Teufel seid ihr denn gewesen!« gellte Hughie, ungemein freundlich und fröhlich gestimmt und die Brust vor Befriedigung geschwellt. »Wir hörten euch im Bundu herumknallen. Wieviel habt ihr denn heruntergeholt? Herr des Himmels, was für ein Schwarm , der euch da vor die Büchse kam – wir haben nur die elenden Einzelgänger erwischt, die es mit der Angst kriegten und in der anderen Richtung flogen.«

»Er hat vier erwischt, ich drei«, sagte Eilertsen, einen der Vögel mit der Fußspitze herumdrehend.

»Mein Gott!« Hughies Blick fiel auf das Bündel in unserer Hand. »Wie ist das nur möglich! Was war denn los mit dir, John – gelähmt vor Schrecken? Das nimmt dir ja keiner ab! Und was ist das? Ein Fasan? Ja, einer der Vögel ist sogar ein Fasan. Habt ihr Kerle denn nicht zufällig ein paar hundert Perlhühner gesehen, die euch gerade entgegengeflogen kamen?«

»Ach, Hughie«, sagte John etwas kleinlaut, »ich habe immer

zu rasch losgedrückt. Ich weiß. Du erinnerst dich – das letzte Jahr war es geradeso. Am ersten Nachmittag bin ich immer zu aufgeregt und nervös.«

»Du lieber Himmel«, sagte Hughie, fast etwas bitter. »Nur zwei!«

»Ich habe einen der Burschen erwischt, aber er ist im Busch heruntergekommen, und nicht einmal Gracie konnte ihn aufstöbern.«

Hughie holte zu einer Art Manöverkritik aus. »Warum hatte denn Patterson geradewegs auf die Vögel loszugehen? Er hätte einen kleinen Bogen machen und sie dabei etwas zur Seite treiben sollen!«

»Wie kann man das so genau wissen?« Eilertsen blickte drein, als ginge ihm fast alles in der Welt Wahrgenommene ein bißchen über die Fassungskraft. »Man ist nie ganz sicher, was die Vögel anstellen werden.«

»Aber das ist doch an sich gut«, sagte John voller Eifer. »Das bedeutet, daß sie in diesem Jahr gar nicht so kopfscheu sind, wie? Hast du's nicht selber gesehen, Hughie? Patterson ist doch ganz dicht an sie herangekommen? Wo wir standen, war gar nichts zu sehen.«

. »An seiner Stelle hätte ich nur eben einen kleinen Bogen gemacht, jawohl, das hätte ich!«

In diesem Augenblick trat Patterson mit dem glückselig-gelassenen Schaukelgang eines Mannes, der still in sich hineinlächelt, aus dem Maisfeld. Ein ganzes Büschel dunkler Vogelleiber hing an seinem Gürtel und baumelte ihm beim Gehen an die Hüfte. Als er etwas näher war, erblickte ich an seiner Kappe aus Haifischhaut eine Feder. »Nicht übel«, sagte er. Ein ganzes Jahr Alkohol perlte und strömte und quoll ihm aus der Haut.

Hughie war bereits beim Zählen: »Er drei, und ich und Eilertsen sieben, das macht zehn, zwölf...«

Eilertsen stieß mit dem Fuß den Fasan zu ihm hinüber.

»Dreizehn – könnte schlimmer sein. Patterson, Mensch, warum sind Sie nur gerade auf sie zugelaufen?«

»Es war erstaunlich«, bemerkte Patterson, zu John gewandt, während er an seinem Gesicht herumwischte. Er hatte die Mütze abgenommen, und sein Haar war von Schweiß verklebt wie von Brillantine. »Ich hatte das Gefühl, als hätten sie ganz dicht herankommen und mir aus der Hand fressen mögen. Sie nahmen einfach keine Notiz von mir. Ein alter Bursche zwinkerte mir nur einmal zu, ohne sich doch beim Futterpicken stören zu lassen. Erinnert ihr euch noch an den mit dem einen Bein? Er ist immer noch hier. Er war mit bei diesem besonderen Flug!«

Beim Anblick des Wagens war die Hündin wie auf ein Mahnzeichen hin in ihren früheren Erschöpfungszustand verfallen. Fast so reglos wie ihre Beute lag sie nun auf dem Rücksitz. Schwatzend und einander kaum zuhörend, behaglich zusammengedrängt, stinkend und sorglos wie Tiere in der lockeren, wie selbstverständlichen Daseinsgemeinschaft des Rudels: so fuhren wir zum Lager zurück.

Während unserer Abwesenheit hatten die drei Afrikaner Brennholz gesammelt und Wasser aus dem Farmhaus geholt. Hughie wand sich aus dem Wagen und begann nach der nichtssagend-konventionellen Art von Leuten, die in einem von Handlangern wimmelnden Lande aufgewachsen sind, sogleich loszuschreien und loszuschimpfen. Die Afrikaner nahmen nach der gleichen konventionellen Art nur den Sinn seiner Worte zur Kenntnis, nicht aber diese selbst, und taten nur das Mindestmaß des von ihnen Verlangten. Zwei von ihnen waren Johns Diener, dunkelschwarze Nyasas mit unbeschriebenen Gesichtern, die eine besorgte Miene aufsetzten, sobald ihnen etwas aufgehalst wurde. Der dritte war Hughies eigener Diener, ein kleiner wehleidiger Basuto mit angstbleichem Gesicht. Hughie pflegte ihn, als wäre er taub, auf harmlose Weise anzubrüllen. Er ließ sich auf einem Feldstuhl nieder und rief: »Komm her! Los, zieh mir die Stiefel aus!« Dann fegte er hierhin und dorthin – überall hatte er sein Auge. »Diese faulen Dreckskerle! Wie lange, glaubt ihr wohl, soll das Holz reichen, was? Das ist ja zu gar nichts nütze, dieses Kleinzeug! Heraus mit euch und holt noch ein paar dicke Scheite! Makulu, Makulu, was? Einen Haufen dicker Scheite!«

Die Dunkelheit war kühl. Sie wallte uns an den Beinen empor, und als wir ums Feuer herumstanden und uns den ersten Schluck Whisky in die Kehle gossen, überflutete sie den ganzen Boden, während der Himmel etwas vom Schimmer einer feuchten Seemuschel annahm. Die Umrisse der anderen büßten die Eleganz der Linie ein, sobald sie die Pullover übergestreift und sich Halstücher umgetan hatten.

Aus meinem Wollsack zerrte ich das Reiseandenken aus Zermatt heraus. Für die erste Abendmahlzeit hatten wir Fleisch aus der Stadt mitgebracht, das John zubereitete und briet; Hughie öffnete eine Konservendose mit weißen Bohnen und verlangte nach Speck, Butter und verschiedenen Küchenutensilien, an die John nicht gedacht hatte. »Du solltest dir einen dieser schweren Eisentöpfe zulegen, John – das ist die einzige Methode, alles richtig zu machen. Gibt's denn hier keinen Löffel mit einem langen Stiel? Komm her! Such mir einen Löffel, einen großen, mit einem langen Stiel! – Herrgott noch einmal, an diesem verdammten Ding hier verbrenne ich mir ja die Finger!« Das etwas fragwürdig aussehende Essen schmeckte vorzüglich, und dazu tranken wir ganze Becher voll Rotwein. Wie Zuschauer saßen wir vor den züngelnden Flammen, und hell traten die Sterne hervor, während das Dunkel höher und höher wallte. Es war Nacht, und in dem weiten dunklen Raum der Welt mußte unsere kleine Gruppe sich ausnehmen wie etwas, was sich im Hirn eines Schlummernden abspielt – hell, lebendig und von allen Seiten umwandelt.

Wir tranken bis tief in die Nacht. Der Wein spülte in Hughie eine gewisse Unschuld und knabenhafte Unreife nach oben. In dem züngelnden Licht schien sein mit dem Fett der Koteletts beschmiertes Gesicht über dem Becher ins Schwingen, ins Hüpfen zu geraten. Er erzählte altbekannte, langatmige, schmutzige Witze, bei deren Anhören man immerhin etwas von der angenehmen Empfindung des Wiedererkennens verspüren konnte, mit der man sonst dem Verlauf eines Volksmärchens folgt. Er renommierte mit seinem Hund: »Wenn er mit hier wäre, und einer von euch würde mich anfassen – so, nur gerade anfassen –, sprängte er ihm gleich an die Gurgel. Er ist, glaube ich, noch nicht älter als ein Jahr – aber Junge, Junge, worauf der sich nicht schon alles versteht! Nicht eine Sekunde lang läßt er meinen Kleinen aus dem Auge, das kann ich euch versichern – eine richtige Promenadenmischung, und mehr Verstand im Kopf als alle eure reinrassigen Köter zusammengenommen!«

»Die arme alte Gracie – sie ist heute nachmittag mal wieder ganz auf ihre Kosten gekommen!«

»Nun, es geht doch nichts über Hühnerhunde. Ich wollte eigentlich einen Hühnerhund haben, aber mein Junge wünschte sich einen kleinen Hund, und da haben wir diesen Köter gekauft. Wirklich, ich wäre gar nicht überrascht, wenn wir den nicht zuletzt noch zu einem Jagdhund abrichten könnten. Ja, wahrhaftig, ich wäre gar nicht überrascht. Der Hund ist so verdammt gescheit. Und was für ein Wachhund er ist! Kein Kaffer wagt sich mehr an unserem Hause vorüber, ohne zuerst auf die andere Straßenseite zu wechseln.«

Während Hughie in längeren Ausführungen die Überlegenheit der Hühner- über die Vorstehhunde verfocht, zerrten Patterson und ich selbst einen anderthalb bis zwei Meter langen, von Ameisen zerfressenen Baumstamm ans und ins Feuer, und als die Flammen ihn mit zarter Zunge beleckten und die Hitze in sein Inneres drang, suchten die von ihm noch gastlich umhegten Lebewesen angstvoll das Weite. Zunächst erschienen lange Flüchtlingskolonnen von Ameisen und eiligen Holzläusen; und zuletzt kam ein Exemplar jenes dem Wendekreis zugehörigen Schreckensgeschöpfes – ein Skorpion. Eilertsen brach plötzlich nach Weiberart in betrunkenes Kichern aus und schenkte sich mit unbekümmerter Miene immer mehr Wein nach. »Das ist mir seit Kriegsende noch nicht wieder passiert«, sagte er glucksend. »Es wird wirklich Zeit.« Hughie erging sich nun in einer endlosen Erörterung der Gewohnheiten von Magengeschwüren, die Eilertsen zu so lang anhaltender Nüchternheit gezwungen hatten. Hughie hegte so viele halbrichtige oder ganz irrige Vorstellungen von so viel verschiedenen Tatsachen, daß die Selbstgenügsamkeit seines Unwissens fast schon etwas Ehrfurchtgebietendes an sich hatte. Er brachte es einfach nicht fertig, andere zu langweilen. Gewissen Leuten, die sich etwas auf ihre Feinfühligkeit zugute hielten, mochte er als völlig phantasielos erscheinen, aber in Wahrheit lebte er in einer durchaus phantastischen Welt, ein Opfer des neuen Hexen-Einmaleins, der neuen Geistesverfinsterung, bestehend in der begrifflichen Verstümmelung wissenschaftlicher, technischer, psychologischer Entdeckungen, die sich allesamt seinem Verständnis entzogen.

Bevor wir uns zur Ruhe legten, rief John die Diener herbei, um ihnen etwas Wein zu geben. »Nicht zuviel, sonst sind sie morgen früh halbtot!«

»Ach, gib ihnen doch Branntwein, Mensch«, sagte Hughie. »Sie machen sich nichts aus Wein. Gib jedem von ihnen einen

Schluck Branntwein. Kaffern machen sich im Grunde nichts aus Wein.«

Ein wenig abseits von der lichten Höhlung, die wir für uns selber ins Dunkel gebrochen hatten, hatten die drei Afrikaner an ihrem eigenen kleinen Feuer gehockt. Sie hatten gegessen und sich so leise dabei unterhalten, daß wir bei unserem Gelärm dieses kleinen Freiluft-Vorzimmers nicht gewärtig gewesen waren. Ja, sie freuten sich über den Branntwein, und jeder sah neugierig zu, wie er ihm in den Becher gegossen wurde. Bei dem älteren der beiden Nyasa wurde ein Lächeln bemerkbar, so plötzlich und so weich, wie die Flamme, die es erhellte, ein Lächeln, das irgendwie im Widerspruch zu der grimmig-vierschrötigen Schwärze seines verschlossenen Gesichtes zu stehen schien. Der Basuto spielte zum Dank für die Gabe den Spaßmacher, während Hughie beifällig knurrte und ihm den Hintern zu versohlen drohte. Mit ihrem flüssigen Trost in der Hand gingen sie wieder an ihr Feuer zurück – kein Zweifel, daß das atavistische Spiel des Im-Freien-Schlafens alles andere als ein Vergnügen für sie war. Wir hatten zum Schutz vor der Kühle der Nacht allerlei zum Anziehen, hatten Bodendecken, Gummimatratzen und Schlafsäcke. Sie dagegen hatten nur die Wolldecken, unter denen sie daheim in der Stadt zu schlafen pflegten. Offenbar bestand die unausgesprochene Annahme, daß die Afrikaner von Haus aus der Natur näher stünden: sie wieder ins Veld hinauszulassen hieß doch wohl in Wahrheit, wilden Geschöpfen die Freiheit zurückschenken. Aber die Nyasa waren dem Naturzustand noch nahe genug, um zu wissen, daß der für den Menschen natürliche Zustand der der Nestwärme ist – wie stinkig und stickig mußte es bei ihnen in den Gras- und Lehmhütten des Stammes sein! Der Basuto andererseits war ein triefäugiger gewitzter Städter ungefähr meines Alters. Vermutlich hätte er sich sehr viel lieber in der Siedlung Alexandra oder hinter Eisenblech und Sacktuch einer Hütte in Orlando unsichtbar gemacht.

Aber in meine Decke gewickelt und von so viel Kleidungsstücken umhüllt, wie ich nur irgend hatte auftreiben können, gab ich selbst mich dem Behagen hin, das den von allen Seiten mich umspülenden Stimmen entströmte, dem beruhigenden, zuversichtlichen Klang von Stimmen, die auch nicht vom leisesten Unterton des Zweifels getrübt waren; Stimmen, für

die Gott in seiner Kirche, die Gerechtigkeit bei den Gerichten wohl aufgehoben war und für die es auch auf alle sonstigen Daseinsfragen gleichermaßen zungenfertige Antworten gab. Die Wärme des Weins, die ich im Inneren, die Kühle der Nacht, die ich an meiner Wange verspürte – beides schenkte mir ein jähes, intensives Daseinsgefühl; das einzige, was ich von einem ›Zustand der Gnade‹ je erfahren habe; obwohl es, in einer Steigerung, Übersteigerung des eigenen Selbst bestehend, gerade das Gegenteil von dem sein muß, was das Wort ›Gnadenzustand‹ in Wahrheit besagt.
Patterson war gerade dabei, sich einen Frauenstrumpf über den Kopf zu streifen.
»Was ist denn das – eine Siegestrophäe?«
Er erwiderte mir mit einem Grinsen. »Mein lieber Junge – das ist die allerbeste Methode, sich den Kopf warmzuhalten. Allerdings haben Sie ja noch ganz dichtes Haar.«
Die anderen torkelten noch immer im Lager umher. »Zum erstenmal seit Kriegsende wieder richtig beschwipst, sage ich euch ...« Kichern. »Vorsicht, du dummer Hund, sonst wirst du das Ganze noch verschütten.« – »Hier, meine Kleine, meine Gracie, du gutes Kind ...«
Ich erwachte mit dem Gefühl, daß irgendein Blick auf mir ruhte. Es war der Mond, der fast senkrecht vom Himmel zu mir niederstarrte – einem Himmel, erhellt von seinem mächtigen Licht, diesem Licht ohne Wärme. Wie unheimlich der Widerspruch zu alledem, was wir sonst mit der Vorstellung des Lichts verbinden! Ich zog mir die Decken über den Kopf, fühlte ihn aber noch immer auf mir ruhen, diesen Blick, dem keine Segenskraft innewohnt. Die Bündel der Schlafenden glichen Toten in fahlen Laken, das Knistern des Feuers war verstummt. Aus der Stille heraus, über die Stille hinweg wälzte sich ein Heullaut, der aus dem Innersten aller Verlassenheit zu dringen schien, Widerhall der Stimmen eines ganzen Rudels von Alpträumen. Er brach ab, erneuerte sich – offenbar eine Gehörshalluzination. Plötzlich richtete in seinen Decken Eilertsen sich wimmernd neben mir auf und feuerte, dicht an meinem Ohr vorüberzielend, dreimal in die helle Nacht. Die Toten kamen wieder zum Leben. »Gerechter Himmel – was ist denn los?« – »Was zum Teufel tut er denn da?« – »Ich konnte seine roten Augen im Finstern funkeln sehen«, sagte Eilertsen, vom Mondlicht gestreift.

»Gerade da drüben im Busch.« – »Unsinn.« Wenn John mitten in der Nacht aus dem Schlummer gerissen wurde, war er nicht, wie die meisten Leute, ein anderer Mensch, sondern einfach er selbst. »Ein Schakal würde sich niemals so nahe gewagt haben.« Aber dann herrschte völlige Stille.

15. Kapitel

In den Morgenstunden waren die Leiber der toten Vögel, die wie jeweils auf dem Dach der Wagen liegen ließen, ganz steifgefroren, und die Bierflaschen, die John eigens herausgestellt hatte, vom Frost beschlagen. Patterson lag hilflos unter seinen Decken und wartete ungeduldig auf seinen Kaffee. Aber Hughie, an dessen Kinn rötliche Bartstoppeln funkelten und dessen Haar wild zerzaust war, stampfte bereits tobend umher. »Los, los – bringen wir noch ein paar von den Dreckskerlen um!«

Und mit Händen, die von der Berührung mit der eiskalten Büchse fast schmerzten, machten wir uns hinter ihm auf den Weg. Der Morgen war so feucht und frisch und seltsam wie ein Neugeborenes. An den Dornbüschen glitzerte ein zerrissenes Netz von Spinnweben, und die Grashalme waren zu feuchten Büscheln verklebt. Da – der Ruf von Perlhühnern. wir hörten nicht die Tauben, die Stare, die Regenpfeifer, die Schnepfen; nur eben die Perlhühner, wie wir auch im nahen Gemurmel fremder Zungen die Worte einer bestimmten Sprache hätten unterscheiden können. Offenbar wußten die Vögel, daß wir es auf sie abgesehen hatten. Man hätte von der Unentrinnbarkeit einer wechselseitigen Verabredung sprechen können. Die Perlhühner waren zur Stelle, die Männer auf dem Weg zu ihnen – beide mußten zusammentreffen. Wenn immer wir im Lager Rast hielten, konnten wir sie hören, waren wir ihrer gewärtig und hatten das bestimmte Gefühl, daß auch sie unser gewärtig waren. Das Auf und Ab, Hin und Her der Verfolgung hielt uns derart in Atem, daß wir selbst während der heißesten Tagesstunden, in denen wir an sich Zeit zum Lesen gehabt hätten, zum Lesen schlechthin unfähig waren. Die alte, mir angezüchtete Furcht, ich könnte einmal nichts mehr zum Lesen haben (was hätte man denn nur anfangen sollen, wäre man irgendwo, irgendwann ohne

Buch einmal auf- und festgehalten) war plötzlich ganz nichtig geworden. Ich brauchte gar nicht zu lesen. Die Bücher blieben auf dem Grunde meines vollgestopften Wollsacks.

Das war eine der schönsten Stunden des Tages. Die erste Jagd war ungefähr einhalb elf Uhr zu Ende, wenn wir nach fast vierstündigem Gewaltmarsch durch Busch und Maisfeld wieder ins Lager zurückkehrten. Wir hatten den etwas sauertöpfisch-verlebten Ausdruck unrasierter Männer, die noch nicht gefrühstückt haben – den Ausdruck, den Landstreicher niemals von sich abstreifen können. Zunächst tranken wir Bier, das, fürsorglich kaltgestellt, noch etwas von der Kühle der Nacht bewahrte. Dann kochten wir uns etwas zum Essen, ohne daß alles von vorneherein genau ab- und zugemessen zu werden brauchte: solange einer von uns noch hungrig war, brachte John noch ein anderes Kotelett, ein anderes Stück Speck, noch weitere Nierchen zum Vorschein. Dann traten wir einer nach dem anderen vor das alte Blechbecken, um uns zu waschen und zu rasieren. Nur Hughie rasierte sich nicht. Er legte sich wieder in seinem Zelt nieder – er war der einzige, der in einem Zelt zu schlafen pflegte, einem Ding zum Aufblasen, das er jeweils mit Hilfe einer Fahrradpumpe auf die Beine stellte.

Dann aber senkte sich die Mittagsstille auf uns herab. Selbst der Busch stand völlig im Bann der Sonne – nichts regte sich; die Dornen glitzerten. Patterson streifte sich das Hemd ab und breitete es zum Schutze vor den Fliegen über das Gesicht. Meine Decken lagen unter einem Dornenstrauch, aber der Schatten war nicht mehr als ein dünnes Netz, ausgespannt zwischen mir und der Sonne. Die Tauben gluckerten so gleichmäßig, als atmeten sie nur.

Wenn wir dann alle schliefen oder zu schlafen schienen, trat Hughie gewöhnlich ganz lautlos mit seiner Büchse aus dem Zelt und ging allein in den Busch. Einmal brachte er einen Hasen zurück, ein armseliges Geschöpf, die Ohren voll aufgeblähter schwarzer Zecken. »Die Schwarzen werden ihn schon essen«, sagte er. »Hier! Samuel!« Triefäugig, schwitzend pflegte er dann zu warten, bis wir uns zur Nachmittagsjagd gerüstet hatten, wischte sich nach einem tiefen Schluck Wasser mit dem Handrücken über den Mund und hielt dabei die Ohren gespitzt. »Der Schwarm, der auf dem Erdnußfeld Futter pickt, ist schon da. Wahr und wahrhaftig, sie halten es

niemals lange im Busch aus.« Etwas gereizt beobachtete er uns. Und wenn wir nach jenem ersten Tage allesamt draußen waren, pflegte er uns schon nach wenigen Minuten zu verlassen und sich, mit oder ohne Eilertsen, stundenlang unsichtbar zu machen. Bei unserer Rückkehr fanden wir ihn dann gewöhnlich, seine Beutestücke zählend, beim Wagen oder im Lager auf uns warten. Was das Pirschen und Schießen betraf, so war er uns allen über. »Los, los, bringen wir noch ein paar von den Dreckskerlen um!«
»Kidd nimmt das Ganze ein bißchen zu ernst«, sagte John beunruhigt. »Ihr wißt doch, was ich damit sagen will? Er macht sich offenbar gar nichts draus, nur so zum Vergnügen durch den Busch zu streifen.«
»Er muß halt schießen, wie andere Leute reden.« Patterson war leicht belustigt, wie er es wahrscheinlich auch angesichts eines menschenähnlichen Schimpansen gewesen wäre. »So etwas Unartikuliertes habe ich noch kaum je getroffen«, bemerkte er später zu mir. »Südafrikaner sind ohnehin eine etwas unartikulierte Gesellschaft, meinen Sie nicht auch?«
»Eigentlich redet er doch über alles Erdenkliche unter der Sonne.«
»Oh, er würde noch einem Einstein mit der Relativität kommen. Aber er verfügt nur über einen winzigen Vorrat von Worten, die bei jeder Gelegenheit, in jeder Situation herhalten müssen. Was seine Ausdrucksfähigkeit betrifft, so ist er nicht viel weiter als die Wilden.«
»Wilde tituliert er seinerseits die beiden Nyasa!«
»Diese beiden feinen Herren! Ich muß schon sagen, die sind noch nicht sehr lange aus dem Affenstudium heraus. John ist wirklich unvorstellbar nachsichtig mit ihnen. Ich hätte heute früh dem einen dieser gleichgültigen kleinen Dreckskerle am liebsten einen Tritt in den Hintern versetzt – wäre er nur mein eigener Diener gewesen. Wie der die Vögel ausnahm – er hackte sie einfach zusammen.«
»Nun, mit der Wildheit verhält es sich wohl etwas relativ.«
Er sah mich eine Sekunde neugierig an, als sei ihm gerade etwas eingefallen. »Meinen Sie eigentlich, Hood, diese Schwarzen könnten jemals werden wie wir?«
Ich konnte deutlich Stevens Stimme hören, ihn aufs vollkommenste parodierend. Und doch war Steven nicht, was Patterson, war nicht einmal, was ich selber war: er war aber auch

nicht wie Tanwell und der andere Nyasa, die in zehn Meter Entfernung von uns Holz spalteten, als liefen alle häuslichen Verrichtungen auf das gleiche hinaus.
»Nie und nimmer. Die Franzosen sind nicht wie wir, und die Italiener und die Deutschen ebensowenig. Sie werden zwar das gleiche tun und lassen wie wir und doch immer nur sie selber bleiben.«
Er lachte wie von der Höhe eines überlegenen Standpunkts herab, den er auch dann nicht aufgeben wollte, aufgeben konnte, wenn er selbst einmal der Unterlegene war. Er machte eine abweisende Handbewegung, als hätte ich ihm die Möglichkeit einer Ausflucht eröffnet. »Ich meine – könnten sie ihre eigenen Angelegenheiten je selber in die Hand nehmen? Das möchte ich doch mal sehen. Ich glaube eben nicht, daß die armen Burschen den Grips dazu haben. Sie sind zu beschränkt. Es fehlt bei ihnen im Kopf.« Er legte den Lappen aus der Hand, mit dem er eben sein Gewehr gereinigt hatte. »Nehmen wir lieber ein paar von den Papphüllen der Whiskyflaschen und stecken sie auf Maisstauden. Möchte doch wissen, ob ich heute wenigstens noch ein Ziel treffe, wenn auch sonst nichts anderes.« Eine stattliche, malerische Ruine von Mannsbild mit Säcken unter den Augen, einem kleinen Wanst und vortretenden Adern. Wenn immer ich ihn schweren Trittes über die Erdschollen stapfen sah, fühlte ich mich an eines jener glanzvollen alten Schlösser erinnert, die, für ein Eintrittsgeld von einer halben Krone dem Publikum zugänglich gemacht, die Besucher mit so spöttischen Blicken zu messen scheinen, wie sie von diesen betrachtet werden: als etwas längst Verfallenes, hoffnungslos Heruntergekommenes.
Durch den Busch streifte ich gewöhnlich mit John. Das eifrige Gesicht der Hündin, uns mit jäher Bewegung zugewandt, wies uns den Weg. Das Schwanzende war ihr von Dornen blutig geritzt und an ihren Ohren hafteten Unkrautsamen wie Stahlspäne an einem Magneten. Des Abends war sie zu erschöpft, um Nahrung zu sich zu nehmen, und auf dem Boden liegend, hielt sie über der in ihrem Innern wachsenden tödlichen Bürde den Blick auf uns gerichtet. Aber tagsüber, im Busch, schien sie das Verhängnis noch einmal überholen zu können. »Sie kann doch wohl nicht ganz so krank sein, wie Sie annehmen«, sagte ich zu John. »Doch«,

erwiderte er. »Sie ist erledigt. Aber wie ein gutes Rennpferd wird sie weiterlaufen, bis sie tot umfällt.«
Das waren Klischees aus der Welt der Alexanders, jener merkwürdig überlebten Welt der Reichen mit ihren fast altmodisch anmutenden Vergnügungen. Wenn sie Mut meinten, sagten sie Draufgängertum, wenn Gesinnung, sagten sie Entschlossenheit. Vermutlich hatte ich mir unbewußt etwas von den Begriffen meiner Eltern zu eigen gemacht. Denn jene gemeinten Eigenschaften waren für mich stets mit der Vorstellung politischer Einkerkerung, intellektueller Aufsässigkeit verbunden.

Aber unterhalb seines gesellschaftlichen Firnisses, hinter der für die Augen Johannesburg bestimmten Außenfläche, hatte John etwas ungemein Anziehendes. Er vereinfachte das Leben zum Abenteuerroman. Wir treckten durch Dorn- und Grasgestrüpp und konnten nichts anderes denken und fühlen, als was der Augenblick von uns forderte. Nur Johns hageres braunes Gesicht, das über einem hüpfenden Adamsapfel so wachsam dreinblickte, hatte etwas so gemeinplätzig Beruhigendes an sich wie das Bildnis irgendeiner nicht weiter komplizierten, nicht sonderlich mächtigen Hausgottheit, deren Aufgabe es ist, das Alltagsleben vor dem Einbruch des Geheimnisvollen zu schützen.

Am Montagabend – ich hatte bei der Jagd die anderen aus dem Auge verloren – fand ich mich plötzlich allein im Busch, der sich mehr und mehr verdunkelte. Ich tat ein paar Schritte hierhin und dorthin, fühlte mich aber angesichts der stillen Gleichförmigkeit meiner Umwelt etwas entmutigt und hielt es für zweckmäßiger, eine kleine Weile zu rasten und zu lauschen. Ich hatte herausgefunden, daß man, das Gehörsvermögen bis aufs äußerte anspannend, häufig die Stille des Busches durchdringen und in noch so weiter Ferne gewisse Laute unterscheiden konnte, so schwach wie die nestdumpfen Piepslaute von Vögeln – die Stimmen sprechender Männer. Ich rauchte und lauschte. Der Boden war rosafarben wie sonnenwarmes Gestein, und die Dornenbüsche glichen schmiedeeisernen Ornamenten. Und plötzlich konnte ich hinter dem verstohlenen Rascheln des Busches das schwache Keuchen der Hündin ausmachen. Ein winziger Luftzug schien es mir über den Boden zuzutragen. Ich rief, und

obwohl ich keine Antwort erhielt, tauchte nach einer kleinen Weile doch die Hündin vor mir auf, an der Leine gehalten von dem jüngeren der beiden Nyasa. Wenn die Hündin sonst eine größere Zahl von Perlhühnern auf einem Feld hin- und herlaufen sah, verlor sie bisweilen den Kopf und machte Jagd auf eigene Faust. Waren zufällig Afrikaner als Treiber mitgekommen, so gab für solchen Fall John die Hündin einem von ihnen zum Halten.
»Ich kann den Baas nicht finden«, sagte der Afrikaner.
»Schon gut, ich habe mich auch verlaufen«, erwiderte ich. »Am besten überlassen wir uns wohl der Führung des Hundes.« Ein paar Minuten lang folgten wir ihrem nicht sehr entschlossenen Zickzack-Kurs. Die Dornenbüsche waren wie schwärzliche Tupfen, wie Pünktchen im Auge eines von Schwindel Bedrohten.
»Mir scheint, wir sollten jetzt lieber nicht auf gut Glück weitergehen, wie?«
Der andere, den Hund an der Leine, blieb stumm. Ich ließ mich auf dem Boden nieder und er in einem Meter Entfernung gleichfalls. Wenn immer ich ihn ansprach, blieb er die Antwort schuldig – es sei denn, ich stellte eine direkte Frage. Er trug zerfetzte Sandschuhe, aus denen an jedem der beiden Füße die kleine Zehe hervorlugte, ein schmutzig-zerrissenes Khakihemd und ein Paar braungestreifter Hosen, die einmal einem etwas beleibten Mann gehört haben mußten – sie waren unterhalb des Gürtels verknotet wie ein indischer Lendenschurz –, und er fröstelte wahrscheinlich. In dem Augenblick, in dem die Sonne versank, rann eine Art fiebriger Kälteschauer über den Boden.
Zuletzt gab ich jeden Versuch einer Unterhaltung auf, und wir saßen stumm beieinander. Die Hündin war erschöpft in Schlaf gefallen. Der Nyasa hielt weder mir noch irgend etwas anderem den Blick zugewandt. Erst jetzt in der Stille fiel mir seine Verlorenheit auf oder wurde ich ihrer auch nur gewahr, obwohl sie bereits bestanden haben mußte, als wir in unserem Lager saßen und aßen und tranken und sangen und fluchten. Ich bot ihm eine Zigarette an, die er aber nicht aus dem Päckchen herausziehen wollte: ich hatte sie ihm in die hohle Hand zu schütten. Mit der Kälte verstärkte sich auch das Gefühl der Einsamkeit, eine fiebrige Ausdünstung des alten, uralten Bodens. Er und ich befanden uns in Reichweite

voneinander wie Menschen, die, ohne dessen gewahr zu sein, im Nebel dicht beieinanderstehen.

Nach Verlauf etwa eine Stunde spürte Patterson uns auf – oder vielmehr hörten wir ihn, und es glückte uns zu dritt, aus dem Busch heraus ins Freie zu gelangen, wo, im Maisfeld von den anderen zu unserer Orientierung eingeschaltet, die Scheinwerfer der Wagen wie zwei Banner aus grellem, stäubchenwimmelndem Orangelicht in der Dunkelheit standen. Als wir in die Farbe, die Helligkeit taumelten, begrüßten uns laute Willkommensrufe. Jene Nacht war die letzte, die wir im Busch verbrachten, und John bestand darauf, daß wir noch vor dem Schlafengehen den ganzen Vorrat an mitgebrachtem Rotwein austranken. Ich gab ein paar komische Imitationen zum besten, die ich einmal bei einem Studentenkabarett in Oxford vorgeführt hatte, und fügte meinem etwas mageren Repertoire aus dem Stegreif noch eine neue hinzu – Mrs. Everard und die Italiener an Bord des Dampfers. John, sich Patterson zum Opfer wählend, machte uns vor, wie er einmal versucht hatte, Judo zu lernen. Hughie sang mit Eilertsen zusammen Soldatenlieder und gab uns ohne alle Umschweife zu verstehen, warum er Frauen für so begehrenswerte Geschöpfe hielt. An ihrem eigenen Feuer hockend, schlürften die Afrikaner den ihnen zugemessenen Branntwein und führten eine fast lautlose Unterhaltung, die hin und wieder zum Gelächter anschwoll oder, nach Art eines knallenden Sektpfropfens, in plötzlichen lautmalerischen Ausrufen explodierte.

Noch einmal zogen wir am frühen Morgen auf Vogeljagd aus, ohne freilich viel Glück zu haben. Und doch war die Ausbeute in toto ganz eindrucksvoll – achtundfünfzig Perlhühner, nicht mitgerechnet die bereits im Lager verzehrten. Gleich nach dem Frühstück packten wir alles zuammen: zwecklos, sich in einem Blechbecken zu waschen und zu rasieren, wenn man wenige Stunden später daheim bereits ein Bad nehmen konnte. Das Lager glich einem Haus am Morgen nach einer Party: alles war abgestanden und verdreckt und auf allem, was in vier Tagen gedankenlosen Dahinvegetierens nur halb abgespült, halb aufgezehrt, halb zubereitet worden war, hockten die Fliegen. Als wir die Wagen wieder beladen hatten, sah das Stück Busch, in dem wir während der letzten Tage gehaust hatten, wie flachgedrückt aus: nicht anders, als habe ein schweres Tier hier gelagert. Wir fuhren los. Mein auf dem Rahmen des Wagenfensters ruhender Arm hatte, sonngebräunt und beschmutzt, die Farbe von Teakholz. Pattersons schweres Gesicht war weißgestrichelt, wo er zum Schutz vor der Sonne die Augen zusammengekniffen hatte. John hatte statt seines weißen nun rötliches Haar – eine Wirkung des Staubes. Wir beide hatten gleichzeitig etwas Verbrauchtes und Erfrischtes an uns. Als wir uns wieder zwischen Häusern und Läden befanden, wollte es mir so vorkommen, als wären wir ziemlich lange ziemlich weit fort gewesen. Der Wagenkasten war vollgestopft mit den dicklichen weichen Leibern von Vögeln, deren Gefieder zerzaust und gesträubt war: es schien seine natürliche Glätte genau in dem Augenblick zu verlieren, in dem das Leben daraus entwich. Während der ganzen Heimfahrt lag reglos die alte Vorstehhündin auf dem Rücksitz, tot oder schlafend, wer hätte es sagen können – das eine war jetzt ebensogut möglich wie das andere. Vor Pattersons Haus hielten wir zuerst, um hier die Beute zu teilen – die Vögel häuften sich auf dem Rasen, während Hughie jedem den gebührenden Anteil aushändigte. Als John die Hündin rief, um ihr Wasser zu trinken zu geben, rührte sie sich nicht. »Gib bitte der alten Gracie einen kleinen Stupser«, sagte er zu mir. Aber als ich sie mit der Hand am Kreuz berührte, fühlte sie sich nicht anders an als die Vögel, die wir soeben aus dem Wagenkasten geladen hatten.

Fünfter Teil

16. Kapitel

Nachdem ich mir den Schmutz weggebadet und wegrasiert und mir zum Lunch ein paar Spiegeleier gemacht hatte – noch immer fühlte ich mich so hungrig, wie ich draußen im Bushveld gewesen war –, ging ich in die Stadt. Die Küche der Wohnung war mit Perlhühnern vollgestopft, und überall lagen Federn herum, roch es nach Holzfeuerrauch. Ich wußte nicht recht, was ich mit den Vögeln anfangen sollte, aber darüber konnte ich mir beim Nachhausekommen noch schlüssig werden. Vorläufig fiel es mir gar nicht schwer,die Türe hinter mir zuzumachen.
Auf meinem Schreibtisch im Büro lag die Post von Samstag und Montag. Nichts weiter von Belang; die üblichen Prospekte und Begleitrechnungen von Aden Parrot, Briefe von Buchändlern, die nicht genug bestellt hatten und nun dringlich nach weiteren Exemplaren eines Werkes verlangten, das unerwartet zum Bestseller geworden war, und endlich ein Gruß von meiner Schwester, die gerade ihre Ferien in Spanien verbrachte. Außerdem erwartete mich ein langer handgeschriebener Brief von Onkel Faunce – zu vertraulich selbst für vertrauliches Diktat. Darin teilte er mir mit, daß Arthur Hollward möglicherweise von seinen Agentenverpflichtungen in Südafrika entbunden sein wollte. Er schien sehr gealtert zu sein und das Verlangen zu haben, sich in England zur Ruhe zu setzen. Faunce wollte wissen, ob ich gegebenenfalls Lust hätte, noch eine Weile länger zu bleiben – etwa ein, zwei Jahre. Bestimmtes könne er im Augenblick noch nicht sagen, er wolle lediglich einmal vorfühlen – und so weiter. Wie immer, ›spielte‹ Onkel Faunce mal wieder ›mit dem Gedanken‹. Während ich seinen Brief las, dachte ich über die Verteilung meiner Perlhühner nach – die eine Hälfte für Marion Alexander, die andere für Cecil? Vielleicht auch ein paar für Sam und seine Frau, und natürlich auch für Anna Louw. Ich legte Frances Brief beiseite, ohne mir weiter den Kopf darüber zu zerbrechen. Ursprünglich hatte ich nicht

gewußt, was ich mit den Vögeln anstellen sollte, und nun reichten sie offenbar nicht einmal für alle. Auf die Rückseite einer Zigarettenschachtel schrieb ich die Namen der potentiellen Empfänger.

Bis fast fünf Uhr arbeitete ich die herumliegenden Papiere durch, da trat die Sekretärin, schon zum Heimgehen angezogen, zu mir ins Büro und sagte: »Ach – das habe ich noch vergessen. Gestern kam ein etwas geheimnisvoller Anruf von der Polizei. Es handelte sich um gestohlenes Eigentum.«

»Gestohlenes Eigentum? Wessen?«

»Nun, ich sagte gleich, soviel ich wüßte, vermißten Sie nichts. Sie hatten doch wohl in Ihrer Wohnung keinen Einbruch oder so etwas?« Es war eine gute Sekretärin, diese neue, ein ernstgesinntes junges Mädchen mit etwas fettigem Haar, das die Universität in Johannesburg besucht und die bescheidene Bürostellung nur angenommen hatte, weil es leidenschaftlich an Verlagsarbeit interessiert war und eines Tages auch einen Posten bei Aden Parrot in London zu ergattern hoffte. »Jedenfalls habe ich die Nummer. Vielleicht rufen Sie lieber selber einmal an.«

Ich tat es kurz vor Verlassen des Büros und wurde, als ich Namen und Anschrift durchgegeben hatte, von einer Stimme an die andere verwiesen, bis ich endlich an die rechte geriet.

»Nun, wir haben einen Mantel hier«, sagte sie in rauhkehlig-geduldigem Ton. »In der Tasche befand sich eine Visitenkarte mit Ihrem Namen und Ihrer Anschrift.«

»Ein grauer Mantel mit kariertem Futter?«

»Jawohl. Wir haben ihn hier.«

»Aber diesen Mantel habe ich ja einem Freund geliehen!«

»Nun, dann muß er ihm gestohlen worden sein. Am Samstag abend wurde er im Besitz eines Negers gefunden. Sie haben Glück. Sie brauchen nur herzukommen und für den Empfang zu quittieren.«

Unwillig lachend, fast in triumphierendem Ton erwiderte ich: »Aber ich habe ihm doch den Mantel geliehen! Es ist Steven Sitole – so heißt mein Freund. Geben Sie den Mantel doch ihm zurück.« Die Visitenkarte in der Tasche. »Was ich noch in der Tasche finde, gehört doch, mir, Toby – wie?« hatte Steve gefragt. Wie komisch ihm das alles nun vorkommen mußte!

»Er ist tot«, sagte die Stimme. »Er war mit einer ganzen Bande von anderen Schwarzen in einem Wagen, der auf der Germinstonroad verunglückt ist, und den Mantel hatte er an. Sie waren aus einem indischen Klub getürmt, der plötzlich von der Polizei kontrolliert wurde.«

Wie kann ich einem anderen begreiflich machen, mit welchem jähen Schauder des Erkennens, des Wiedererkennens ich in jenem Augenblick noch einmal die Hündin mit der Hand zu berühren vermeinte, wie ich sie zuletzt auf dem Rücksitz des Wagens liegend vorgefunden hatte. Über mein eigenes Gesicht strich es mir nun mit kalter Hand – ich begriff bis ins Mark meiner Knochen hinein.

»Wie war denn sein Name?« fragte ich. »Wie hieß denn der Mann? Haben Sie die Namen zur Hand?«

Nein, das hatte er nicht.

»Die müssen Sie unbedingt feststellen«, sagte ich. »Sie müssen den Polizeirapport, oder was immer es ist, holen und mir vorlesen.«

Er sträubte sich, ließ sich aber zuletzt umstimmen. Während ich an der Leitung wartete, unterdrückte ich alle Gedanken, verbot mir alle Gedanken.

»Ein Neger namens Steven Sitole und ein anderer, Dan Ngobo – beide tot. Zwei weitere Neger und ein dritter verhaftet. Im Wagen drei Flaschen Branntwein.»

»Schon gut«, sagte ich.

»Und der Mantel – was sollen wir nun mit dem Mantel machen?«

Ich suchte das Leichenschauhaus auf und erhielt die Erlaubnis, ihn zu sehen. »War er bei Ihnen angestellt?« fragte der zuständige Beamte. »Sie werden ihn nicht wiedererkennen.« Aber ich wußte, ich mußte noch einen Blick auf ihn werfen, weil ich es sonst nicht für möglich hätte halten können, daß er nicht mehr am Leben war. Wenn ich eines Tages wieder nach England zurückfuhr: mußte es mir dann nicht so vorkommen, als habe ich ihn lediglich hinter mir zurückgelassen und als werde er, von mir vergessen, sein Leben von neuem beginnen? Sein Tod mußte unbedingt so wirklich für mich werden, wie seine Lebendigkeit es gewesen war.

Er war schlimm zugerichtet – das war alles. Aber er war noch immer er selbst. Er hatte das Aussehen eines Mannes, der einen langen erbitterten Kampf ausgefochten hatte und der in diesem Kampf unterlegen war.

»Er trug einen Ring«, sagte ich, »einen billigen Ring mit einem roten Stein, und er hatte den Ring stets am kleinen Finger.«
Doch davon wußte der andere nichts.

Ich fuhr hinaus aus der Stadt, fuhr zu Sams Haus, traf aber niemanden an; nicht einmal die alten Frauen im Hinterhof konnten mir sagen, wo Sam und seine Frau sich gerade aufhielten. Durch Flackerschein und Dunkel der nächtlichen Zwangssiedlung fuhr ich zurück – der Negersiedlung mit ihren Rufen, die wie wehende Bänder waren, dem Rauch und dem Essensgeruch, den Betrunkenen und Kindern und Hühnern und den jugendlichen Tagedieben, die vor dem Kino herumlungerten. Und immer wieder hatte ich mir einzuhämmern: er, er ist nicht mehr da, er, er ist nicht da. Aus allem ringsumher Wahrzunehmenden hatte ja sein Wesen bestanden. Und wenn dies alles noch existierte – warum nicht auch er? Immer von neuem hatte ich mir über die Tatsache des Sterbens Rechenschaft zu geben, sooft ich etwas hörte oder sah, das ihre bloße Möglichkeit in Frage zu stellen schien. Trotz des Krieges, trotz meines Vaters Tod war sie noch nicht in meine Erfahrung eingegangen. Selbst im Mannesalter hatte ich den Verlust noch keines Wesens zu beklagen gehabt, das mehr für mich bedeutet hatte als ein Lieblingstier. Vom Tod verstand ich ungefähr so viel, wie nach erfolgter Aufklärung ein Kind von der Liebe zu verstehen glaubt.
In der großen Stadt glühten im Schein der Lichtreklamen an Kinos und Theatern die weißgepuderten Frauengesichter über den Pelzmänteln hell auf, die halbwüchsigen Kinder der Einwanderer aus Neapel und Rom lungerten auf ihren dicken Sohlen vor einer Espresso-Bar herum, und langsam schoben sich auf der Suche nach einem Parkplatz die Wagen von einer Straße zur anderen. Und langsam fuhr auch ich durch die Stadt, langsam durch den Vorort, der sich am Hügelabhang hochzog..
In der Wohnung erwarteten mich die Perlhühner, der Geruch von Holzfeuerrauch und die Federn, die in dem durch Öffnen der Tür hervorgerufenen Luftzug am Boden entlang trieben. Beim Anblick der Wohnung war mir zumute wie bei der unvermuteten Begegnung mit dem lächelnden Gesicht eines Menschen, der nicht wußte, daß irgend etwas Schlimmes

geschehen war. Der Schmerz hatte eine Art Amputation an mir vollzogen – nicht durch die Zeitspanne von acht Stunden, sondern durch das ins Zeitlose ausgeweitete Erlebnis war ich von jenem Augenblick abgeschnitten, in dem ich die Tür hinter mir geschlossen hatte. Und so fern war ich diesem Augenblick schon gerückt, daß ich schwachsinnigerweise unfähig war, zu begreifen: in meiner Wohnung hatte bis zu einem gewissen Grade die Zeit stillgestanden.
Ich wußte, daß ich nicht zu Hause bleiben konnte. Nochmals schloß ich die Tür, nochmals ging ich die Treppe herunter und setzte mich in den Wagen, wo mich ein quälendes Gefühl der Ziellosigkeit überfiel. Es war mir zumute wie im leeren, abgedunkelten Zuschauerraum vor einer Bühne, auf der die Szenerie Stück für Stück abgebaut, auseinandergenommen und weggerollt wurde. Wo gab es noch Mauern aus Stein, wo Häuser, die nicht auf Sand gebaut waren, Stätten der Andacht, an denen Gott noch zu finden war? Was hatte ich denn im Grunde von Steven gewußt, diesem Fremden, der ein Dasein zu führen und zu beschließen hatte, das ich bestenfalls von außen beobachten konnte; von Steven, meinem Bruder! Ein sinnloses Dasein ohne Hoffnung, ohne Würde, das Dasein eines geistig Kastrierten, willkürlich vorgezeichnet von weißer Hand. Ein Dasein, aus dem er, mit einer lockeren Handbewegung, das einzig Mögliche gemacht hatte – eine Gebärde. Eine Gebärde. Soviel hatte ich, über eine zwischen uns liegende Welt, über die lebenslängliche Verbundenheit mit Freunden und Gesichtern hinweg, die mir weitaus verständlicher waren, deutlich erkenen können. Wie war es denkbar, was beide von uns wußten – daß nämlich er und ich eines waren? Er war seiner eigenen Hautfarbe hörig, und ich war frei. Mir stand die Welt offen, und ihm war sie verschlossen. Wie dann konnte ich in seiner Lage die meine wiedererkennen?
Er war niemals in den Besitz dessen gelangt, was ihm von rechtswegen zustand. Und bei mir war das, was mir nach meiner Überzeugung hätte zukommen müssen, zunichte geworden, bevor ich noch mit meiner Geburt ein Erbrecht darauf erwarb.

Schließlich ging ich wieder nach oben und wickelte ein paar Perlhühner in Zeitungspapier ein, um sie Cecil zu bringen.

Sam war nicht zu Hause gewesen, und ich konnte über das Niemandsland zwischen Weiß und Schwarz hinweg nicht bei ihm anrufen, um herauszufinden, ob er inzwischen heimgekehrt war. Ich konnte auch Anna Louw nicht aufsuchen – was mir selbst, auf merkwürdige Weise, Steven gegenüber als ein Akt der Untreue vorgekommen wäre. so fuhr ich zu Cecil, mit der ich Stevens Tod unter keinen Umständen erörtern durfte. Überhaupt nicht davon zu sprechen, die Stimme des Mitgefühls zu überhören, auch keine moralischen Betrachtungen über dieses kurze, gewalttätige Leben anzustellen – das schien im Augenblick das einzig Mögliche zu sein. Denn mit Steven verhielt es sich so, daß er nicht einfach dies oder das war. Er war einfach da. Er war.
Als ich bei Cecil eintraf, entdeckte ich, daß sie, wie auch sonst so oft, gerade wieder einmal badete. Soviel Zeit verbrachte sie, Zigaretten rauchend, mit Baden! »Ich bin sofort wieder draußen«, rief sie mir zu, und ich trug mein schweres Bündel Vögel in die Küche. Eveline spülte gerade das Geschirr vom Mittag ab. »Master Toby!« kicherte sie. »Wo sollen wir die nur hintun? Unser Kühlschrank ist schon bis oben hinauf voll davon. Master Patterson hat uns sechs gebracht!« Und sie zeigte sie mir. Aber ich überließ ihr die Vögel, ging ins Wohnzimmer und schenkte mir einen Drink ein. Nach einer kleinen Weile erschien Cecil in einem Morgenrock, ihr Haar an den Spitzen noch feucht vom Badewasser. »Die Vögel sind etwas Herrliches! Du bist ein Engel! Das gibt eine phantastische Mahlzeit ab!«
»Eveline sagte mir, du hättest schon mehr, als du brauchen kannst.«
Sie sah etwas verlegen drein, aber, ohne sich weiter Gedanken darüber zu machen, daß sie bei einer ihrer Höflichkeitslügen ertappt worden war, erwiderte sie ohne Zögern: »Oh, Guy Patterson hat sie gebracht. Eine lächerliche Angelegenheit. Er hatte sich zum Warmhalten seines Kopfes einen Strumpf von mir ausgeliehen und versprach mir dafür ein paar Vögel. Wie war es draußen?«
»Recht hübsch. Und wie ist dein Wochenende verlaufen?«
»Du mußt dir wahrhaftig die Haare schneiden lassen. Guck dir im Spiegel mal den Saum auf deinem Kragen an. Du siehst völlig heruntergekommen aus.« Sie setzte sich neben mich und bettete meine Hand in ihren warmen Schoß: wieder

spürte ich unter dieser Hand den kalten Hundekörper, zog sie fort, umgriff Cecils Hinterkopf und küßte sie heftig auf den Mund. Wie auch sonst war sie für solche rauhe, unerwartete Art der Zärtlichkeit empfänglich und sagte lachend: »Mach mir doch nicht weis, daß du dermaßen liebebedürftig aus dem Busch zurückgekommen bist.« Dabei legte sie einen kaum merklichen Nachdruck auf das Wort ›du‹, als habe sie eigentlich ein ›auch du‹ gemeint. Sollte sie in diesem Augenblick womöglich an Patterson denken? Gleichwohl wandte ich mich ihr voll zu und küßte sie, und wie durch ein Wunder löste sich meine Erstarrung in Leidenschaft, und in meine Umarmung ging etwas von Mitleid ein. Ich ertappte sie dabei, daß sie aus offenen Augen mich anstarrte, als wir in ihrem unaufgeräumten Schlafzimmer – den Hals der Nachttischlampe hatte sie zur Seite gedreht, um ihren Schein von sich selbst fort auf die Wand zu lenken – das uralte Ritual der Einswerdung vollzogen. Ihr wie in der Schwebe gehaltenes Gesicht nun meinerseits betrachtend, verspürte auch ich so etwas wie Reue, daß ich nicht mehr für sie getan hatte, nicht gewillt oder nicht imstande gewesen war, ihr Eingang in mein eigenes Leben zu vergönnen und derart auch das ihre für sie zur Wirklichkeit werden zu lassen. Und doch schien sie zuletzt unmittelbar vor der eigenen Erfüllung innezuhalten, ohne die meine verzögert zu wünschen. Sie lehnte sich zurück, die Augen weit offen, und lächelte wie in stummer Rechtfertigung in sich selbst hinein. »Was ist denn?« fragte ich. Aber sie schüttelte nur den Kopf, berührte, noch immer lächelnd, mein Haar, an dessen Zustand sie eben erst Anstoß genommen hatte – eine seltsame kleine Gebärde abschließender Zärtlichkeit, ähnlich derjenigen, mit der eine Frau vor dem Ausgehen ihres Mannes Krawatte zurechtzupfen mag.

»Du wirst bald wieder nach England zurückgehen müssen, nicht wahr?» sagte sie leise. »Vielleicht werde ich dich dort besuchen.«

»Du willst mich wirklich besuchen kommen?«

Sie schloß die Augen und sog wie ein Kind bei Aussprechen eines Wunsches die Nasenflügel ein. »Ich werde einen reichen Mann heiraten und mit ihm im Dorchester Hotel eine ganze Suite nehmen und dich dann besuchen.«

»Ich verstehe«, sagte ich.

Später zog sie mich noch einmal an sich heran, und im Dunklen dachte ich frohlockend, verzweifelt: ich bin am Leben. Ja, einer von uns beiden ist noch immer am Leben!

17. Kapitel

Steven war ums Leben gekommen wie ein Verbrecher, aber er wurde wie ein König bestattet. Alle Mitläufer, Bewunderer, Freunde und Bekannten aus einem betriebsam-geselligen Leben kamen, um, wie einer von ihnen es ausdrückte, ihm das Reisegeleit zu geben. Am Begräbniszug beteiligten sich eine kleine Band, die Schlagersängerin Betty Ntolo und noch eine ganze Garde anderer Unterhaltungskünstler, es gab Grabreden in drei verschiendenen Sprachen, und die Kränze türmten sich bis zur Höhe von fast einem Meter. Und Steven war kein Filmstar gewesen, kein Politiker, keine Berühmtheit, wie man sie sonst lediglich aus der Ferne kennt. Für alle diese Leute war er einer der ihren gewesen.
Als Sam meiner ansichtig wurde, ergriff er meinen Arm und brach in Tränen aus. Aber ich selber vermochte so wenig zu weinen, wie ich inmitten des Jazztaumels auf einer von Stevens Parties selber hatte mittanzen können. Wir fuhren zu Sams Haus und erfrischten uns dort an dem Tee, den Ella uns schweigend ins Zimmer gebracht hatte. Später bestiegen wir beide den Schuttberg, der dicht an seinem Haus aufragte wie ein Vorgebirge. In der Luft lag schon etwas vom Frühling. Selbst da droben hatte ein halbwüchsiger Pfirsichbaum, der unter der Asche ein wenig Halt gefunden, sich mit dem Schmuck winziger, dünner leuchtender Blätter behängt. Unter uns lag die ganze Siedlung von Rauch umhüllt, als sei sie eben geplündert, zerstört worden. »Ich habe meinen Wagen verkauft«, sagte Sam. »Gerade am letzten Donnerstag, als Sie hier waren. Ich hatte versprochen, ihn abzuliefern.«
Ich wußte, wie stolz er auf den kleinen Morris gewesen war, wußte, daß er für ihn mit zu dem bescheidenen Anteil an jenem höheren Leben gehört hatte, das sich zu eigen zu machen den Afrikanern so schwer fällt. »Aber warum denn? Was war denn damit los?«
»Mein Bruder brauchte unbedingt Geld. Ella hat zwei Schwestern, die noch weiter auf die Schule gehen wollen. Oh, ein

Dutzend verschiedener Gründe, die zuletzt alle auf das gleiche hinauslaufen: Bargeld.«
»Was für ein Jammer!«
Er lächelte, mir zur Beruhigung. »Ach, Toby, die schwarze Haut ist an sich nicht einmal das Schlimmste. Wenn irgendeiner Ihrer Bekannten wissen möchte, was es damit auf sich hat, ein Schwarzer zu sein – das ist es. Man mag versuchen, sich den Gürtel noch so eng zu schnallen: es ist nicht genug. Wenn man eine halbwegs anständige Stellung hat und auch halbwegs anständig verdient, nützt einem das nicht viel, weil es für so viele andere noch mitzureichen hat. Immer ist man sehr wohlhabend, verglichen mit den eigenen Geschwistern oder den Vettern und Basen der eigenen Frau. Man kommt niemals aus den Schulden heraus, solange es noch einen einzigen Anverwandten gibt, der für irgend etwas Strafe zu zahlen hat oder in ein Krankenhaus muß. Und so geht es weiter und immer weiter. Was nützt es mir, eine Gehaltsaufbesserung zu bekommen? Irgend jemand wird gerade Steuern zahlen oder sich ein künstliches Gebiß zulegen müssen.«
»Und wenn Sie nun wirklich einmal Nein sagten?«
Er schüttelte den Kopf. »Unmöglich. Ich weiß leider nur zu gut, was es heißt, die Schule nicht bis zum Ende besuchen zu können.«
»Steven hat einmal gesagt, es lohne sich nicht, so zu leben, wie Ella und Sie; lohne nicht, gegen die Macht der Umstände einen höheren Lebensstandard erzwingen und aufrechterhalten zu wollen.«
»Für mich lohnt es sich immer«, sagte Sam, einen seiner Absätze in den Aschengrund bohrend. Eine kleine Gruppe von Schulkindern klomm gerade den Hügel empor. Mit ihrer staubigen Haut, den durchlöcherten Hosen, den gelbgefärbten Augen, der tierischen Schrille ihrer Vagabundenstimmen schienen sie hierher zu gehören wie Seehunde zu Felsklippen. Als wir an ihnen vorüberkamen, riefen sie uns etwas zu. »Sie verstehen sich nur aufs Fluchen«, sagte Sam; und in Schmerz, Scham und Grimm sich mir zuwendend, brach er aus: »Sich vorstellen, wie er umgekommen ist – ein Mann wie er! Ausgerechnet beim Türmen mit einer Rotte von Gangstern! Glauben Sie wirklich, es wäre ihm nichts anderes beschieden gewesen, hätte er in einer weißen Haut gesteckt?«
Von nun ab war ich öfter und öfter mit Sam und seiner stillen

Frau zusammen. Anfangs fühlte ich mich ein bißchen unbehaglich bei dem Gedanken, sie beide nun soviel häufiger in ihrem Häuschen zu besuchen als zu Stevens Lebzeiten. Aber sie fanden sich auf so zutraulich-unbetonte Weise mit meiner Gegenwart ab, als wäre anderes für uns alle nicht denkbar. Das Leben, das sie führten, war sehr verschieden von dem Stevens. Abgesehen von ein paar Jazzveranstaltungen, zu denen Sam Ella nicht mitnahm und zu denen sie ohnehin nicht hätte mitgehen wollen, verbrachten sie die meiste Zeit mit irgendeiner Tätigkeit, vor allem Ella. Selbst wenn Sam am Abend Klavier spielte oder Schallplatten aufgelegt hatte, pflegte sie, unermüdlich-gewissenhaft über ihre Bücher gebeugt, in einer Ecke zu arbeiten. Sie wollte unbedingt eine Prüfung in Sozialwissenschaft bestehen und bereitete sich mit Hilfe fernschriftlicher Kurse für die Zeit vor, in der sie es sich leisten durfte, den bisherigen Lehrberuf an den Nagel zu hängen und die Universität zu besuchen. Sie war wieder schwanger, aber weder sie selbst noch Sam schienen zu fürchten, daß die Hoffnung auf Fortsetzung ihrer Studien für unbestimmte Zeit vertagt zu werden brauchte, selbst wenn für ein zweites Kind zu sorgen war.

In beider Haus kam ich mit völlig anderen Menschen zusammen als denen, die ich durch Vermittlung Stevens kennengelernt hatte. Ein alter Führer der Kongreßpartei, aus einem anderen Teil des Landes stammend, pflegte geduldig zu lauschen, wenn junge Ärzte und Rechtsanwälte die Politik seiner Partei kritisierten: und ein ältlicher Professor – er hatte zu einer Zeit, in der solche Freizügigkeit zumindest für diejenigen denkbar war, die sie sich leisten konnten, in Amerika studiert – sprach im etwas mißmutigen, etwas blasierten Ton eines Mannes, der die gleichen Argumente schon allzu oft mit angehört, die gleichen Gefühle der Debattanten schon allzu oft geteilt hat. Diese alternden Männer, mit weitgespreizten Beinen auf hochlehnigen Stühlen sitzend, glichen fast schon den Denkmalsfiguren, zu denen sie eines Tages werden mochten, wenn das für sie jetzt unvermeidliche Zwischenspiel der Verdrängung durch jüngere, kampflustigere Männer vorüber war und das Andenken an das, was sie selbst einst gewesen waren, wieder in seinem alten Glanz erstrahlte. Die alten Männer wahrten gewohnheitsgemäß die äußere Würde, die für einfachere Gemüter

gleichbedeutend mit Weisheit ist. Die jüngeren Männer dagegen hatten eine rasch zufahrende, bewußt unpathetische Art, wie sie der mehr verfeinerten Vorstellung vom Verhalten welterfahrener Männer entspricht. Sie schienen einander etwas übertriebene Hochachtung entgegenzubringen – wie bald, mußte ich oft denken, würde sich das ändern, wenn sie erst im Parlament saßen und sich die Konventionen weißer Parteipolitiker zu eigen gemacht hatten! Aber vielleicht war eine übermäßige Beteuerung wechselseitiger Hochachtung lediglich ein Symptom wechselseitiger Eifersucht. Sie alle, die Alten wie die Jungen, waren leidenschaftliche Naturen – die ganze Stoßkraft der Leidenschaft lag, sprungfedergleich gespannt und aufgespult, in ihrem Innern bereits auf der Lauer.
Ich war aus meiner alten Wohnung ausgezogen, und in der neuen kamen, von den Nachbarn und Hausmeistern bisher noch nicht entdeckt, Peter und ein paar andere, die den Nährgrund von Stevens Leben gebildet hatten, zu mir zu Besuch. Ein-, zweimal erschien sogar Lucky Tschaputra, verlegen, besorgt und offensichtlich bemüht, Steven von jedem Verdacht reinzuwaschen. »Er hat sich niemals mit an meinen Unternehmungen beteiligt. Der Umgang mit mir und meinen Leuten hat ihm bloß Vergnügen gemacht.« Peter leerte bei mir gewöhnlich nur ein paar Glas Branntwein, ohne viel Worte zu machen; wir spielten einige Schallplatten, wobei er, sich nun plötzlich wieder auf sicherem Boden fühlend, die Interpreten kritisierte. Wo immer später Stevens Freunde zusammenkamen, in Spritschwemmen oder auf Parties, pflegten sie auf sein Wohl anzustoßen, als wäre sein Tod nur der neueste und gleichzeitig der verrückteste seiner Streiche. Er war nicht vorsichtig genug gewesen, um am Leben zu bleiben. Und gerade deshalb bewunderten sie ihn. Nur wenn der Afrikaner in Wort und Tat, und was noch wichtiger war, auch in Gedanken Vorsicht wahrte, durfte er hoffen, je durchzukommen. Aber eben um diesen Preis wollte Steven nicht durchkommen; und darum war er für die anderen ein Held. Wenn immer sie auf ihn anstießen, lag etwas in ihren Gesichtern, das mich innerlich schauern ließ. Für mich war er liebenswert gewesen, weil er nichts anderes gewesen war als ein Mensch.
Wochenlang hatte ich mich nicht bei den Alexanders blicken lassen. Ich brachte es einfach nicht fertig, zu ihnen zu gehen –

das war der ganze Grund. Stevens Tod hatte mir zu einer Art Atempause verholfen, gerade als mir klar geworden war, wieviel innere Spannung das monatelang von mir geführte Leben erfordert hatte. Während ich äußerlich durchhielt, mich einfach treiben ließ, war ich jener ungeheuren Spannung meines Lebens kaum bewußt gewesen, in dem bestimmte Verpflichtungen und Interessen mit bestimmten anderen, nicht weniger starken unaufhörlich in Konflikt gerieten: ich hatte meine Freunde nicht nur räumlich einander fernzuhalten, sondern konnte von den einen mit den anderen nicht einmal sprechen. Ich ging so gern zu Sam ins Haus, weil ich hier in Schweigen – dem Schweigen der Verstörung – vor mich hinbrüten durfte und keine Fragen über mich ergehen zu lassen brauchte. Sam, wie verschanzt hinter seinen großen Brillengläsern, pflegte bei meinem Eintritt den Blick von dem Blatt Papier zu heben, das er gerade mit Noten bekritzelte, und wenn dieser Blick dann plötzlich dem meinen begegnete, verzog sich sein Gesicht zu jenem breiten Sambo-Lächeln, das eigentlich gar nicht zu ihm paßte. Und Ella saß ernst und schwerleibig über ihrem Lewis Mumford und John Stuart Mill. War ich für sie oder waren sie für mich eine Zuflucht? Konnte ich jemals auf das Zusammensein mit ihnen verzichten? Sie preisgeben und mir statt dessen an dem Whisky und den das Schwimmbassin umflatternden Scherzen genügen lassen? Warum wäre mir das soviel weniger leicht gefallen als der Verzicht auf das High House?

Ich schreckte innerlich zusammen. Wie, wenn ich in ihrem, Sams und Ellas, Antlitz das beiläufge Gesicht des Schicksals erspäht hätte, das, wie ich von je gewußt hatte, eines Tages mit seiner Forderung an mich herantreten würde, die Lebensaufgabe, zu der ich mich ahnungslos, blinden Auges verpflichtet hatte und der ich mich niemals wieder entziehen durfte? Einem Neurotiker gleich, der sich gegen die Heilung wehrt, hielt ich die ziellose Freiheit umklammert, die mir so lange schon zur Last geworden war. Wie, wenn ich bei meiner Rückkehr nach England entdecken mußte, daß alles für mich Wirkliche in Johannesburg hinter mir zurückgeblieben war?

Faunces letzter Brief lag in einer Schublade meines Schreibtisches. Ich hatte mich noch nicht zu einer Antwort entschließen können. Und Faunce selbst hatte nicht erwähnt, daß er noch keine Antwort erhalten hatte. Vielleicht spielte er nicht länger mit dem Gedanken, mich noch eine Weile in Afrika bleiben zu lassen. So etwa ein, zwei Jahre länger? Wenn ich aber weiter hier lebte – auf welche Weise sollte ich leben?

Hinter den vertraulich einander zugebeugten Köpfen konnte ich in der Stratford-Bar Cecil sitzen sehen, die auf dem Nachbarstuhl ihre Pakete abgelegt hatte. Ich hatte beim Eintritt zunächst eine Sekunde lang gezögert, weil ich sie in der rauchigen, unbestimmt unterweltlichen Atmosphäre, die mich stets an die von Londoner Bierhäusern erinnerte, nicht gleich entdecken konnte; und nun bemerkte ich, daß sie ihre Pakete mit so vertrauten Blicken betrachtete, als säße neben ihr ein guter alter Bekannter, bei dem sie sich keiner Überraschung mehr zu versehen brauchte. Bei meinem Anblick jedoch stopfte sie hastig weg, was sie an weiblichen Traumgedanken dabei beschäftigt haben mochte, und streckte in der gebieterischen Art, in der sie andere zu begrüßen pflegte, die Hand empor. Sie war so anziehend wie immer, nicht eigentlich schön, was sie in meinen Augen einmal gewesen war, unwiderstehlich aber gerade in ihren Mängeln, die sie in ihrer Eitelkeit sich selber niemals nachsehen konnte.
»Ich weiß nicht, warum wir uns ausgerechnet hier treffen müssen«, sagte sie heiteren Tones.
Ich mußte überrascht oder sogar verletzt dreingeblickt haben, was natürlich ihrer Absicht entsprach. Sie wußte, daß ich sie nicht für so ahnungslos halten konnte, nicht zu begreifen, warum zwei Menschen immer wieder das gleiche Lokal aufsuchen, in dem ihre eigentliche Bekanntschaft begonnen hat.
»Sollen wir lieber woanders hingehen?«
»Nein. Aber es gibt immerhin andere Lokale, wollte ich sagen. Sieh dir beispielsweise einmal den Tisch an – so klebrig, daß man ihn nicht anfassen möchte. Der Kellner sollte ihn abwischen.«
Ich hatte nicht wieder bei ihr geschlafen, aber wir hatten zusammen zu Abend gegessen, waren zusammen ins Theater gegangen. Unsere Affäre näherte sich dem Ende oder war zumindest an einem jener toten Punkte angelangt, an dem sie gleichwohl auf so geheimnisvolle Weise wieder Feuer fangen mochte wie ein Streifen dürren Grases unter einem von der Sonne getroffenen Flaschenscherben. Unter dem altgewohn-

ten Vorbehalt wechselseitigen Mißtrauens taten wir beide, als hielten wir es für ausgemacht, daß wir wußten, warum wir in letzter Zeit nicht mehr so oft zusammengekommen waren; und daß die dafür angegebenen Gründe auch stichhaltig waren.

»Du scheinst immerhin nie sehr viel von deiner jeweiligen Umgebung wahrzunehmen, wie?« fragte sie nachsichtig.

Sie nippte kurz an ihrem Drink, nahm sich den Mantel ab, beklagte sich über die Stickigkeit des Lokals und lehnte sich dann in ihrem losen Blusenkleid, das prachtvoll an ihrem mageren Körper herabfiel und nur bei einem plötzlichen Wechsel in der Linienführung der Falten an ihren kleinen, lockeren Brüsten haften blieb, in ihrem Stuhl zurück. Es war ein grünes Kleid, in dem sie sich sehr blond ausnahm. Ihr Haar war nun auf einen Silberton gestimmt.

»Das ist wirklich schön.«

»Das sollte es auch sein«, sagte sie, noch immer unter dem Eindruck dessen, was das Kleid sie gekostet hatte.

»Was sind denn das alles für Beutestücke? Du scheinst die ganze Stadt ausgekauft zu haben.«

»Oh – alles mögliche. Ich werde nun älter und brauche etwas kostspieligere Sachen.«

»Warum kommst du nicht mit nach London und zeigst den Engländern, wie ein Modell eigentlich aussehen sollte? Ein Bild von dir würden ›Vogue‹ und andere Modeblätter schon bringen!« Ich bemühte mich nach Kräften, eine solche Möglichkeit ins Auge zu fassen. Wir würden zusammen in einer der kleinen rückwärtigen, über einer Garagenreihe gelegenen Wohnungen hausen, in Räumen voller Ginflaschen und Morgenröcken, in Räumen, die nach Liebe dufteten.

Sie lächelte ihr herausforderndes Lächeln, bei dem sich ihre Mundwinkel etwas nach unten hogen. »Ich würde mir dort ganz verloren vorkommen. Du wärest der einzige Mensch, den ich kennte. Ich kann nicht einmal französisch. Du hast mich meine Unbildung immer spüren lassen. Am liebsten hätte ich dir sogar manchmal eines versetzt, wenn du gar nicht aufhören wolltest, von etwas zu sprechen, von dem ich selbst nicht die geringste Ahnung hatte.«

»Wovon denn, um Himmels willen?« fragte ich voller Erstaunen. Die Erinnerung an die ihr angetane Unbill war offenbar etwas unbestimmt. »Ach, ich weiß nicht genau. Von irgendeinem Griechen, der zerstückelt und dann in einen Stier oder so etwas Ähnliches verwandelt wurde.«

Wir bestellten einen zweiten Drink, und unsere Unterhaltung wurde etwas beschwingter, geschmeidiger. Es war fast, wie es zu Anfang gewesen war, als alle Eigenheiten der Sprechweise des einen für den anderen noch neu waren und reizvoll und unterhaltsam anmuteten.

Plötzlich lehnte sie sich mit einem tiefen Seufzer zurück, zufrieden und nachdenklich, als sei es uns tatsächlich geglückt, etwas vom Geist früherer Unterhaltungen wiederzubeschwören. Dann aber sagte sie unvermittelt: »Lieber – ich werde Guy Patterson heiraten.«

Die Stimme einer Frau, die sich soweit zurückgesetzt hatte, daß ihr Stuhl den meinen berührte, schnitt mit der zähen Beharrlichkeit eines Lautsprechers in unsere Unterhaltung: »... so etwas kommt mir gewöhnlich gar nicht in den Sinn. Aber den ganzen vergangenen Samstag habe ich immer wieder Fünf statt Sieben getippt, und Sieben statt Fünf.«

»Das war also der Grund, warum er deinen Strumpf mithatte«, sagte ich. Sie lachte. »Ach nein, damals hatte das noch nichts zu besagen. Die ganze Sache ist im Laufe von ungefähr einer Woche spruchreif geworden ...« Sie hielt, für irgend etwas plädierend, den Blick auf mich gerichtet.

Und die Stimme der Frau am Nachbartisch gluckerte weiter: »Den ganzen Vormittag über habe ich zu meinem Boß gesagt, ich mache heute auch gar nichts richtig, habe ich gesagt, immerzu Fünf statt Sieben und umgekehrt, das muß irgend etwas zu bedeuten haben ...«

»Ich hatte mir eingebildet, er wäre bereits verheiratet.«

»Er ist geschieden. Wir sind alle geschieden. Ich glaube gar, du bist mir böse.«

»Natürlich bin ich böse«, sagte ich verstimmt. »Vermutlich sieht es kein Mann sehr gern, wenn eine Frau, die er einmal geliebt hat, einen anderen heiratet.«

»... Steady Joe war Nummer Fünf und Ascona war Nummer Sieben, und wahr und wahrhaftig, er hat den doppelten Gewinn eingesackt ...«

Sie betrachtete mich voller Zärtlichkeit, wenn auch gleichzeitig mit dem Ausdruck inneren Widerstrebens, von dem, wie ich bemerkt habe, alle Frauen befallen werden, sobald sie etwas aufgegeben haben. Es war, als wären wir nun um so

mehr berechtigt, über uns selbst zu sprechen, uns selbst preiszugeben, ohne fürchten zu müssen, damit auch irgendeinen ungeahnten Vorteil preiszugeben. Immer hatten wir es dem anderen gegenüber am letzten Vertrauen fehlen lassen, und nun kam es nicht mehr darauf an. »Du bist wie ein Muscheltier. Ich habe dir schon oft genug gesagt, ich habe den Eindruck, daß du mich immerzu beobachtest und dich selber allen Blicken entziehst.« Sie forschte in meinem Gesicht nach der erhofften Entgegnung. »Wie ein Feind auf der Lauer«, sagte sie nachstechend. Und dann: »Du hast doch niemals die Absicht gehabt, mich zu heiraten, wie?«
»Fünf statt Sieben und Sieben statt Fünf – bitte, ist so etwas zu überbieten?«
»Aber wenn ich selber heirate, muß es jemand sein wie du – soviel bin ich sicher.« Und wie, höhnte eine innere Stimme, willst du das wohl in Einklang bringen mit der Tatsache, daß du im Grunde lieber mit Menschen wie Sam und Ella zusammen bist? Darüber und über alle anderen Widersprüche in meinem Innern wollte ich mir jetzt nicht den Kopf zerbrechen. Noch immer bestand für mich der exotische Reiz von Frauen in ihrer Schönheit und selbstgenugsamen Weiblichkeit. Lieber würde ich eine Huri heimführen als eine Kameradin. Wenn mir etwas schon in früher Kindheit einen unüberwindlichen Schrecken eingejagt hat, so war es zweifellos eine ernstgesinnte Intellektuelle.
»Du findest doch auch, daß Patterson Charme hat, nicht wahr? Und du magst ihn doch?« Sie bediente sich seines Familiennamens als wolle sie sich von vorneherein der Überzeugung versichern, eine objektive Antwort auf ihre Frage zu erhalten. Bei ihrem Bedürfnis nach innerer Beschwichtigung konnte nichts anderes ihr genügen.
Ich sagte genau das, was von mir erwartet wurde, und sie stimmte mir mit kurzen wachäugigen Kopfbewegungen zu. Und als ich endlich mit meiner Antwort fertig war, blickte sie mich an, als hoffe sie noch etwas von mir zu hören, gerade das eine Wort, das ihr ein für allemal die Gewißheit schenkte, daß sie das Richtige tat.
Sie hatte sich also für Patterson entschieden. In ihrer Lebensgier, Lebensangst hatte sie mit schicksalgewollter Sicherheit nach seiner Hand gegriffen, der Hand Pattersons, des durch Whisky konservierten Fliegerhelden. Bei ihm hatte sie kei-

nerlei Herausforderung zu befürchten. Sie hatte ihn, frohlokkend wie eine Frau bei einem günstigen Gelgenheitskauf, gewissermaßen von der Stange erstanden. Er hatte schon vor der Zeit ihrer Bekanntschaft seine Verwendbarkeit erwiesen, seinen Kampf mit den Windmühlenflügeln ausgefochten. Und wieder gedachte ich jenes Sonntagnachmittags in dem leeren Haus, an dem mir plötzlich deutlich geworden war, was sie wirlich brauchte und was man möglicherweise für sie tun konnte, wenn man ihr in Liebe zugetan war. Und auch jetzt konnte ich ihr gegenüber so wenig den Retter, den Heilbringer spielen wie damals. Das letzte, das entscheidende Wort blieb jedenfalls einem anderen vorbehalten.
Wir gingen nun dazu über, uns von Patterson und seiner persönlichen Stellung in Hamishs Konzern zu unterhalten und von der Wahl seines und Cecils künftigen Wohnorts. »Guy möchte unbedingt für Keith eine Weiße engagieren. Dann wäre ich selber ganz frei.« Ja, das war, wie ich deutlich erkennen konnte, der endgültige Verzicht auf eine persönliche Beziehung zu ihrem Jungen. Sie war bereit, das jetzt schon gelockerte – selbst für ihr Gewissen gelockerte – Band zwischen ihm und ihr zu durchschneiden, indem sie ihn einer Weißen anvertraute: nie hätte sie sich selbst völlig frei fühlen können, solange er noch einer Schwarzen überlassen blieb. Nun brauchte sie in keiner Hinsicht mehr Mutter für ihn zu sein. Ihre Augen, die wie gewöhnlich nach ein paar Drinks strahlende Leuchtkraft gewonnen hatten, glitzerten auf beim Gedanken an eine Zukunft, die im Zeichen von Reichtum, Reisen und Vergnügungen stand. Sie war unerbittlich entschlossen, den Blick vom wirklichen Dasein abzuwenden. Ich verspürte ein gewisses Mitleid mit ihr, aber andererseits nicht Mitleid genug, um ihr entgegenzuhalten, was sie mit ihrer Wahl selbst verwirkt und verloren hatte. »Wie steht er denn zu Keith?« fragte ich. »Oh, er vergöttert ihn«, erwiderte sie. Und dann berichtete sie, daß Patterson in etwa drei Monaten geschäftlich nach Kanada gehen müsse und daß dies wahrscheinlich gleichzeitig die Hochzeitsreise sein würde. Hamish hatte ursprünglich selbst fahren wollen, aber da er in letzter Zeit nicht ganz wohl gewesen war – ach so, ja, ich konnte natürlich nicht wissen, was für hohen Blutdruck er hatte, denn ich war ja so lange nicht draußen bei ihm gewesen. »Marion nahm an, du seiest nur um meinetwillen dem High

House ferngeblieben«, sagte sie lächelnd. »Genauer: um Guys willen.«
»Hamish und Marion sind wirklich prachtvolle Menschen«, fügte sie hinzu, als wolle sie irgendeine gestaltlose Drohung abwehren, die, noch niemals in Worte gefaßt, sich gleichwohl den Sinnen bemerkbar machte wie ein aufziehendes Gewitter. Später jedoch wandte sie sich mir wieder zu. Sie fühlte sich mir gegenüber nun frei, brauchte auch in bezug auf meine Person keine unliebsamen Entdeckungen mehr zu befürchten. »Hast du wirklich in deiner Wohnung öfters Schwarze zu Besuch gehabt?« fragte sie zögernd. »Guy hat mir erzählt, das wäre der Anlaß für deinen Wohnungswechsel gewesen.«
»Wo mag er das wohl herhaben?«
»Von einem Mann namens Derek Jackson, der ein Freund Guys ist und damals mit einer Frau zusammenlebte, die in deinem Haus eine Wohnung hatte. Sie hat ihm davon berichtet.« Cecil war nun ungeniert neugierig: »Du kannst dich tatsächlich am gleichen Tisch mit ihnen zum Essen zusammensetzen, und es war dir gar nicht anders dabei zumute als sonst?«
»Aber das sind doch meine Freunde! Der Mann, der mir bisher in diesem Lande am nächsten stand, war Afrikaner. Er kam im Juli bei einem Unfall ums Leben.«
Sie starrte mich wie gebannt an. »Und sie kommen dir vor wie alle anderen Leute? Hast du diesen Burschen wirklich gern haben können?«
»Ja«, sagte ich, etwas verlegen, denn ich hatte ihr meine Zuneigung zu Steven begreiflich zu machen, als handle es sich dabei um etwas so Unerklärliches wie eine gewisse Vorliebe für die Gesellschaft von Schlangen oder Schimpansen. »Mit ihm habe ich mich besonders gut verstanden.«
Sie betrachtete ihre Hände mit den langen, roten, haselnußförmigen Fingernägeln. »Weißt du, ich kann es mir einfach nicht vorstellen – ich meine, daß ein Schwarzer neben mir am gleichen Tisch sitzen und sich genau wie jemand anders mit mir unterhalten sollte. Der Gedanke, eine schwarze Hand auch nur zu berühren –« Cecils eigene Hand streckte sich im Hinblick auf das vorgestellte Experiment ein wenig aus, zögerte, zuckte zurück.
»Hat keinen Zweck, noch davon zu sprechen«, sagte ich. »Reden wir lieber von etwas anderem.«

Wir lächelten einander zu und versuchten, den eben gewonnenen Grund dieses Lächelns zu halten – zwei Menschen, die sich wortlos auf dem schmalen Streifen Niemandsland zwischen zwei Gegenlagern umarmen. Wie ein Feind, hatte sie von mir gesagt. Wie ein Feind hatte ich im High House herumgelungert und es mir gutgehen lassen. Wie ein Feind: das Wort kostete mich meine innere Freiheit, meine Unbefangenheit. Zerrissen war mein Geleitbrief.

18. Kapitel

Vom andern, dem den Afrikanern vorbehaltenen Ende des Bahnsteigs sah ich, untersetzt und eilig, die Gestalt Sams auf mich zustreben. Ein trockener, warmer Frühlingswind – bei seinem Anhauch war mir zumute, als habe seit meiner nun gerade ein Jahr zurückliegenden Ankunft in Johannesburg ein Kreis sich geschlossen – wirbelte im Bücherkiosk die Titelseiten der Kitschzeitschriften auf, und wie damals waren die rußigen Bänke und der Asphaltboden des Bahnsteigs wie mit Glimmer bestäubt. Sam kam raschen Schrittes näher, winkte mir einmal kurz zu, grinste und rief dann, wie ich sehen konnte, ein paar Worte zu einem schwarzen Kinde herab, das zwischen herumhockenden oder herumlungernden Verwandten auf einem Gepäckbündel saß. »Ich habe mich noch gerade an der Ecke der Plein Street hereinquetschen können«, sagte Sam und hielt eine Sekunde lang meine Wagenschlüssel in die Höhe, bevor er sie in der Tasche verschwinden ließ. Für den einen Monat, den ich geschäftlich für Aden Parrot in Kapstadt zu tun hatte, sollte er meinen Wagen fahren.

»Vergessen Sie nicht – Sie müssen stets den Gang eingeschaltet lassen – die Handbremse funktioniert nicht ganz.«

Er lachte. »Keine Sorge – ich werde den Wagen schon nicht abschwirren lassen. Ich werde sogar die Kupplung für Sie in Ordnung bringen. Wo bleibt denn der Zug?«

»Er hat offenbar Verspätung. Aber mein Name ist immerhin auf der Vormerkliste. Ich habe eben nachgesehen.«

An diesem Ende des Bahnsteigs, wo weiße Leute mit Koffern und Schmuckkästchen und Golfschlägern herumstanden, wandte ganz in unserer Nähe eine Frau den Kopf und starrte uns an: gebrauchten wir wirklich die gleichen Worte beim Abschied wie andere gute Freunde? In einem Land, in dem die einfachsten Gemütswallungen allzu häufig hochgradig unkonventioneller Art sind, mag es einem zunächst nicht ganz leicht fallen, derart erstaunte, neugierige oder sogar feindselige Blicke richtig abzuschätzen. Man muß es sogar lernen, sich selbst weder überlegen noch gereizt zu fühlen. Ich hatte es inzwischen gelernt. Mit Sam verhielt es sich natürlich anders. Vielleicht hatte er es aber längst fertiggebracht, sich zur Bemäntelung seiner Wut ein besonderes Grinsen zurechtzuschneidern, und das Lächeln des schwarzen Sambo hatte bei ihm gleichzeitig etwas Tigerhaftes.

Während wir uns noch unterhielten, begann die hohle Brabbelstimme des öffentlichen Lautsprechers sich bemerkbar zu machen, und wenn ich selbst auch aus der englischen Ansage nicht klug werden konnte, verstand Sam doch die darauf folgende in Afrikaans. Der Zug sollte von Bahnsteig Elf abgehen, nicht von Bahnsteig Fünfzehn. Mit der so rasch aufsprudelnden Erregung von Menschen, die im Begriff stehen, auf die Reise, irgendeine Reise zu gehen, verfiel jeder einzelne sogleich in den Zustand verstärkter Gesprächigkeit, Geschäftigkeit. Die Umstehenden suchten ihre Siebensachen zusammen, erteilten oder empfingen noch bestimmte Weisungen und verabschiedeten sich voneinander in dem Ton der Vorläufigkeit, mit dem vor Beginn eines Konzerts die Orchestermusiker ihre Instrumente stimmen. Sam und ich selbst nahmen die mir gehörigen Gepäckstücke auf und wechselten schleppenden Gangs zum anderen Bahnsteig hinüber. Sam kam auf den Zustand seiner Frau zu sprechen. »Vermutlich werden wir nicht zum Schreiben kommen, aber ich werde Ihnen gleich nach der Geburt des Kindes ein Telegramm schicken. Ist es ein Junge, soll er Stevens Namen erhalten. Ich wünschte, Sie hätten Taufpate sein können – Ella behauptet, sie kenne niemanden, der ihr lieber wäre ...« Er keuchte unter der Last eines schweren Koffers, und im allgemeinen Gedränge stießen wir aneinander und verloren uns wieder.

»Großer Gott«, sagte ich, ihm den Kopf zuwendend. »Sie reden ja, als wollte ich für immer von hier wegfahren! In einem Monat bin ich doch wieder zurück! Dann kommt das Kleine wahrscheinlich gerade zur Welt. Ich fahre ja nicht aus dem Lande weg.« In meiner Tasche hatte ich zwei Zeitungsausschnitte und einen Brief. Die Ausschnitte stammten aus der gleichen, nun eine Woche alten Nummer der Morgenzeitung, die täglich zwischen den Tätigkeiten des Frühstückens und Rasierens ihre genau vorbestimmte Stelle inne hatte, aber damals plötzlich aus diesem rituellen Gefüge ausgebrochen war, denn sie enthielt eine Liste von Schwarzen und Weißen, die unter dem Verdacht des Hochverrats verhaftet waren, und ungefähr in der Mitte der Spalte stand Anna Louws Name. Sie war später gegen Stellung einer Kaution wieder freigelassen worden, und ich hatte sie aufgesucht. Verhaftet worden war sie wegen ihrer Verbindung mit einer afrikanischen Frauenorganisation, für die sie auf eigene Faust als unoffizielle Rechtsberaterin tätig war. Eines Tages, noch vor Morgengrauen, war die Polizei bei ihr erschienen und hatte ihre Wohnung durchsucht. Die Anwesenheit Urmilas, die gerade ein paar Tage bei ihr zu Besuch weilte, galt als zusätzlich für sie belastend.

Während ich an jenem Morgen die Liste durchflog, fühlte ich mich plötzlich in eine Welt der Rechtlosen, der Besitzlosen versetzt, in der die Aufzählung von Gefängnisstrafen etwas Ehrenvolles, der Ort der Verbannung Heimat und die Familie eine Protestversammlung im kleinen ist – jene Welt, die ich von außen, in einem anderen Lande, schon seit früher Kindheit mit Blicken umtastet hatte. Erst mehrere Stunden später, als ich die verstreuten Seiten der Zeitung wieder zusammenlas – ich hatte sie, zum Telefon stürzend, um nach Bestätigung, Erklärung des Gelesenen zu fahnden, zu Boden fallen lassen –, erblickte ich auf einem der losen Blätter eines jener lächelnden Lippenpaare, die einem täglich aus den Gesellschaftsspalten entgegenstarren. Ja, da war es – das Gesicht Cecils, die an der Seite Pattersons der zu einem wohltätigen Zweck veranstalteten Kabarettvorstellung in einem Nachtklub beiwohnte. Es war eine gute Aufnahme: Cecil trug eines der Kleider, deren Oberteil sich wie ein Kreuzverband über der Brust ausnahm, und ihr hübsches Schlüsselbein trat deutlich hervor, da sie beim Lachen die Schultern vorgekrümmt hielt. Ich schnitt mir also auch das aus. Die beiden Zeitungsausschnitte ruhten in feindlicher Eintracht in meiner Brieftasche. Auf merkwürdige Weise fühlte ich mich beruhigt. Der Brief, der mit beidem zusammenlag, war der lange, endlich zustandegekommene Brief an Faunce, in dem ich

anfragte, ob es ihm noch immer ernst mit der Absicht war, Hollward ablösen zu lassen – in welchem Fall ich mich bereiterklärte, auf unbestimmte Zeit in Südafrika zu bleiben.
»Was meinen Sie? Ich tue was?« rief Sam, in der angestrengten Bemühung, meinen Worten zu folgen, sein Gesicht zu einer Grimasse verziehend.
»Wozu denn all die Aufregung – ich werde noch vor Geburt des Kleinen wieder zurück sein. Sie reden, als wollte ich endgültig abdampfen.«
Wir blieben an einer der nach unten führenden Treppen stehen. Sam hatte, etwas weiter entfernt, die Treppe für Schwarze zu benutzen. »Verdammt, das habe ich ganz vergessen.« Ich versuchte, ihm den zweiten Koffer aus der Hand zu nehmen. Aber er blickte mich nur an. Es war ein langewährender Blick, der nichts von den an uns vorüberdrängenden Menschen wahrzunehmen schien, der mich fest umfing. Sams zögernd-wehmütig geöffnete Lippen umspielte ein Lächeln, das reine, seltsame Lächeln derer, die immer wieder erfahren haben, daß das unmögliche Versprechen sich nicht halten läßt, daß die Hand, deren Druck am Kai noch so warm gewesen war, jenseits des immer breiter werdenden Wasserstreifens nur noch einmal kurz aufflattert, um bald auf immer zu entschwinden.
Ohne des Wirbels der Gereiztheit zu achten, den wir in dem Strom der Niederhastenden rings um uns her hervorriefen, sagte ich: »Sam, bis zur Taufe des Kleinen bin ich bestimmt wieder zurück. Kommt er schon während meiner Abwesenheit zur Welt, lassen Sie mich es bitte wissen, und ich werde rechtzeitig wieder zur Stelle sein.«
Er blickte mich an, als habe er mir bereits für ein Vergehen verziehen, dessen ich mich schuldig machen würde ohne noch das Geringste davon zu ahnen. »Wer weiß«, rief er laut, den Koffergriff fester packend, als andere sich zwischen uns drängten. »Wer kennt sich schon mit euresgleichen aus, Toby? Vielleicht werden Sie überhaupt nicht zurückkommen. Irgend etwas wird Sie am Wiederkommen verhindern, und wir werden niemals ...«
Alles übrige verwehte, als wir, unseren verschiedenen Stufenpfad hinab, den Blicken des anderen entschwanden. Aber am unteren Ende der Treppen, auf dem Bahnsteig, an dem bereits

der Zug wartend stand, war er, lachend und keuchend, noch vor mir zur Stelle, und zu atemlos, um sprechen, und allzu sehr von Gelächter geschüttelt, um wieder zu Atem kommen zu können, hatten wir jeder des anderen Arm gepackt, während ein junger Polizist, das ahnungslos-glatte Gesicht von Mißtrauen gekräuselt wie die Stirn eines kleinen Hündchens von Fragefalten, uns starr den Blick zugewandt hielt.

Nadine Gordimer

Anlaß zu lieben
Roman
456 Seiten. Leinen
und Band 5948

Der Besitzer
Roman
336 Seiten. Leinen
und Band 10708

Burgers Tochter
Roman
Band 5721

Clowns im Glück
Erzählungen
Band 5722

Der Ehrengast
Roman
Band 9558

Ein Spiel der Natur
Roman
Band 11298

Eine Stadt der Toten, eine Stadt der Lebenden
Eine Novelle und
10 Erzählungen
Band 5083

Die endgültige Safari
Erzählungen
317 Seiten. Leinen

Entzauberung
Roman
Band 2231

Etwas da draußen
Erzählung
144 Seiten. Geb.

Freitags Fußspur
Erzählungen
352 Seiten. Leinen

Fremdling unter Fremden
Roman
Band 5723

Die Geschichte meines Sohnes
Roman
318 Seiten. Leinen
und Band 12434

Gutes Klima, nette Nachbarn
Sieben Erzählungen
144 Seiten. Geb.

Julys Leute
Roman
207 Seiten. Geb.

Livingstones Gefährten
Erzählungen
384 Seiten. Leinen

Nicht zur Veröffentlichung
Erzählungen
352 Seiten. Leinen

Die sanfte Stimme der Schlange
Erzählungen
320 Seiten. Leinen

Die spätbürgerliche Welt
Roman
168 Seiten. Geb.

Die Umarmung eines Soldaten
Erzählungen
224 Seiten. Leinen

Fischer Taschenbuch Verlag

fi 555 025 / 1 / c

Nadine Gordimer

Entzauberung

Roman

Übertragen von Wolfgang von Einsiedel

Band 2231

Entzauberung ist der erste Roman der südafrikanischen Schriftstellerin. Das Thema des vor mehr als 30 Jahren geschriebenen Romans: die Probleme im südafrikanischen Spannungsfeld von Farbigen und Weißen. Die beklemmende Atmosphäre der Rassentrennung bildet den Hintergrund für die Entwicklungsgeschichte eines jungen Mädchens aus der weißen Oberschicht einer kleinen südafrikanischen Kohlengrubenstadt. Vorgezeichnet ist ihr der Weg der höheren Tochter, die die vielen häßlichen Dinge auf dieser Welt am besten übersieht. Doch Helen schaut nicht weg, sie entdeckt die andere Welt, in der die Schwarzen leben, und erfährt in einem schmerzlichen Prozeß der Entzauberung, an dessen Ende die Befreiung von der Lüge steht, die Unmenschlichkeit ihrer Wirklichkeit.

Fischer Taschenbuch Verlag

fi 22231 / 2

Nadine Gordimer

Die endgültige Safari

Erzählungen

Aus dem Englischen von Regine Laudann und Stefanie Schaffer-de Vries

Band 12722

Die Titelgeschichte dieses Buches schildert den Zug einer Flüchtlingsgruppe durch den Krüger-Park von Südafrika. Um nicht entdeckt und zurückgeschickt zu werden, müssen sie sich »verhalten wie Tiere unter Tieren«. Es sind Menschen aus einem Dorf in dem vom Bürgerkrieg zerissenen Mosambik, die zu ihren Landsleuten jenseits der Grenze fliehen. Nadine Gordimer spielt in dieser Erzählung mit der Ironie des Begriffs Safari, konfrontiert den Tourismus der Weißen im Krüger-Park mit dem Elend der schwarzen Flüchtlinge.

»Scharf boabachtet, meisterhaft erzählt.
Nadine Gordimers Short Stories beweisen, daß
sie zu den wenigen großen Autorinnen
unserer Zeit gehört.«
Die Welt am Sonntag

Fischer Taschenbuch Verlag

fi 12722 / 1

Doris Lessing

Afrikanische Tragödie

Roman

Aus dem Englischen von Ernst Sander

Band 5747

Die Farmersfrau Mary Turner ist von ihrem schwarzen Hausdiener ermordet worden. Der Fall wird als typisches Verbrechen eines »minderwertigen Schwarzen« heruntergespielt. Erst im Lauf der Erzählung, die in den dreißiger und vierziger Jahren in Rhodesien spielt, erfährt man, wie es unausweichlich zu diesem Mord kommen mußte. Mary ist in sehr ärmlichen Verhältnissen großgeworden. Enge Freundschaften, emotionale Bindungen geht sie nicht ein. Sie merkt nicht, daß sie dazu gar nicht fähig ist. Um nicht zur alten Jungfer zu werden, heiratet sie mit Dreißig den Farmer Richard Turner und geht mit ihm auf seine einsame Farm. Sie stellt fest, daß ihr Mann nie aus seiner finanziellen Misere herauskommen wird. Mary verfällt schließlich zunehmend in Apathie. Eines Tages wird der schwarze Farmarbeiter Moses, dem sie einmal jähzornig mit der Peitsche ins Gesicht geschlagen hat, als Diener ins Haus geholt. Mary hat Angst vor ihm. Sie ahnt, daß er sich für den Peitschenhieb, der ihn zutiefst gekränkt hat, rächen wird.

Fischer Taschenbuch Verlag

fi 3022 / 4

J. M. Coetzee

»Wo Ethik und Ästhetik sich so zwanglos
die Hände reichen wie bei Coetzee, muss man sich um
die Zukunft der Literatur keine Sorgen machen.«
Andreas Isenschmid, ›Tages-Anzeiger‹

Im Herzen des Landes
Roman
Deutsch von Wulf Teichmann
Band 13253

Warten auf die Barbaren
Roman
Deutsch von Reinhild Böhnke
Band 15585

Leben und Zeit des Michael K.
Roman
Deutsch von Wulf Teichmann
Band 13252

Mr. Cruso, Mrs. Barton & Mr. Foe
Roman
Deutsch von Wulf Teichmann
Band 13251

Eiserne Zeit
Roman
Deutsch von Wulf Teichmann
Band 15505

Der Meister von Petersburg
Roman
Deutsch von Wolfgang Krege
Band 15136

Der Junge
Eine afrikanische Kindheit
Deutsch von Reinhild Böhnke
Band 14837

Schande
Roman
Deutsch von Reinhild Böhnke
Band 15098

Das Leben der Tiere
Deutsch von Reinhild Böhnke
96 Seiten. Geb. S. Fischer

Die jungen Jahre
Deutsch von Reinhild Böhnke
224 Seiten. Geb. S. Fischer

Fischer Taschenbuch Verlag

fi 555 045 / 1 / c